U0918128

本书获华南师范大学“中国语言文学传承与创新”
学科创新平台经费资助

《搜神记》研究

邓裕华 著

中国社会科学出版社

图书在版编目(CIP)数据

《搜神记》研究/邓裕华著. —北京：中国社会科学出版社，2015. 10
ISBN 978 - 7 - 5161 - 6634 - 5

Ⅰ. ①搜…　Ⅱ. ①邓…　Ⅲ. ①笔记小说—小说研究—中国—东晋时代　Ⅳ. ①I207. 419

中国版本图书馆 CIP 数据核字(2015)第 167008 号

出 版 人　赵剑英
责任编辑　郭晓鸿
特约编辑　席建海
责任校对　李　楠
责任印制　戴　宽

出　　版　中国社会科学出版社
社　　址　北京鼓楼西大街甲 158 号
邮　　编　100720
网　　址　http://www.csspw.cn
发 行 部　010 - 84083685
门 市 部　010 - 84029450
经　　销　新华书店及其他书店

印　　刷　北京君升印刷有限公司
装　　订　廊坊市广阳区广增装订厂
版　　次　2015 年 10 月第 1 版
印　　次　2015 年 10 月第 1 次印刷

开　　本　710 × 1000　1/16
印　　张　20
插　　页　2
字　　数　319 千字
定　　价　76. 00 元

目　录

第一章

干宝与《搜神记》

第一节　干宝其人

一　干宝的籍贯和家世

《搜神记》是魏晋南北朝志怪小说的代表作，在我国文学史，尤其是小说史上有重要的影响。

《搜神记》的作者干宝，字令升，东晋著名史学家、小说家，《晋书》（唐房玄龄等撰）卷八十二有传（列传第五十二）。但该传对于他的家世，祖、父辈及其本人的生平事迹，都交代得异常简略，其他的一些志籍，记载亦鲜少且零碎，这种情况，对于干宝及其《搜神记》的研究，都显得颇为困难。因此，对于干宝其人、其事，我们仅能根据现有的材料了解大概。

《晋书》本传称干宝是新蔡（在今河南新蔡县）人，以往的文学史、小说史及相关的研究著作都持此说。但近年有学者考证，新蔡只是干宝的祖籍，其实他是吴郡海盐（今浙江海盐）人。盖其祖上于汉末避黄巾之乱南渡，定居于海盐，干宝至少是干氏家族南渡后的第四代。①

干宝的祖父干统，汉末三国时期仕吴，为吴奋武将军，封都亭侯。

---

① 李剑国：《干宝籍贯仕历考》，载李剑国《新辑搜神记　新辑搜神后记》（前言），中华书局2007年版，第14、15页。

宝父干莹，吴时为丹杨丞。丹杨又作“丹阳”，郡名，西汉元狩二年（公元前121年）置，治所在宛陵（今安徽宣城），辖境相当于今安徽长江以南，江苏大茅山以及浙江天目山以西，新安江支流武强溪以北地区。三国吴移至建业（今南京），其后辖境渐小。“丞”是汉代郡长官太守的下属，掌管总务和掾属。这些事实仅仅表明，干莹在孙吴的心脏地带做地方官，但政绩、政声如何，一如其父干统，均未见之于史。另外，后世有一些地方志籍，分别称干莹为吴立节都尉[①]和海盐令[②]，真伪如何，尚难断定。

由此可知，干宝出身于一个官宦家庭，但从现有的史料却很难看得出这样的家世、出身，对干宝有多大的影响、是一种什么样的影响。晋乃代魏灭蜀、吴而立，干统、干莹作为前朝的官宦，在政治、仕途方面对子孙的荫泽恐怕不多。干宝领国史之初，“以家贫，求补山阴令”[③]。如此看来，父、祖辈也没给他们留下多少财产，在经济上他们必须自力更生。因此，官宦家庭对于干宝的影响，恐怕更多地体现在两个方面：一是祖、父辈的做官为宦，给了他一种榜样的力量，以及人生价值取向的引导，促使他积极入世，热衷仕途。干宝以己之力，最终也获得高官厚禄，个人的仕宦业绩不逊于祖、父辈，这与先人榜样的激励和家族干禄取向传统的浸染不无关系。二是封建家庭世代相传的寒窗苦读、诗书文章立身的传统和风气，令干宝耳濡目染，使之从小就勤奋好学，博学多才，为日后的入仕与治学，都准备了条件，也积聚了能量。“宝少勤学，博览书记，以才器召为著作郎”[④]。之后，位高权重的中书监王导又荐他以佐著作郎领国史。他著述丰富，涉及经、史、方术、文学等方面的研治和撰述，等等，无不透露出这方面的信息。

---

① （元）徐硕：《至元嘉禾志》卷一三《冢墓·海盐县》“干莹墓”条“考证”云：“《旧图经》：‘吴干莹，字明叔，仕吴为立节都尉。’”

② 见《乾隆浙江通志》。

③ （唐）房玄龄等：《晋书·干宝传》，中华书局点校本1995年版，第2150页。

④ 同上书，第2149页。又，该本校云：“周校：‘著作’上脱‘佐’字。按：下文王导疏可证。”见第2160页。

晋代著作郎与佐著作郎均隶属秘书省，但职级不同，《晋书·职官志》：“著作郎一人，谓之大著作郎，专掌史任，又置佐著作郎八人。”

干宝兄干庆，仕晋，为豫宁令。豫宁即东汉西安县，晋初改称豫宁县，唐改武宁县，在今江西省北部，修水中游，邻接湖北。史载干庆的事迹甚少，与干宝兄弟间的情分和生活联系，亦未多见，但他的死而复生，却是干宝撰《搜神记》的动因之一："宝兄尝病气绝，积日不冷，后遂悟，云见天地间鬼神事，如梦觉，不自知死。宝以此遂撰集古今神祇灵异人物变化，名为《搜神记》，凡三十卷。"①

二　干宝的仕历和身份

干宝确切的生卒年月不详。以往对此有不少说法，但多具推测性，而且使用的都是模糊语言，如刘德重先生定在"？—336年（东晋成帝咸康二年）"②；李剑国先生对干宝的卒年持相同的说法，但估算他的生年当在吴天玺元年（276年），甚或更早。③ 如果这些说法可以成立，以25岁左右为通常入仕年龄，那么干宝最早入仕的时间当在300年（西晋惠帝永康元年）前后。由此推算，干宝活动的主要时间，大抵在西晋永康年间至东晋咸康年间。

干宝入仕，初以才器召为佐著作郎，后因平定杜弢叛乱有功，赐爵关内侯。东晋初元帝（司马睿）年间，先以佐著作郎的身份领国史，且补山阴令，迁始安（治所在今广西桂林）太守。后又由王导荐举，为司徒右长史，再而迁散骑常侍兼领著作郎，并终于此职。这是干宝的主要仕宦经历。这些史实表明，在干宝的生平中，做官为宦是他的基本生活状态，官宦是他的主要身份和职业。

除此之外，干宝还兼有多重身份：

首先是史学家。这与他所任的官职有密切关系。干宝先后担任的佐著作郎、国史、著作郎等职务，都是史官。史官的主要职责是管理史料、史籍及编修史书，所以与其说是官，还不如说是有官衔官阶的专业学术工作者。之前的左丘明、司马迁、班固等著名史学家，都是史官出身，干宝与

---

① （唐）房玄龄等：《晋书·干宝传》，中华书局点校本1995年版，第2150页。

② 刘德重：《中国文学编年录》，知识出版社1989年版，第30页。

③ 李剑国：《干宝籍贯仕历考》，载李剑国《新辑搜神记》（前言），中华书局2007年版，第27、29页。（该书与《新辑搜神后记》合本）。

之相类。干宝撰《晋记》二十卷，《晋书》本传称其记事“自宣帝迄于愍帝五十三年”。宣帝即司马懿，晋武帝司马炎祖父，司马炎代魏称帝后，追尊懿为宣帝。但司马懿生于179年，卒于251年，而愍帝即位于313年，即使从司马懿辞世时算起，到此时亦已历经63年。《晋书》谓该书述西晋“五十三年”史事，显然有误。本传又云“其书简略，直而能婉，咸称良史”。《晋记》是干宝作为史官的主要业绩，也是奠定他著名史学家地位的著述。可惜该书已经散逸。

干宝的名字在历史上主要是和《搜神记》连在一起，所以，他更加被后人所熟知的，是他的小说家身份。在魏晋人的心目中，小说和史传几乎是一样的，区别在于史传是由官方所修，属于正史，而小说则收正史不记的轶事，属于非官方的“野史”。古代的史书都称为“史记”，干宝所修正史称《晋记》，撰写的小说称《搜神记》，二者都以“记”名之，而且在《搜神记序》中声称“其著述，亦足以发明神道之不诬”，强调其明道劝诫教化的作用，都表明他对于小说性质、功用的认识，等同于史传。因此，其小说家的身份及其承担的职责，也应与史学家无异。

《世说新语·排调》：

> 干宝向刘真长叙其《搜神记》，刘曰：“卿可谓鬼之董狐。”

《晋书》本传也有相同记载，或许材料就源自《世说新语》。刘真长即刘惔，东晋名士。所言董狐，乃春秋时晋国史官，著名历史学家，以秉笔直书著称。刘惔称干宝为“鬼之董狐”，虽然是赞许干宝叙写鬼怪的造诣和成就，但他将传鬼志怪的干宝与记传人事的董狐相提并论，也透露出另一种信息：写人、写鬼者皆是史家，人事、鬼事都是史事。这也同样表明，小说家与史学家、小说与史传没有本质的区别。事实上，史官在修史的过程中，收集、拥有大量的材料，其中不适用于正史的部分，用于小说的撰写，从而收获另一种副产品，以补史书之阙，既是物尽其用，又是适得其所。在这种情况下，史学家往往就是小说家。在很大程度上，《搜神记》就是干宝作为史官的一件副产品。由此可知，干宝小说家的身份，其实是由史学家的身份所衍生。只不过是由于《晋记》失传，而

《搜神记》却在小说史上有重大影响。后人多数只知有《搜神记》却不知有《晋记》，使得干宝史学家的声名，被小说家的光环所遮掩，甚至被取代。

干宝也是一位学者。《晋书》本传载他著“《春秋左氏义外传》，注《周易》《周官》数十篇，及杂文集皆行于世”。其实，这只是他著述的一小部分。据《隋书·经籍志》《旧唐书·经籍志》《新唐书·艺文志》等典籍的著录，干宝的著述有二十多种，涉及经、史、子、集，研究的领域相当广阔，内容也异常丰富，由此可见他治学之勤奋。可惜的是，干宝的这些著述已全部散逸，今仅存一些辑本，难识其全貌。

干宝还是一个醉心方术、对方术颇有研究的人，更准确地说是一个方士化的文人。

《晋书》本传称干宝“性好阴阳术数，留思京房、夏侯胜等传”。京房（前77—前37年），汉东郡顿丘（今河南清丰西南）人，本姓李，字君明，西汉今文易学“京氏学”的开创者，元帝时立为博士，以“通变”说“易”，好讲灾异，以灾异推论时政得失。夏侯胜，字长公，汉东平（今山东汶上附近）人，西汉今文尚书学“大夏侯学”的开创者，宣帝时立为博士，亦喜以阴阳灾异推论时政。京房、夏侯胜二人都以阴阳、易学的研究名重一时，从而备受“性好阴阳术数”的干宝的推崇，由此可知，干宝对阴阳术数的痴迷程度。

方术是一种古老的充满神秘色彩的文化，其内容非常庞杂，形式也十分繁多，大致包括占卜术、命相术、房中术、神仙术、炼丹术、堪舆术、巫蛊术等。汉代儒生把阴阳五行、天人感应的学说引入儒学，呈现了儒学方术化、儒生方士化的倾向。许多儒生、文人醉心于方术的研究，好以阴阳灾异、谶纬之学，推论天道国运、时政得失，涌现了一大批社会地位高、学术影响大的方士化的儒生或者文人。如刘安，《汉书》本传称他“招致宾客方术之士数千人，作为《内书》（即《淮南子》）二十一卷，《外书》甚众，又有《中篇》八卷，言神仙黄白之术，亦二十余万言”；还著有“言神仙使鬼屋为金之术”的《枕中鸿宝苑秘书》《淮南万毕书》等。董仲舒更是一位方士化的大儒，他的《天人三策》《春秋繁露》等著作，主要谈天人感应、阴阳灾异，把阴阳五行、天人合一的理论引入儒学，思想学说都有很浓重的方术、神学意味。而干宝喜爱的京房、夏侯胜二人，都于阴阳五行、天人感应学说的研究方面有很高的造诣，也是汉代声名卓著的儒生方士。

儒生、文人方士化的风气，到了晋代仍然不减。晋代的方士化文人可以张华、郭璞、葛洪等为代表。张华“图纬方技之学，莫不详览”，精于术数方技，善易卜。[①] 其志怪小说《博物志》“陈山川位象，吉凶有征”（《博物志序》），颇多图纬方技之谈。郭璞是两晋之际的著名学者和诗人，他精于阴阳历算，“洞五行、天文、卜筮之术”[②]，工诗善赋，曾注释过《周易》《山海经》《楚辞》《尔雅》等古籍，其“游仙诗”冠绝一时，亦有志怪小说《玄中记》传世。明帝时大将军王敦意欲谋反，身为王敦记室参军的郭璞以卜筮之兆劝阻，称谋反必败，因而被王敦杀害。葛洪是东晋道教理论家、炼丹术家和小说家。其《抱朴子》（内篇）“言神仙方术，鬼怪变化，养生延年，禳邪却祸之事”，被认为是现存体系最完整的神仙家言。小说《神仙传》多写服食修炼成仙的故事，意在宣扬神仙之说。后携子侄到广东罗浮山炼丹，在山积年而卒。干宝和郭璞、葛洪都相识。干宝任著作郎时，郭璞为佐著作郎，二人是同僚。干宝还曾推荐过葛洪担任著作郎领国史：“咸和初……干宝深相亲友，荐洪才堪国史，迁为散骑常侍，领大著作，洪固辞不就。”[③] 可知二人惺惺相惜，交情不浅。

干宝之所以成为一个方士化的文人，很显然是汉晋儒学方术化、儒生方士化的潮流和风气所致。他的身份、环境和价值取向，与张华、郭璞、葛洪等人都很相似，而且与其中一些人也过往甚密，志趣相投，与他们成为同道中人，是一件很自然的事。据《隋书》和新、旧《唐书》所载，干宝的易学著述有近二十卷，虽因散逸而不知其具体内容，但《周易》是一部道阴阳、卜筮的书籍，“性好阴阳术数”的干宝对它的研究，估计其旨归大体也不在阴阳术数之外。

方士文化在魏晋志怪小说的发展中起着不可替代的独特作用。对于小

① （唐）房玄龄等：《晋书·张华传》，中华书局点校本 1995 年版，第 1068 页。

② 同上书，第 1899 页。

③ 同上书，第 1911 页。

说与方术、小说家与方士的关系，王瑶先生早在20世纪40年代就作过深入的研究，他有两个重要的观点：第一，小说本自方术；第二，早期侈谈神仙异闻的志怪小说即是方士之言。[①] 杨义先生也说："六朝志怪小说的作者，多是信方术的文士或有文采的方士。"[②] 更有人直接指称《搜神记》"是一部典型的方术书"[③]。这些观点，在明确志怪小说与方术渊源关系的同时，其实也在不同的角度表明了对干宝方士化文人身份的认同。

对于《搜神记》的作者来说，在干宝的诸多身份之中，小说家、方士化文人是其中两个最重要的身份，这两个身份造就了融合史传笔墨和方术幻想，在六朝志怪小说中独树一帜的"搜神体"。一方面，由于小说家身份与史学家的天然联系，干宝很自然地采用了"野史"的文体、史官式的叙述方式与严谨态度来志怪传神，把原本虚幻的故事当作真实事件记录，而且还将之纳入儒学史官的视野来审视，从而使小说具有浓重的史传特征，短小、简单的故事承载着纪实、传道、教化的使命和功能，从而获得一种史传的严肃感和厚重感。另一方面，《搜神记》中录有大量的方术、神仙内容，方士式的奇思幻想虽然与史实、现实格格不入（当然，作者在主观上认为是纪实），却给古朴、稍嫌板滞的史官叙事注入了新鲜活泼的元素。《搜神记》把幻想和纪实、文学和史传熔为一炉，成为魏晋志怪小说中标志性的作品，对志怪小说观念的形成和创作都产生了重大影响，在这当中，干宝小说家的史官品格和方士情怀无疑起了至关重要的作用。

第二节　《搜神记》其书

一　《搜神记》的创作时间、缘起和动机

《搜神记》成书的确切时间，目前还不得而知。但有学者考证，《搜神记》的创作当始于东晋元帝司马睿建武元年（317年）[④]——此时干宝

① 王瑶：《小说与方术》，载《中古文学史论》，商务印书馆2011年版，第113、134页。

② 杨义：《中国古典小说史论》，中国社会科学出版社1995年版，第106页。

③ 万晴川：《中国古代小说与方术文化》，中国社会科学出版社2005年版，第30页。

④ 李剑国：《〈搜神记〉著作过程考》，载李剑国《新辑搜神记》（前言），中华书局2007年版，第40页。

以佐著作郎的身份领国史。干宝任著作郎历时十年，在这期间，想必是他一边进行《晋记》的创作，一边也同时在搜集、整理《搜神记》的相关资料，甚至已经开始撰写。正史和野史的创作双管齐下，倒也符合他史官和小说家一身二任的身份和工作状态。之后，干宝外迁，先后任县令、郡守，估计又经过了十年，大约到了咸康二年（336 年，即前文所述干宝卒年），才完成了《搜神记》的写作，前后历时二十年。[①] 如果这个推断和干宝卒年的推断都成立的话，那么可以说，《搜神记》二十年的写作，耗费了干宝整个后半生的时间，当中倾注了多少心血，可想而知。

《搜神记》"撰集古今神祇灵异人物变化"，专录鬼怪神仙方术之事，是一部志怪故事的集大成者。干宝之所以撰写这么一部张皇鬼神、称道灵异的奇书，据称缘起于其兄干庆、其父妾死而复生之事。此两事《晋书》本传均有录，干庆事前文已经引录，此且看其父妾事的相关记载：

> 宝父先有宠侍婢，母甚妒忌，及父亡，母乃推婢于墓中。宝兄弟年小，不之审也。后十余年，母丧，开墓，而婢伏棺如生，载还，经日乃苏。言其父常取饮食与之，恩情如生。在家中，吉凶辄语之，考校悉验。地中亦不觉为恶。既而嫁之，生子。

陶渊明的《搜神后记》也有近似记载：

> 干宝字令升，新蔡人。其父有嬖妾，母至妬，宝父葬时，因推其藏中。经十年而母丧，开墓见棺，妾伏棺上，衣服如生。就视，犹暖，渐渐有气息。舆归，经日乃苏。云父常致饮食，与之寝接，恩情如生。在家中，吉凶辄语之，校之悉验。平复数年后方卒。宝因作《搜神记》，中云"有所感起"是也。[②]

类似的记载还见于其他一些旧籍，所录皆大同小异，相信都是辗转相

① 李剑国：《〈搜神记〉著作过程考》，载李剑国《新辑搜神记》（前言），中华书局 2007 年版，第 46 页。

② 李剑国：《新辑搜神后记》卷八，中华书局 2007 年版，第 557 页。

传的民间传闻。将上述文字稍加比对，就不难看出，成书于唐代的《晋书》本传即是根据这些传闻写就的。

干庆气绝死去，身体多日不冷，后又苏醒，这是医学上所说的“假死”现象，在日常生活中并不稀奇。这事或许的确有之，也可以姑且信之，但其父妾事就显然是荒诞无稽之谈。晋代本就是一个宗教迷信、神仙方术之风大盛的时代，在一个奢谈鬼怪的社会里，坊间有此传闻，其实一点也不奇怪。因为神奇怪异的志怪故事原本就出自民间，神仙鬼怪精魅本来就是凡夫俗子所创造，人们既然能编造出这么多千奇百怪、层出不穷的奇异故事，那么，为人称“鬼之董狐”的干宝和家人编造若干个同类的传闻，就再也自然不过了。

在魏晋志怪小说里，附会在历史人物身上的神怪故事是很多的，孔子、秦始皇、汉武帝、刘安、曹操、孙权、张华、郭璞、葛洪等，都是志怪故事中的常客。即便在《搜神记》里边，和这些历史人物相关的神怪故事也屡见不鲜，干宝兄、父妾的传闻与这类故事的性质没有太大差别。因此，这两个传闻也只是众多奇异的口传故事之一，只不过是与干宝、与《搜神记》相关，人们赋予它们特别的意义，表现出异样的兴趣罢了。

对于这两个事件，干宝的著述包括《搜神记·序》都未见提及，传闻源自何处，其本人对传闻真伪的态度，以及《搜神记》的创作冲动是否由此触发而起，等等，都不得知晓。后人把这两个事件和《搜神记》的撰写联系起来，固然是社会风气使然，但更直接、更根本的原因恐怕还是与干宝其人，《搜神记》其书的个性、特质，和读者受众的心理有关。一个性好阴阳术数并以热衷于传鬼志怪著称的人，对其行为和动机，需要有一个合理的解释；一部书出名了，读者往往也会比较关注作品背后的一些东西，比如作者身世生平、逸闻轶事及其创作趣闻等。于是有人为迎合这部分人的心理，结合干宝其人、其书的特点，趁机故弄玄虚，编造、传播一些与之相关、相类的离奇传闻，以增强作者、作品的神秘感，为读者受众多提供一些谈资，也是有可能的，此举的目的当然是刺激人们阅读的兴趣，扩大小说的影响。

其实，《搜神记》创作的缘起，与干宝兄、父妾死而复生之事是否有关，都无关紧要。因为作为一个小说家兼方士化文人，他的身份诉求和使命感，决定了他一定会致力于志怪类作品的著述，因此，干宝撰写《搜神记》一类的书籍，只是迟早的事。就如同他作为史官写《晋记》，又如同作为方士的张华写《博物志》、郭璞写《玄中记》、葛洪写《神仙传》的情形一样。

探讨《搜神记》创作的缘起，无非是想知道作者的创作动机，从而窥探创作过程中干宝的心理状态和真实意图。鉴于上述的情形，与其纠缠于一些真假难辨甚至纯粹子虚乌有的传闻，还不如立足于既有的材料，来得更实在、更靠谱些。就这方面而言，目前可见的材料中，最值得重视、最需要认真考察的，恐莫过于他的《搜神记·序》：

> 虽考先志于载籍，收遗逸于当时，盖非一耳一目之所亲闻睹也，又安敢无失实者哉。卫朔失国，二传互其所闻；吕望事周，子长存其两说，若此比类，往往有焉。从此观之，闻见之难，由来尚矣。夫书赴告之定词，据国史之方册，犹尚如此，况仰述千载之前，记殊俗之表，缀片言于残阙，访行事于故老，将使事不二迹。言无异途，然后为信者，固亦前史所病。然而国家不废注记之官，学士不绝诵览之业，岂不以其所失者小，所存者大乎？今之所集，设有承于前载者，则非余之罪也。若使采访近世之事，苟有虚错，愿与先贤前儒分其讥谤。及其著述，亦足以发明神道之不诬也。群言百家，不可胜览，耳目所受，不可胜载。今粗取足以演八略之旨，成其微说而已。幸将来好事之士录其根体，有以游心寓目而无尤焉。①

序中明确交代了作者的创作目的："发明神道之不诬"，亦即要证明神鬼之道并非虚妄、并非欺人之谈，而是实实在在地存在，实实在在地支配着人的生老病死、祸福吉凶。动机是激发一个人去行动、达到某种目的的主观原因，因此它又往往以目的、愿望、兴趣等形式表现出来。在此可以看到，《搜神记》的创作动机与目的，基本上是一致的，也就是宣扬神道，为神仙鬼怪张目。而从更深的层次来说，就是满足动乱时代的人们不得不

① （晋）干宝撰，汪绍楹校注：《搜神记》（序），中华书局1979年版。

依靠宗教迷信、方术来解释乱象、求生祈福、自我安慰的心理渴求。

作为唐前志怪小说的代表，《搜神记》的创作动机，也基本上代表了该时期这一类小说家的创作心态和追求。如《列仙传·序》[①]称，其书意在使人"知铸金之术实有不虚，仙颜久驻真乎不谬"。这是要证明炼丹成仙之术、之事的真实可信；《洞冥记·序》[②]则云："洞心于道教，使冥迹之奥昭然显著。"这是作宗教宣传，意在让人们更加洞悉道教神仙的幽冥世界，其潜在的意图当然是希望人们相信、皈依道教。这两书通过序言表达出来的动机和意图，与《搜神记·序》的"发明神道之不诬"，可谓异曲同工。由此可知，志怪小说的创作动机和意图，在本质上没有太大的不同。之所以如此，无疑是由志怪小说作者方士的身份及其志趣所决定的。

二　《搜神记》的故事来源和类型

上述干宝的自序还交代了《搜神记》故事的来源。其故事来源大体有二：

第一，"考先志于载籍"。即广泛搜辑前人著述，博采百家群言。《列仙传》《孝子传》《汉书·五行志》《风俗通义》《列异传》等，是《搜神记》搜辑故事较多的古籍。当然，这些古籍也多取材更早前的史著等。中华书局1979年出版的汪绍楹校注本收有故事近五百篇，"承于前载者"就多达二百篇，相信这还不是出于载籍的全部。可见搜集之广，用力之勤。在这个方面，其"少勤学，博览书记"的积累，和学者、史学家的底蕴与优势，都得以充分的体现。

第二，"收遗逸于当时"。"遗逸"是指当时民间口耳相传的传说故事。干宝广收遗逸的方式，大约也有两种：一是"访行事于故老"，即向阅历丰富的老人询问、了解过去的事迹。阅历丰富、见闻广博的老人，往往是一部活字典，一本老通历，通过对他们的采访，必然会收获不菲，搜集到许多资料和故事；二是"采访近世之事"，也就是采集那些新近发生或者新近流传的故事。由于魏晋以前社会文化尚不发达，纸质或者文字材

① 《列仙传》最早收录于《隋书·经籍志》史部杂传类，题刘向著，但后世对此尚有争议。

② 《洞冥记》，可能出自东汉初期人之手，《旧唐书》题郭宪著，后人疑系假托。

料的书写、保存和传播还有许多不便，因此，《搜神记》中来源于这个渠道的故事，在数量上应该超过出自古籍者。

先志文字记载和民间口耳相传的材料兼收并蓄，使得《搜神记》的神怪故事丰富多彩，蔚为大观，在题材上既多且全又杂，在魏晋志怪小说中别具一格，被推为志怪小说中的集大成著作。虽然《搜神记》收录的都是志怪故事，但具体作品又可细分为多种类型。大体而言，《搜神记》的故事类型有以下几种：

（一）神话

神话是远古时代关于神祇和英雄的传说故事。对于神话的界定，目前学界还有诸多不同意见，此处的神话乃指出于原始时期人类童年的作品。我国是一个多民族的、历史悠久的国家，许多民族都不同程度地保留着自己的这种原始叙事，这种原始叙事成了整个中华民族的精神财富，也是后代文学题材的宝贵源泉。《山海经》《诗经》《楚辞》《庄子》《淮南子》等，是我国古代保存神话较多的古籍，除此之外，也有许多神话在民间世代口耳相传。《搜神记》中收录有众多的神话或者神话题材的故事。如第 1 则[①]《神农》：

> 神农以赭鞭鞭百草，尽知其平、毒、寒、温之性，臭味所主，以播百谷。故天下号“神农”也。

340 则《蒙双氏》：

> 昔高阳氏，有同产而为夫妇，帝放之崆峒之野，相抱而死。神鸟以不死草覆之，七年，男女同体而生，二头，四手足，是为蒙双氏。

前者是著名的神农氏（炎帝）尝百草发明医药、播百谷首创稼穑的故事，后者是著名的“蒙双氏”兄妹（或姐弟）为婚的传说。“蒙双氏”的

① 本书所引《搜神记》原文及篇目、序号，均据汪绍楹校注本，中华书局 1979 年版。下文所称《搜神记》，若无特别说明，也指该本。

神话反映了早期的血缘婚俗状态，但他们的行为不为颛顼帝所允许，表明人们的婚姻观念已渐趋文明和进步。这两个神话都比较简略古朴，也比较接近它们的原始样貌，而350则《女化蚕》神话则有了很明显的后人加工的痕迹：

> 旧说，太古之时，有大人远征，家无余人，唯有一女。牧马一匹，女亲养之。穷居幽处，思念其父，乃戏马曰："尔能为我迎得父还，吾将嫁汝。"马既承此言，乃绝缰而去，径至父所。父见马惊喜，因取而乘之。马望所自来，悲鸣不已。父曰："此马无事如此，我家得无有故乎?"亟乘以归。为畜生有非常之情，故厚加刍养。马不肯食。每见女出入，辄喜怒奋击。如此非一。父怪之，密以问女。女具以告父，必为是故。父曰："勿言，恐辱家门。且莫出入。"于是伏弩射杀之，暴皮以庭。父行，女与邻女于皮所戏，以足蹙之曰："汝是畜生，而欲取人为妇耶？招此屠剥，如何自苦?"言未及竟，马皮蹶然而起，卷女而行。邻女忙怕，不敢救之。走告其父，父还，求索，已出失之。后经数日，得于大树枝间，女及马皮，尽化为蚕，而绩于树上。其茧纶理厚大，异于常蚕。邻妇取而养之，其收数倍。因名其树曰"桑"。桑者，丧也。由斯百姓竞种之，今世所养是也。言桑蚕者，是古蚕之余类也……

这是一个推原神话。推原，就是推寻事物的本源。本故事解释桑蚕的起源，在《山海经·海外北经》里已有它的雏形："欧丝之野，在大（支）东，一女子跪据树欧丝。"但只有女子吐丝，还没有马的形象。《荀子·蚕赋》云："此夫身女好而头马首。"意谓此人身段苗条柔美似女子，而头与马头一样。这里已把女子与马结合起来，把故事向前推进了一步，但没有具体的情节。这应当是一个古老的神话，在民间流传了很久，到了干宝的时代，人们才把这些故事的零星片段，整合为一个相当完整的故事。文中"父曰：'勿言，恐辱家门'"之类的思想观念，显然不是"太古之时"的人们所有，而是汉魏晋之人重门第家风心态的真实反映，时代烙印十分鲜明。《搜神记》收录的这个故事，情节比之前更加具体和完整，事件的来龙去脉、前因后果交代得更加清楚，人物形象相当鲜明，不仅显示了“蚕神”原型在后世的演变，同时也反映了社会思想意识、价值观念的变化。《搜神记》中的神话类作品，能够保持原始状貌的已经不多，大部分都像这篇“蚕马”的神话，或多或少地烙上了后世的印记。

神话是人类童年时期的一种文化现象，是原始初民用以解释自然现象和社会现象的拟人化和幻想化的口头创作，它曲折地反映了人类在遥远的蛮荒时代，为求生存、求发展而与自然、命运抗争的历史，记录了人类祖先不懈奋斗、艰难前行的轨迹。《搜神记》对这部分作品的收录，客观上为后人保存了这些珍贵的记忆。

（二）仙话

仙话就是神仙故事，它是我国古代神仙思想的形象体现。神仙思想早在先秦时期就已经产生，这种思想的产生与阴阳学说、道家学说都有关系。汉代，道教兴起，长生成仙成为道教的核心信仰，于是神仙思想风行，神仙故事层出不穷。仙话的主要内容是求长生成仙之术、炼（求）不死之药，或寻访仙人、仙境，或以方术致鬼神，等等。袁珂先生认为，在中国语言文字上，“仙”和“神”的区别并不是很大。“在普通群众的眼里，由凡登仙的仙人固然可以叫作神仙，如吕洞宾、铁拐李、张果老之类；就是一般本来是神的自然神，如雷神、水神、海神……乃至主宰宇宙的玉皇大帝，在一般群众的心目中，何尝不以为都是神仙？甚至连外来的神佛，如观音、韦陀、四大天王、八大金刚等，也都得以神仙之名称之。如像《西游记》第一回说‘那洞中有一个神仙，称名须菩提祖师’便是。这样看来，‘仙’与‘神’之间实在并没有一条不可逾越的鸿沟，把部分较有意义的仙话纳入神话的范围予以考察研究，无论从学理上或是从事实上说来，都是应该被允许的。”① 这段话阐述了一般群众心目中仙和神、仙话和神话的亲密关系，对我们颇有启发。事实上，仙是人们以神为样本、按照神的一些基本特征创造出来的，甚至就是直接由原始叙事中神的原型演变而来。在某种程度上来说，仙是神的延续或转世。因此，仙话其实是一种“后神话”，它和神话同属幻想虚构的作品，在精神实质上有许

① 袁珂：《中国神话史》，重庆出版社 2007 年版，第 112 页。

多相同或相近之处。由于这种缘故，仙话和神话往往杂糅在一起，比较难分，汉魏晋志怪小说中的仙话，仙、神混杂，仙、神同体的现象也十分常见。《搜神记》中收录的仙话作品，也充分地反映了这种情形。

如351则《嫦娥》：

> 羿请无死之药于西王母，嫦娥窃之以奔月。将往，枚筮之于有黄。有黄占之曰："吉。翩翩归妹，独将西行。逢天晦芒，毋恐毋惊，后且大昌。"嫦娥遂托身于月，是为蟾蠩（蜍）。

《山海经》中有许多关于不死的神话，如《海外南经》中有不死民，《大荒南经》中有不死国，《海内经》中有不死山，等等。《山海经》中所说的"不死"，都是因为天赋异禀，与生俱来，并非后天修炼、服药所致。此故事讲嫦娥偷吃不死之药得以长生，且得巫师指引奔月，显示了仙话与神话的区别。但"不死"是神话中的一个母题，羿和嫦娥又都本是神话中的形象，这个故事显然是由神话演化而来。故事中，原始神话的母题、形象与后世的神仙思想及炼丹、卜筮等方术内容融合，使之成为一个与神话血肉相连，但又有新的思想内涵的著名仙话作品，在后世广为流传，影响很大。

但是，仙话和神话毕竟是人类不同时期产生的故事品种，两者虽然联系密切，但也还是有区别的。

第一，两者产生的社会历史背景不同。神话产生于原始社会和阶级社会初期，亦即人类生产力和认识能力发展的低级阶段，人们对自然和社会，都还处在认知幼稚甚至无知的状态，他们创作神话，主要表达的是从大自然中获得更多的生产资料和生活资料的愿望，无论是对自然、社会的认识还是诉求，神话的表现都是属于感性的。而仙话则产生于阶级社会的高级阶段——战国时代，它是伴随着神仙、方术思想而来的。从战国到汉魏晋，人们对自然、社会都有了更多的认识和了解，这种认识和了解虽然都未必客观和科学，但都已经有一套自圆其说的哲学依据和逻辑，显示出更多的理性精神。因此，仙话表现出人们对自然、社会和自身的更高、更理性的要求，反映了社会思想、文化的进步。

第二，两者人物形象的神性不同。原始时代的自然神话，将自然力人格化和神化，其中的形象是自然神。原始社会末期与阶级社会初期，部族争斗日趋频繁激烈，阶级分化初现，部族首领成为英雄甚至主宰而被神化，自然神话为英雄、祖先神话所取代，黄帝、颛顼、尧、舜等部族首领或祖先，成为神话形象。无论是自然神还是祖先神，其神性都是自然天赋、与生俱来的，具有由上而下的特点。而凡人的仙化，则是一种由下而上的过程。仙话中的“仙”，大多本为凡间尘世之人，经过修炼、服药或其他途径而成为神仙，其奇才、异能、神勇都是后天所得。因此，仙话中的人物形象，其神性带有世俗的色彩和刻意雕琢的痕迹。

第三，两者的价值取向不同。神话和仙话固然都有功利色彩，但两者的价值取向却有很明显的差异。神话比较多地反映与公众或者部族重大利益相关的事件，主人公多有奉献和自我牺牲精神，表现一种原始、质朴、高尚的精神境界。仙话则比较多地讲某人的奇异经历和遭遇，人物的行为多以个人利益、情感为旨归，关注个体的利益诉求，体现阶级社会、世俗社会的特征。

在汉魏晋的志怪小说中，脱离了神话母题，不依附神话原型而独立创作，具有鲜明的时代特征而与上述仙、神混杂，仙、神同体作品相区别的仙话，占了大多数。《搜神记》中的70余篇仙话，也是以这种具有独立品格、特征的作品为主体。如第13则《焦山老君》：

> 有人入焦山七年，老君与之木钻，使穿一盘石，石厚五尺。曰：“此石穿，当得道。”积四十年，石穿，遂得神仙丹诀。

故事说某人入山七年，始得太上老君授木钻一把，用以钻五尺厚石。积四十年之功，终得炼丹成仙之法。故事旨在表明得道成仙之难，有志者需要有坚定不移的信念和坚韧不拔的意志、毅力。又如第14则《鲁少千》：

> 鲁少千者，山阳人也。汉文帝尝微服怀金过之，欲问其道。少千拄金杖，执象牙扇，出应门。

被后来李商隐批评“不问苍生问鬼神”（《贾生》）的汉文帝，也热衷于仙道。他怀揣重金，微服私访仙人鲁少千，发觉对方竟然拄着金拐杖，握着象牙扇出门来迎客。作品含蓄地嘲笑了汉文帝的庸俗和浅薄，同时也给一些信奉仙道者以委婉的暗示：只要得道成仙，你也可以比凡间最富有的皇帝还要富有！

仙话是魏晋神怪故事中的重要类型，这部分作品在志怪小说中占有比较大的比重。刘向的《列仙传》是汉代最早、也最有代表性的一部仙话专集，今本分上、下二卷，记载了七十多位神仙的故事，其中有不少仙人故事也出现在《搜神记》当中，如王子乔、赤松子、彭祖、宁封子等，不排除干宝从《列仙传》中直接辑录的可能。

（三）鬼话

中国人的鬼观念，来源于人有灵魂的观念。人有灵魂观念的产生，与神观念的产生相距并不遥远。原始初民认为，人有身躯和灵魂两个部分，这两个部分可合可离——人在活动的时候，灵魂就在身上，睡觉时灵魂就会离开躯体自由活动；人活着的时候，灵魂和躯体合在一起，人死之后肉体消失，灵魂会继续存在，只不过是活动的场所改到了“阴”间。这个阴间，既包括道教所说的黄泉、泰山冥府、佛教中的地狱等阴森世界，也包括与“阳”相对而言的“阴”，即沉静的深夜，或无人烟（阳气）的荒宅废墟，古刹残冢。鬼话就是鬼活动的叙述，它的渊源也非常古老。由于灵魂之事，关乎每一个人，人们对于自己、同类灵魂的关注，自然要超过对神、仙的关注，因此，在历史上，鬼话的数量恐怕要远多于神话和仙话，传播的范围也更宽广。

《搜神记》中的鬼魂故事有 40 多篇，384 则《苏娥》、393 则《宋定伯》、394 则《紫玉》、396 则《汉谈生》、397 则《崔少府墓》等，都是其中的名篇。或许是人们对自己的“另一半”（实即自己）的生活更加熟悉，理解更加深入，感受更加真切，在《搜神记》里，这些鬼话无论是故事情节的曲折细腻、优美感人，还是人物形象的鲜明生动，思想意义的积极厚重，都远非神话、仙话作品可与伦比。

且看 394 则《紫玉》：

吴王夫差小女，名曰紫玉，年十八，才貌俱美。童子韩重，年十九，有道术。女悦之，私交信问，许为之妻。重学于齐鲁之间，临去，属其父母，使求婚。王怒，不与女。玉结气死，葬阊门之外。三年重归，诘其父母，父母曰："王大怒，玉结气死，已葬矣。"重哭泣哀恸，具牲币，往吊于墓前。玉魂从墓出，见重，流涕谓曰："昔尔行之后，令二亲从王相求，度必克从大愿，不图别后，遭命奈何！"玉乃左顾宛颈而歌曰："南山有乌，北山张罗。乌既高飞，罗将奈何！意欲从君，谗言孔多。悲结生疾，没命黄垆。命之不造，冤如之何！羽族之长，名为凤凰。一日失雄，三年感伤。虽有众鸟，不为匹双。故见鄙姿，逢君辉光。身远心近，何当暂忘？"歌毕，嘘唏流涕，要重还冢。重曰："死生异路，惧有尤愆，不敢承命。"玉曰："死生异路，吾亦知之。然今一别，永无后期。子将畏我为鬼而祸子乎？欲诚所奉，宁不相信？"重感其言，送之还冢。玉与之饮宴，留三日三夜，尽夫妇之礼。临出，取径寸明珠以送重，曰："既毁其名，又绝其愿，复何言哉？时节自爱。若至吾家，致敬大王。"重既出，遂诣王，自说其事。王大怒曰："吾女既死，而重造讹言，以玷秽亡灵。此不过发冢取物，托以鬼神。"趣收重。重走脱，至玉墓所诉之。玉曰："无忧，今归白王。"王妆梳，忽见玉，惊愕悲喜，问曰："尔缘何生？"玉跪而言曰："昔诸生韩重，来求玉，大王不许，玉名毁义绝，自致身亡。重从远还，闻玉已死，故赍牲币，诣冢吊唁。感其笃终，辄与相见，因以珠遗之。不为发冢，愿勿推治。"夫人闻之，出而抱之，玉如烟然。

这是一个凄美动人的人鬼相恋故事。吴王夫差的小女紫玉爱上了韩重，但被父亲阻挠，气结而死。紫玉死后仍然情志不渝，在坟墓里与韩重尽了夫妇之礼。吴王以盗墓、污辱死者之罪缉捕韩重，紫玉挺身而出，现形向父亲澄清事实，求请宽恕。作品歌颂了生死不渝的人鬼恋情，也控诉了专制家长对青年男女美好爱情的粗暴干涉和摧残。

鬼话和大部分仙话一样，都不是单纯地写鬼或仙，而是人鬼、人仙交集，表现鬼、仙与现实世界中的人的恩怨情仇，所以，鬼话、仙话其实也都是现实生活的一种曲折反映，社会世相的一种投影。

（四）怪话

古人认为物老便会成精变怪，是谓精怪，怪话就是关于精怪的故事。怪话是《搜神记》故事类型中，数量最多的一种，有220多篇。世间物种千千万万，所以各种怪话也丰富多彩，层出不穷。

311则《鲛人》：

南海之外，有鲛人，水居如鱼，不废织绩。其眼泣则能出珠。

传说中的鲛人乃人面鱼身，是鱼类的精怪。张华《博物志》也载有相似的故事："鲛人从水中出，寓人家积日卖绢将去，从主人索一器，泣而成珠满盘以与主人。"这两个故事，是成语鲛人洒泪成珠的出典。南海鲛人虽是异类，但很美、很可爱。

428则《胡博士》：

吴中有一书生，皓首，称胡博士。教授诸生，忽复不见。九月初九日，士人相与登山游观，闻讲书声，命仆寻之。见空冢中，群狐罗列，见人即走。老狐独不去，乃是皓首书生。

狐精是古代故事最多的精怪形象。自古以来，或男女老幼，或美丑善恶，狐精的形象可谓应有尽有。这里的老狐变身为一个饱读诗书、穷经皓首的书生，其从容淡定的神态，和致力于诗书教化的执着敦厚举止，俨然一个诲人不倦的好好先生。这样一个狐精，一点也不让人心生抵触和抗拒之感。《搜神记》中的狐精故事，为蒲松龄《聊斋志异》的狐精形象塑造提供了许多素材和样本。

有生命的物种会变成精怪，无生命的物体也同样可以。413则《饭臿怪》讲的就是枕头与饭勺的故事：

魏景初中，咸阳县吏王臣家有怪，无故闻拍手相呼，伺无所见。其母夜作倦，就枕寝息。有顷，复闻灶下有呼声曰："文约，何以不来？”头下枕曰：“我见枕，不能往。汝可来就我饮。”至明，乃饭臿也。即聚烧之，其怪遂绝。

故事表明，即使看上去没有生命的物体，其实也是有灵魂的，只不过没有被人发现，或者没有受人重视罢了。作品一方面宣扬万物有灵、老物变精的思想，另一方面也隐约地提示人们要善待他物，否则将会家室不宁。

（五）梦话

梦是人们睡眠中出现的一种生理现象。一般认为，人睡眠时大脑皮层某些部位有一定的兴奋活动，外界和体内的弱刺激到达中枢与这些部位发生某些联系时，就可以产生梦。梦的内容与清醒时意识中保留的印象有关，但在梦时，这种印象常错乱不清，故梦的内容大多数是混乱和虚幻的。

远古人类对梦的认识，是与灵魂观念联系在一起的。那时候，“人们还完全不知道自己身体的构造，并且受梦中景象的影响，于是就产生了一种观念：他们的思维和感觉不是他们身体的活动，而是一种独特的、寓于这个身体之中，而在人死亡时就离开身体的灵魂的活动”①。古人通过对梦的思考，形成了灵魂的观念，反过来，又用灵魂观念来解释梦境和梦象。后来的占梦和圆梦之术、梦话等，都是古人释梦的方式和产品。梦话和鬼话一样，都是表现人的灵魂离开躯体独自活动的故事，两者的区别在于，梦话讲述的是活人（睡着时）的灵魂，而鬼话讲述的是死人的灵魂。

大千世界，芸芸众生，梦话自然是恒河沙数，但只有那些具有足够影响力的名人梦话，或者关乎社会历史重大事件的梦话，才有可能被广为流传和长时间保留下来。因此，《搜神记》中的梦话，多与历史人物或历史事件有关。当然，这些梦话也未必都实有，只不过是叙述者出于某种目的，刻意编造一个或数个故事自神其事、自神其说罢了。由于人们认为，

① 恩格斯：《路德维斯·费尔巴哈和德国哲学的终结》，《马克思恩格斯全集》第21册，人民出版社1972年版，第315页。

灵魂离开肉体以后，可以自由活动，也可以与神灵及别的灵魂接触，从而获取一些不为常人所知、不为常规所得的信息。因此，在古人那里，梦境、梦象就有了先兆的意义，是上天、神灵对梦者的一种启示。如231则《孔子梦》，就借孔子的名义，赤裸裸地宣扬刘汉政权的兴起是秉承天意：

鲁哀公十四年，孔子夜梦三槐之间，丰沛之邦，有赤氤气起，乃呼颜回、子夏同往观之。驱车到楚西北范氏街，见刍儿打麟，伤其左前足，束薪而覆之。孔子曰："儿来！汝姓为谁？"儿曰："吾姓为赤松，名时乔，字受纪。"孔子曰："汝岂有所见乎？"儿曰："吾所见一禽，如麢，羊头，头上有角，其末有肉。方以是西走。"孔子曰："天下已有主也，为赤刘，陈、项为辅。五星入井，从岁星。"儿发薪下麟，示孔子。孔子趋而往。麟向孔子，蒙其耳，吐三卷图，广三寸，长八尺，每卷二十四字。其言："赤刘当起日周亡。赤气起，火耀兴，玄丘制命，帝卯金。"

孔子梦神兽麒麟，得三卷图文，要求他代颁天命：刘邦将掌天下。汉以火德为王，"赤刘"之谓也；"刘"的旧体"劉"字拆开为卯、金、刀，简称"卯金"。这一纸"天书"实质就是谶纬之言。故事将刘邦登上帝位，说成是天神通过孔子而下达的旨意，宣扬"君权神授"的思想，以证明刘汉统治的合理性和神圣性。这显然是汉统治者及其帮闲术士炮制出来的骗人鬼话。

252则《孙坚夫人》是写历史名人诞生的非凡情状：

孙坚夫人吴氏，孕而梦月入怀，已而生策。及权在孕，又梦日入怀。以告坚曰："妾（往）昔怀策，梦月入怀；今又梦日，何也？"坚曰："日月者，阴阳之精，极贵之象。吾子孙其兴乎？"

汉末孙策、孙权兄弟继承父亲孙坚的遗志，雄霸江东，三分天下，成就一番伟业，堪称一时豪杰。本篇写孙夫人吴氏先后梦日月入怀，之后生了孙策和孙权。孕而梦日月入怀，当是天神赐子，孙策、孙权兄弟肩负上天使命而生，显然是江东的当然统治者。本篇的思想和意图与上一篇几乎如出一辙。

《搜神记》中的梦话，多是将虚幻神异的梦境附会现实中的人事，表明某些人事早在梦者的梦中，得到了神明的宣示，从而宣扬天命神定的迷信思想。故事的构思较多雷同，情节大同小异，刻意编造的痕迹较为明显。总的来说，这部分故事，无论从思想内容，还是从艺术上看，都不及前述的几类作品。

三 《搜神记》的流传与版本

《搜神记》在后世诸书中又称为《搜神录》《搜神异记》《搜神传记》。唐代许嵩的《建康实录》卷七、《册府元龟》卷五五五《国史部·采撰一》两处，都有干宝撰《搜神记》三十卷的相关记载。《隋书·经籍志》杂传类、《旧唐书·经籍志》杂传类鬼神家、《新唐书·艺文志》小说类，也均记《搜神记》三十卷。这些典籍的著录，都与《晋书》本传所说吻合，也在一定程度上表明，该书在隋唐两代可能还比较完整地流传。但到了宋代，《搜神记》就已散逸，原书的样貌如何，今已很难确定，原始的版本更是无人知晓。

到了明代，社会上流传的《搜神记》颇多，但不是卷帙零散的残本，就是挂羊头卖狗肉，只取其名、实与干宝毫不相干的伪托之作。伪托之作自然不必细说，即使是一般的传本，由于散乱残缺严重，已很难窥见原作的真实面目，绝大多数也都丧失了它的研究价值。唯万历年中，胡震亨所刻《秘册汇涵》的《搜神记》二十卷，是一个比较接近原著的流行本，弥足珍贵。后世的通行本基本上都由该本衍生而来，而后人对《搜神记》文本的研究，也几乎以此本为起点。

这里就从它开始，介绍今人所能读到的《搜神记》的几个主要版本。

（一）《秘册汇涵》本

明万历中，胡震亨刻刊《秘册汇涵》，中有《搜神记》二十卷，是谓《秘册汇涵》本。这本《搜神记》其实亦并非干宝原书，而是胡应麟的辑录本。

胡应麟，字元瑞，更字明瑞，号石羊生，又号少室山人，浙江兰溪人。明万历举人，著名学者、文学家。筑室山中，聚书四万余卷，从事著述，征引广博。有《少室山房类稿》《诗薮》《少室山房笔丛》等著作传世。其《甲乙剩言》云：

> 姚叔祥见余家藏书目有干宝《搜神记》，大骇，曰："果有是书耶？"余应之曰："此不过从《法苑》《御览》《艺文》《初学》《书抄》诸书中录出耳。岂从金函石匮、幽岩土窟掘得耶？"大抵后出异书，皆此类也。

此说可与姚叔祥《见只编》卷中互证：

> 江南藏书，胡元瑞号为最富。余尝见其书目，较之馆阁藏本，目有加益……有《搜神记》，余欣然索看，胡云："不敢以诒知者，率从《法苑珠林》及诸书抄出者。"

从胡氏表面自谦实质自得的神情、口气，以及姚叔祥不再追问谁为辑录者，可以认定这个辑录者当是胡应麟自己。这一点范宁先生曾作过考证、确认："这样看来，胡元瑞已经自供曾从类书中辑录过《搜神记》"，"胡元瑞既然说他辑录过这部书，那末这个本子是他编辑过的可能性最大"①。范宁先生这一说法，也为中华书局版（汪绍楹校注）《搜神记》的《出版说明》所接纳："今天我们所看到的二十卷本，据考证，可能是明代胡元瑞从《法苑珠林》及诸类书中辑录而成的……胡元瑞见闻博洽，又很懂得编辑体例，辑本的多数条目大抵出于干宝原书。"就目前来说，《秘册汇涵》本《搜神记》二十卷，为胡应麟所辑录，这一说法基本上已是定论。胡应麟平生酷爱小说，《少室山房笔丛·二酉缀遗》云，他曾"屏居丘壑，却扫杜门"，辑录小说成《百家异苑》；并"尝欲取宋太平兴国后及辽、金、元氏以迄于明，凡小说中涉怪者，分门析类，续成《广记》之书，殆亦五百余卷"。可惜因故未能成编。由此可见，胡应麟喜辑录古

① 范宁：《关于〈搜神记〉》，载《文学评论》1964年第1期。

代小说，尤其是“小说中涉怪者”。因此，他辑录志怪名著《搜神记》，是可以相信的。

胡震亨，字孝辕，浙江海盐人，万历举人，明文学家。家多藏书，长于搜集诗文资料。所辑《唐音统签》，搜罗丰富，为清代修《全唐诗》的蓝本。《秘册汇涵》乃他与姚叔祥一起编纂。钱谦益《姚叟士粦》云：“士粦，字叔祥，海盐人。与里人胡震亨孝辕同学，以奥博相尚，蒐讨秦汉以来逸闻秘简，撰《秘册汇函》若干卷，跋尾各有考据，具有原委。”①姚士粦也是一位谙熟古书的专家，胡应麟之《搜神记》辑本被刻入《秘册汇函》，范宁先生认为当“经由姚叔祥为之介绍者也”。胡震亨、姚叔祥在刊刻时，也可能对胡应麟的辑本作过一些改动。

《搜神记》原书是分篇的，据汪绍楹先生考订，原书当有“感应篇”“神化篇”“变化篇”“妖怪篇”等。显然，作为一个辑录本，《秘册汇涵》本的体例并非原来体例。该本共收 464 则故事，也误辑他书的一些内容。故此，鲁迅称为“一部半真半假的书籍”②。但无论如何，《秘册汇涵》本都是《搜神记》原本散逸之后，最完整、最重要的本子，也就是今天最通行的本子。

（二）《津逮秘书》本与《学津讨原》本

这两个版本与《秘册汇涵》本一脉相承，实质是《秘册汇涵》本被后人收入不同的丛书，再度刊行的两个本子。前者由毛晋所收，后者由张海鹏所辑刊。毛晋，字子晋，号潜在，江苏常熟人，明末藏书家。藏书八万四千余册，曾校刻《十三经》《十七史》《六十种曲》《津逮秘书》等，为历代私家刻书最多者。晋好抄录罕见秘籍，缮写精良，后人称为“毛钞”。《津逮秘书》丛书凡十五集，一百四十一种。胡震亨辑刻《秘册汇涵》毁于火，毛晋得其残版，并合家藏旧籍，辑成此编。其中多宋、元人著作，偏重掌故琐记，所收全帙较多。《津逮秘书》本《搜神记》卷首分别有沈士龙、胡震亨的引言，卷末则录毛晋自己所作的跋。

张海鹏，清代学者，嘉庆中，辑《学津讨原》凡二十集，一百七十三

① 钱谦益：《列朝诗集小传》丁集，上海古籍出版社 1983 年排印本下集，第 656—657 页。

② 鲁迅：《中国小说的历史的变迁》，载《鲁迅全集》第 9 卷，人民文学出版社 1981 年版，第 45 页。

种。该丛书是根据毛晋《津逮秘书》加以增删，重行编订而成。毛书终于元代，是书到明代为止。所辑以经史百家、朝章典故、遗闻逸事为主，也采录一些书画谱录之书。《学津讨原》本《搜神记》，基本上保持了《津逮秘书》本的原来样貌，但卷首没有了沈士龙、胡震亨的引言。

（三）汪绍楹校注本

汪绍楹校注本，1979 年 9 月由中华书局出版，属该书局辑刊的“中国古典文学基本丛书”之一。

汪绍楹，当代学者，著名古籍整理专家。汪本《搜神记》以《学津讨原》本为底本，是当代最早、最流行的本子。汪先生的校注广征博引，重在考源钩沉，对其中条目的出处、本事的源流等，都有简要交代或说明。如第 1 则《神农》下云：“本条见《太平御览》六〇九引作《搜神记》。本事见《太平御览》九八四引《本草经》，亦见司马贞补《三皇本纪》。”第 2 则《赤松子》：“本条见《法苑珠林》七九（据《四部丛刊》影径山寺本）引作《搜神记》。本事见《列仙传》。”

对于一些未知出处或可疑的条目，也尽可能作说明或考辨。如第 17 则《汉王乔》“本条未见各书引作《搜神记》。但据《水经注 · 汝水》篇及《史通 · 杂说》，知本书应有此条。又《水经注》云：‘是以干氏书之于《神化》。’是本条当在本书《神化》篇中”。这些说明或考辨，便于对书中条目的真伪作进一步的考订。

汪先生还对底本文字上的脱误作了必要的校正，这为读者的阅读和理解提供了许多的便利。除此以外，还辑补了逸文 34 条，使全书的故事增加至 498 则。书后分别附录沈士龙、胡震亨的《搜神记引》、毛晋的《搜神记跋》、余嘉锡的《四库提要辨证》等，为阅读和研究者提供了一些可贵的资料。

汪绍楹先生的校注，做了许多正本清源的工作，使一部文字艰涩、错漏较多的古籍辑录本，变成了比较完善、便于今人阅读的新版读本，也为研究者们提供了相当重要的、有价值的参考。尽管当中存在不少的错误和不足，但汪先生筚路蓝缕，尽可能地修正和补缺，做了许多开创性的工作。汪绍楹校注本是明清辑录本之后最早的重要新式版本，它是当代《搜神记》研究的一个新起点，也是当代读者中最广泛接触的流行本，它的价值及其在读者中的影响，不容低估。

（四）钱振民点校本

钱振民点校本于1989年7月由岳麓书社出版，与《世说新语》合本刊行，章培恒先生撰写前言。

该点校本以《津逮秘书》为底本，以《学津讨原》本为参校，亦酌取汪绍楹校注本之长，书前附干宝《搜神记·序》。全书有新拟的条目名称（主题索引），但仅见于目录。主体部分是点校过的原文，除此之外，别无其他，对一般读者而言，阅读恐怕会有些费事。但正文之后，编有“人名索引”“图籍索引”“重言索引”等几个附录，便于研究者翻检，这也是该本最值得称道之处。

（五）黄涤明全译本

该书名为《搜神记全译》，由黄涤明译注，贵州人民出版社1990年出版，2008年9月刊行修订本，收入该社的“中国历代名著全译丛书”。

该本的校点注译以《津逮秘书》为工作底本，校勘以《学津讨原》本为主，并参考了中华书局的汪绍楹校注本。书中的标目序号与汪绍楹校注本一致，但题名略为不同。书末附录干宝《搜神记·序》与《进搜神记表》、沈士龙和胡震亨《搜神记·引》、毛晋《搜神记·跋》及余嘉锡《四库提要辨证》等。

该书以全注全译的形式，采用学术界公认的成果，对《搜神记》各篇逐一作了注释和现代文翻译。其注释与汪绍楹校注本着重于文字的补漏、校正不同，更侧重于文字的释义和掌故的解说。注释仔细周详，深入浅出，译文通达流畅，忠实于原文，不仅可令读者对故事有一个全方位的理解，同时还可以从中获得许多历史、文化和语言文字等方面的丰富知识。

（六）张甦、陈体津、张觉评译本

张甦、陈体津、张觉评译本全称为《全本搜神记评译》，学林出版社（上海）1994年5月出版。

该书的《搜神记》原文，采用了中华书局的汪绍楹校注本，对全书的464则正文故事和34则逸闻故事，逐一作了评析（由张甦、陈体津负责）、翻译（成为现代语体文，由张觉负责），并对汪绍楹校注本的一些文字或标点的舛误之处，做了订正。书前有张甦的长篇论文《论〈搜神记〉的文学价值》，对《搜神记》产生的社会文化背景、思想与文学价值、故事及人物形象的审美特征等，都作了比较全面的介绍。

“全书的评析，尽力探究神话笔记故事与当时背景的联系，对重大的历史事件作了必要的补充说明，力求挖掘作品对社会现实、民族、民俗和思想意识的客观反映及作者的态度，使读者能顺利地把握故事要领，满足不同文化层次读者的审美需求。”[①] 书中的现代语体文译文，“既忠实于原意，又通俗流畅，几乎是地道的大白话，但又不失其神韵”。[②]

《全本搜神记评译》可谓新时期的一个比较早、也颇具特色的通俗普及读本，它以通俗晓畅、浅白准确的文字，把一部古典名著推介给广大读者，使《搜神记》摆上了更多人的案头，也走进了更多普通人的生活。

（七）李剑国新辑本

李剑国，山西灵丘人，南开大学教授，当代著名学者，古典小说研究家。李剑国先生将《搜神记》与《搜神后记》作重新辑录，并合为一帙，命名为《新辑搜神记　新辑搜神后记》，收入中华书局的“古体小说丛刊”，于2007年3月出版。全书分两册，上册为《新辑搜神记》，下册为《新辑搜神后记》。

学界对干宝和《搜神记》都存有太多悬而未决的疑问。在《新辑搜神记》的前言中，李剑国先生对干宝的仕历和著述、《搜神记》的著作过程、《搜神记》的著录与流传、胡应麟之辑录《搜神记》及其存在的问题，等等，都作了深入的探讨和考辨。资料翔实、丰富，有许多新的发现和见解，可谓新见迭出，令人耳目一新。

《搜神记》原著录为三十卷，原书体例分篇记事，今可考者有“神化”“感应”“妖怪”“变化”四篇。新辑本依原书卷帙，亦作三十卷，其中前二十卷按类编排为“神化篇”（卷一至卷三）、“感应篇”（卷四至卷九）、“妖怪篇”（卷一〇至卷一五）、“变化篇”（卷一六至卷二十）四篇，后十卷亦按题材区分为若干类别，依类辑录。《学津讨原》本各条加有标目，新辑本的标目为重新拟定，但与前本相合者不少。

---

① 张甦等：《全本搜神记评译》（说明），学林出版社1994年版，第1页。

② 雷群明：《全本搜神记评译》（序），学林出版社1994年版，第4页。

新辑本共辑录故事 343 则，比之胡应麟的旧辑本少了一百多个条目，这是因为辑校者剔除了一些认为是胡应麟误录他书的内容。各篇正文之后，依次为辑录说明与校勘记，对汪绍楹校注本中合理、正确的校注，都多有采纳。新辑本对各条目的出处、辑校所依据的书目，也有详细交代。对文字的脱误、前人校注的错误，都作了许多订正。全书引用书目之多且广，辑录、校注之严谨与周详，都非他本所及。书的前言以及书后的几个相关附录，也都具有很高的学术价值和资料价值。这些都为阅读提供了更多的便利，也为进一步的深入研究打下了更加坚实的基础。

总而言之，李剑国新辑本无论在体例、文字和内容方面，或许都是目前最接近干宝《搜神记》原书风貌的。

（八）何意华、汪有源、曾令先白话插图本

该本由重庆出版集团之重庆出版社 2008 年 2 月出版。白话插图本《搜神记》，其实是把《搜神记》和《搜神后记》合编为一书，分别为《搜神记》二十卷、《搜神后记》十卷、另加逸文 5 篇配上现代语体文和插图。编、译者对“两记”所依据的版本都没有交代，其前言云：“《搜神记》原本已散失，今本是后人缀辑增益而成。凡 20 卷，共有大小故事 454 个。”所言《搜神记》条目与胡应麟辑录本（464 条）、汪绍楹校注本（464 条正文、34 条逸闻）都有些出入。

白话插图本《搜神记》没有注释，只是就原文直接翻译。译文颇为简洁准确，通俗流畅。该本最突出的特点是为所有的故事都配上画作，几乎每篇一幅。这些画大多是一些现成的作品，甚至是古代的名画，并非专门为书中的故事所绘制。所以画作与小说之间的联系，有些表现得直接些，有些则较为间接。画作体裁多样，画面内容丰富多彩，涉及神话、传说、历史、宗教和文化等。因画面的内容与某一条目的故事情节、人物或意蕴，多多少少有一些联系，故被拿来与之相配。每一页的底部，都单独交代画作的名称、作者、年代和体制类型，并对画面的基本内涵作简单的介绍，既开阔了读者的视野，又增加了阅读的兴趣。

白话插图本《搜神记》画面素雅精美，图文并茂，无论对古典名著还是传统文化，都是一种很好的推介，特别适合青少年读者阅读。

从上述介绍可知，目前《搜神记》的版本大体上有新、旧辑本两个系统：李剑国的《新辑搜神记》去伪存真，正本清源，分门别类，自成体例，属新辑本系统；其余各本皆源自胡应麟辑录本，文字、体例与之一脉相承，同属旧辑本系统。从数量上来说，旧辑本的版本远多于新辑本，加上它问世早，流传时间长，且种类多，各种层次的读者都可以找到适合自己的版本，因此它拥有的读者数量、知名度也远非新辑本可比。但新辑本亦有其严谨、精准、可信度高的优势，相信凭此必将会被越来越多的人所接受和重视。

第三节　《搜神记》研究概况

从上述对其流传和版本的介绍可知，《搜神记》实际上有两种：一是干宝的原本《搜神记》（已逸失），另一是后人辑录的《搜神记》。两者联系密切，但又不能相互替代，混为一谈，只有理清两者的关系，对《搜神记》研究概况的讨论或介绍，才不至于隔靴搔痒，不着边际。

由于作品文本的这种特殊性，使得《搜神记》的研究事实上也存在两种情形：对于原本的研究和对于辑录本的研究。

一　《搜神记》原本研究概况

原本研究可以明代为界，分为前、后两个时期。

前期的研究，散见于明以前的一些史籍志传中。这些所谓的研究，其实仅是对《搜神记》的一些零碎、简单的介绍或著录，如《晋书》对《搜神记》的创作缘起、卷数、内容的粗略交代，以及对干宝《搜神记·序》的载录等。隋唐宋元典籍对《搜神记》的著录也大多数是交代一下作者、卷数，或者摘录若干条目。除此之外，比较具体、系统、详细的研究，目前还未曾发现。这里头有两种可能：一是根本没有人从事过相关研究，所以典无载录；二是相关研究如同其原本，已经散逸乃至湮没，了无踪影。从现存的材料来说，前期的这些相关著录，还不能说是真正意义上的研究，但这些著录对《搜神记》的推介，使之被历代读者所知悉和接受，保存《搜神记》的相关史料，仍然弥足珍贵，不可忽视。

后期的研究在明代以后，主要体现在对散逸的《搜神记》进行辑录上面。明中后期胡应麟辑成《搜神记》二十卷、当代李剑国辑成《新辑搜神记》三十卷，是后期的突出研究成果。胡应麟、李剑国二人在浩如烟海的古籍中，把散逸的条目，逐一钩沉、搜集，并加以整理，各成新本。二人的研究，实际上是对原本的一个抢救、修复，其工作强度之大，投入精力、时间之多，研究之全面系统，及其成就之高，都非前期研究可比，亦非明以后其他的辑录者可比。新辑本的产生，意义非常重大。首先是使一部支离破碎、濒临灭绝的古典名著经过修补、整合，在某种程度上得以复原，使其形体散而复合，血脉断而再续，在一定程度上避免了它在古典文学殿堂里缺位的危险和尴尬。其次是新辑本为后人提供了阅读和研究的范本，为“搜神”故事的广泛流传提供了更加完整、相对真实可靠的对象，也为《搜神记》的研究确立了更坚实的基础。胡、李的两个新辑本在体例、文字及条目数量上，都有较大的差别，体现了不同时代辑录者的历史条件和思想认识、研究理念，但都代表了各自时代的研究水准和成就。

二 《搜神记》辑录本研究概况

除了少数学者对《搜神记》原本的搜集、辑录之外，明以后的《搜神记》研究，其实都是对《搜神记》辑录本的研究。由于李剑国的《新辑搜神记》面世较晚（2007 年），所以这方面的研究也主要集中在胡应麟的二十卷本上。对胡应麟辑录本的研究，主要有以下几种类型：

（一）校注

李剑国先生认为：“胡应麟定稿的辑本未必就是现在看到的二十卷本的样子，很可能是在他死后由胡（震亨）、姚（士粦）等人作了增补，大量取入他书文字以充篇帙。”[①] 从胡应麟的辑录本到胡震亨刊行的《秘册汇函》本，相信做过许多修订、校注的工作。也就是说，从刊刻开始，二十卷辑录本文字脱误、疏漏的校注、补正等相关研究就已经展开，之后的

① 李剑国：《胡应麟辑录二十卷本考》，载李剑国《新辑搜神记 新辑搜神后记》（前言），中华书局 2007 年版，第 77 页。

毛晋（刊行《津逮秘书》本）、张海鹏（刊行《学津讨原》本）、汪绍楹（校注中华书局本）、钱振民（点校岳麓书社本）等人的工作，都属于这一类的研究。当一度销声匿迹，几乎被社会、公众遗忘的《搜神记》，以辑录本的面目重新回归读者视野的时候，公众的陌生感、疑惑、不解甚至挑剔也不可避免地随之而来。校注者的研究工作，对于树立辑录本的公众形象，促使古典名著的合理回归，起了重要的推介作用。同时，在校注的过程中，给辑录本指瑕补缺，为读者解惑答疑，指点迷津，对于引导读者的正确解读和接受，拉近读者与作品之间的距离，也有非常重大的、不可或缺的作用。这方面的研究，当以汪绍楹的成就、贡献最为显著，其校注的特色、意义及影响，在前面有关版本的章节里已经作过介绍，这里不再赘述。

（二）注译

由于古、今汉语在语（文）法、字义、使用习惯上都有很多不同，对相当多的当代读者来说，阅读古籍会有许多困难和障碍。为使古典名著更便于当代读者的阅读，进一步推动优秀传统文化的传播和普及，许多专家、学者致力于古籍今译的工作，使许多古典名著以现代语体文的面目呈现在读者的眼前。在这股古籍今译的热潮之中，《搜神记》的今译本也接二连三地涌现出来，如前面介绍的黄涤明全译本，张甦、陈体津、张觉评译本，何意华、汪有源、曾令先白话插图本，等等，都是当中拥有较多读者的版本。这些今译本，有些是注解、翻译兼而有之，有些则仅仅是翻译，并无注解。无论哪一种，注译者的意图，无非都是为了让《搜神记》能被更多的当代读者所认知和接受，使更多的人初步领略古典名著的魅力。因此，诸如此类的研究，应该说还停留在推广和普及的层面上，未能称得上深度的研究。

（三）评述

评述类的文字，大体上又有两种。

其一，关于真伪的评述。

胡应麟的二十卷辑录本面世以后，质疑之声便不绝于耳，比较有代表性的有纪昀、张之洞、鲁迅等人的评述。清代大学者纪昀云："至于六卷、七卷，全录《汉书·五行志》。司马彪虽在宝前，《续汉书》宝应及见，似绝无连篇钞录，一字不更之理。殊为可疑。”①

张之洞在《书目答问》中，说得更加直截了当，毫不客气：“《神异经》《十洲记》《洞冥记》《搜神记》《搜神后记》《述异记》，皆伪书近古者。”② 把《搜神记》连同其他几部流传下来的汉魏志怪统统指为伪书。

鲁迅也受了这两位观点的影响，在《中国小说的历史的变迁》中道：“《搜神记》多已佚失，现在所存的，乃是明人辑各书引用的话，再加上别的志怪书而成，是一部半真半假的书籍。”其《中国小说史略》也云：“《搜神记》今存者正二十卷，然亦非原书，其书于神祇灵异人物变化之外，颇言神仙五行，又偶有释氏说。”③ 一部半真半假的书，显然难以引起鲁迅较大的兴趣，因此在上述两书中，他仅仅是对其作简单的介绍和评述，并没有作过多的、深入的讨论。

而余嘉锡在对《搜神记》的版本、流传情况作过深入考察，且将之与其他相关的书籍校对后，对上述这些质疑提出了另外的见解。他首先认同今存《搜神记》为后人所辑的说法，但认为书中的大部分内容是真实可信的：“余谓此书似出后人缀辑，但十之八九，出于干宝原书（此但约略就其可考者言之）。若取唐、宋以前诸书所引，一一检寻，尚可得其出处，与他书之出于伪撰者不同。”对于张之洞的“伪书”说，他更是作了驳斥：“张之洞《书目答问》，信《提要》之说，遂谓《搜神记》为伪书之近古者。不知《提要》所言，初无确据，且缀辑古书，亦不得谓之作伪也。”④

余嘉锡称十之八九出于原书，其实仅仅是就书中可以考证的那部分内容来说的，其余无法考证或暂时未能考证的条目，为数不少，且也真伪莫辨。后来汪绍楹先生等人的考证表明，“实有自各本掺入者”⑤。因此，辑录本真伪并存，是客观事实，至于是否可称为“伪书”，不过是见仁见智，各执一词罢了。

---

① 纪昀：《四库全书总目提要》，中华书局影印本 1965 年版，第 1207 页。

② 范希曾：《书目答问补正》，中华书局影印本 1963 年版，第 155 页。

③ 鲁迅：《中国小说史略》，上海古籍出版社 1998 年版，第 26 页。

④ 余嘉锡：《四库提要辨证》，中华书局 1990 年版，第 1142 页。

⑤ 汪绍楹：《余嘉锡〈四库提要辨证〉》注 5，见《搜神记》附录，中华书局 1979 年版，第 262 页。

其二，推介式的评述。

这类评述主要在一般的文学史（小说史）著作和教科书中，一般是对辑录本性质、特点、思想、艺术、地位等相关问题的简单论述，以此向读者推介。如民国时期杨荫深的《中国文学史大纲》云："《搜神记》不但文字简练，事实也很古雅，虽所言也多神怪，但初看起来，真是言之凿凿，不信其伪。后之《剪灯新话》《聊斋志异》都可以说是源流于此的。"①

刘大杰的《中国文学发展史》从内容到形式，都对《搜神记》给予充分的肯定和较高的评价：魏晋时期的"小说，最值得我们注意的是干宝的《搜神记》……其中虽多神鬼怪异之谈，但有一些民间传说故事，甚为优秀，故其价值在当代志怪书之上。如《韩凭夫妇》《干将莫邪》《董永》《天上玉女》《吴王小女》《李寄斩蛇》等篇……内容富于现实精神，即在形式结构方面，已具小说规模，同那些残丛小语的一般形体，大不相同了。"②

新中国成立以后比较流行的文学史教科书，如中国社会科学院文学研究所编写的《中国文学史》（人民文学出版社）、游国恩等主编的《中国文学史》（人民文学出版社）等，对古代小说，尤其是魏晋南北朝的小说都不大重视，介绍的篇幅很少，对《搜神记》的评述也都比较简单、空泛。如前者只简要介绍了它的思想内容，及其对唐传奇、宋元明清笔记小说的影响；后者较之稍有进步，明确指出魏晋南北朝的志怪小说，以"干宝《搜神记》成就最高，是这类小说的代表"。③ 其余的评述，仍然大同小异，泛泛而谈。之后陆续出现的许多文学史教科书，对《搜神记》的评述，基本上和这两者差不多。

20 世纪 80 年代以后，古代小说的研究出现了一个崭新的局面，相继出版了多种古代小说史的著作，如李剑国的《唐前志怪小说史》（南开大学出版社 1984 年版）、侯忠义的《中国文言小说史稿》上册（北京大学出版社 1990 年版）、吴志达的《中国文言小说史》（齐鲁书社 1994 年

① 杨荫深：《中国文学史大纲》，商务印书馆 1938 年版，第 141 页。

② 刘大杰：《中国文学发展史》（上），上海古籍出版社 1982 年版，第 248—249 页。

③ 游国恩等：《中国文学史》（一），人民文学出版社 1963 年版，第 298 页。

版）、王枝忠的《汉魏六朝小说史》（浙江古籍出版社 1997 年版）、赵明政的《文言小说：文士的释怀与写心》（广西师范大学出版社 1999 年版）等。或许是文学分体专史的缘故，这类著作相对于上述文学史教科书来说，对《搜神记》的评述要详尽很多，无论评述的广度和深度，都普遍超出一般的文学史。

在诸多的小说史著作中，又以李剑国《唐前志怪小说史》的论述最为全面和深入。该书的第五章（“魏晋志怪小说”）用了专节 30 多页的篇幅，对《搜神记》原本的成书、流传，胡应麟二十卷辑录本的产生及其版本、内容、特点等方面的问题，作了深刻的探讨、评述。之后，在其《新辑搜神记　新辑搜神后记》前言中，又花了大量的笔墨对其中的一些问题进一步细化、深化讨论，有更多的独到见解。对于《搜神记》来说，如此大幅度的讨论，可以说是空前的。

在《唐前志怪小说史》中，特别值得关注的论述有三个方面：

第一，在前人的基础上，进一步确认、证实胡应麟辑录二十卷本的观点。为此，对胡氏辑录的时间、过程及胡辑本刊入《秘册汇函》的许多细节问题，都作了深度考证，材料翔实新颖，观点令人信服。

第二，概括和论述了辑录本的思想内容。李氏把辑录本的思想内容概括为九个方面：（1）神仙术士及其法术变化之事；（2）神灵感应之事；（3）妖祥卜梦之事；（4）物怪变化及灵奇之物；（5）鬼事及还魂事；（6）精怪事；（7）报应故事；（8）神话和其他怪异传说；（9）历史传说。每一部分都有若干代表篇目的介绍和分析，比之以往蜻蜓点水般的泛泛之论，显得更加全面具体，合情合理。

第三，总结、归纳辑录本的艺术成就。其艺术成就主要表现在三个方面：（1）增强了故事情节的完整性和丰富性，扩大了志怪小说的容量。（2）运用和加强各种表现手段来提高叙事的艺术性。这一点与前者是相互联系的，在较长的故事中显得尤为突出，具体地说：一是叙事讲究条理章法，避免平铺直叙，有意起波澜、出周折；二是加强对话描写，通过人物的对话显示情节和推动情节发展；三是对场面、人物动作等进行细节性的描写渲染；四是在叙事中穿插诗歌，增加了文学色彩。（3）一些段目开始注意加强人物形象的描写，注意表现人物的特定情绪和内在性格，使人物形象具有了一定程度的可感性和生动性。

李剑国的评述，标志着辑录本《搜神记》的研究，达到了一个新的高度。到目前为止，其他文学史、小说史著作的相关研究，从总体上看都还未能达到这个高度。

（四）专题论文

《搜神记》的专题单篇论文主要出现在20世纪以后，数量不算太多。20世纪以来，大陆地区关于《搜神记》研究的论文只有60来篇①。从研究的阶段特征来看，可以1979年为界，分为前后两个时期：前期的论文仅6篇，主要侧重于作者生平思想、版本及流传研究；后期的研究转向多维观照和纵深透视，论文的数量和研究的深度、广度都明显超过前期。

在这为数不多的论文中，论述的内容比较集中在这几个方面：

一是语言学方面的研究，即研究文本中的某一种语言现象。如范崇高、赖敏《〈搜神记〉释词》（《自贡师范高等专科学校学报》2003年第1期）、刘晓惠《从〈搜神记〉比较句看程度副词隐含的比较意义》（《晋中学院学报》2005年第2期）等。

二是对作者、辑录者及版本的研究。其中最著名的一篇文章是范宁的《关于〈搜神记〉》（《文学评论》1964年第1期），该文是新中国成立以后较早的《搜神记》研究论文，文中考证、确认了胡应麟辑录二十卷本的问题，其观点为后来中华书局版《搜神记》（即汪绍楹校注本）的《出版说明》、李剑国的《唐前志怪小说史》所接受，在《搜神记》研究的历史上有重要影响。其余比较有深度的还有王枝忠《关于两部〈搜神记〉》（《固原师专学报》1996年第4期）和田汉云、沈玲的《论干宝的宗教观》［《扬州大学学报》（人文社会科学版）2002年第2期］等文章。

三是对于辑录本辑录、校注的研究。如周俊勋《二十卷本〈搜神记〉的构成及整理》［《西南师大学报》（人文社会科学版）2003年第3期］一文，指出胡应麟在辑录过程中存在着诸多问题，汪绍楹校注本对这些问题作了揭露并予以纠正，但仍然有许多不足，认为《搜神记》大有重新辑录的必要。

① 杨淑鹏：《20世纪〈搜神记〉研究综述》，载《晋中学院学报》2010年第5期。

四是基于文学、文化方面的研究，涉及故事类型和特质、形象、审美、思想意识及宗教习俗等。如姜宗妊的《关于〈搜神记〉作为世界认识方式的评析》（《明清小说研究》1998 年第 4 期）；屈慧青的《〈搜神记〉和神人相恋范式的定型》（《中国文学研究》1999 年第 2 期）；李剑峰的《〈搜神记〉中的鬼故事》（《民俗研究》1999 年第 4 期）；赵振祥的《论干宝〈搜神记〉的社会新闻性质》［《厦门大学学报》（哲学社科版）2002 年第 4 期］；武波的《从〈搜神记〉看志怪小说之“怪”》［《青海师专学报》（教育科学）2003 年第 4 期］；石莹的《浅析〈搜神记〉中女性形象的美学特质》（《黑龙江教育学院学报》2003 年第 5 期）；黄剑华《干宝〈搜神记〉的价值和意义》（《文史杂志》2009 年第 4 期）。这些论文的作者都能从各自的研究视角出发，发掘出《搜神记》中的某一种文学、文化现象，也不乏真知灼见，但总的来说，有深度、有分量的研究比较少。

综上所述，对于《搜神记》原本的研究，主要体现在辑录，旨在抢救和修复，成果虽然很重要，也很珍贵，但数量不多；而对于辑录本（二十卷本）的研究，无论是内容还是方式，都比前者丰富许多。由于辑录本研究的人数相对较多，研究的视角多维，研究成果的种类和数量，也非前者可以同日而语。因此，在目前的语境下，所谓的《搜神记》研究，其实基本上是指《搜神记》辑录本的研究。虽然它只是一个“替代品”，但由于它集合了许多原作的条目，保留着较多原作的“身体部件”，与原本毕竟血脉相连，因而自有其存在的价值和研究的价值。所以，在原本失而不可复得的情况下（从目前看是如此），人们关注辑录本，这种情况也属正常。

但从上述的论著来看，之前的研究大多仍停留在外围和表层，如对辑录本来源、性质的介绍，文字的补漏纠错，字义的解释，本事的探源以及文本中某种文学、文化现象的孤立讨论，等等，远未深入到作品的内部，对其文学、文化的深厚意蕴作深度、系统的研究，挖掘其思想、艺术的价值和意义。由此看来，这些研究还是比较初始和表层的。这对于一部影响深远的古典名著来说，即便是辑录本，也与它的地位很不相称。故此，对于《搜神记》的研究，还任重道远，还需要更多的人，投入更多的精力，去从事这方面的工作。

本书的创作动机，除了源自对这部古典名著的喜爱之外，还有感于上述不尽如人意的研究状况。希望通过自己的努力，能为《搜神记》的研究添砖加瓦。由于历史和现实的原因，此处研究所本，仍然是胡应麟的二十卷辑录本——汪绍楹校注本（中华书局 1979 年版）。笔者从中选取几个感兴趣的专题，分别探讨，把探讨过程中的一些心得诉诸文字，权作抛砖引玉。

第二章

《搜神记》之“神”

《搜神记》是一部写神（怪）故事的小说，毫无疑问，它的主角是神。要深入研究《搜神记》，真正步入这个神奇虚幻的世界，对其“神”的把握和认识，非常重要，也非常关键。但在以往的研究当中，人们对《搜神记》“神”形象的关注并不多，对其整体意蕴及特质的探讨、揭示，则更为鲜见。

第一节　泛化之“神”

一　神身份的泛化

神的观念产生于原始社会，原始宗教及神话中的神，是一种人格化的神秘自然力，和部族的英雄及祖先，前者包括一切的自然神，后者如盘古、夸父、后羿、伏羲、女娲、炎黄二帝、后稷等。后来一般意义的神，也有狭义和广义之分。狭义的神，专指天神，《说文解字》云：“天神，引出万物者也。”也就是宇宙众生之父，万物的缔造者和保护者。广义的神，则包括天神、地祇和人鬼。这里的天神，是指上天之神，包括日月星辰、风雨雷电诸神；地祇在地，是地上山川湖海林泽之神，“山林、川谷、丘陵能出云，为风雨，见怪物，皆曰神”（《礼记·祭法》）；人死之后，其灵魂为鬼，鬼被称为神，是出于对先人、英杰的崇拜。古人认为人的权能有大小，故其灵魂的权能也有不同，权能大者（如部族首领、英雄、君王等），其灵魂上天为神；而权能小的一般人，便只能在阴间做鬼。所以只有被尊崇者的英灵才能被称为神。

在古代早期人的观念中，神是宇宙间万物生死祸福、天地间风云变幻的主宰，有非凡的神力和崇高的品格，是人们顶礼膜拜的对象。但随着岁月推移，时代变迁，神的观念演变扩张，神的身份逐渐被泛化。这种现象首先体现在语言的表达上。不知从什么时候开始，人们就习惯“神鬼”或“鬼神”连用，如《论语》：“菲饮食，而致孝乎鬼神”（《泰伯》）；“敬鬼神而远之”（《雍也》）。《墨子》：“自古以及今，生民以来者，亦有尝见鬼神之物，闻鬼神之声，则鬼神何谓无乎？若莫闻莫见，则鬼神何谓有乎”（《明鬼》下）。这都表明，在春秋时代，神和鬼已经没有严格的区分，人们习惯上都视神鬼为一体。而在实际的祭祀活动中，也有天神、地祇、人鬼（神）混杂，共享牺牲的情形。如楚地民间祭神的组曲“九歌”，其中的《东皇太一》《云中君》《东君》《大司命》《少司命》等篇祭的是天神，《湘君》《湘夫人》《河伯》《山鬼》等篇祭的是地祇，而《国殇》篇祭的则是人鬼。这里表明，在楚人的观念中，天神、地祇、人鬼都是神，他们的神格、地位和职能几乎没有什么区别，同样享受着人们的尊崇，接受人们的祈祷。楚地巫风素盛，神鬼文化有很悠久的传统和很深厚的底蕴，这种观念具有相当的代表性，在一定程度上反映出神观念变化的轨迹和趋势。

秦汉以后，神群体扩张，神身份泛化的现象愈演愈烈，神鬼不分进一步演变成神、仙、鬼、怪不分，神仙鬼怪混同，逐渐成为人们的一种普遍意识。神、鬼、仙、怪本来有明确、独特的身份和不同的生态特征、属性，但在汉魏晋人的观念中，他们之间的界限逐渐模糊，身份逐渐趋同。如葛洪在《抱朴子》的自序中，称其书“言神仙方药，鬼怪变化，养生延年，禳邪却祸之事”。将神仙鬼怪相提并论，混为一谈。汉魏晋时期“张皇鬼神，称道灵异”的一类作品，被统称为志怪小说，也表明“怪”不仅与“灵异”同义，而且与“鬼神”同义。推而论之，鬼神又与灵异同义。灵异者，精灵怪异，即精怪之谓也。这种神仙鬼怪不分的现象，在汉魏晋的志怪小说中非常普遍，如西王母、后羿等，在汉魏晋的志怪中，就是亦神亦仙的形象；“宋（宗）定伯”是《搜神记》《列异传》分别收录的著名的不怕鬼的故事，故事当中被宋定伯制伏的“鬼”，实质是一个羊变的精怪，但叙述者口口声声称为鬼，此为鬼怪不分；《搜神后记》卷五“阿香”篇中的阿香，本是神话中的雷神，雨夜还被唤去推雷车，但她居住的荒野草屋，天亮以后竟然是一座坟墓！义兴周姓人旅途夜遇且求之借宿者，不知是神、是仙还是鬼，令他惊愕不已。由此可见，在汉魏晋的志怪小说里，神、鬼、仙、怪之属常常是互相混同，界限不清的。

作为魏晋志怪小说的代表作，一部集志怪大成的作品，《搜神记》所表现出来的神观念，也有同样的特点，甚至有过之而无不及。它不仅广收神仙鬼怪故事，让神仙鬼怪混杂共处，俨然一家，混同了神、仙、鬼、怪之间的身份，更为重要的是，明确以“神”统称诸类角色，在称谓上确认了它们“神”的身份。在前一章关于《搜神记》故事类型的讨论中，我们已经知道，“搜神”故事包括了神话、鬼话、仙话、怪话、梦话等。梦话其实还是神、仙、鬼、怪的故事，只不过是这些神、仙、鬼、怪出现在虚幻故事的人物梦境中，具有双重虚幻的特质。所有神、仙、鬼、怪的故事，皆由“搜神”故事统领之、统称之，由此可知，在作者的心目中，神与仙、鬼、怪之属并无区别，他们的身份和称谓可以互换，也就是说，仙、鬼、怪都可以称“神”。仙、鬼、怪都获得了神的身份，实质就是神身份的泛化。这表明，《搜神记》所谓的“神”是泛指、泛称一切神异、虚幻的信仰对象，包括神、仙、鬼、怪之属。

以“搜神”故事涵盖、统称神、仙、鬼、怪的故事，这在故事的编选理念上体现了《搜神记》的泛神观念。这种泛神观念，在《搜神记》文本的表述上面，也有具体、充分的体现。

如 31 则《弦超》：

> 魏济北郡从事掾弦超，字义起。以嘉平中夜独宿，梦有神女来从之，自称天上玉女，东郡人，姓成公，字知琼……云：“我，神人也。虽与君交，不愿人知。而君性疏漏，我今本末已露，不复与君通接。积年交结，恩义不轻，一旦分别，岂不怆恨?!势不得不尔，各自努力。”……把臂告辞，涕泣流离，肃然升车，去若飞迅。

知琼又作智琼，是传说中著名的仙女。该篇写的是一个美丽的仙凡恋爱故事，张华曾为此写过一篇《神女赋》。仙、神混杂，神、仙混称，这是民间最常见的现象，本篇中分别以“神女”“神人”称呼仙女，反映出民间这种观念和语言的惯性。类似的例子在《搜神记》中有许多。

上述例子是称仙为神，下面几篇则称鬼为神。44则《李少翁》：

> 汉武帝时，幸李夫人。夫人卒后，帝思念不已。方士齐人李少翁，言能致其神。乃夜施帷帐，明灯烛，而令帝居他帐，遥望之。

汉武帝思念已故的李夫人，方士声称能招来李夫人的灵魂与他会面。死人之魂为鬼，方士的招魂术真伪如何，此处且不深究，但其称鬼为神，却是实实在在的。

92则《蒋山祠》（一）写生前嗜酒贪色、轻薄放荡、不守礼法的蒋子文，死后成为一个滥施淫威，一次又一次地鱼肉百姓，为害一方的恶鬼。这么一个恶鬼，也口口声声自称为神：

> 蒋子文者，广陵人也。嗜酒好色，挑达无度。常自谓己骨清，死当为神。汉末为秣陵尉，逐贼至钟山下，贼击伤额，因解绶缚之，有顷遂死。及吴先主之初，其故吏见文于道，乘白马，执白羽，侍从如平生。见者惊走，文追之，谓曰：“我当为此土地神，以福尔下民。尔可宣告百姓，为我立祠。不尔，将有大咎。”

97则《丁姑祠》中的丁氏女，因不堪忍受家婆的虐待自缢，死后变鬼显灵，令九月九日作为妇女的休息日，为劳动妇女争取了权益，同时也惩罚了居心不良的人，褒奖了善良、无私助人的老船夫，她的行为彰显了正义。面对好心为她摆渡的船夫，她并不隐瞒自己的身份：

> 临去，语翁曰：“吾是鬼神，非人也，自能得过。然宜便民间粗相闻知。翁之厚意，出苇相渡，深有惭感，当有以相谢者。若翁速还去，必有所见，亦当有所得也。”

丁姑坦白承认自己的身份，显然有向世人宣示神鬼显灵、布义的意图，而她以“鬼神”自称，也反映出时人心目中神鬼不分的习惯意识。

至于称精怪为神，神怪混杂的例子，在《搜神记》中更是屡见不鲜。

424 则《刘伯祖狸神》：

> 博陵刘伯祖为河东太守，所止承尘上有神，能语，常呼伯祖与语。及京师诏书诰下消息，辄预告伯祖。伯祖问其所食啖，欲得羊肝。乃买羊肝，于前切之，脔随刀不见，尽两羊肝。忽有一老狸，眇眇在案前……后伯祖当为司隶，神复先语伯祖曰：“某月某日，诏书当到。”至期如论。及入司隶，神随逐在承尘上，辄言省内事。伯祖大恐怖，谓神曰：“今职在刺举，若左右贵人，闻神在此，因以相害。”神答曰：“诚如府君所虑，当相舍去。”遂即无声。

河东太守刘伯祖家天花板上居留的其实是一个狐狸精。它能未卜先知，屡屡为伯祖预告朝廷内部消息，从而成为伯祖的知心朋友，后伯祖升迁为朝廷的检察官，生怕狐朋招惹是非，遂请它离去。作者自始至终，皆称这个狐狸精为“神”。

再如 431 则《高山君》有自称“高山君”的山羊精，文中也称为“神”。在这些篇目中，精怪和神是同一个概念。

《晋书》本传称：干宝“撰集古今神祇灵异人物变化，名为《搜神记》”。这也表明，《搜神记》之“神”，是泛指“神祇灵异人物变化”，其实囊括了一切神仙鬼怪、灵异事象。因此，《搜神记》中的神，并非传统意义上的神，而是泛化了的神，几乎包括了牛鬼蛇神、妖魔仙怪及各种怪异之事。作者这一泛神的观念，在故事的编选理念、具体文本的表述上，都有清楚的体现，也被后世史家所指证。

神身份的泛化，实质是人们神信仰、认知的多样化，其动因在于人们日益广泛、多元的心理诉求。在神观念产生之初，原始人类的生产和生活方式都很简单，人们的心理诉求也比较单纯，无非是安全和温饱而已，因而所需要寻求保护、帮助的神也就比较单一。随着时代的推移，人类社会的生活内容越来越丰富、复杂，人们的欲望也随之膨胀，心理诉求趋于复杂多样，“造神”运动也就愈演愈烈，越来越异彩纷呈。尤其在汉末魏晋年间，军阀混战，时局动荡，天灾人祸频仍，民不聊生，宗教迷信盛行，神鬼之说更加甚嚣尘上。一方面，人们希望得到各种各样的神来庇佑自己，底层的人祈求逢凶化吉，避灾得福，在乱世当中保全自己，上层的人则希冀永保富贵，甚至得道成仙，长生不死；另一方面，人们又把社会的乱象都归于神鬼妖孽的作祟。于是，人们对神的需求和信仰便呈现出多样化、复杂化的局面。人们自觉或不自觉地将神和鬼、仙、怪等所有神秘、怪异的物象相提并论，杂糅混融。

神身份的泛化，最显著、最直接的后果，就是使得《搜神记》的“神”具有很大的包容性。它包含了神、仙、鬼、怪等民间一切人格化的信仰对象，天上、地下、阴间的神祇无所不有，神群体因此大大扩张而至庞大。这个把民间信仰中所有的神异、虚幻对象兼收并蓄的庞大神群体，形象复杂多样，内涵丰富多义，“功能”也应有尽有，能最大限度地满足人们各取所需的多元心理需求，包容了千差万别的认知选择和认知程度。神的包容性显示的无疑是社会思想自由、文化意识多元的一面，但同时也表现出信仰对象摇摆不定、价值混乱的一面，显示出时人神观念的不确定性。在庞大、混杂的神群中，既有传统民间信仰中的群神，也有道、佛二教的众神，这些各色各样的神，其渊源、性质、意义、神性都未尽相同，但对于大多数人来说，未必都对之有清晰的认知和固定不变的信仰对象，也未必都有相对恒定的情感和态度。在《搜神记》中，表现人们对神的虔诚信仰、崇拜的作品无疑是最多的，除此之外，不信神鬼，或揶揄、戏弄甚至憎鄙神鬼的作品，也屡见帙中；又或是各种类型、门派的神混杂共处，或是同一个神形象兼具道、佛、民间传说色彩……诸如此类的现象，都是这种神观念的反映。

《搜神记》之神的包容性，及其蕴含的神观念的不确定性，其背后是一种时代的文化精神和复杂心态。魏晋时代是中国历史上最动荡的时期之一。由于汉帝国的崩溃，一方面是儒家衰落，礼教松弛；另一方面是老庄勃兴，玄学流行，人的思想空前活跃，个性自由和思想解放成为一种时代特征。在这种思想自由、解放的氛围下，虽然神道思想弥漫，神鬼之说充斥社会，但不信鬼神和天命，不信因果报应和生死轮回的无神论者或神灭论者也大有人在。如曹操、仲长统、杨泉（东吴）、陶渊明等人，就都是当时赫赫有名的无神论者。

曹操反对天命、鬼神，他将鬼神与奸邪之事相提并论，深恶痛绝，唯除之而后快。《三国志》卷一《武帝纪》注引《魏书》谓：

> 太祖……秉政，遂除奸邪鬼神之事，世之淫祀由此遂绝。[①]

但曹操又是一个对“游仙”内容很热衷的诗人，其晚年创作的《精列》《秋胡行》《气出唱》三首，都是著名的游仙之作。“《气出唱》等游仙诗宣传游仙长生等思想；《秋胡行》除了游仙外，还有宿命思想。”[②] 早期不信神鬼，但晚年仰慕神仙，反映出曹操思想的变化。

陶渊明是魏晋时期另一个著名且最早主张神灭论的思想家。他反对神不灭论，《形影神》三首就是针对佛教僧徒所谓“形尽神不尽”的理论而写的。其中的《释神》云：

> 三皇大圣人，今复在何处？彭祖爱永年，欲留不得住。老少同一死，贤愚无复数……甚念伤吾生，正宜委运去。纵浪大化中，不喜亦不惧。应尽便须尽，无复独多虑。

作者认为无论三皇五帝，老少贤愚，其灵魂随着形体一同存灭，乃自然之道，并无形去神留之事。陈寅恪曾指出：“观此首结语‘应尽便须尽，无复独多虑’之句，则渊明固亦与范缜同主神灭论者。”[③] 范缜是南朝著名的神灭论者，陈寅恪以陶渊明为其同调甚至先驱，表明对陶渊明神灭论者身份的认同。但众所周知，魏晋著名的志怪小说《搜神后记》，

---

① （南朝宋）裴松之：《三国志注》卷一《武帝纪》注。此据卢弼《三国志集解》（1），上海古籍出版社2009年版，第21页。

② 中国社会科学院文学研究所：《中国文学史》（一），人民文学出版社1983年版，第191页。

③ 陈寅恪：《陶渊明之思想与清谈之关系》，燕京大学哈佛燕京学社刊印，1945年出版。

很多人就认为是出自陶渊明之手。《搜神后记》被作者标榜为《搜神记》的续书，两者书名也仅一字之差，作品性质、思想观念相类，是没有疑问的。显然，《搜神后记》的创作，与陶渊明神灭论者的身份不符。

上述例子至少可以表明两点：其一，在魏晋时期，对于有神还是无神的选择、接受，或者对于何种门派、种类神明的选择、接受，时人都是比较自由和开放的；其二，即使是信奉或主张无神论者，其思想也未必是纯粹、单一的，也仍然会有思想混杂、变化不定的现象。既然如此，有神论者当中，多神崇拜和信仰，对神的认知和需求表现出多样性，对神的情感和态度表现出不确定性，便是很自然的事。由此看来，神的包容性以及神观念的不确定性，其实是自由和开放的时代文化精神的另一种表现，虽然普通大众的境界与曹操、陶渊明等政治家、思想家们不可同日而语，但在本质上是一样的。生逢乱世，人们无法掌控自己的前途和命运，既不知晓哪些神灵能确保自己的安全与福祉，也不知道哪些鬼怪会给自己带来孽患和灾难，在这种情况下，不论何方神圣，都虔诚叩拜，敬畏有加，以争取较大的保险系数，少招惹麻烦，是一种普遍的心理。但当主观愿望与客观现实产生距离时（事实上经常如此），又自觉或不自觉地流露出一些怀疑、不满甚至恼怒的情绪，对神鬼表现出嘲弄、不敬的态度，这就是神形象的包容性、神观念的不确定性产生的心理机制。《搜神记》以众多不同的神鬼故事，生动、形象地揭示了乱世之中，人们迷茫与追求、困惑与探索相混杂的复杂心态。

神身份的泛化，客观上也造成了神质量的下降。神身份泛化的过程，实质是神群体剧烈膨胀的过程。在这个过程中，泥沙俱下，鱼龙混杂，神体、神威、神格、神力逐渐分裂，神的意志、职能、威力被分解、削弱，总而言之，是神的质量呈下趋的态势，原来神圣、崇高、威严，无所不能，具有包揽宇内、吞吐由己的宏观主宰能力和磅礴气势的万物缔造者和保护者，裂变成为各式各样的神仙鬼怪精灵，这些神仙鬼怪精灵，无论是内在的气质上，还是外在的形象、能耐上，与传统意义上的神都不可同日而语。因此，《搜神记》中的神灵，比较多地在某些具体、琐碎甚至庸俗的事件上面显灵，而较少显示出对天道、人道等大是大非问题的关注和掌控，有些纯粹就是作奸犯科或庸俗无能之辈，与凡间坏人、恶人、庸人无异，高尚、正义和无私等道德的示范作用已被大大削弱。这恐怕与现实世界中，世俗信徒们只关心眼前、身边之事，更注重自身利害得失的心理需求有关。神本来就是普罗大众所创造，其品格、质量和职能，自然会随着世俗社会的需求而变化，《搜神记》的神身份的泛化，正是这种需求变化的真实形象反映。内在品格、质量的降低，必然导致神形象的贬损，但这正是神灵脱去神圣的光环，走下神坛、圣坛，逐渐回归现实，回归本始的必然趋势。

二　神形体的泛化

在神身份泛化的同时，《搜神记》中也存在神形体泛化的现象。神形体的泛化，大体有三类情形。

一是各类神灵都有一个常态的形体，从而使不同的神灵展现出各种各样、丰富多彩的体态或外貌。在《搜神记》中，以人形、人貌显现的神无疑是最多的，此外，以各种动物、植物及其他无生物形体出现的神灵也可谓应有尽有。如武昌大蛇（226 则）、南海鲛人（311 则）、鄱阳犬蛊（317 则）分别以蛇、鱼、狗的形体活动；415 则、416 则、417 则、418 则等连续几篇的树神，分别以奇树、怪树现形；413 则《饭臿怪》中的神，则以无生命的枕头和饭勺的形体出现，等等。

二是同一个神，在不同的时间或空间里以不同的形貌出现。这种情况是非常态的，如狐仙、神龟、猪怪、蛇精等，会依据需要，分别以不同的形象示人，这种情形在《搜神记》中简直不胜枚举。

第一种情形是把神的显灵和借以现形的人、物的特征结合起来，充分显示神的个性和魅力，使之更加生动逼真，贴近人的认知视野，扣人心弦；第二种情形实质是神灵的变幻，展示神灵神通广大、变幻莫测的特征，这种特征也是神之为神的基本要素。这两种情形，不打算在此处深论，这里想讨论的是第三种情形，即神形体有和无、虚和实的泛化。

在一般的神怪故事描述中，神、仙、鬼、怪的形象虽然五花八门，但都是以“有形”的实体出现，这些我们可以称为有形的神。前面所讨论的神，都属这一类。在《搜神记》中，还有另一类“无形”的神，它在事件的过程中，并没有具体、实在的形象显现，但在无形之中又确确实实感受到它的存在。所以，在《搜神记》中，神的形体虚实相间，有无混杂——既可以具体有形，生动可感，也可以空泛无形，无迹可求，表现出泛化的特征。

290 则《东海孝妇》：

> 汉时，东海孝妇，养姑甚谨。姑曰：“妇养我勤苦。我已老，何惜余年，久累年少！”遂自缢死。其女告官云：“妇杀我母。”官收系之，拷掠毒治。孝妇不堪苦楚，自诬服之。时于公为狱吏，曰：“此妇养姑十余年，以孝闻彻，必不杀也。”太守不听。于公争不得理，抱其狱词，哭于府而去。自后郡中枯旱，三年不雨。后太守至，于公曰：“孝妇不当死，前太守枉杀之，咎当在此。”太守即时身祭孝妇冢，因表其墓。天立雨，岁大熟。长老传云：“孝妇名周青。青将死，车载十丈竹竿，以悬五旛。立誓于众曰：‘青若有罪，愿杀，血当顺下；青若枉死，血当逆流。’既行刑已，其血青黄，缘旛竹而上标，又缘旛而下云。”

这是一篇早期的公案小说，说的是一个天大的冤案。婆母不忍心拖累孱弱、孝顺的媳妇而自缢，昏庸的官府却认定为媳妇杀姑，从而处死了“养姑甚谨”的孝妇。这桩错杀无辜的冤案，引得人神共愤。故事中“郡中枯旱，三年不雨”“天立雨，岁大熟”“既行刑已，其血青黄，缘旛竹而上标，又缘旛而下”等一系列神奇的天象、情状，显然是神在显灵。在这里，我们见不到具体、有形的神，但他的意志、神力却是实在、可感的，令人不能不相信神的无处不在，无时不在。元代关汉卿著名的杂剧《感天动地窦娥冤》中，窦娥临刑前许愿三桩，并且桩桩实现，其中的“三年亢旱”“血飞白练”，便是吸收、化用了本故事的构思和素材，借助无形的神，来表达天意人心，使作品具有穿越时空、震撼人心的艺术魅力。

再看 293 则《庾衮》：

> 庾衮，字叔褒。咸宁中，大疫，二兄俱亡，次兄毗复殆。疠气方

盛，父母诸弟，皆出次于外，衮独留不去。诸父兄强之，乃曰："衮性不畏病。"遂亲自扶持，昼夜不眠；间复抚柩，哀临不辍。如此十余旬。疫势既退，家人乃返。毗病得差，衮亦无恙。

这一篇写瘟疫流行之时，庾衮以大无畏的精神，毅然留下侍奉染病的哥哥，非但自身没有被传染上瘟疫，最终还和家人一起奇迹般逃过了劫难。作品颂扬了道德和亲情的伟大、神奇力量。古人认为，自然灾害、瘟疫都是神对有不轨行为的人们的惩罚，庾衮的高尚品质和奋不顾身的行为，显然得到了神的褒奖。这里也没有出现神的具体形象，但瘟疫的降临和消退，无疑是神的意志体现，显示了神的存在。

213 则《生笺单衣》的故事似乎也与神沾不上边：

永嘉中，士大夫竞服生笺单衣。识者怪之，曰："此古练纕之布，诸侯所以服天子也。今无故服之，殆有应乎？"其后，怀、愍宴驾。

"生笺单衣"是生丝细布做的单衣，晋永嘉年间，士大夫阶层竞相穿着。本来是某历史时期的一种服饰时尚，但人们将之与晋王朝灭亡，怀、愍二帝被匈奴俘虏遇害联系起来，认为这是神对改朝换代、天子驾崩的一种预示。本篇可能是《搜神记》中神形、神迹最淡薄的故事之一，但就是人们生活中这么寻常的一种举动，竟然也是神旨的一种昭示，承载着重大的、不寻常的意义。这里见不到神的形体，似乎也没有神的活动，但叙述者还是将事件与神灵扯上关系，向人们宣示这个无形之神的存在及其无声的神力。

《易·系辞上传》云："阴阳不测之谓神。"晋代易学家韩康伯注曰："神也者，变化之极，妙万物而为言，不可形诘者也。"① 意思是说，神为变化的极点，他体现于万物，却无从查究他的形体。《淮南子·泰族训》也说："夫鬼神，视之无形，听之无声。"也就是说，鬼神是看不见、听不见的。上述故事中所叙述的神，在存在状态上，便属这种只显其灵，不见

① （魏）王弼著，楼宇烈校释：《王弼集校释》，中华书局 1999 年版，第 543 页。

其形的无形之神。在《搜神记》中，关于无形之神的叙述数量不少，此处仅是聊举数例。从故事中可以看到，这一类神，既没有物质状态的形体（象）、诉诸耳目的音容笑貌，也没有生物学意义的、具体可感的行为踪迹，他仅是通过某种自然或社会的现象来显示他的存在，体现他的意志，是一种非人格化、非物质的显意的神。

其实，原始人类在把自然力人格化之前，亦即人格化的神未产生之前，人们朦胧意识中的神，就是一种无形的、超自然的神秘力量。他无影无踪、无声无息，但日月星辰流转，风雨雷电狂作，春夏秋冬交替，万物众生存灭，等等，无不是这种神秘力量的作用和操控。老子云：“大音希声，大象无形。”（《老子》四十一章）这么说来，这个无形的神，实际上是形体最大的。“夫为大，故似不肖；若肖，久矣其细也夫。”（《老子》六十七章）正因为他太大，所以不像任何具体有形的物体；倘若他像某种具体有形的物体，那他早就很渺小了。换句话说，是由于他形体无限大而至无形，所以无所限制，也就无所不能，无比伟大；反过来，所有具体有形的物体，由于有所限制，都会比他渺小。事实上，所有人格化的、具体有形的神，其能量、神力都无法与无形的神相提并论。原始宗教和神话是人类早期的一种文化现象，是一对孪生姐妹，两者的一个共同之处，就是把自然力人格化并且神化，继而创造出许多种类丰富，神色多样，具有人格化特征、形体的神形象来。由此可见，这种无形之神，并不是原始宗教、神话中的神，而是一种最原始的具有哲学意味的神。

这种颇具哲学意义的神，后来的哲学家又有许多种不同的描述，赋予其丰富的社会伦理的内涵。

> 《礼记·中庸》篇：子曰：“鬼神之为德，其盛矣乎，视之而弗见，听之而弗闻，体物而不可遗。使天下之人，齐明盛服，以承祭祀。洋洋乎如在其上，如在其左右。诗曰：‘神之格思，不可度思，矧可射思！’夫微之显，诚之不可掩如此夫。”

孔子在这里也一如既往，将“鬼”“神”连用成复合词，表明神鬼合一。他认为神鬼的事本来就是隐约虚无的，看不见，听不着，但我们又随时随地能感受到它们的存在，仿佛就在我们的头顶上空，在我们的左右（注视着我们），所以我们对鬼神要诚实、恭敬，不可怠慢。这里强调的是人们对神鬼的态度，同时也阐述了神鬼无形、无声的特质。

这种无形、无声的神鬼，是从何而来的呢？《礼记·祭义》篇载："宰我曰：'吾闻鬼神之名，而不知其所谓。'子曰：'气也者，神之盛也；魄也者，鬼之盛也；合鬼与神，教之至也。众生必死，死必归土，此之谓鬼。骨肉毙于下，阴为野土；其气发扬于上，为昭明，焄蒿凄怆，此百物之精也，神之著也。因物之精，制为之极，明命鬼神，以为黔首则。百众以畏，万民以服。'"

孔子认为神是各种生物身躯中的一种精气化成，生物死后成鬼，精气离开躯体飘扬上天，就是神。《管子·内业篇》也有近似的描述："凡物之精，此（化）之为生。下生五谷，上为列星，流于天地之间，谓之鬼神。"生物的躯体中有否这样一种精气，这种精气是否有那么神奇，此处姑且不论，只是想说明，孔子在这里所说的神，虽然可以分别显灵成为一种光景、气体或情感，但这些显然都不是人格化的、有具体形体、形状的对象。更为重要的是，孔子把神鬼纳入教化的范畴，强调它作为社会法则，让人效法、敬畏的重要地位和作用。

汉代王充也有和孔子相近的论述。他首先否认有形之鬼的存在，其《论衡·订鬼篇》云："凡天地之间有鬼，非人死精神为之也，皆人思念存想之所致也。致之何由？由于疾病。人病则忧惧，忧惧见鬼出。"人之所以见"鬼"，实在是由于疾病缠身，以致心生忧虑、恐惧，过度胡思乱想所产生的幻觉。而所谓的鬼神，其实是阴阳二气，是恍恍惚惚没有形体的："鬼神，荒忽不见之名也。人死，精神升天，骸骨归土，故谓之鬼。鬼者，归也；神者，荒忽无形者也。或说鬼神，阴阳之名也。阴气逆物而归，故谓之鬼；阳气导物而生，故谓之神。神者，伸也。申复无已，终而复始。人用神气生，其死复归神气。阴阳称鬼神，人死亦称鬼神。"（《论衡·论死篇》）从这些论述，可以看到王充的神鬼观与《易》、孔子的传承关系。

由上可知，儒、道两家的神学观虽然不尽相同，但都把神归于一股无形之"气"，在哲学层面上进行思考和阐述。《搜神记》中所叙述的无形之神，与儒、道诸家所阐述的神有很大程度的契合，有浓厚的儒、道神学观的色彩。这表明，在汉魏晋时期，在原始神话、民间信仰的人格神之外，哲学层面的非人格神也颇有市场，影响着许多人的思想，促发人们对于自然、社会和人生的更多思考。虽然《搜神记》不能像前辈哲学家那样，从理论上阐述它如何产生，又由何构成，但叙述者以具体的事件，显示这些神灵的存在，且往往反映的是对社会、人生等重大问题的深沉思考，与哲学家们的理论阐述简直有异曲同工之妙！

《搜神记》这种没有具体形体、非人格的神，往往是人们的理念、意志的一种体现，这与墨子的神鬼观念也有某种程度的契合。墨子是一个有神论者，《墨子·明鬼下》篇讲了许多活灵活现的鬼故事，如周宣王枉杀了大臣杜伯，三年后，周宣王集合诸侯在圃田打猎，被杜伯的鬼魂追杀，所有在场的人都看见鬼杜伯，乘坐白马素车，穿着红衣，戴着红帽，手握红弓，挟着红箭，追赶周宣王，最终周宣王中箭倒毙；又秦穆公大白天在祖庙里，看见了人面鸟身、着素服、戴黑帽的方脸神句芒，句芒盛赞秦穆公的厚德，代表上帝多赐他十九年阳寿，并保他国家繁荣昌盛……墨子反复地讲述这一类故事，除了表明他对于鬼神的存在深信不疑之外，还表明他所信奉的鬼神是有形可见的。但墨子此举并不是故弄玄虚，耸人听闻，而是把鬼神的行为当作一种“天志”，一种奖善惩恶的天象天意。所以，墨子常常把鬼神和天相提并论：“故古者圣王，明知天鬼之所福，而辟天鬼之所憎，以求兴天下之利，而除天下之害。”（《墨子·天志中》）由此可知，墨子所说的鬼神，实质就是天意，只不过是唯恐人们不信，特以一个具体、有形的对象来承载，来显示而已。而所谓的天意，实质都是人心、民意，即广大群众的一种公共意志，上述《搜神记》诸篇所显现的神奇现象，反映的就是这么一种意志。如《东海孝妇》表现的是人们对公理的呼唤，对无辜冤魂的平反昭雪，对腐败、无良官府的控诉；《庾衮》篇反映的是瘟疫肆虐之时，人们对于人性、亲情的渴求，以及人性、亲情在面对瘟疫时所产生的神奇效果；而《生笺单衣》篇表现的则是人们对昏庸、衰落王朝的唾弃和诅咒。这些都被叙述者冠以天或神的名义来宣扬，涂上神异的色彩，使人们的意志、愿望，能以更加神圣、不可置疑的形态来显示。

由上可知，《搜神记》中的这部分没有形体、非人格化的神，其实兼容了儒、道、墨等家神学思想的要素，包含有多种特质和丰富的内涵。这部分无形之神，无疑凝结了千百年来，众多哲学家对于神本质、神人关系的哲学思考和认识。事实上，所有的神鬼都是人类的一种心灵幻象，是一种主观臆造，因此，神的存在、神的形体在本质上都归于“无”。从这个意义上来讲，相对于有形、人格化的神来说，无形之神更接近神的本质，也更接近神的原始状态，更具有规律性或趋向性的意味。《搜神记》对于无形之神的大量叙述，表明时人对于鬼神不仅仅停留在信仰甚至盲目迷信的层面上，而是有更高、更深的哲学思考和探索。

如果说，神身份的泛化，表现的是《搜神记》神群体的广度，那么，神形体的泛化表现的则是人们对神认知的厚度。前者反映人们信仰对象的丰富多彩和情感、态度的复杂多元，后者反映人们对于神鬼的多层次的思考，和多角度的认识。尤其是在对于无形、虚化之神的叙述上面，不仅杂糅了儒、道、墨等各家的神学思想，而且涉及了古代哲学中有和无、虚和实乃至天和神等一系列关系的思考，这使《搜神记》之“神”中的相当一部分具有哲学的意味，在一定程度上提高了神群体的格调。

神的泛化，一方面是使《搜神记》的神形象种类丰富，形貌多姿多彩，内涵深厚广大，充分展示出汉魏晋人们鬼神信仰复杂、多元，思想观念自由、开放的时代特征；从文学的层面看，各种类型的神鬼形象的刻画、塑造，又使得全书犹如一轴异彩纷呈的神鬼的画卷，令人目不暇接，叹为观止。这是积极且值得肯定的。但从另一方面看，神的泛化实质又是神形象和造神现象的泛滥。这样的结果，除了前文已论的使神的品格、质量下降，人们的思想、价值观念混乱之外，还会使神形象增添许多负面的意义。

由于神鬼世界是建立在虚幻的基础之上的，作品竭力宣扬鬼神的无处不在，无时不有，这种神鬼之说的狂轰滥炸，会给人造成一种“无所不神”的感觉。如果沉溺在这种虚幻的感觉中不能自拔的话，很有可能会使人在现实中迷失自我，从而消解自己在现实中应有的情感、责任和需求，丧失人的主体意识。这样的人，将会一切听命于神，依赖于神，以神鬼作为全部的心理归宿和精神寄托，在现实中毫无作为。那样，无论是对于社会，还是对于自己本人，都将是莫大的悲哀。再就是神鬼时时、处处存在的说法，又会使许多人产生神鬼不可摆脱的思想。受这种思想所蒙蔽、支配的人，背负着沉重的精神枷锁，一有风吹草动，就疑神疑鬼，惶惶不可终日。如果是这样，又将非常可怜。这些，都是《搜神记》中神形象泛化现象可能产生的负面影响，也是作品可能产生的消极影响，对此我们要有充分的认识。

第二节 神人关系的现实化

上古神话按天、地、水三种不同的物质状态构成，把宇宙分为天神世界、人类世界和地下世界。这种神话意识中的三分世界，分别确定了神、鬼、人的空间分界。在通常情况下，三界之间的界限是不得混淆的：神界是永生的世界，凡人与鬼不可企及；人间是有生有死的世界，一切生物都要受到死亡法则的支配，它们的最后归宿是地下的鬼域，那里是黑暗之家，也是水的世界。只有太阳和月亮才有权力周游三个世界，它们在运动中获得永生。[①]

虽然神话意识中的三分说，在很长的一段时间内，限定了神、鬼、人的活动范围，但在之后或文学或宗教或哲学等大量关于神、鬼、人关系的描述中，神、鬼来到凡间，和现实社会、凡人发生各种各样的联系，或者凡人进入神鬼之域，与神鬼有许多交往，都是司空见惯的平常之事。《搜神记》中这类故事很多，也充分反映了这种现象。或许是因为神人交往的故事都是由人来叙述的缘故，在《搜神记》中，这种交往无论是在凡间，还是在异域，都基本上是以现实社会为背景，以人类的伦理为法则，使得神人之间的关系充满现实的意味。

事实上，《搜神记》已经以文学的手法，把天神世界、人类世界和地下世界这三大空间整合到了一块，又把之后的域外仙境和华夏中土结合起来，构成了一个幻想与现实统一，神鬼与凡人杂居共处的场景。此举既远

---

① 参看叶舒宪《中国神话哲学》第二章第三节《神、鬼、人的分野——神话的三分世界结构》，中国社会科学出版社1992年版，第36—42页。

离了上古三界分明的神话意识，淡化了仙凡迥异之说，缩短甚至消除了人、神之间的距离，又为展示神鬼的人性化、真实化，以及神人之间的互动，打造了一个更为读者亲近、熟识的平台。因此，《搜神记》中的神鬼，大多都不是纯本族的交往，他们的活动几乎都与凡夫俗子紧密联系，相互依赖，神人关系多以现实化的方式来展示，使得本来子虚乌有的神鬼故事变得煞有其事。

对立统一关系存在于宇宙间的一切事物当中。《搜神记》的现实化神人关系，也表现出既对立又统一的特征。一方面，神人之间友好相处，亲和融洽，甚至亲密无间，俨然一族；另一方面，神人之间又常有矛盾和冲突，有时还很激烈、尖锐，甚至水火不容，势不两立。而神人之间是亲和友善还是冲突斗争，又往往是神类善恶美丑的一个基本分野，或者是评判的基本依据。下面我们就从亲善和冲突两方面来讨论《搜神记》的神人关系。

一　亲善型神人关系

在《搜神记》中，表现神人之间亲善关系的作品比比皆是。如果不交代双方的身份，神人之间的交往，与现实人群中的亲朋故旧并无异样。神和人能够形成和谐、亲善的关系，前提条件是这些神都属正面的形象，他们不一定都品格完美，行为无可挑剔，但一定通人性、谙人情，与人类没有根本的利害冲突，在这部分作品里，他们与人类共同演绎着一出出充满现实感和人情味的动人故事，极富审美价值。

（一）恋人关系

董永与织女（28 则《董永》）、杜兰香与张硕（30 则《杜兰香》）、知琼与弦超（31 则《弦超附知琼》）、紫玉与韩重（394 则《紫玉》）、辛道度与秦闵王女（395 则《驸马都尉》）、谈生与睢阳王女（396 则《谈生》）、卢充与崔少府女（397 则《崔少府墓》），等等，都是《搜神记》中著名的神人相恋组合。他们悲欢离合的动人故事，成为《搜神记》中的独特景致，让人流连忘返。

《董永》是后代长演不衰的著名戏曲《天仙配》的蓝本。篇中讲的是一个人仙婚恋的虚幻故事：董永因家贫卖身葬父，织女下凡帮助他偿还债务，与他成就了一段短暂的姻缘。随着情节和思想内容的改造和丰富，这个故事在我国民间流传极广，几乎是家喻户晓。后来的戏曲都是写织女私自下凡与董永结为夫妇，遭玉帝粗暴干涉而被迫洒泪诀别，返回天庭。其实在《搜神记》中，情节恰恰相反：“永妻为主人家织，十日而毕。女出门，谓永曰：‘我，天之织女也。缘君至孝，天帝令我助君偿债耳。’语毕，凌空而去，不知所在。”可见，董永和织女的情缘，完全是由天帝促成。

《杜兰香》篇中的杜兰香也是一位仙女，她下凡追求张硕（原名张傅），则是奉母之命：“阿母所生，遣授配君，可不敬从？”“阿母处灵岳，时游云霄际。众女侍羽仪，不出墉宫外。”很显然，这位“阿母”也是一个位高权重、一言九鼎的神人。兰香对张硕一往情深，虽然是心有所属，但母亲大人的怂恿毕竟是前提。《弦超附知琼》篇中的知琼对弦超云：“我，天上玉女。见遣下嫁，故来从君。”也有奉命成婚的性质。

《崔少府墓》写的是一个人鬼相恋的故事。篇中的卢充娶崔少府家的鬼女，是他死去的父亲给他求的亲：充“进见少府，展姓名。酒炙数行，谓充曰：‘尊府君不以仆门鄙陋，近得书，为君索小女婚，故相迎耳。’便以书示充。充父亡时虽小，然已识父手迹，即唏嘘，无复辞免”。卢充遂成为崔少府家的女婿。

我国古代的男婚女嫁，必须遵从父母之命，婚姻当事人几乎没有自由追求和自主选择的权利，以上几对神人的婚恋关系，全由父母辈撮合或促成，显然是现实凡间这一铁律的再现。董永与织女、杜香兰与张硕、弦超与知琼等几对属人仙配，情定于凡间；卢充与崔少府女则是人鬼恋，成婚在阴间（坟墓）。这表明，无论是对于仙还是鬼，又无论是在阳间还是阴间，现实社会的婚俗惯制都同样通行。

父母之命的实质是剥夺婚姻当事人的权利和自由，这一“尚方宝剑”既可以促成一桩桩姻缘（这些姻缘的幸福美满与否另当别论），同时又会棒打鸳鸯，斩断一对对有情人的情缘，紫玉和韩重的遭遇，便是这方面的典型例子。紫玉和韩重情意甚笃，私订终身，但遭吴王夫差阻挠，只在紫玉死去变鬼之后，二人才能尽夫妇之礼。吴王夫差先是拆散一对真心相爱的有情人，继而迫害“玷秽亡灵”的韩重，现实世界中专制、粗暴家长的面目，显露无遗。

在中国古代，男女结合的主要功能往往被异化为生儿育女、传宗接代，或谋求某种功利和践行伦理教化，而不是追求两情相悦、志同道合的爱情幸福。世人的这种观念，也同样反映在《搜神记》的神人婚恋关系中。上述的几对恋人，除了紫玉与韩重、杜香兰与张硕之间追求爱情的取向比较明确，爱意比较浓烈之外，其余几对的交往，情爱的因素并不突出。谈生与睢阳王女、卢充与崔少府女，前一对在儿子两岁的时候洒泪告别，后一对相处仅仅三天，在女方有怀孕的迹象时就匆匆分离，情路至此也基本上终结。虽然双方在抚养儿子上面尽心尽力，但之后夫妻再无交集，更无情感上的经营和交流。其实，正如他们的结合没有什么障碍一样，阴阳相隔也不是阻止他们继续共同生活的不可抗拒的原因，他们分道扬镳情路断绝，只能理解为彼此的情缘只以生儿育女为归宿，传宗接代才是最重要的，两相厮守、天长地久的夫妻情分并不奢望，因此也无心去追求和经营。

通过联姻而取得世俗的利益，这也是现实社会里许多人对于婚姻的期许。于是，豪门大族以联姻的方式把家族或者利益集团捆绑在一起，以实现利益的最大化，升斗小民则期望攀上高枝，改变自己的命运。《搜神记》的神人之恋，也打上这种现实的印记。如弦超不过是一个小官吏，结交仙女知琼之后，"往来常可得驾轻车，乘肥马；饮食常可得远味异膳；缯素常可得充用不乏"，过上美味罗绮、轻车肥马的贵族生活；辛道度乃一介书生，偶遇鬼魂秦女，成了秦王妃的女婿，"遂封度为驸马都尉，赐金帛车马"；谈生年四十尚未婚娶，后来还得变卖鬼妻的珠袍才能养活儿子，穷困的程度可知，但睢阳王认了他这个女婿之后，便召见了他，还上书朝廷，推荐他的儿子当上了郎中，境遇立马改观；卢充初进崔府（鬼屋）时，还因衣衫褴褛而自惭形秽："我衣恶，那得见少府？"但攀上了崔少府这样的富贵之家之后，也福泽儿孙，风光无限："儿遂成令器，历郡守二千石。子孙冠盖，相承至今。其后植，字子干，有名天下。"这些都真实地反映了世俗的功利婚恋心态。但此等美事，在现实生活中，实在是可遇而不可求，世人只能以幻想的方式来寄托这种美好的愿景。

织女之所以下嫁董永，是因为他"至孝"，天帝对他进行褒奖，故而派她到凡间替董永还债。她的到来，显然肩负着劝孝布道的使命。因此，二人的相处，仅以给债主织完一百匹细绢为限，偿还债务之后，仙女即返回天宫。这个故事虽经后人的改造，思想内容变得更加丰富，二人之间的恋情也写得缠绵悱恻，但在这里却看不到什么夫妻温情，他们的短暂情缘，似乎更像一次短期的劳务合作，天帝一手促成的这段姻缘，事实上成了他劝孝布道的工具。

以上所述虽然都是虚幻的神人婚恋故事，但其实都有现实的影子。故事的叙述者显然是以自己凡人的思维和逻辑，按现实的模式来复制、描述神人之间的这种恋人关系，揭示这种关系的内涵。这些故事无疑是现实生活的延续，是古代青年男女婚恋际遇的虚幻、曲折反映，同时也是世俗心理的真实再现，虽然荒诞无稽，却实实在在地体现了现实社会的伦理和法则，现实的意味非常浓厚。

神人之间的恋情，无疑表现了世人对神鬼的认同和接纳，但同时也反映出世人对神鬼的认可并非无所保留。上述故事中，神凡恋人间大多数聚少离多，相处的时间都相当短暂，没有一对能长相厮守，白头偕老。董永与织女的相处，仅“十日而毕”；紫玉与韩重、辛道度与秦闵王女、卢充与崔少府女在墓中尽夫妇之礼，都仅仅是三日三夜；谈生与睢阳王女在一起生活也才两年多。恋人之间的相聚不能长久，理由无非都是死生异路，人神异途。如紫玉（鬼魂）邀韩重进墓相聚时，“重曰：‘死生异路，惧有尤愆，不敢承命。’玉曰：‘死生异路，吾亦知之。然今一别，永无后期。子将畏我为鬼而祸子乎？’”秦闵王女也对辛道度说：“君是生人，我鬼也。共君宿契，此会可三宵，不可久居，当有祸矣。”睢阳王女对谈生说：“我与人不同，勿以火照我也。三年之后，方可照耳。”只因谈生忍不住提前照之，暴露了她的“与人不同”，她决然而去。按照神话或志怪的逻辑，既然他们能够突破仙凡或阴阳之间的界限而结合，那么，异域、异类之说就绝不能成为他们必然分离的真正缘由。叙述者强调异域、异类的阻隔，是导致恋人分离的决定因素，除了把现实社会里青年男女追求自由爱情的障碍作笼统归结外，也对人神情缘表现出一定的理性。如果说，人神邂逅、结合是一种幻想，是世人把现实世界中不可能的期许付诸虚妄的想象，那么双方的情路终结，各归其所，便是从幻想回到了现实。因为实在找不出更加强有力的理由来实现这种回归，便拿人神异途、死生异路说事。以一个自相矛盾的理由来终结人神间的交往，反映出志怪作者在逻辑上的困顿，这在早期的小说作品里并不鲜见。

（二）亲子关系

亲人关系，包括父母子女、兄弟姐妹、夫妻、祖孙、叔侄、舅甥等，在《搜神记》中，人神之间表现为现实世界中的这些关系，也很常见。但对于人神为父母子女的关系即亲子关系的叙述，却最为生动和出色。因此，此处即单论亲子关系。

《搜神记》人神之间的亲子关系，又有两种情况：一种是双方本来就是人间父母子女，因一方亡故而成人神，阴阳两隔；另一种是人神（精怪）异类却成母子。

前述《紫玉》篇中的吴王夫差与紫玉、《谈生》篇中的睢阳王与其鬼女、《驸马都尉》篇中的秦妃与其鬼女等，都属第一种情况。即使阴阳两隔，父母子女之间的情分一如往昔，亲子关系仍以现实的方式展现。紫玉虽然对父亲阻止自己与韩重的相爱颇有怨恨，但在韩重离开墓穴时，仍不忘嘱托他向父亲问候、致意："既毁其名，又绝其愿，复何言哉！时节自爱。若至吾家，致敬大王。"后紫玉还魂回家代韩重求情，"王妆梳，忽见玉，惊愕悲喜，问曰：'尔缘何生？'……夫人闻之，出而抱之，玉如烟然。"吴王"惊愕悲喜"的神情，和夫人发自内心"出而抱之"的举动，也生动地表现出父母对子女的舐犊之情。在这里，人鬼亲子间的复杂情感，一如往日。睢阳王和秦妃虽未直接与其鬼女接触，但都分别善待谈生和辛道度，利用自己的权力为他们谋得好前程，这其实是把自己对于女儿的疼爱，移植到谈生和辛道度的身上，所以，这种人鬼情本质上仍是父女、母女之间的亲情。

父母子女本来就血脉相连，人鬼两分之后，亲情继续，也在情理之中。这些亲子关系故事的叙述，其意义在于强调亲子情分天然和永恒的特性，它不会因时间、空间（域界）、生死而改变、失效，反映了国人的一种深层次的文化心理。中国古代的宗法制度，实质上是一种以血缘为基础，维系、巩固家族利益的政治模式，之后因血缘关系而形成各种各样的利益链条，是现实社会最普遍的伦理生态，久而久之，通过婚姻来攀龙附凤、趋炎附势，从而获取非分的利益，就成了很常见的世俗心态。谈生和辛道度无意中成了“乘龙快婿”，成为这种伦理生态下的受惠者，令许多人对这种“艳遇”充满幻想和憧憬，流露出对这种因姻缘关系获得利益的现象或艳羡或期盼的复杂心理。

人神异类却成母子又有两种情况：一种是神（怪）母人子。355 则、356 两则《人化龟》，357 则《宣骞母》等，都是写子孙满堂的老母亲突然现形为龟的故事。这类故事旨在谈人神互相幻变的奇异现象，此处暂不多论，只论另一种类型——人母神（怪）子。

347 则《窦氏蛇》：

> 后汉定襄太守窦奉妻，生子武，并生一蛇。奉送蛇于野中。及武长大，有海内俊名。母死将葬，未窆，宾客聚集，有大蛇从林草中出，径来棺下，委地俯仰，以头击棺。血涕并流，状若哀恸，有顷而去。时人知为窦氏之祥。

东汉定襄太守窦奉的妻子生了一对人蛇双胞胎，蛇子一出生就被送往山野之中，让其自生自灭，人子窦武则得到父母很好的抚养，成年之后很有作为，在国内享有不俗的名声。在母亲的葬礼上，大蛇为母吊孝，以头撞击棺材，鲜血、眼泪并流，哀恸不已。蛇子哭母，无疑表现了无法割断的母子亲情，但在大蛇的泪光里头，我们更多地看到的，似乎是它从小就被遗弃的委屈和辛酸。在现实社会里，由于各种各样的原因，子女被父母遗弃、虐待、冷落的现象并不罕见。故事反映的是现实社会中亲子关系的另一种类型——爱恨交集，若离若连。作品在肯定亲情的同时，也批判了现实中某些偏心、薄情的父母。

348 则《撅儿》：

> 晋怀帝永嘉中，有韩媪者，于野中见巨卵，持归育之，得婴儿，字曰“撅儿”。方四岁，刘渊筑平阳城不就，募能城者。撅儿应募，因变为蛇，令媪遗灰志其后。谓媪曰：“凭灰筑城，城可立就。”竟如所言。渊怪之，遂投入山穴间，露尾数寸，使者斩之，忽有泉出穴

中，汇为池，因名“金龙池”。

这篇写的是一对养母子的故事。韩老太野外得巨卵，孵化而得子撅儿。撅儿四岁应募筑城，但现形为蛇。母子一前一后，撒灰为城。城墙筑成以后，撅儿被刘渊投入山洞中，且断其尾，山洞中竟然流出潺潺泉水，造福广大百姓。韩老太虽无十月怀胎之苦痛，但由于她的无私母爱，使撅儿得到悉心养育，即使他变成了蛇以后，韩老太并不因此有所嫌弃，母子仍然一如既往，相依为命，且心灵相通，合力筑城，这与前一故事形成了鲜明的对照。俗语有云：生不如养。这种母子之情不仅超越了纯粹的血缘关系，也超越了人怪之间的界限，真挚深沉、质朴无华，令人感动。更为难能可贵的是，撅儿对养育之恩的回报，是以筑城、化泉这一造福广大人类的举动来实行，由此可见他视母爱为人类的爱，感恩、报恩的对象已推广到广大人类，这又远远超越了一般的亲情。这个故事似乎要告诉人们，亲子之间，真情、真爱的付出，比血缘更宝贵，也更重要。

（三）朋友关系

既然人神可以成为恋人、亲人，那么，人神成为朋友就是很自然的事。朋友关系是《搜神记》人神关系的重要部分，书中有不少作品表现这一类内容，反映人神之间于恋情、亲情之外的交往。

74 则《胡母班》是《搜神记》中表现人神朋友关系最著名的一篇。故事说泰山府君（泰山神，掌管召收魂魄）请胡母班为其送信给女婿河伯（黄河神），胡母班不辞劳苦，辗转千里，圆满地完成了使命，从而成了泰山府君、河伯的座上宾。“河伯乃大设酒食，词旨殷勤。临去，谓班曰：‘感君远为致书，无物相奉。’于是命左右：‘取吾青丝履来。’以贻班。”泰山府君也屡次答应胡母班的求情，为已经死去、正在阴曹地府接受惩罚的胡父解除了苦役，甚至还提拔胡父当上了土地神。该故事结构完整，情节曲折生动，人物形象鲜明，颇有现代小说的韵味。

胡母班和泰山神、黄河神成为朋友，双方都得到了各自想得到的东西，这很符合世俗的交友之道。世俗社会讲人情，官员也常有以情代法、徇私舞弊的举动。泰山神先是为胡父解除惩罚，继而是提拔晋升，这种投桃李报的行为，即使不算是舞弊，起码也是徇私，看来神灵也不能免俗。

故事虽然是写人神交往，反映的其实是现实中的人际交往，尤其是官场中的庸俗关系学。

424 则《刘伯祖狸神》在前面曾经讨论过，该篇讲的也是一个人怪朋友的故事。河东太守刘伯祖与一个狐狸精共居一室，甚为融洽。狐精未卜先知，屡屡为伯祖预告朝廷内部消息，使刘伯祖对官场态势能作充分的预判，处理好各种关系，谨慎行事，仕途一路利好。后刘伯祖升迁为朝廷的检察官，生怕狐朋招惹是非，遂请它离去。狸神也很体谅刘伯祖的苦衷，爽快地与之断绝来往，毫无怨言。狸神的有情有义和豁达大度，令人称道。相比之下，刘伯祖就显得过于自私。或许他并非不念友情，但在个人仕途和友情之间，他更看重的是前者。刘伯祖的举动，颇有过河拆桥的味道。现实社会中，许多人对朋友的取舍，往往不是出于志趣相投或心灵的契合，而是考虑对方有无利用价值，刘伯祖之与狸神做朋友，是世人这种交友心态的真实写照。

总的来说，《搜神记》中人神朋友，没有那种义薄云天、肝胆相照的生死之交，只有一般的利益之交。在这些人神朋友的关系中，我们看到的，基本上是一些司空见惯的世俗情怀。这可能与世人普遍重利益、轻情义，交友日趋实际的现实有关，《搜神记》不过是用幻想、荒诞的方式来曲折反映这种现实罢了。

二 冲突型神人关系

《搜神记》中，冲突型的神人关系主要表现为人和鬼怪之间的冲突，这些冲突主要是由鬼怪作祟、挑起事端而引发。这些鬼怪凶恶、丑陋、龌龊的品性，主动攻击、加害于人的欲望，似乎是与生俱来，俨然是人类势不两立的天敌。这显然是人类生存环境中的原生态邪恶势力的象征。

冲突型的神人关系，大体上有两种：

（一）论敌关系

论敌关系，主要表现为意识形态的“有神”“无神”之争。在古代的意识形态领域，虽然有神论占了主导地位，神鬼之说充斥宇内，但并未能湮没无神论的声音。尤其是秦汉时期，由于科学和生产力的发展，意识形态领域的唯物主义和唯心主义、有神（鬼）论和无神（鬼）论的斗争日渐激烈，如东汉学者王充就是著名的无神论者，他既否认具体有形的神鬼的存在，也否定了人死为鬼，鬼有知，能害人的虚妄之说（见王充《论衡·生死篇》）。现实世人的争论，也被《搜神记》的作者“延续”到了神人之间，人间的意识形态分歧，演变成了神人之间的冲突。

378 则《阮瞻》：

> 阮瞻，字千里，素执无鬼论，物莫能难。每自谓此理足以辨证幽明。忽有客通名诣瞻。寒温毕，聊谈名理。客甚有才辨。瞻与之言良久，及鬼神之事，反复甚苦。客遂屈，乃作色曰：“鬼神古今圣贤共传，君何得独言无？即仆便是鬼！”于是变为异形，须臾消灭。瞻默然，意色太恶。岁余，病卒。

379 则《黑衣客》也是一个类似的故事：

> 吴兴施续，为寻阳督，能言论。有门生，亦有理意，常秉无鬼论。忽有一黑衣白袷客来，与共语，遂及鬼神。移日，客辞屈，乃曰：“君巧辞，理不足。仆即是鬼，何以云无？”……

两篇所记大体相同，都是鬼魅亲自赤膊上阵，与无鬼论者作有鬼、无鬼之辩，人和鬼成了论敌，结果鬼魅词穷理亏，恼羞成怒，不得不原形毕露，取人性命。不同的是，前者径直置论敌阮瞻于死地，后者则因施续门生的贪生变节，转而施害他人。论辩的失败者，最终只能以武力来获取论辩的胜利，强迫别人对自己“存在”的认同，显得有些滑稽、可笑，而鬼魅的穷凶极恶，也令人不寒而栗。这些故事显然是有神论者刻意杜撰，恐吓他人的居心昭然。作者虽然意欲借此为有神论张目，但故事中的鬼魅既欠辩才辩术，又失道义人心，唯有穷凶极恶，滥施淫威，做派实在不敢恭维。这实际上是对神鬼形象的贬损，难免会引发人们对鬼神的厌恶和反感，如此一来，恐怕就并不如作者所预期的那样，有利于人们对神鬼、对有神论的接受。

（二）加害者与受害者的关系

世人有善恶，鬼神也有正邪，加害于人的鬼神，就属于邪恶的一类。这部分鬼神与受害者通常都是素昧平生，无怨无仇，与人为敌、作祟害人是由它们邪恶的天然本性所决定的，善良的人们与之斗争，实质就是正义与邪恶的较量。

鬼神作祟害人，主要有三种情形：一是取人性命，二是讹人钱财，三是淫人妻女。

426 则《宋大贤》、427 则《郅伯夷》、429 则《谢鲲》、438 则《安阳亭书生》、439 则《汤应》等几篇，都是写妖魔鬼怪出没在亭馆，祸害过往住客，后被高人侠客诛杀除害的故事。

“南阳西郊有一亭，人不可止，止则有祸。邑人宋大贤，以正道自处，尝宿亭楼，夜坐鼓琴，不设兵仗。至夜半时，忽有鬼来，登梯与大贤语，眝目磋齿，形貌可恶”（《宋大贤》）；“安阳城南有一亭，夜不可宿，宿辄杀人”（《安阳亭书生》）；“吴时，庐陵郡都亭重屋中，常有鬼魅，宿者辄死。自后使官，莫敢入亭止宿”（《汤应》）。这些肆虐亭馆，杀害宿客的鬼魅虽然穷凶极恶，可怖可憎，但还不如东越闽中的蛇怪那样令人触目惊心。且看 440 则《李寄》：

> 东越闽中，有庸岭，高数十里。其西北隰中，有大蛇，长八九丈，大十余围，土俗常惧。东冶都尉及属城长吏，多有死者。祭以牛羊，故不得祸。或与人梦，或下谕巫祝，欲得啖童女年十二三者。都尉令长，并共患之。然气厉不息。共请求人家生婢子，兼有罪家女养之。至八月朝祭，送蛇穴口。蛇出，吞啮之。累年如此，已用九女……

东越闽中的低湿地区，有一专吃十二三岁少女的蛇精作祟。当地官吏为了免祸，每年都要募索童女喂蛇，已经连续吃掉了九个女童。幸得智勇双全、无私无畏的平民少女李寄挺身而出，杀了妖怪，才为百姓除了一大害。这就是后来广为传诵的李寄斩蛇的故事，李寄成了古代著名的少年女侠。

这类故事总是以人战胜鬼怪、正义战胜邪恶为归结。赞颂勇者义士，批判残忍无能、为官不作为甚至助纣为虐的封建官吏，和麻木不争的懦弱者，无疑是这些故事的首要意义。故事中的勇者义士，并非三头六臂，本领超强，更没有奇法异术，不过是一批弱质书生、豆蔻少女，他们能战胜穷凶极恶的妖怪，完全是靠自身的正气和胆识。故事中的妖怪都貌似强大，但在这些书生、少女面前，却不堪一击，这给人们深刻的启示：邪不压正，正不惧邪！妖怪并不是人们想象中的那么可怕，只要有一身正气，不信邪，不怕邪，以人的勇敢、智慧，一定能战而胜之！这是故事的另一层意义。总而言之，这一类故事弘扬了正气，鼓励人们在妖怪、邪恶面前不畏惧，不退缩，敢于且善于与之斗争，直至胜利，是《搜神记》当中思想意义最为积极的一类作品。

这类故事在构思上有一个基本的套路：鬼怪作祟，主动向人攻击——人们或没有勇气，或没有能力遏止，致使鬼怪行凶多年，受害丧命者众——最终有勇者挺身而出，诛杀鬼怪，为民除害。这样的构思使故事的叙述显得较为雷同，特别是作品的结尾几乎是如出一辙："自是亭舍更无妖怪"（《宋大贤》）；"因此遂绝"（《郅伯夷》）；"尔后此亭无复妖怪"（《谢鲲》）；"凡杀三物，亭毒遂静，永无灾横"（《安阳亭书生》）；"自是遂绝"（《汤应》）；"自是东冶无复妖邪之物"（《李寄》）。一言以蔽之，就是鬼魅妖怪绝迹，从此一方太平，再无祸患。

这种构思的套路，颇似后代小说中的绝处逢生的惊险叙述手法，也和人们通常的心理变化历程相吻合——在遭遇妖怪祸害之初，由于思想认识和抵抗能力所限，人们普遍感到无助而至恐惧，步步退缩，苟且偷安；之后被逼到绝境，在退无可退、忍无可忍的时候，终于有人率先觉醒，认识到退缩并非正途，唯有抗争才有出路，于是奋起抗争。对于鬼魅的加害，人们从逆来顺受到奋起抗争，可以说是思想认识的一大飞跃，当中的心理矛盾、挣扎、反复和取舍，恐怕都不会太过简单轻易，《搜神记》多以寥寥数十言的叙述，来揭示这个复杂的心路历程，虽然失之简单、雷同，但触目惊心的故事，及其反复叙述的叠加效应，也同样能震撼读者的心灵，引发人们深深的思考。魏晋乱世，天灾人祸频仍，人命危殆，笃信神鬼的人都把这一切归结为鬼神的作祟，《搜神记》中这一类鬼怪加害于人的故事，其实是社会现实的虚化，是现实世界兵灾匪患，坏人恶人祸国殃民的曲折反映。受害者经过抗争而获得永久太平，这种一劳永逸式的故事结局，正反映了时人渴望天下太平、永久无灾无难的朴素愿望。

讹人钱财的恶鬼当以蒋神（蒋子文）为最著名。92 则《蒋山祠》（一）：

> 蒋子文者，广陵人也。嗜酒好色，挑达无度。常自谓己清，死当为神。汉末为秣陵尉，逐贼至钟山下，贼击伤额，因解绶缚之，有顷遂死。及吴先主之初，其故吏见文于道，乘白马，执白羽，侍从如平生。见者惊走，文追之，谓曰：“我当为此土地神，以福尔下民。尔可宣告百姓，为我立祠。不尔，将有大咎。”是岁夏，大疫，百姓窃相恐动，颇有窃祠之者矣。文又下巫祝：“吾将大启祐孙氏，宜为我立祠。不尔，将使虫入人耳为灾。”俄而小虫如尘虻，入耳皆死，医不能治。百姓愈恐。孙主未之信也。又下巫祝：“若不祀我，将又以大火为灾。”是岁，火灾大发，一日数十处，火及公宫……

蒋子文生前嗜酒贪色，轻薄放荡，不拘礼法，死后成仙竟然变本加厉，屡次作恶，敲诈勒索当地百姓，强迫人们为其造祠庙、举祭祀，以便享用各种各样的供品。第一次求索不遂降瘟疫于民间；第二次不遂便驱虫虻入人耳，使人致死；第三次不遂竟频发火灾。蒋神为了一己之私，一而再，再而三地滥施淫威，迫使人们妥协、就范，其手段、行径之卑劣、残忍和凶恶，甚于盗匪。

古训云：“万恶淫为首。”取人性命、讹人钱财固然可憎，但在古人的心目中，淫人妻女恐怕更加可恶可恨。害人性命的恶鬼吞噬人的生命、肉体，淫人妻女的淫鬼则玷污女性的身体，夺取女性的贞洁，造成心理上的极大伤害，这对于视贞操、名誉甚于性命的古代妇女及其家人来说，是无法容忍的。因此，人们对于淫鬼的痛恨，比之上述恶鬼简直有过之而无不及。《搜神记》里，这种淫邪无耻的淫鬼也屡见不鲜。

403 则《虞定国》：

> 余姚虞定国，有好仪容。同县苏氏女，亦有美色。定国常见，悦之。后见定国来，主人留宿。中夜，告苏公曰：“贤女令色，意甚钦之。此夕能令暂出否？”主人以其乡里贵人，便令女出从之。往来渐

数，语苏公云："无以相报。若有官事，某为君任之。"主人喜。自尔后，有役召事，往造定国。定国大惊，曰："都未曾面命，何由便尔？此必有异。"具说之。定国曰："仆宁肯请人之父而淫人之女？若复见来，便当斫之。"后果得怪。

本故事写妖怪假冒地位高贵、仪表堂堂的正人君子虞定国骗奸良家少女，因许以代劳官府差役而丑行败露，被虞定国戳穿，最终被擒。妖怪的卑鄙、恶劣之处，不仅在于它以欺骗的手段来满足自己的淫欲，令少女失身、失贞，从而陷于无尽的痛苦和羞辱，而且损害了他人的声誉，陷他人于不仁不义、不清不白。现实世界中，常有居心不良者利用名人、要人的光环，打着他们的幌子招摇撞骗，许多善良而轻信的人由于盲目地崇拜名人、要人，往往很轻易地受骗上当，真相大白之后追悔莫及，这种情形和本篇所讲的故事如出一辙。故事除了痛斥淫鬼的无耻、狡猾，还告诫人们要提高警惕，不要轻信，更不要妄图攀附名人、要人谋取非分的利益。

432 则《田琰》：

北平田琰，居母丧，恒处庐，向一期。夜，忽入妇室。密怪之，曰："君在毁灭之地，幸可不甘。"琰不听而合。后琰暂入，不与妇语，妇怪无言，并以前事责之。琰知鬼魅，临暮竟未眠，衰服挂庐。须臾，见以白狗，攫庐衔衰服，因变为人，著而入。琰随后逐之，见犬将升妇床，便打杀之。妇羞愧而死。

本篇写一个狗精，在田琰居丧守墓期间，乘虚而入，冒充田琰奸淫他的妻子。田琰发觉后，诛杀了狗精，但其妻却因羞愧难当，含恨自杀。篇中田妻的遭遇是非常不幸和可悲的。在居丧期间，她并未能坚持原则，拒绝"丈夫"的不当要求，正是这种轻率迁就铸成了双重大错：首先是不严格恪守封建规范和妇道，再就是率性而为，从而被骗失身，这两者存在着一定的因果关系。最终，她羞愧自杀，究竟是为自己的失范还是失贞（而且是失贞于狗精），抑或两者皆有之，不得而知。田妻对于鬼怪的控诉，及其对错误的悔恨，乃以生命为代价，作品在鞭挞精怪淫邪无道的同时，显然也在宣扬封建道德和封建贞操思想，但在今天看来，在原则问题上不能苟且，是作品给人最积极的启示，也是作品最重要的价值所在。

取人性命、讹人钱财的恶鬼是以凶暴奏效，淫人妻女的淫鬼则是以骗术得手，虽然手段不同，但本质一样，都是加害于人，与人为敌，这就要求人们在面对这些鬼怪的时候，不仅要有正气和勇力，还要有智慧，才可以在对抗、斗争中立于不败之地。

从以上两个方面的讨论可以看到，《搜神记》中神人关系的现实化，实质是神的人性化和生活化。亲善型神人关系展示的主要是神的人情味，是神和人交融、和谐的一种生活状态，也就是世人所喜闻乐见的理想状态；而冲突型神人关系则反之，人性中贪婪、暴戾、邪恶等恶劣的品质，都集中在这些恶鬼、淫鬼的身上，它们的存在，对世人的生活和安全构成了严重的威胁，使人普遍感到焦虑和恐惧。小说以虚幻的手法，折射出现实世人的生活环境、际遇和充满幻想的种种憧憬，同时也反映了人们内心深处对神鬼爱恨交加的复杂情感。

神人关系的现实化，一面是神的现实化和生活化，另一面则是人和现实的虚拟化和虚幻化。《搜神记》的作者和魏晋小说的大多数作者一样，虽然推崇史学的实录精神，标榜写实的创作原则，声称自己的述录真实不妄，但其作品中所表现的人神关系，人神奇遇，实际上从内容到手法，都是虚拟化和虚幻化的，只不过作者不自知或不肯承认而已。人和现实的虚拟化，于文学创作，尤其是后代小说创作的重要性无须赘言，虚幻化之于文学创作，亦有不同寻常的意义。把现实的人和事虚幻化，前进一步就是生活的艺术化：为表现对象抹上神秘、奇异的色彩，亦真亦幻，真幻相间；似虚似实，虚实结合，给想象插上超越时空的翅膀，营造无限的遐想空间和深邃的审美意境，这就是艺术化的手法，也是虚幻化所追求的一种效果。诚然，《搜神记》的虚幻化还未达到如此境界，但其创作已具备了艺术化的特质和表征，却是不容置疑的。

神话向着文学的方向演化，乃通过神的人格化途径来实现。神的人性化和生活化，其实是神的人格化的高级体现，这表明《搜神记》中的神怪故事——广义的神话——向文学的进一步靠拢。而人和事的虚拟化，则是现实故事文学化，特别是小说化的基本方法。由此看来，《搜神记》对神人关系现实化的描述，从神话和现实故事两端，都表现出文学化的积极态势。一方面，神鬼不同程度地褪去了神秘、阴森、遥远的特征而趋向平凡、亲近，变得多姿多彩，充满人情味和现实气息，突破了宗教信仰形象单一、刻板的印象，增加了现实、人生的体验和意蕴；另一方面，虚拟化、虚幻化的现实故事，或多或少都有了传奇的色彩，这意味着所讲述的故事不再是实录，而是经过简单加工、提炼的初步的文学叙事。因此，对于神人关系现实化的描述，显示了“搜神”故事文学化的趋势，是《搜神记》文学价值的一种体现。神鬼题材，是魏晋志怪中的基本内容，但其他作品由于表现手法、叙述技巧和故事密度等原因，揭示神人关系的广度和深度，表现生活的广泛性和现实性，都未及《搜神记》，思想性和文学性更难同日而语，这也是《搜神记》被称为集魏晋志怪大成，成为魏晋志怪小说代表作的重要缘由。所以，《搜神记》对于神人关系的描述，意义不可低估。

第三节　神的世俗化

这里所说的神的世俗化，主要是指神灵鬼怪等形象，进入了现实社会的生活状态，具有世俗凡人的意识、情感和行为，以凡人的逻辑和观念行事，追求世俗的利益和感受。六朝志怪小说中的神怪，大多都有世俗化的倾向，原因在于“志怪小说所关心的已不是早期神话中的天地、星辰、人种的创造，而是人类生存环境中的生老病死、吉凶妖祥、行业岁时、两性悲欢，还有一些想自神其教的方士信徒构撰的殊域灵异、因果报应之类。换言之，它们把初民神话思维世俗化了”①。于是，故事的叙述者从“人”的角度，按照“人”的模式对神灵进行了加工和改造，把人的意识、品质、情感都赋予神灵，使之由内涵至外表，都俨然凡人。这是神的世俗化的内在原因。

文学是现实生活的反映，汉魏晋时代的人间百态、社会风尚和思想观念，也必然会在志怪小说中有所表现，使得神鬼带有时代的、当世俗人的

① 杨义：《中国古典小说史论》，中国社会科学出版社1995年版，第109页。

特征和气味。如果除去其神秘的标签及虚幻的特质，志怪小说中的神鬼，其思想意识、行为举止与现实中的人便没有太多的不同。再就是魏晋时期，人们的行为、意识越来越趋于功利，表现在宗教信仰方面，越来越显露出追求实际的世俗利益，而非超越的精神寄托的倾向。因此，许多原来信仰的神鬼形象，在人们心目中已由神圣的精神偶像，变成了世俗利益的保护者，甚至是追逐者。这是神的世俗化的外部原因。

在六朝志怪小说中，《搜神记》神的世俗化，也表现得格外全面和突出。从上述神人关系现实化的讨论中可以看到，由于神灵鬼怪介入现实世间的凡人生活，客观上拉近了神与凡人之间的距离，俗世凡尘的浸染使之逐步趋同于凡夫俗子，最终落入平凡和世俗。因此，神人关系的现实化，既是神世俗化的必经之途，也是神世俗化的体现。上述《搜神记》中的神鬼，在和现实凡人的交往中，追求亲情、爱情、友情的举动，以及蛮横、贪婪和荒淫无耻的行径，其实也都是世俗化的表现。作者把世人善恶美丑的品性、行为和爱恨情仇、喜怒哀乐的情感，都分别移植到各色各样的神鬼身上，使之富有人情味，具有人的内涵和特质，加上形象、行为（细节）叙述得更加具体、细密和丰富，使得《搜神记》的神形象，比之于其他的六朝志怪小说，世俗化的程度更高。

神的世俗化表现，在上述神人关系现实化的讨论中，其实已经从另一个角度，以另一种方式予以展示；而且亲善型和冲突型这两种神人关系，所透露出来的也多是趋于或善或恶两个极端的世俗情怀，并不具有太大的普遍性和平凡性，因此，这里不再对之继续讨论，而是讨论一些处于“灰色”的中间地带，并非大善大恶的世俗行为和情感。事实上，在日常生活中，这一类平淡随意、习以为常的行为和情感，才是世人的一种常态，才最具有普遍、广泛的意义。经过岁月的沉淀和积累，这些行为和情感已经凝固成了集体意识，人们长期默默践行和接受，使得世俗的意味更加浓厚。对于《搜神记》中的神鬼来说，其世俗化的特征，也更多地在这一类与之相关的叙述中得以展现。

一 礼尚往来

古人云：“来而不往非礼也。”自古至今，礼尚往来都被世人奉为金科玉律，是俗世社会人际交往的重要准则。《搜神记》中的神鬼也“入乡随俗”，深谙世人的这一伦理之道。

前文曾经讨论过的《胡母班》中，胡母班为泰山神送信与黄河神，他付出了辛劳，黄河神以盛宴款待，并以青丝鞋相赠；泰山神则为其在阴间服苦役的胡父解除惩罚，后来甚至还提拔他做了土地神。这些都是礼尚往来的典型事例。黄河神的做法无可非议，泰山神的举动则有徇私枉法之嫌，这正表明，在他的心目中，世俗的人情和礼节，比法律法规的公正、严肃还重要。这个例子既曲折反映了俗世社会里，官员为私情践踏法制的普遍现象，也充分显示了世俗潜规则的无处不在及其强大的力量。这恐怕也正是礼尚往来的世相历久不衰的重要原因之一。

如果说，泰山神假公济私，人情大于法的举动不足为法，遭人诟病，下面两个故事中的神灵，则表现出他们较为纯粹的世故和温情。

80 则《宫亭湖》（一）：

> 宫亭湖孤石庙，尝有估客至都，经其庙下，见二女子，云：“可为买两量丝履，自相厚报。”估客至都，市好丝履，并箱盛之。自市书刀亦内箱中。既还，以箱及香置庙中而去，忘取书刀。至河中流，忽有鲤鱼跳入船内。破鱼腹，得书刀焉。

83 则《青洪君（附如愿）》：

> 庐陵欧明，从贾客道经彭泽湖，每以舟中所有，多少投湖中，云“以为礼。”积数年。后复过，忽见湖中有大道，上多风尘。有数吏，乘车马来候明，云：“是清洪君使要。”须臾达，见有府舍，门下吏卒，明甚怖。吏曰：“无可怖。清洪君感君前后有礼，故要君。必有重遗君者。君勿取，独求如愿耳。”明既见清洪君，乃求如愿。使逐明去。如愿者，清洪君婢也。明将归，所愿辄得，数年，大富。

宫亭湖即彭泽湖，两个都是发生在彭泽湖上的故事。前者讲客商受彭泽湖畔孤石庙女神之托，代为购买丝鞋，不慎将自己的书刀也连带奉上，女神即遣鲤鱼送还；后者写客商欧明每经彭泽湖，必以船中物品投湖，作为敬神之礼，湖神清洪君有感于他的情义和礼节，回赠婢女如愿，欧明得之，所愿皆成，数年之后大富。

两个故事的本意显然都是告诫世人要敬神，那样将会获得神的眷顾，得到好的报答。但孤石庙女神和彭泽湖神的心理和举动，都表现出很世俗的一面。女神请客商代买丝鞋，许以“自相厚报”；清洪君感客商“前后有礼”，以如愿相赠，并使之日后大富。这些表明他们心中认定，客商的行为都有一个获取回报的心理预期，所以他们似乎都把自己与客商之间的互动，看成是一种交易，世俗的意味是显而易见的。好在他们不曾以原则做交易，也未见损害他人的利益。因此，他们的坦诚和世故，还是给人带来丝丝的暖意，沁人心脾。

礼尚往来的另一面，就是以怨报怨，以牙还牙，绝不“亏欠”曾经冒犯、伤害过自己的人。说明白了，就是一种世俗的报复心理或行为。

97 则《丁姑祠》中的女鬼丁姑，外出求人摆渡，先后遭遇了两类渔人：一类举止轻佻，乘机调戏女性；另一类心地善良，无私助人。在这个过程中，丁姑践行了两种意义的“礼尚往来”：让前者葬身江水，后者获鱼数千，满载而归：

> ……著缥衣，戴青盖，从一婢，至牛渚津，求渡。有两男子，共乘船捕鱼，乃呼求载。两男子笑，共调弄之：“听我为妇，当相渡也。”丁妪曰：“谓汝是佳人，而无所知。汝是人，当使汝入泥死。是鬼，使汝入水。”便却入草中。须臾，有一老翁乘船载苇，妪从索渡。翁曰：“船上无装，岂可露渡？恐不中载耳。”妪曰：“无苦。”翁因出苇半许，安处著船中，径渡之至南岸……翁还西岸，见两男子覆水中。进前数里，有鱼数千，跳跃水边，风吹至岸上。翁遂弃苇，载鱼以归。

或因举止轻佻而遭杀身之祸，或行举手之劳而得鱼儿满仓，和前述《青洪君（附如愿）》中的客商送薄礼而获如愿、终致大富一样，都是“回报”大大超过了付出。故事津津乐道神灵的气度不凡，出手非同一般，固然有颂扬神灵劝善止恶、重奖重罚的风范，和教人“勿以恶小而为之，勿以善小而不为”的意图，但无论是神灵的慷慨大方，还是对罪不当死者的滥杀，其实都反映了现实社会中，一些人为显摆身份或能耐、权威，追求虚荣而滥施恩威、张扬无度的世俗心态。

二 情欲

情欲是人类低层次的情感需求，其主要表现是在异性交往中，没有婚姻之义，只以占有对方，获取性的资源为指向，以追求性的享受，满足原始、低级的欲望为终极目标。情欲源自人类原始的基因和本能，因此，无论男女，在其深层意识中，或多或少都潜存着这种渴求和冲动。如果不加以节制和约束，这种欲望便可能外化为实际的滥情。古往今来，帝王的后宫三千，达官贵人、富商巨贾的妻妾成群，风流男女的苟且之合，到处留情，其实都是情欲泛滥的结果。

情欲是人们的一种灰色心理，情欲支使下的一些行为如偷情、滥交、纵欲、猎艳等，也常常处在社会伦理道德规范的灰色地带。这些行为虽然有违婚姻的忠诚原则，两性关系的严肃、负责态度和自爱、自尊、自律的处世风范，但若非直接受伤害者，多数人（特别是男性）都对之持宽容甚至艳羡的态度。久而久之，两性相狎，期盼风流艳遇，猎艳猎色，便成了一种较普遍的世俗心理。《搜神记》中有大量神鬼的情欲故事，表明神鬼也沾染有这种俗世的风气。

31 则《弦超（附知琼）》写仙女知琼与凡男弦超的交往，以往都被当作一个仙凡恋爱的故事，其实仙女猎取男色的意味远超过恋爱的意味。

知琼又作智琼，关于她的故事在《搜神记》之外，还有许多其他的记载，在民间流传很广。知琼“自言年七十，视之如十五六女”。因为她“早失父母，天帝哀其孤苦，遣令下嫁从夫”。之所以选中弦超，并不是因为他特别优秀，仅仅是有感于前世的缘分：“不谓君德，宿时感运，宜为夫妇。”由此可见，弦超并没有什么特别的德行和吸引她的人格魅力，知琼对他也没有什么好感，倾慕之情自然无从谈起。

知琼曾赠诗弦超一首，诗末云：“神仙岂虚感，应运来相之。纳我荣五族，逆我致祸菑。”除了表明二人相合，是命运安排之外，还对之威逼利诱——如果你接纳了我，亲属都会荣耀富贵；若是违背了我的意愿，则会遭受祸灾！弦超接受知琼，怎么说来都有一些被胁迫的味道。

既然两人并非情投意合，那么，知琼以七十之躯“下嫁”弦超，除了天帝之命、前世缘分这些莫须有的理由之外，恐怕只有弦超年轻、健硕体魄的诱惑了。也就是说，她在乎弦超的，似乎只有“性”方面的能力和价值。这一点，从知琼对二人关系的态度和定位，可以得到进一步的证明。

首先，她以自己是神仙为由，拒绝为弦超生男育女：“我为神人，不为君生子。”其实，神仙并非不能生育，《搜神记》中，神人生育的例子比比皆是。如354则《毛衣女》中的仙女就与凡人生了三个女儿，376则《疫鬼》中的颛顼氏也有三个儿子，凭什么知琼就不能生呢？古训云：不孝有三，无后为大。生儿育女，传宗接代，是婚姻的主要功能和义务之一。即便不是为了家族的传宗接代，培育爱情的结晶，延续自己的生命和事业，也是绝大多数婚姻男女的基本愿望，可是知琼对这些却了无兴趣。既不承担传宗接代的义务，也没有做母亲、抚养儿女、经营婚姻家庭的愿望，那么，她和弦超的结合，想要得到的是什么呢？

此外，她还声称自己“无妒忌之心，不害君婚姻之义”。表示自己不反对、妨碍弦超正常的婚姻，俗气的说法，就是她并不介意和其他的女人共同拥有弦超。爱情是自私的，也是排他的，古代女性虽然能够默默忍受一夫多妻，但也都是被迫无奈，并没有几个人心甘情愿，心无芥蒂。知琼这般“大度”，简直匪夷所思。这正好表明，知琼对于二人的关系，并不视作严肃、认真的情恋，也不打算天长地久，而仅仅是一段露水之欢。“作夫妇经七八年，父母为超娶妇之后，分日而燕，分夕而寝，夜来晨去，倏忽若飞，唯超见之，他人不见……但不日日往来，每于三月三日、五月五日、七月七日、九月九日、旦、十五日辄下往来，经宿而去。”由此可见，二人的关系，若离若连，且始终处在“夜来晨去”“经宿而去”的“地下”状态，说白了，就是在偷情、偷欢。

综上所述，知琼与弦超的交往，既非两情相悦，又不求纯情专一、光明正大，更不肯承担责任和义务，唯有性是最实质、最终极的内容，猎艳的性质是不容置疑的。知琼之追求弦超，不过是在谈情说爱的幌子下，获取性的享乐，满足低级的欲望，和追求严肃认真、纯洁高尚的爱情实在是两码事。故事折射的是现实中某些人艳羡婚外情（性），幻想艳遇猎色、伺机偷情的庸俗心态。

诸如此类的故事还有许多。如 399 则《钟繇》写一个“美丽非凡”的女鬼，常常来勾引钟繇，达数月之久，使之沉迷而不能自已，直接影响了正常的上朝，还因此销骨损身，形容憔悴。后经人提醒，钟繇幡然醒悟，毅然拒绝，女鬼才不得不罢休。404 则《朱诞给使》写一个蝉精，变身成为一个翩翩少年，与建安太守朱诞侍从的妻子“谈情说爱”，令侍从之妻深陷其中而不能自拔……

按照志怪的思维与逻辑，神怪无疑也有追求情爱的权利，如果在正常、正当的前提下与异性交往，也无可非议。但上述故事中的这些鬼怪，其所交往的对象，不是有妇之夫，就是有夫之妇，所以这些关系都是不正常、不正当的婚外情、地下情。漂亮女鬼与钟繇夜夜媾欢，尽情纵欲，除了性的欢娱之外，未见其他关乎情爱的活动；举止轻佻的蝉精少年与侍从之妻打情骂俏，互相挑逗，也并非是情投意合，真心相许，只不过是由于内心空虚和无聊而互相玩弄，寻找刺激，这些都是世俗轻佻男女当中常见的感情游戏。可见，这些神怪与异性凡人的交往，都仅止于追求性和色，是一种情欲的宣泄。在它们身上表现出来的，是现实社会里一部分人在两性关系上玩世不恭、享乐至上的态度。

本来，对于钟繇的醒悟和杀意，女鬼也已有所觉察，但她一时情迷意乱，还是经不起对方的哄骗而进了屋，终被砍伤大腿。“妇人后往，不即前，止户外。繇问：‘何以？’曰：‘公有相杀意。’繇曰：‘无此。’勤勤呼之，乃入。繇意恨，有不忍之，然犹斫之，伤髀。”蝉精少年因勾引人妻，也被弓箭所伤，但他似乎并不在意，仍然执迷不悟。由此看来，世俗之人贪色自误，为情欲铤而走险、不计后果等弱点，在神鬼的身上也未能避免。

三　徇私

中国历来都是一个人情的国度，重人情、徇私情，甚至人情凌驾在法律法规之上，是封建社会的普遍风气。徇私显然是一种不守原则，践踏法律法规和社会公平的行为，但世人的态度往往自相矛盾，一方面为自己因徇私得益而沾沾自喜，另一方面又对别人同样的行为愤愤不平。由于对徇私（包括现实的和内心欲求的）的无法抵制，在普遍趋利的心理驱使下，人们于徇私的态度和评判也逐渐错位，使之成为一种约定俗成、见惯不怪的心态和行为。因此，在世俗社会中，多数人只要手中掌握一定的资源，拥有交易的筹码，也有人情往来的需求，就会有徇私的可能，区别只在于程度的大小。魏晋社会官场腐败，贪婪聚敛、徇私舞弊之风尤甚，《搜神记》中有大量神鬼徇私的叙述，无疑就是这种世相的一种投影。这类作品也许本意并不在于揭露官场的黑暗腐败，而是为了表现神鬼如何有“人情味”，如何通情达理，但客观上却使神鬼蒙上了俗世的尘垢，散发出另一种意味。

380则《蒋济亡儿》所讲的故事，就是一个徇私的典型例子。魏领军将军、昌陵亭侯蒋济之子，死后在泰山阴间做一个苦不堪言的差役。当他知道太庙西边的歌唱家孙阿将死，且将会被任命为泰山县令时，特托梦给父母，使之向孙阿求情，给自己以关照，从而摆脱当下的困境：

> 于是乃见孙阿，具语其事。阿不惧当死，而喜得为泰山令，惟恐济言不信也，曰：“若如节下言，阿之愿也。不知贤子欲得何职？”济曰：“随地下乐者与之。”阿曰：“辄当奉教。”乃厚赏之……后月余，儿复来，语母曰：“已得转为录事矣。”

这是一个跨越阴阳两界的徇私故事。蒋家与孙阿素昧平生，只因私利，双方走到了一起且一拍即合。先是在阳间的蒋济利用自己的权势、钱财贿赂孙阿，为亡子求关照，谋官职；继而是到了阴间的孙阿，果然信守协定，把蒋子调任为录事参军。鬼孙阿固然是通人情、明世故，践行了“得人钱财，替人消灾”的世俗规则，但也践踏了原则和公平。耐人寻味的是，这种赤裸裸的徇私，典型的权钱交易，竟然是由人鬼联手共同来促成，白日阳间的歪风邪气延续、扩展至阴曹地府，可知徇私的风气是多么泛滥！

再看87则《糜竺》：

> 糜竺，字子仲，东海朐人也。祖世货殖，家赀巨万。常从洛归，

未至家数十里，见路次有一好新妇，从竺求寄载。行可二十余里，新妇谢去，谓竺曰："我天使也，当往烧东海麋竺家。感君见载，故以相语。"竺因私请之。妇曰："不可得不烧。如此，君可快去，我当缓行。日中必火发。"竺乃急行归，达家，便移出财物，日中而火大发。

女天使奉命前往东海焚烧麋竺的家，路遇麋竺并搭乘其车，为报答麋竺，故意将天机泄露给他，麋竺得以躲过劫难。故事的本意当是教人乐善助困，表明好心好报，人间、仙界均同此理。故事中的女天使固然是菩萨心肠，但从天庭、天帝方面来说，泄露天机，不严格执行使命，不仅是徇私，而且还是严重的渎职。

与此相似的故事还有99则《周式》：死神带着死人的名录，逐个去收取人命，途中搭乘周式的船。周式意外获知名录中竟然也有自己的名字，遂向死神求情。"式叩头流血。良久，吏曰：'感卿远相载，此书不可以除卿名。今日已去，还家，三年勿出门，可得度也。勿道见吾书。'"死神虽然不能除去周式的名字，但还是尽己所能，为他想了免死的办法，可惜的是周式未能坚守三年不出门的规戒，功亏一篑，两年多后死去。死神帮周式谋划之后，还不忘交代"勿道见吾书"，这简直就是现实中人常见的"君子协定"，透出一股浓浓的世俗味，令人不禁莞尔。

神鬼的徇私，其实是现实的一面镜子，它揭示了社会的一些潜规则和人际交往中肮脏、不阳光的一面。同为世俗的人际交往方式，徇私与礼尚往来都有寻求双方互利的内涵和特质，但两者又有本质的区别。一般情况下，礼尚往来的双方没有损害第三方的主观恶意；而徇私则往往是公权人物的专利，践行者不是以原则做交易，践踏公平和正义，破坏法律法规的神圣和严肃，就是以牺牲第三者的利益为旨归。因此，徇私者在向对方显示"善意"的同时，实质上已在向第三方实施他的恶意，损公肥私、损人利己的主观意图非常明确。在现实中，礼尚往来和徇私常常会纠合在一块，这都显示了世俗情感、行为的复杂性，这种复杂性也反映在《搜神记》的神鬼身上，74则《胡母班》中泰山神假公济私，屡屡为胡母班谋取私利大开方便之门，便是这方面的突出例子。

四 无赖

无赖是指强横无耻、放刁、撒泼等恶劣的行为和作风。无赖的根源在于无知、野蛮、贪婪和暴戾，在缺乏教养和文明的市井陋巷，无赖之徒、无赖习气可谓屡见不鲜。无赖通常是沆氓、地痞的行径，但在一些特定的时空环境里，或在特定的心态下，普通人也可能在不经意间有一些无赖的举动。因此，无赖实乃世俗一景，在《搜神记》中，人或神于此亦都有诸多体现。

法术高超、亦人亦仙的徐光在街头卖艺，向旁边的瓜贩索要瓜吃，被对方拒绝。为此，徐光恼羞成怒，作法使对方的瓜变成了自己的瓜，给围观者分送一光，可怜的瓜贩血本无归（24 则《徐光》）。或许徐光可以不满、鄙视瓜贩的吝啬，但无权处置、侵犯别人的财物，这种自恃法术，胡作非为，肆意欺负弱者的举动，实是市井无赖所为。

《搜神记》中的鬼魅，把无赖习气、做派展现得最生动、最全面者，莫如 405 则《倪彦思（附典农盗谷）》中蓄意滋事扰人的野猫精：

> 吴时，嘉兴倪彦思，居县西埏里。忽见鬼魅入其家，与人语，饮食如人，惟不见形。彦思奴婢有窃骂大家者，云：“今当以语。”彦思治之，无敢詈之者。彦思有小妻，魅从求之，彦思乃迎道士逐之。酒殽既设，魅乃取厕中草粪，布著其上。道士便盛击鼓，召请诸神。魅乃取伏虎，于神座上吹作角声音。有顷，道士忽觉背上冷，惊起解衣，乃伏虎也。于是道士罢去。彦思夜于被中窃与妪语，共患此魅。魅即屋梁上谓彦思曰：“汝与妇道吾，吾今当截汝屋梁。”即隆隆有声。彦思惧梁断，取火照视，魅即灭火。截梁声愈急，彦思惧屋坏，大小悉遣出，更取火，视梁如故。魅大笑，问彦思：“复道吾否？”郡中典农闻之，曰：“此神正当是狸物耳。”魅即往谓典农曰：“汝取官若干百斛谷，藏著某处。为吏污秽，而敢论吾。今当白于官，将人取汝所盗谷。”典农大怖而谢之。自后无敢道者。三年后去，不知所在。

这是一场人魅大战。倪彦思被不请自来的鬼魅骚扰得家室不宁，不胜其烦；无能的道士被作弄不敢恋战，落荒而逃；贪污的典农官则因被对方抓住把柄而不敢接战，这些都有很强的讽刺意味，也具有一定的喜剧效果。但野猫精的所作所为，纯粹就是无赖的表现：作不速之客，强闯民宅，滋事扰人；偷听他人谈话且告密，令背后骂女主人的婢女被收拾、惩治；厚颜无耻，对主人小妾有非分之想；以粪便、尿壶袭击作法道士；锯屋梁恐吓倪家以取乐；以揭发贪污相威胁，制止典农官对倪家的声援……这一系列举动中，抵制、戏弄道士，虽然有一定的合理性，但动用大粪、尿壶尿液等污秽之物，这些卑劣、龌龊的手段，乃无赖之徒所惯用，正表明了这厮的无赖做派和品性。至于扬言揭发典农官的贪污行径，目的是胁迫对方封口而谋求自保，其实也是常见的无赖手法，其正义性要大打折扣。综上，这个野猫精就是一个活脱脱的无赖，故事把它的无赖习气表现得淋漓尽致，形象绘声绘色，也颇为生动、鲜明。

其他如屡次以不轨手段强索民财的蒋神（子文），也是一个无赖习气浓厚、颇令人生厌的神鬼形象。前文已经讨论过，此处不再赘述。

可以说，前述的情欲、徇私都比较私隐，互动的对象一般比较固定、单一，与之相比较，无赖行径更具公开性、随机性和全方位性。只要是无赖之徒，在任何地方、任何时间和任何事情上面，都有可能发飙撒泼，动粗使横，对于他人造成的滋扰甚至伤害，也就更加直观、直接，因而也更容易引起人的不快、反感。因此，世人之于无赖，明确表现出厌恶和不齿的态度，明显有别于对情欲、徇私的暧昧。《搜神记》中的部分神鬼，也承袭了世俗之人的这些劣性，他们的所作所为，展现了人们虽然厌恶，但又不得不面对的那一部分恶劣人性和世风，曲折地反映了现实世相。

神的世俗化和神人关系的现实化一样，实质都是神的“人”化。在神人关系现实化的这一层面中，反映的主要是神鬼对于现实凡人生活的介入，是一种生活角色和空间（即使在殊域幽冥，其实也是现实凡世的模拟和翻版）的人化；而在神的世俗化层面中，显示的则是神鬼思想意识的人化。如果说前者是一种外化，那么后者则属于内化，两者互为因果，互相促进。神鬼人化的结果是，宗教性、神秘性有所减弱，现实性、人性得到加强。人生百态，世人的喜怒哀乐、爱恨情仇都在虚幻的对象身上得以展现。由此看来，与其说《搜神记》是在写神鬼，还不如说是在写人。

前文曾说过，神人关系现实化的另一面，其实就是人和现实的虚拟化和虚幻化。同样道理，神的世俗化，另一面实质也是世俗的神鬼化和虚妄化。《搜神记》神鬼世俗化的故事，在虚妄、荒诞的境界中，把人的情性、欲望和行为展现得更加真实露骨，也更加淋漓尽致。这是因为，神鬼可以超越现实，不受社会清规戒律、伦理道德的约束，无所顾忌，随心所欲，率性而为。因此，人们在现实中无法实现的一些世俗欲望，一些被社会伦理、俗制所约束、压抑的举动，都可以借助这些超现实的对象来尽情表现。由此可知，世俗的神鬼化和虚妄化，其实反映了世人的一种补偿心理，在某种程度上解决了世人内心的欲求与现实的冲突，使人们的一些美好愿望有寄托之所，不良的企图和情绪也找到释放的渠道。

神鬼的世俗化，也或多或少地体现了神鬼形象的个性化。宗教、信仰中的神鬼，由于都担负着某种职能，往往是某种意念的载体，因而形象特征都比较凝固、趋同，而《搜神记》中世俗化的鬼神，则因其现实化、生活化的程度较高，现实生活的多姿多彩，使其形象已颇具个性化的特征。如上述孤石庙女神（《宫亭湖》）和彭泽湖神（《青洪君附如愿》）的世故与慷慨，泰山神（《胡母班》）的假公济私，知琼［《弦超（附知琼）》］的精于情场和蛊惑，鬼孙阿（《蒋济亡儿》）的见钱眼开，野猫精［《倪彦思（附典农盗谷）》］的无赖、卑劣，等等，这些鲜明的个性特征，都给人留下了深刻的印象。个性化是文学形象的基本要求，从以上例子可见，《搜神记》中这些各具风采和个性的神鬼形象，都已经有了比较浓厚的文学意味。这也表明，《搜神记》神鬼世俗化的过程，也是神鬼逐渐脱离宗教信仰，走向现实，同时逐渐走向文学，成为审美对象的过程。在魏晋志怪蜕变成为唐传奇的轨迹中，故事的行怪气息消减，现实气息增强，神鬼形象逐渐现实化、个性化，都是极为重要的表征。作为神鬼现实化、个性化体现得最全面、突出者，《搜神记》在这个过程中的建树无疑是首屈一指，贡献也居功至伟！

第三章

《搜神记》中的方术

干宝本人好阴阳数术，倾心京房、夏侯胜之学。因此，除了神鬼怪异，方术便是《搜神记》中最多的内容。当然，《搜神记》中的方术故事，因其神秘、神异的特质，常常与神鬼怪异相联系，因此，方术故事往往也是神怪故事，它从另一个角度反映出魏晋人的文化和意识。

第一节　方术述略

一　方术释义

“方术”一词，在先秦古书中有两种含义。

一是指关于治道的方法。《庄子·天下》：“天下之治方术者多矣，皆以其有为不可加矣。古之道术者，果恶乎在？曰：无乎不在。”这里的“方术”是与“道术”相对而言的一方之术，两者的区别在于：道术是反映天道之术，是普遍使用，包罗万象的，而方术只适用于某一方面，是局部适用的，比较专门和具体。

再是指治术，即统治之术。如《荀子·尧问》篇：“天下不治，孙卿不遇时也。德若尧舜，世少知之；方术不用，为人所疑；其知至明，循道正行，足以为纲纪。”《韩非子·外储说左上》：“（工匠）不得施其技巧，故屋坏弓折；知治之人不得行其方术，故国乱而主危。”这些地方所提到的“方术”，都是指统治之术，或治国的谋略。

我们这里说的方术，与上述先秦古书中所说的含义都不同，它指的是汉以后所称的方术，“也就是‘数术’和‘方技’的统称”[①]。数术、方技是古人研究自然和人的专门知识或手段。数术（又称“术数”）以研究天道或者天地之道为主，内容涉及天文、地理、历法、气象、算术等学科。《汉书·艺文志》“数术”类记载各类数术著作190家，共计2528卷，分天文、历谱、五行、蓍龟、杂占、形法六类；“方技”则以研究生命、人道为主，内容涉及医学、药学、性学、营养学，以及与药学有关的动物学、植物学、矿物学和化学等学科。《汉书·艺文志》录方技36家，868卷，有医经、医方、房中、神仙四大类。总而言之，方术的内容非常庞杂，种类、形式也十分繁多，常见的有占卜术、命相术、房中术、神仙术、炼丹术、堪舆术、巫蛊术等。

“方术”一词，由先秦的方法、治术演变为指称数术方技，这种词义的变化在司马迁的时代就已经初见端倪。如《史记·秦始皇本纪》称始皇“悉召文学方术士甚众，欲以兴太平，方士欲炼以求奇药”；《孝武本纪》载“齐人少翁以鬼神方见上。上有幸王夫人，夫人卒，少翁以方术盖夜致王夫人及灶鬼之貌云，天子自帷中望见焉”。两纪当中所载的方术士，其特长或是占星候气、龟卜蓍筮，或是入海求仙、寻献奇药，又或是请神送鬼、使死人现形还魂，这种种奇招异术，与《史记》中的《日者列传》《龟策列传》《扁鹊仓公列传》等篇所记显然都属一类，因此，司马迁这里所称的“方术”，当指数术方技无疑。从《孝武本纪》“齐人少翁以鬼神方见上”一说可知，方术又可以简称为“方”，同样道理，方术士在后世也多简称为“方士”或者“术士”。

更加明确而且专门以“方术”指称数术方技，则见于《后汉书》。《后汉书》专辟“方术列传”上、下两篇，记方术及其相关的人和事。文中明确地将卜筮、阴阳推步之学、河洛之文、龟龙之图、箕子之术、师旷之术、纬候之部、钤决之符等，皆指为方术，又说其流有风角、遁甲、七政、元气、六日七分、逢占、日者、挺专、须臾、孤虚之术，及望云省气，推处祥妖，等等，并称“汉自武帝颇好方术，天下怀协道艺之士，莫不符策抵掌，顺风而届焉。后王莽矫用符命，及光武尤信谶言，士之赴趣

① 李零：《中国方术续考》，东方出版社2000年版，第5页。

时宜者，皆骋驰穿凿，争谈之也。故王梁、孙咸名应图箓，越登槐鼎之任，郑兴、贾逵以附同称显，桓谭、尹敏以乖忤沦败，自是习为内学，尚奇文，贵异数，不乏于时矣"[①]。由此可知，《后汉书·方术列传》之所谓"方术"，已经系专指数术方技，"方士"则专指持有方术之人。这种意义上的方术以及方士，才是我们这里要讨论的对象。

方术是一种很古老的文化，其源头可以追溯到原始社会的巫术。在远古时代，为了生存和发展，原始人不得不与自然界抗争，巫术就是人类企图有效地控制外部自然界的一种手段，它产生于原始人类对客观世界的控制意识。由于认识能力的低下，原始人对自己本身及其周边的自然界，认识极其肤浅，对许多自然现象如风、雨、水、火、雷电，以及人的生、死等，都无法作客观、正确的解释，对自然灾害和日常生活、生产中的一些意外当然也就无从控制。随着"万物有灵"、自然神信仰等意识观念的形成，初民们相信，所有的自然现象背后都有一种超自然的力量在起作用，人们幻想通过施法唤醒、借助于附在某个对象身上的超自然力量，就可以对之施加影响，甚至可以加以控制。于是，企图借以趋吉避凶，具有特定的咒语、物件和行为的施法活动便逐渐产生，当这种活动成了常态，具备了相对固定的程式，便形成了巫术。

"一般地说，巫术大致都属于鼓舞祠醮一类，是相当原始的。如果巫术能够略加精到一点，就是说巫本身的知识略高一点，能用更多的迷惑来得到人的信仰，这便成了方术。"[②] 可见，巫术就是早期的方术。随着时代的推移，巫术逐渐演变、发展成为各种专门种类和形式的方术，应用或流行于不同的时代、场合和事体。商周时期流行卜筮术；春秋战国时期流行占星术、占梦术、相人术、相地术、太乙六壬术、择吉术、易占术、养生术；秦汉时期，方术更加盛行，由于统治者都妄想长生不死，永享荣华富贵，许多政治人物又想预知天命国运，除了上述各种方术以外，还特别流行神仙术和谶纬术。可以说，中国古代各种各样的方术，在秦汉以前就已基本产生，后世的各式方术，不过是在此基础上的分化与整合、扩充与

① （南朝宋）范晔：《后汉书》（方术列传第七十二上），中华书局2007年版，第792页。

② 王瑶：《小说与方术》，载《中古文学史论》，商务印书馆2011年版，第116页。

发展而已。

二 方术与小说

（一）方术与方士小说

作为一种文化，无论是巫术还是方术，都与古人的日常生活和社会活动息息相关。秦汉以后的方术，因其门类更为系统齐全，活动愈加频繁，手段也更加推陈出新，即如王瑶先生所说的比巫术更“精到一点”，方士的知识也比巫师更“高一点”，对社会的影响也随之扩大、加深，方术几乎渗透到社会的各个方面，与社会的政治、经济、文化生活等都有非常密切的联系。由于这种事实，在《史记》《汉书》《后汉书》等史典中，与方术相关的记载简直俯拾即是，《汉书》有《方术列传》，从《后汉书》到《清史稿》都专设有方士传。方术是古人活动尤其是精神、文化活动的重要组成部分，是古代史书的重要内容，这是有目共睹的。

作为古人心目中的另类史书，我国的古代小说从它产生的时候起，就与方术有不解之缘。如被《四库全书》称为“小说之最古者”的《山海经》，《汉书·艺文志》就把它列在“数术略”的“形法”类，将之与《宫宅地形》《相人》《相六畜》等相术之类的书籍相提并论，可见汉人就已把《山海经》视为数术方技（相术）一类的著作。而鲁迅则直接称其为古之巫书：“《山海经》今所传本十八卷，记海内外山川神祇异物及祭祀所宜……所载祠神之物多用糈（精米），与巫术合，盖古之巫书也，然秦汉人亦有所增益。其最为世间所知，常引为故实者，有昆仑山与西王母。”① 袁珂先生也说：“《山海经》确可以说是一部巫书，是古代巫师们传留下来，经战国初年至汉代初年楚国或楚地的人们（包括巫师）加以整理编写而成的。”②

“巫书”之谓，当有两层含义，一是指书的记录者、整理者是巫师，二是书的内容涉及巫术。

巫师在古代文献中称作“巫”“巫觋”“祝”，民间则叫“法师”

---

① 鲁迅：《中国小说史略》，上海古籍出版社 1998 年版，第 7—8 页。

② 袁珂：《中国神话史》，重庆出版社 2007 年版，第 16 页。

"师公"等。在巫术还未形成固定的套式之前，并没有专门的巫师，各种各样的巫术，其实都是由具有巫术信仰和观念的人们自己来施行的，巫术活动处在一种涣散的个体状态。随着巫术功能的扩大，服务对象的推广，种类、仪式和手段日趋复杂，巫术的公共性越来越突出，这就需要有专门的人来作法，巫师由是产生。在远古时代，巫几乎掌握了全部的文化知识，是文化领域中的从业者和绝对权威，甚至是精神领袖，在社会上享有非常重要的声望和地位。原始先民以神话思维探讨、认识社会和自然，妄图通过巫术来控制外部环境，明辨吉凶妖祥的活动轨迹，由巫师用文字记录的形式将之表现、保存和流传，《山海经》就是这样的作品。

《山海经》中与巫术相关的内容，实在是不胜枚举。鲁迅指出书中多记海内外山川神祇异物及其祭祀，而祀神之物多用糈，与巫术相合，这些无须赘论。下面略举数例，以进一步加深对其巫术或巫术活动的了解。

《山海经》中有大量象占的记载。象占是根据自然事物的特异现象来预测吉凶，是先民们预知未来的最原始方法，其产生应早于各种占卜。[①]《山海经》中的象占以动物的占验记录为多，有六十多处，涉及各种鸟兽虫鱼。如《西山经》中"见则天下大旱"的太华山之蛇、"见则天下安宁"的女床山鸾鸟、"见则大兵（大战乱）"的小次山猿兽，等等。这些记载都将某种动物的显现与某一社会或自然现象简单联系起来，表现先民对外部世界的未来进行预测，以图控制的欲望，与其说是记载神物，不如说是记载预测吉凶灾祥的巫术。

《山海经》中还有巫舞的详细记录，如：

> 大荒东北隅中，有山名曰凶犁土丘。应龙处南极，杀蚩尤与夸父，不得复上，故下数旱。旱而为应龙之状，乃得大雨。（《大荒东经·应龙》）
>
> 雨师妾在其北，其为人黑，两手各操一蛇，左耳有青蛇，右耳有赤蛇。

① 李平君：《术士》，中国社会科学出版社2009年版，第12页。

一日在十日北，为人黑身人面，各操一龟。（《海外东经·雨师妾》）

应龙是雨水之神，巫舞的主要目的是求雨。呼风唤雨是巫的一大特长，也是巫的一项重要职能。“应龙”篇所记的“为应龙之状”，就是一种求雨的巫舞表演，实乃模仿雨神应龙兴云作雨的动作。而雨师妾则是一位专职求雨的巫师，“其为人黑，两手各操一蛇，左耳有青蛇，右耳有赤蛇”，正是“为应龙之状”生动而形象的刻画。

《山海经》中有所谓“六巫”“十巫”的记载：

开明东有巫彭、巫抵、巫阳、巫履、巫凡、巫相，夹窫窳之尸，皆操不死之药以距之。（《海内西经》）

大荒之中，有灵山巫即、巫咸、巫彭、巫盼、巫真、巫姑、巫抵、巫礼、巫罗、巫谢十巫，从此升降，百药爰在。（《大荒西经》）

这些人都与医、药，与救死扶伤、治病驱邪有关，郭璞注云：“皆神医也。”由此亦可见，医源于巫，早期的医术是巫术，医师也就是巫。

《山海经》中与巫术有关的内容，远不止这些。总而言之，远古时期的大部分巫术，都可以在该书找到它的踪影，所以称为“巫书”，确是实至名归。无怪乎汉晋以后的方士，都喜欢谈论和引用《山海经》，甚至对之有所增益和发挥，把一些原本不是方术的内容，也和方术扯上联系。

巫术演变成为方术之后，巫觋也就成了方士。由于方士由巫觋进化而来，方士与巫觋，就如方术与巫术一样，在本质上没有区别，而汉晋以后方术与小说的关系，亦一如巫术与《山海经》。汉魏六朝盛极一时的地理博物类志怪小说，就是由《山海经》发展而来，由“最古”的记载神话传说、地理博物的“巫书”演变成为志怪小说，在这过程中方士起的作用最为关键、重要，居功至伟。汉魏晋的志怪小说，大多出自方士之手，如《列仙传》的作者刘向、《洞冥记》的作者郭宪、《拾遗记》的作者王嘉、《博物志》的作者张华、《玄中记》的作者郭璞，等等，无一不是方士；

其他一些志怪作品虽不能确认作者，但从内容来看，作者也必是方士或爱好方术之士无疑。

方士变为小说家，既有历史的渊源，也有现实环境的原因。

自商代以后，巫逐渐分化，大部分职能分别被“祝（管祭祀）”“宗（管世系）”“卜（管占卜）”“史（管纪事）”所取代，地位逐年下降，沦落到与工匠、商贾、倡优相类。[①] 所以，早期由巫觋演化而来的方士，主要活动也在民间，社会地位不高。秦汉时期，方术之风大盛。由于统治者热衷此道，方士们迎合统治者的需要，修习各种方术货于帝王家，成了干禄谋生最快捷的一种手段。如秦始皇迷恋长生不死之术，笃信命数，方士徐福、卢生分别为之“入海求仙”、寻求仙方仙药；汉文帝迷信望气之术，赵人新垣平便献以“望气取鼎”之类的方术；汉武帝迷恋仙道，亦先后宠信李少君、栾大、李少翁、董仲舒等人；东汉光武帝刘秀身边有不少研究谶记和王气的术士，如善为符命鬼神瑞应之术的公孙述等，术士为刘秀的登基及稳定政权，也确实立下过汗马功劳。这些人都以巧言异术获得了统治者的信任和器重，名重一时。

汉末魏晋时期，更是方士如云。此期间虽有一些著名的方士如左慈、华佗、管辂等，因不愿依附、顺从权势，或被迫害杀戮，或不见容，但大部分的方士，仍然视服务于统治者、跻身仕宦为正途。如三国时吴国“募三州有能举知术数如吴范、赵达者，封千户侯”[②]，令方士们趋之若鹜。晋代葛洪、张华、郭璞、干宝等著名方士，也都曾做过朝廷命官。当然，这些人之所以被朝廷赏识、倚重，并非仅仅是持有方术，而是因为他们学有专长，在文史哲方面有很高的造诣，如上述几人都是当时的著名学者。

汉魏晋的著名方士，大部分都有恃方术而干禄的欲望和企求，希望依附帝王贵族，求得荣华富贵，过上自己想要的生活。既然如此，如何获得帝王贵族的青睐和器重，便成为方士们的要务。积极钻研、揣摩方术，竭

① 李零：《先秦两汉文字史料中的“巫”》（下），载《中国方术续考》，东方出版社 2000 年版，第 77、78 页。

② （晋）陈寿撰，栗平夫、武彰译：《三国志》（吴范刘惇赵达传第十八），中华书局 2007 年版，第 1644 页。

力提高自身的技艺水准当然是一个方面，而想方设法自神其术，激发帝王贵族们对方术的巨大兴趣和热情，使他们笃信不疑，迷恋不舍，从而厚待方术与方士，则是另一个方面，甚至是更重要、更显效果的一个方面。这是因为方技术数类知识，都产生于原始社会，是先民们对自然和自身生活环境的初步、混沌的认识，主观臆想的、感性的、经验的、附会的成分毕竟太多，整个古代的方术体系，并非建立在科学、客观的稳固基础之上。在这个并不科学、可靠的前提之下，以巫觋、方士的思想方法、知识结构和研究手段，业务上的研究、揣摩除了在操作方式、方法上故弄玄虚，搞一些新花样，作一些新变化之外，没有其他更多、更大的实质性的进展，这些都是可以想象得到的。而实操之外的舆论宣传、自神其术，其情形却不同。作为古代的知识分子，方士是比较有知识的人，他们利用自己的知识去作方术的宣传，对一些事实刻意渲染夸饰，以虚实难辨的信息来迷惑他人，去鼓动煽情，给那些虔诚但又轻信的人带来更多心理上的满足，这相较于翻来覆去、换汤不换药的方术操作而言，受众更多，通过口耳相传，影响面更广，效果也更显著。因此，一些具有相当知识、才能，一心干禄求显的方士都乐此不疲。

方士们自神其术，手法不外乎两种：一是自我吹嘘，不择手段地夸大自己方术的效能和价值；二是“借着时间空间的隔膜和一些固有的传说，援引荒漠之世，称道绝域之外，以吉凶休咎来感召人；而且把这些来依托古人的名字写下来，算是获得的奇书秘籍，这便是所谓小说家言”①。这些“小说家言”，一方面固然是方士们“以吉凶休咎来感召人”，以图方术的理论、道术更加深入人心；另一方面其实也是借“援引荒漠之世，称道绝域之外”的虚玄辽邈之事，来显示学问渊博、道行高深，以提高自己的名望和身价。由此可知，方士们的这些举动，与小说的兴起有莫大的关系。

鲁迅说：“中国本信巫，秦汉以来，神仙之说盛行，汉末又大畅巫风，而鬼道愈炽；会小乘佛教亦入中土，渐见流传。凡此，皆张皇鬼神，称道灵异，故自晋讫隋，特多鬼神志怪之书。”② 出自方士之手的“小说家

① 王瑶：《小说与方术》，载《中古文学史论》，商务印书馆2011年版，第120页。

② 鲁迅：《中国小说史略》，上海古籍出版社1998年版，第24页。

言”，其实就是鲁迅先生所称的宣扬神仙巫术，张皇鬼神、称道灵异的“鬼神志怪之书”，亦即汉魏六朝（及之后）的志怪小说。方士们广泛搜集、整理民间传说的、古籍记载的神仙方术故事，事实上成了志怪小说的编撰。如张华的《博物志》，这一部汉晋时期地理博物类志怪的代表作，乃仿《山海经》而作，其中方术化的山川位象，图谶方技之类的故事，就是“捃采天下遗逸，自书契之始，考验神怪，及世间闾里所说”[①] 编撰而成；干宝的《搜神记》，也声称是“考先志于载籍，收遗逸于当时”[②]。大量事实表明，小说本自方士，方士即早期的小说家，信然。

（二）方术与非方士小说

由于国人普遍笃信方术，所以从秦汉到明清，我国的方术文化都历久不衰，颇有市场，方士的活动也一直都很活跃。如南朝齐梁时的陶弘景、隋唐的王远知和孙思邈、宋代的陈抟、元代的蒙古大臣耶律楚材以及明代的刘日新、刘伯温（刘基）、张三丰等，都是名声卓著、朝野皆知的方士，他们以各种专长服务于社会，为老百姓所熟知，也为统治者所倚重，许多人还成为帝王的座上宾，甚至股肱之臣。清代以后，尽管方士的地位、声望已经不可与前代同日而语，但社会上方术的风气仍然不减，民间的方术活动依旧频繁。总而言之，在古代中国，方术在民众中有广泛的影响，方术观念渗透到人们日常生活的每一个角落。这种深入国人心灵意识，影响无处不在的古老文化，从一个侧面反映了这个民族探索自然、社会，向文明、科学迈进的艰难足迹和曲折历程。

作为传统文化的一个重要组成部分，方术在民族的叙事中占有一席之地，是理所当然的。因此，历代史册都有与方术相关的记载，文学作品尤其是小说中的方术内容，更是层出不穷，数不胜数。被称为方士小说的汉魏晋志怪自不待说，即使是后代出自非方士之手、创作意图并非为自神其术、自神其教的其他小说，也掺杂有大量与方术相关的情节或内容。

比如元末明初写定的《三国演义》，一部写前代书史文传、兴废战争的长篇历史小说，就充满了浓厚的方术意味。在罗贯中的笔下，孔明被描

---

① （晋）王嘉撰，肖绮录，齐治平校注：《拾遗记》（卷九），中华书局 1981 年版，第 210—211 页。

② （晋）干宝撰，汪绍楹校注：《搜神记》（序），中华书局 1979 年版。

绘成一个无所不能的巫师。第九十七回《七星坛诸葛祭风》（嘉靖本，下同），写孔明为周瑜借东风，谓周瑜云：

亮虽不才，曾遇异人传授八门遁甲天书，上可以呼风唤雨，役鬼驱神；中可以布阵排兵，安民定国；下可以趋吉避凶，全身远害。都督若要东南风时，可于南屏山筑一台，名曰“七星坛”，高九尺，作三层，用一百二十人，手执旗旛围绕。亮于上作用，借三日三夜东南大风，助都督用兵，如何？

八门遁甲即奇门遁甲，术数的一种，与八卦有关，方士据之推算吉凶祸福。精通此道的孔明，俨然就是一位方士。作法之时，更是巫师派头十足：

十一月二十日，是甲子吉辰，孔明沐浴清斋，身披道衣，散发跣足，来到坛前……缓步登坛，观瞻方位已定，焚香于炉，注水于盂，仰天暗祝。

孔明这里施行的实质是一种祈风的巫术，与前述《山海经》中的巫师求雨，性质相类。

第二百零六回《孔明秋夜祭北斗》：

是夜，孔明遂扶疾出帐，仰观天文，大慌失色，入帐乃与姜维曰：“吾命在旦夕矣。”维乃泣曰：“丞相何故出此言也？”孔明曰：“吾见三台星中，客星倍明，主星幽隐，相辅列曜以变其色，足知吾命矣！”维曰：“昔闻能禳者，惟丞相善为之，今何不祈禳也？”孔明曰：“吾习此术年久，未知天意如何。汝可引甲兵七七四十九人，各执皂旗，身穿皂衣，环绕帐外，吾自于帐中祈禳北斗。七日内，如灯不灭，吾寿则增一纪矣；如主灯灭，吾必然死也。”

孔明夜观天象，知自己命在旦夕，为延长寿命，设香花祭物大灯向北斗祈禳，这里运用的是占星术和祈禳术。此外，他还曾运用奇门遁甲设计八阵图吓退吴兵；五出祁山时，驱六丁六甲与魏军作战；还精通命相术，看出魏延脑后有反骨，久后必反。凡此种种，与其说这个诸葛亮形象是一个足智多谋的军师，还不如说是一个精通奇门异术的巫师或妖道，无怪乎鲁迅先生说《三国演义》“状诸葛之多智而近妖”。①

其他如《水浒传》《金瓶梅》《红楼梦》等名著，也都有大量与方术有关的人物和情节。值得注意的是，虽然同是表现方术的内容，唐宋以后的小说，特别是明清的小说，和汉魏晋方士手中的志怪小说已经大为不同。严格地说，汉魏晋志怪小说还不是真正文学意义的创作，方士小说家的创作意图主要是宣传，即前面所说的自神其术，所以对于方术，小说家们仅是满足于记录，方术作为小说表现的内容，与小说的艺术构思、人物形象的刻画塑造等，还没有很密切的联系。而在后世小说中，方术的内容、观念则逐渐全面、深入地渗透到作品的思想、艺术当中，一些优秀的作品，能把方术的思想内容和小说的艺术表现形式结合起来，使方术变成一种重要的审美资源。如《三国演义》把如此多的方术技能加诸孔明身上，虽然不排除小说家有故弄玄虚、哗众取宠的意图，但不能否认此举对于天道命数思想的宣扬，对于表现孔明超人、无与伦比的智慧和神化（在我们看来是妖化）形象，对于丰富故事内涵、增强故事情节的神秘奇谲、引人入胜，等等，都起了重要的作用。

明清时期的另一部名著《水浒传》，也充满方术思维和意味。如梁山泊一百零八名义士，被指为三十六天罡星和七十二地煞星降世。天罡星，星相家指为月内凶神；地煞星，主凶杀之神。这么多的好汉聚义梁山，显然是星宿的大会聚，而占星家认为，星聚，非大福即大祸。一百零八名义士在梁山会聚，始而轰轰烈烈、震惊朝野，继而被朝廷招安，先后为朝廷征伐辽国、攻打方腊农民起义军，最终一百零八人死亡殆尽。正如小说末尾诗云：“天罡尽已归天界，地煞还应入地中。”（第一百二十回）一百零八人聚义（即一百零八星聚合）的事件、始末究竟是大福还是大祸，尽可见仁见智，但小说家的叙事思维里，注入了星占学

① 鲁迅：《中国小说史略》，上海古籍出版社1998年版，第86页。

的元素，却是确凿无疑的。

又早期梁山故事的记载如《宋江三十六赞》《大宋宣和遗事》等，都是三十六人的姓名绰号，《水浒传》扩成一百零八将，其实是前两者的三倍整数，亦即是三个“三十六”，又或是一个“三十六”加一个“七十二”。杨义先生认为：“‘三十六人’乃是宋江根据术数思维用以表示其符应天命的一种军事组织体制，有点类乎汉末黄巾起义中张角自称‘黄天’，其部有三十六方……《水浒传》把叙事片段融合成完整的巨制之时，把它强化了。它把‘三十六’扩展成‘一百单八’，组成了三十六天罡、七十二地煞的完整系列，与天星神座相对应，从而潜伏下一种星宿散聚离合的带神话意味的结构神理。”[①] 由此可知，《水浒传》中的一百零八、乃至三十六、七十二等数字，都不是随便、简单的凑合，当中其实蕴含着术数的机理，隐藏着作者的匠心。神秘数字、星宿散聚，《水浒传》借助这种方术思维，构成了自己独特的、充满神秘感的叙事和结构特征，为小说增添了神奇、浪漫的色彩。

唐宋以后的小说，虽与以记录、宣扬方术为主旨的汉魏晋方士小说有所不同，但把方术的内容糅合到创作的艺术构思、思想和情感表达之中，使方术成分很自然地成为小说思想、艺术的有机构成，在骨子里面透出一股方术的意味。这个演化的过程，其实反映了方术由人们普通日常生活向文学艺术的渗透，表明方术思维在人们的意识形态中，已经成为一种自觉。

总而言之，方术与方士小说、非方士小说都有密切的关系，方术对古代人们的生活、对文学艺术都产生过重要的影响，因此，从方术的角度切入研究文学作品，不仅可以对作品作深层次、多侧面的解读，也可以从中了解古人独特而神秘的精神、文化活动，从而窥探古人深层的心理和文化意识，领略富于奇思妙想的方士思维所造就的小说艺术特色。《搜神记》虽然不是最早、也不是专门表现方术的小说，但因其大量的方术内容，因其在魏晋志怪小说中的地位和影响，也在方术向文学艺术渗透的过程中，扮演了重要角色，因此，对《搜神记》中的方术作深入的研究，也很有必要。

---

① 杨义：《中国古典小说史论》，中国社会科学出版社1995年版，第271、272页。

第二节 《搜神记》中的方士

既然讨论方术，就必然会涉及方士。《搜神记》卷一至卷五大量记载神仙、方术士、鬼神的奇术异行，卷六至卷十四多载占候、占星、占梦、蛊术等方术内容，因而当中可以见到大量方士的踪影。魏晋人都视小说为野史，小说家们也都标榜写实，所以《搜神记》所记录的这些方士，很多都是于史有载者，几乎囊括了魏晋以前各个历史时期的方术名家；即使不是于史有载者，以《搜神记》的性质和定位，大部分也应确有其人。从这个意义上来说，《搜神记》可以称得上是魏晋以前方士活动的简史。

一 先秦方士

前面已经说过，早在人类的远古时代，就产生了巫术，方术由巫术演变而来，巫师就是早期的方士。原始先民在日常生活中对巫文化的信赖和崇拜，使得巫师在那时候的地位也非同寻常。李宗侗先生说过，“君及官吏皆出于巫”[①]。确实，神话时代的部族首领，乃至其后的君主、官吏，都是具有巫师品格的人物。他们都掌握着神奇的巫术，通过巫术来解决人们生产、生活上所遇到的难题。比如，神话中广为流传的“女娲抟土造人”故事，实际上是远古模仿巫术的典型例证；而“华胥履迹生伏羲”的故事，则属于交感巫术中十分重要的一种——足迹巫术。伏羲实际上也是一个男巫，在伏羲时期就已经形成了令人生畏的蛊道巫术。夏禹更是一个具有巫师与神的双重人格的君王，他变成熊来钻洞，以此来疏通河道，其实就是运用模仿巫术，他施展巫术时的步法，便是对一种处于迷幻状态的巫师舞步的模拟。[②] 这种步法被后世称为“禹步”，既可见其对后世巫术的深远影响，又足以证明他巫师的身份。

如果说上述的巫师都属神话时代的人物，他们的事迹都比较遥远、缥缈的话，那么，周代政治家姬昌（周文王）、姬旦（周公）父子，战国时代的

① 李宗侗：《中国古代社会》，（台北）华冈出版社 1954 年版，第 118 页。

② 刘兆祥：《先秦野史》，海潮出版社 2012 年版，第 4—5 页。

著名学者鬼谷子、五行说大师邹衍、名医扁鹊等，便都是历史上实实在在、于史有载的著名方术士。周文王是八卦的演绎者，“其囚羑里，盖益《易》之八卦为六十四卦”①，绝对是占术大师。周公精通卜筮和相地术，先后辅佐武王和成王，为周朝的兴盛立下大功，引退之后，修订了文王演的《易》而成《周易》。鬼谷子是谋略术的宗师、纵横家的鼻祖，张仪、苏秦乃其得意门生，其主要著作《鬼谷子》多论权谋策略及言谈辩论技巧；《本经阴符七术》则研究养精蓄锐之道，前三篇谈如何充实意志、涵养精神，后四篇讨论如何以内在的精神运用于外，以内在的心神去处理外在的事物。邹衍是战国阴阳学派的创始人，创立了“五德始终说”和“大九州说”。这些学说涉及天文、历法、地理、历史等，有一整套相当系统的方术理论，所以司马迁称“邹衍之术，迂大而宏辨”②。秦始皇的巡狩封禅、海外寻仙与他的“大九州说”有关，秦汉两代的改历服色、遍设祠畤，也与他的“五德始终说”有关。扁鹊为一代名医，他医德高尚，医术精湛，擅长内、外、妇、儿、五官等科，为老百姓解除了许多患疾痛苦，被尊为医祖。

尽管先秦时期的巫师、方士很多，但由于《搜神记》侧重于记录汉魏晋的神怪和史事，因此在《搜神记》中出现的这一类人物并不太多，但仅有的神农氏、成汤、周文王、吕望、孔子等寥寥数人，也很有力地证实了早期巫师与君吏一体的现象，反映方术与学者士人的关系。

神农是《搜神记》中记录的第一位巫师，《搜神记》第 1 则《神农》篇云：

> 神农以赭鞭鞭百草，尽知其平、毒、寒、温之性，臭味所主，以播百谷。故天下号“神农”也。

神农即炎帝，是神话人物，相传是华夏民族的始祖之一。他不仅最早教民农业生产，又最早发现草药，教人治病，后人尊为医药之祖。远古时代巫、医一体，可以说神农是最早的医巫。这里写他尝百草以知药性，是

① （汉）司马迁：《史记》（周本纪第四），中华书局 1982 年版，第 119 页。
② （汉）司马迁：《史记》（孟子荀卿列传第十四），中华书局 1982 年版，第 2348 页。

一个很著名的传说。

成汤又称商汤、武王、成唐等，原是商族的首领，他推翻了腐朽奢侈、昏庸暴虐的夏桀，建立了商朝，是一位颇得民心的开国帝王。汤也是一位具有巫师品格的君主，228 则《汤祷雨》记录了他施法求雨的巫术活动：

> 汤既克夏，大旱七年，洛川竭。汤乃以身祷于桑林，剪其爪发，自以为牺牲，祈福于上帝。于是大雨即至，洽于四海。

为了制服肆虐了七年的大旱，恢复正常的生活和生产，汤不惜以自身作祭品，向上天祈求。不知是他的法术征服了旱魔，还是他的诚意感动了上天，大雨即时降临，润泽了整个国家。《吕氏春秋》《淮南子》亦有成汤祷雨、自焚祭天的相关记载。商汤勤政敬业，自我牺牲的行为，与夏桀的荒淫暴虐形成了鲜明的对照。叙述者在这里也许是想表现汤的巫术道行，但其舍身救民的仁主贤君形象远远超过了巫师的形象。

周文王和吕望，既是君臣，也是一对方术的同道，所以，二人的故事常常与方术交集。吕望即吕尚，又称姜子牙，俗称姜太公。初始追随周文王，后辅佐周武王灭商，以功封于齐，乃齐国始祖。周文王知遇在渭水边垂钓的吕望，就是《史记》里面一个非常著名的充满方术意味的故事：

> 吕尚盖尝穷困，年老矣，以渔钓奸周西伯。西伯将出猎，卜之，曰："所获非龙非彲，非虎非罴，所获霸王之辅。"于是周西伯猎，果遇太公于渭之阳，与语大悦，曰："自吾先君太公曰：'当有圣人适周，周以兴。'子真是邪？吾太公望子久矣。"故号之曰"太公望"，载与俱归，立为师。（齐太公世家第二）

《搜神记》229 则《吕望》所记，文字稍简略，但情节与《史记》几乎如出一辙，相信故事采自《史记》：

> 吕望钓于渭阳，文王出游猎。占曰："今日猎得一兽，非龙非螭，非熊非罴，合得帝王师。"果得太公于渭之阳，与语，大悦，同车载

而还。

吕望刻意垂钓于渭水之阳，意不在鱼，而是等候明主，伺机出山。此时此地，必遇周文王，这个预期与文王的占卜不谋而合，谅必不是出自偶然，而是天作之合，而且双方也都卜算到了，这才成就了一段历史上著名的君臣遇合的佳话。在这里，周文王之为天下得贤才，吕望之择明主而仕，以期服务于天下的故事，都以方术为纽带，使得故事充满神秘和奇趣。在后代许多人心目中，周文王首先是一位占术大师，之后才是一位君主；而姜太公经过民间文学的渲染，逐渐成了一个半人半神、无所不能的人物，则把他方士的形象大大地强化了。

孔子虽不以方术立身，但与方术却很有情缘，于方术也有很深的研究。众所周知，被称为"群经之首"的《周易》，其中的"传"（十翼）就出自孔子之手，因为孔子的挖掘、归纳和阐述，《易》才由一部卜筮之书，变成了一部经典的哲学著作。孔子曰："加我数年，五十以学《易》，可以无大过矣。"（《论语·述而》）虽然他学《易》并非纯为卜筮，而是为了解释一些社会和自然的现象，探讨社会人事的内在联系和变化规律，为了修德，但对于阴阳、占卜之类的学问，显然是精通的。

王充的《论衡·卜筮篇》记录了一例孔子占卜的故事：

> 鲁将伐越，筮之，得"鼎折足"。子贡占之以为凶，何则？鼎而折足，行用足，故谓之凶。孔子占之以为吉，曰："越人水居，行用舟不用足，故谓之吉。"鲁伐越，果克之。

对于"鼎折足"的卦象，子贡以行走须用足，足折则无法行走断为凶兆，而孔子则以越人居于水乡，行走用舟不用足，折足无碍断为吉兆。后来的结果也证明孔子所占是准确的，他的解释显然更加合理，占术也就比子贡高明。当然，这个故事也表明，卦象与吉凶之间，其实并无必然联系，所谓的吉兆、凶兆，都是人为的。

《史记》中也透露出孔子懂得相术，曾用相术去观察、判断学生出现过失误。他的学生宰予能言善辩，却是行为不检；而另一个学生子羽相貌丑陋，却是行为端正，学业成就远超出孔子所料。孔子对此非常感慨："吾以言取人，失之宰予；以貌取人，失之子羽。"①

这个记载颇有趣，它一方面表明孔子懂得相术，且有意无意地"以貌取人"，另一方面又表明孔子意识到"以貌取人"的做法其实并不可靠、可信。这并非因为孔子的相术不高、不精，而是因为相术本身就不是科学的方法。俗语说"人不可貌相"，或许正是人们从孔子的经历中悟出的道理。

《论衡·卜筮篇》中，也记载了吕尚推蓍蹈龟的故事："周武王伐纣，卜筮之逆，占曰：'大凶。'太公推蓍蹈龟而曰：'枯骨死草，何知而凶！'"姜太公乃术数名家，却又是最早对卜筮进行批判、诘难的人，这似乎有些不可思议，难以理解，但这其实正是先知先觉者自我怀疑、自我否定的理性品格、科学精神的体现。孔子的自省和反思，与姜太公推蓍蹈龟可谓异曲同工。

在《搜神记》中，也有数篇孔子与方术相关的故事。

231则《孔子梦》写孔子夜里做梦，沛县丰邑的疆域内，有红色的地气升起。于是便带上颜回、子夏一起驱车前往楚西北的范氏街察看，又见到被孩童所伤的麒麟。孔子结合此时此地所见，占道："天下已经有了主人了，他就是炎汉刘邦（汉以火德为王，姓刘，所以称"赤刘"），陈涉、项羽作为辅佐。金、木、水、火、土五星进入井宿，跟着岁星运转。"之后，麒麟口中吐出的"天书"，也印证了孔子之言：

> 麟向孔子，蒙其耳，吐三卷图，广三寸，长八寸，每卷二十四字。其言："赤刘当起日周亡。赤气起，火耀兴，玄丘制命，帝卯金。"

"卯金"为"卯金刀"的省略，三者组合为刘邦之"劉"字。这显然是刘汉统治者杜撰的一个荒诞故事，无非是借孔子的名义和声望，证明自己是受命于天。故事中的孔子俨然一个方士，望气、占梦、占星，无所不通。

---

① （汉）司马迁：《史记》（仲尼弟子列传第七），中华书局1982年版，第2206页。

再看232则《赤虹化玉》:

孔子修《春秋》，制《孝经》，既成，斋戒，向北辰而拜，告备于天。天乃洪郁起白雾，摩地，赤虹自上而下，化为黄玉，长三尺，上有刻文。孔子跪受而读之，曰:“宝文出，刘季握。卯金刀，在轸北。字禾子，天下服。”

本篇的意旨与上篇同。“轸”为星宿名，轸宿在地上的分野是楚国，刘邦故里沛县在楚国的北面，故称“轸北”;“禾子”即“季”字，刘邦字季。故事中的孔子，简直就是一位神通广大的巫师，他沐浴斋戒，拜祭北斗，竟然白雾弥漫，赤虹从天而降，继而化为黄玉，上面刻有天书，诏示天下归刘。

与前面介绍的成汤、周文王、吕望等人一样，孔子的方士形象也有几分神奇的品格。这些先秦方士，都是历史、文化名人，由于他们都活动在离神话时代不远的社会阶段，加上他们在历史上的巨大、深刻影响，广受后人景仰，所以他们身上都附会上不少神话传说的因素，他们的方士形象、方术活动都涂上了很浓厚的民间传说的色彩。无论是史书还是小说，对此类“史料”都有所收载，并视之为实录，早期人们人神杂糅、文史不分的意识和观念，在此也得以体现。

二 两汉方士

秦始皇迷恋长生不死之药，笃信命数，所以秦代的方士活动非常活跃，如卢生、韩终、徐福、侯生，都纷纷投奔秦始皇，或为他入海寻找仙山，或为他求访神仙，求仙人不死之药。但这些于史有载的秦代方士的踪迹，并未在《搜神记》中出现。因此，从方士活动的记录来看，《搜神记》几乎是直接从先秦跨入到两汉。两汉时期的方士虽然很多，但被史传等典籍记录者，也只是很小的一部分。《搜神记》中收录的两汉方士，于史典可查与不可查者，大致相当。这些方士当中，东汉的人数又多于西汉。

贾谊，洛阳人，西汉政论文的代表作家，代表作有《过秦论》等。贾谊主要活动在汉文帝时期，深得文帝赏识，二十余岁便被召为博士，一年后升任为太中大夫。后因众大臣谗言，他被文帝疏远，先后做长沙王、梁怀王太傅。

汉代儒生多有方士化的倾向，贾谊亦如此。他精通并信奉五行学说，是第一个以五行学说竭力敦促汉文帝改制易服的人。他认为汉承秦后，当为土德，于是拟出一个土德制度的草案来，色尚黄，数用五，改正朔，定官名，把秦的水德之制全部改过。但因众多老臣的反对，此方案未被文帝接受。

《搜神记》243 则《鹏鸟赋》写贾谊占卜的故事：

> 贾谊为长沙王太傅，四月庚子日，有鹏鸟飞入其舍，止于坐隅，良久乃去。谊发书占之，曰："野鸟入室，主人将去。"谊忌之，故作《鹏鸟赋》，齐死生而等祸福，以致命定志焉。

鹏鸟即猫头鹰，古人以为凶禽，长沙更有"鹏鸟至人家，主人死"的民谚。

贾谊在做长沙王太傅期间，恰遇鹏鸟入室，于是占卜以问吉凶。此事《史记》及贾谊《鹏鸟赋》均有载。《鹏鸟赋》云：

> 单阏之岁兮，四月孟夏，庚子日施兮，服集予舍，止于坐隅，貌甚闲暇。
>
> 异物来集兮，私怪其故，发书占之兮，策言其度。曰"野鸟入处兮，主人将去"。请问于服兮："予去何之？吉乎告我，凶言其灾。淹数之度兮，语予其期。"服乃叹息，举首奋翼，口不能言，请对以臆……

赋中"服集予舍"之"服"同"鹏"，"楚人命鸮曰服"。[①]《搜神记》所记，与《史记》《鹏鸟赋》的情节、文字都很接近，估计该故事本于《史记》和《鹏鸟赋》。贾谊本乃儒生，此故事不仅写其本人以方术占卜

① （汉）司马迁：《史记》（屈原贾生列传第二十四），中华书局1982年版，第2496页。

吉凶，又以道家“齐生死，等荣辱”的思想看待生死祸福，可见其思想、身份的多重性。

李少翁，齐人，西汉武帝时方士，《史记》和《汉书》均载其事迹，但两者所记有出入。史迁称其为武帝王夫人招魂：“齐人少翁以鬼神方见上。上有幸王夫人，夫人卒，少翁以方术盖夜致王夫人及灶鬼之貌云，天子自帷中望见焉。”[①] 而班固却指其为李夫人招魂：“上念李夫人不已，方士齐人少翁言能致其神。乃夜张灯烛，设帷帐，陈酒肉，而令上居他帐，遥望见好女如李夫人之貌，还幄坐而步。又不得就视，上愈益相思悲感，为作诗曰：‘是邪，非邪？立而望之，偏何姗姗其来迟！’令乐府诸音家弦歌之。上又自为作赋，以伤悼夫人……”[②] 两者孰正孰误，难以确证，又或者为王夫人、李夫人招魂两事皆有之。

《搜神记》44则《李少翁》显然是本于《汉书》：

> 汉武帝时，幸李夫人。夫人卒后，帝思念不已。方士齐人李少翁，言能致其神。乃夜施帷帐，明灯烛，而令帝居他帐，遥望之。见美女居帐中，如李夫人之状。还幄坐而步，又不得就视。帝愈益悲感，为作诗曰：“是耶？非耶？立而望之，偏娜娜！何冉冉其来迟？”令乐府诸音家弦歌之。

除了上述《史记》《汉书》的两则记载以外，李少翁鲜见其他事迹。他应该是一位“食客”型的职业方士，除了这个近似魔术的还魂返形术之外，别无他长，于社会、历史并无大的作为和影响。

刘根，字君安，颍川（在今河南）人，西汉成帝时，隐居嵩山学道，得仙人秘诀，能召鬼。《搜神记》16则《刘根》写他施展召鬼术，令颍川太守史祈父母的鬼魂显形，迫使滥施淫威的太守俯首认罪：

> 颍川太守史祈以为妖，遣人召根，欲戮之。至府，语曰：“君能

① （汉）司马迁：《史记》（孝武本纪第十二），中华书局1982年版，第458页。

② （汉）班固：《汉书》（外戚列传第六十七上），中华书局2007年版，第987页。

使人见鬼，可使形见，不者加戮。”根曰：“甚易。借府君前笔砚书符。”因以叩几。须臾，忽见五六鬼，缚二囚于祈前。祈熟视，乃父母也。向根叩头，曰：“小儿无状，分当万死。”叱祈曰：“汝子孙不能光荣先祖，何得罪神仙，乃累亲如此！”祈哀惊悲泣，顿首请罪。根默然忽去，不知所之。

《后汉书·方术传》中关于刘根的传记，字数不多，事迹也仅此一件，基本上是把《搜神记》这一则照单全收，所不同者，只是干宝说刘根为京兆长安人，而范晔却称其为颍川人。此姑从正史。

刘根在后世民间已成为神仙人物，葛洪《神仙传》也把他收入其中，而且增益了更多的事迹。世上本就没有鬼魂，使鬼魂显形，若不是讹传，就是方士运用了某种魔术。刘根的召鬼显然比李少翁的招魂更加逼真，这或许是李根的法术更加高超，也或许是民间敷衍的力度更大。在封建社会，老百姓常常借鬼神仙道来嘲弄、惩罚权势人物，从中获得心理的快感和满足，相信刘根就是在这种心理需求下，被人们加工、塑造出来的历史人物形象。

王乔，又称王子乔，东汉明帝时方士，《后汉书·方术传》指其为河东（在今山西）人，曾任尚书郎、叶（邺）县县令。《搜神记》9则《崔文子》、17则《汉王乔》载其借履而飞的故事。《汉王乔》云：

汉明帝时，尚书郎河东王乔为邺令。乔有神术，每月朔，尝自县诣台。帝怪其来数而不见车骑，密令太史候望之。言其临至时，辄有双凫从东南飞来。因伏伺，见凫，举罗张之，但得一双舄。使尚书识视，四年中所赐尚书官属履也。

且看《后汉书》：“王乔者，河东人也。显宗世，为叶令。乔有神术，每月朔望，常自县诣台朝。帝怪其来数，而不见车骑，密令太史伺望之。言其临至，辄有双凫从东西飞来。于是候凫至，举罗张之，但得一只舄焉。乃诏尚书课视，则四年中所赐尚书官属履也。”[①] 对比一下两段文字，

① （南朝宋）范晔：《后汉书》（方术传第七十二上），中华书局2007年版，第794页。

就知道《后汉书》是取材于《搜神记》所录的故事。

王乔可使双鞋变为大鸟，借以飞行，行迹几近仙人。后世的《洞仙传》《历世真仙体道通鉴》等仙道小说也有同样的故事，所载与《搜神记》《后汉书》大同小异，可知王乔的事迹在民间流传很广。在民间传说和仙道小说中，王乔乃以一名“有神术”的仙人的面孔出现，道行已远超一般的方士。

樊英，字季齐，南阳鲁阳人，活动在东汉安帝、顺帝年间。《后汉书》称其“少受业三辅，习京氏易，兼明五经。又善风角、星算，河洛七纬，推步灾异。隐于壶山之阳，受业者四方而至”①。

《搜神记》33则《樊英》，记载他从河南壶山喷水，灭成都大火的神奇故事：

> 樊英隐于壶山，尝有暴风从西南起，英谓学者曰：“成都市火甚盛。”因含水嗽之，乃命记其时日。后有从蜀来者云：“是日大火，有云从东起，须臾大雨，火遂灭。”

壶山，又称大湖山或大狐山，在今河南鲁山县南，乃樊英隐居之所。壶山与成都相距千里之遥，樊英在壶山以口喷水救成都火灾，若非讹传，就是精于气象学，巧借天气变化，利用天雨灭火，与诸葛亮借东风相类。但无论如何，在这里樊英都已被神化。这个故事也被《后汉书》收录。

安帝、顺帝屡征樊英，多次推辞不就，最后在顺帝震怒之下，才不得不从，官拜五官中郎将。但作为一位方士加隐士，从政或许非其所长，也或许非其所愿，在任上并无作为，可谓误入歧途，得不偿失，所以范晔在其传中叹息“英名最高，毁最甚”。

华佗，字元化，一名旉，沛国谯（今安徽亳县）人，汉末著名医师，是两汉方士中最为后人熟知者。《三国志·魏书》卷二十九方技篇、《后汉书·方术列传》均有传。他精通内、外、妇、儿、针灸各科，外科尤为擅长，《三国演义》中为关羽刮骨疗毒的故事被人们津津乐道，但于正史

① （南朝宋）范晔：《后汉书》（方术传第七十二上），中华书局2007年版，第798页。

无载，神医形象和盖世英雄形象相映生辉，事迹脍炙人口，流传百世，当是民间传说的浪漫杰作。他还创“五禽戏”，仿虎、鹿、熊、猿、鸟的动作以锻炼身体，增强体质。后因不从曹操征召，遂为所杀。死前，以医书一卷授狱吏，吏畏法不敢收，举火烧之，其医术遂不得传世。

《搜神记》69 则《华佗一》、70 则《华佗二》都是写华佗从人体中除蛇治病的故事。《华佗二》云：

> 佗尝行道，见一人病咽，嗜食不得下。家人车载，欲往就医。佗闻其呻吟声，驻车往视，语之曰：“向来道边，有卖饼家蒜齑大酢，取三升饮之，病自当去。”即如佗言，立吐蛇一枚。

该故事也见于《三国志》和《后汉书》，两者所记，都比《搜神记》丰富和完整。如《三国志》在此后还有续文：“悬车边，欲造佗。佗尚未还，小儿戏于门前，逆见，自相谓曰：‘似逢我公，车边病是也。’疾者前入坐，见佗北壁悬此蛇辈约以十数。”[①]《后汉书》的续文与之相近。看来《搜神记》和《后汉书》的相关记载，皆取自《三国志》。

闻病人的呻吟声，就能诊断其病症，开出药方，药到病除，确实神奇。北墙“悬此蛇辈约以十数”，显然都是这类病人身体中取出的标本，这么多的标本，一来可知华佗接触过多少这一类的病例，临床经验是多么的丰富；二来表明他的神奇医术并非凭空而来，而是以丰富实践经验为基础；三来表明他救治了多少这一类的病人，为他们解除了痛苦，甚至挽救了他们的生命。

徐登、赵昞，《搜神记》34 则《徐登》、35 则《赵昞》、36 则《徐赵清俭》都记录他们二人的交往和方术，《后汉书·方术列传》也将两人合传，录在华佗之后。

徐登籍贯闽中（今福建泉州），是一变性人，“本女子，化为丈夫，善为巫术”[②]。由女性变为男性，是否其方术所致，无法知晓。

---

① （晋）陈寿撰，栗平夫、武彰译：《三国志》（魏书方技传第二十九），中华书局 2007 年版，第 864 页。

② （南朝宋）范晔：《后汉书》（方术传第七十二上），中华书局 2007 年版，第 804 页。

赵昞，东阳（今浙江金华）人，精通越地的方术，不仅医术高超，其他法术也神出鬼没，令人称奇。其事迹《抱朴子》《异苑》等亦有载，在民间，赵昞也是近乎神仙的人物，“百姓神服，从者如归。章安令恶其惑众，收杀之。人为立祠于永康，至今蚊蚋不能入”①。

《搜神记》34则讲二人相遇相知，并表现各自的法术：徐登止住溪水不让流动，赵昞则使杨柳枯而再生嫩芽；赵昞初到章安时，还故意在草房顶烧火做饭而不会引起火灾，让当地人知道他。35则讲赵昞施法术乘风横跨水流，及其被章安令杀害。36则文字简短，仅二十来字：“徐登、赵昞，贵尚清俭，祀神以东流水，削桑皮以为脯。”这三则故事，其实是《后汉书》中徐登和赵昞合传的主体内容，《后汉书》记此二人，与《搜神记》的材料几无二致。

左慈，字元放，庐江（在今安徽）人。汉末著名方士，少居天柱山，习炼丹补导之术。东汉炼丹有几个主要流派，分别是张陵派、马鸣生派、魏伯阳派，再一个就是左慈派，可见他在炼丹术方面有很高的造诣和声望。曹丕《典论》也说“慈修房中之术”。可知他修习较广、较深。《后汉书·方术传》《神仙传》均有其传。

在民间，左慈也成为了神仙式的人物。《搜神记》21则《左慈》让人见识了他无所不能的隐身幻术，他能坐至松江鲈鱼、西蜀生姜、令店家的酒肉不胫而走，尽入其囊中；还可以隐身入墙、化身为羊，凭此多次化险为夷，逃过了曹操的暗算。《后汉书》的《左慈传》中，也主要是这几部分内容。

葛玄（164—244），字孝先，三国吴丹阳句容人，汉末道士。正史无专传，其从孙葛洪《抱朴子·金丹卷》对他与左慈、郑隐及葛洪本人的师承关系，有比较清晰的交代，称左慈得《黄帝九鼎神丹经》一卷（张陵传）、《太清丹经》三卷（马鸣生传）、《金液丹经》一卷，授弟子葛玄，后来葛玄授郑隐，郑隐又授葛洪：“元放以授余从祖，从祖以授郑君，郑君以授余。”② 由此可见，左慈、葛玄、郑隐及后来的葛洪，是一脉相承

① （南朝宋）范晔：《后汉书》（方术传第七十二上），中华书局2007年版，第804页。

② （晋）葛洪著，张松辉译注：《抱朴子内篇》（金丹卷第四），中华书局2011年版，第110页。

的。道教尊其葛仙翁，又称太极仙翁。

《搜神记》25则《葛玄》，写了葛玄的许多种法术：吐出口中的米饭变成胡蜂；指挥虾蟆一类的爬虫跳舞；冬天为客人变出夏令的瓜果、而夏天又献上寒冰白雪；在井上呼喊井底的钱币会飞上来；酒宴上自动出现酒杯；写下符箓令大雨瓢泼、鱼儿成群。小说对葛玄的幻术极尽夸张之能事，简直无所不能，为所欲为，民间传说的色彩非常浓厚。在百姓的心目中，葛玄的形象与左慈类似，都是不依附于权贵，甚至敢于作弄权贵的方士，在他们身上，寄托着人民群众的某种思想和感情。

三 魏晋方士

公元220年，曹丕称帝，曹魏终于彻底取代了刘汉。汉、魏之交的方士，因其跨越两朝，不易明确其朝代的归属，究竟属汉抑或属魏，只按其主要的活动时间来大体确定。所以魏代方士，不少人实际上在汉末的活动也很活跃，也很知名。

管辂（209—256），字公明，平原（今山东平原西南）人，应清河太守华表召为文学掾，官至少府丞。《三国志》有传，称其“容貌粗丑，无威仪而嗜酒，饮食言戏，不择非类，故人多爱而不敬”[①]，又借安平郡人赵孔曜之口，说他“雅性宽大，与世无忌”。《三国志》对其所记，几乎都是卜筮、算命之事。

管辂精通《周易》，擅长卜筮，是魏代名气最大的方士。吏部尚书何晏请管辂卜卦算命，想知道他的官位能否达到“三公”，另一权贵邓飏也在场。面对权贵，管辂没有阿谀，直言对方位高威重，但没有效法周公履行正道，小心翼翼，实行仁政，危在旦夕。二人对其所言极为不屑，但不出几天，何晏、邓飏果然皆被诛。

《搜神记》收管辂的故事四则（53—56），收录数量仅次于郭璞（7则）。四则之中，有三则见于《三国志》，唯54则故事未见之：

① （晋）陈寿撰，栗平夫、武彰译：《三国志》（魏书方技传第二十九），中华书局2007年版，第876页。

管辂至平原，见颜超貌主夭亡。颜父乃求管辂延命。辂曰："子归，觅清酒一榼，鹿脯一斤，卯日，刈麦地南大桑树下，有二人围棋次，但酌酒置脯，饮尽更斟，以尽为度。若问汝，汝但拜之，勿言。必合有人救汝。"颜依言而往，果见二人围棋。颜置脯斟酒于前。其人贪戏，但饮酒食脯，不顾。数巡，北边坐者忽见颜在，叱曰："何故在此？"颜唯拜之。南边坐者语曰："适来饮他酒脯，宁无情乎？"北坐者曰："文书已定。"南坐者曰："借文书看之。"见超寿止可寿十九岁，乃取笔挑上，语曰："救汝至九十岁活。"颜拜而回。

管辂从面相知道少年颜超短寿，指点他向操人生死大权的南、北斗星求情延命，并取得成功。这显然是一个传说故事，故事中的管辂不仅显示了他高超的面相术，而且能通神仙，当然也有慈悲仁爱之心。民间已把一个方士加以神化，赋予他神仙的品格。

两晋一百多年，出现的方士也很多。晋代方士有一个比较突出的现象，就是他们形成了群体，而群体又以师承关系为纽带。如葛洪承左慈、葛玄、郑隐而来，自己又传给侄子葛望、葛世，弟子滕升、黄野人等。比较而言，东晋方士的人数多于西晋，南方多于北方。由于干宝主要活动在东晋初，所以《搜神记》中收录的方士，也以西晋为多。

淳于智，济北卢郡（在今山东）人，晋太康年间术士。《搜神记》录其故事4则（57—60），称他"有思义，能《易》筮，善厌胜之术"。（57则）《晋书》卷九五有其传，《搜神记》这四则故事，乃其传的基本内容，只是顺序有些变动。

60则《淳于智》（四）：

护军张劭，母病笃，智筮之，使西出市沐猴，系母臂，令傍人捶拍，恒使作声，三日放去。劭从之。其猴出门即为犬所咋死，母病遂差。

故事中，淳于智通过卜筮，找到了张母的病因（邪鬼附身），之后又用了厌劾妖祥之类的巫术，把邪鬼转移到猕猴身上，使之替代受害者，从而治好了张母的重病。这些都印证了他“能《易》筮，善厌胜之术”的说法。《晋书》说“其消灾转祸，不可胜纪，而卜筮所占，千百皆中”①，一是表明他的术数高明，二是表明他为许多人消除了灾祸，颇得人们的好感。

吴猛，《搜神记》26 则称其为濮阳（在今河南）人，性至孝，从邑人丁义学方术，道行颇高；仕吴，为西安令。后入晋，《晋书》卷七十二有其传。但传记仅仅一百来字，生平事迹非常简略，还不如《搜神记》的记录丰富，且称其籍贯为豫章（今江西南昌），与《搜神记》所说有较大出入。

《搜神记》26 则除介绍吴猛基本生平之外，写了他三种法术：写符篆扔屋顶止风；令干宝兄干庆起死回生；用白羽扇划江水变为陆地。其中干庆死而复生的故事最为著名：

> 西安令干庆，死已三日，猛曰：“数未尽，当诉之于天。”遂卧尸旁。数日，与令俱起。

可能是因为“干宝传”已有相关记载，《晋书》“吴猛传”并未录载此事。其实，《搜神记》所录的三件事中，最可信的是这一件。这倒不是说吴猛起死回生的“法术”有多么神奇高明，而是因为这种医学上称为“假死”的现象，在世间并不罕见、稀奇，很可能是懂得医术的吴猛故弄玄虚，拿这件事来做文章，自神其术而已。

郭璞（276—324），字纯景，河东闻喜（今山西闻喜）人。《晋书》卷七十二称“璞好经术，博学有高才，而讷于言纶。好古文奇字，妙于阴阳算历……然性轻易，不修威仪，嗜酒好色，时或过度”②。郭璞是西晋末、东晋初著名学者、诗人和方士。工诗善赋，是游仙诗的代表诗人；精通训诂，曾注释《周易》《山海经》《尔雅》《方言》及《楚辞》等古籍；

① （唐）房玄龄等：《晋书》（列传第六十五），中华书局点校本 1995 年版，第 2478 页。

② （唐）房玄龄等：《晋书》（列传第七十二），中华书局点校本 1995 年版，第 26 页。

擅天文、历算、卜筮之术。

西晋末，郭璞为避战乱，携亲朋好友南渡，先后任宣城太守殷佑参军、丹阳太守王导参军，最后为王敦的记室参军。王敦欲谋反，郭璞用卜筮劝阻，称谋反必败，因而被王敦杀害。王敦谋反平定之后，郭璞被追赐为弘农太守。

《搜神记》收录郭璞的故事多达7则，数量居所录方士之首。7则故事均与卜筮有关，其中5则被《晋书》本传采录。且看61则：

> 郭璞，字景纯，行至庐江，劝太守胡孟康急回南渡，康不从。璞将促装去之，爱其婢，无由得，乃取小豆三斗，绕主人宅散之。主人晨起，见赤衣人数千围其家，就视则灭，甚恶之。请璞为卦。璞曰："君家不宜畜此婢，可于东南二十里卖之，慎勿争价，则此妖可除也。"璞阴令人贱买此婢，复为投符于井中，数千赤衣人一一自投于井。主人大悦。璞携婢去。后数旬而庐江陷。

郭璞预知庐江形势危殆，事先离去，得以逃离劫难，其卜术固然高明，但以巫术加骗术，赚得胡孟康家的婢女，却非君子所为。《晋书》称其"性轻易，不修威仪，嗜酒好色，时或过度"，盖非虚言。被《晋书》本传采录的另外一篇（62则），载他救活赵固爱马一事，曹道衡先生曾经质疑事与当时史实，及郭璞生平的经历不符，[①] 此篇对赤豆红衣人的叙述，何尝不是荒诞之言。

《搜神记》中收录的方士，远不止上述这些。此处只是介绍一些于方术方面知名度高，或者是于史有载、有典可稽查者。其他如神农时雨师赤松子（2则）、槐山采药父偓佺（5则）、能劾百鬼众魅的寿光侯（32则）、能请雨、隐身，戏弄孙权的于吉（22则）、"或为童子，或为老翁；无所食啖，不受饷遗"，变化隐形，拒绝教授孙权道术的介琰（23则）、善卜筮的费孝先（65则）、隗照（66则）、严卿（68则）、能通神鬼的巫医夏侯弘（48则）等，或许是史上确有其人，也或许是民间传说者，因

① 曹道衡：《〈晋书·郭璞传〉志疑》，《荆州大学学报》1983年第2期。

其人其事暂时难以确考，或者方术故事的影响力不够显著，在此不再一一赘述。

综观上述《搜神记》中先秦、两汉、魏晋的方士，大体表现出一个从神化到俗化的态势，这和中国古代方术文化发展的基本情形相吻合。这种态势，首先表现为方士由“神”向俗人的转变。先秦时期的巫师、方士，如神农氏、成汤、周文王、吕望、孔子等，一部分本来就是神话人物，其余多为历史上著名的明君贤臣、文化巨子，由于他们自身所具有的神圣光环，后人也已经把他们尊为神，赋予他们巫和神的双重品格。两汉以后，方士群体逐渐现实化、世俗化。在这个过程中，虽有少数的方士（如王乔、左慈等）被道教徒塑造成为“不食人间烟火”的神仙，但大多数都已经俗化。无论是幸运地获得一官半职的方士化文人（如贾谊等），还是术业精湛而成为权贵座上宾的方士（如郭璞等），又或者是处于社会底层而为生计奔走、操劳的江湖术士，无一不是现实社会中的俗人。他们都有普通人的喜怒哀乐，要为个人的生存而劳碌，方术只给他们涂上一层神异的色彩，并未改变他们现实俗人的本质。

另一种转变是方术由公众化、政治化逐渐走向个人化、生活化。由于先秦，尤其是远古时期君吏与巫师一体，巫术乃君吏手中的公器，比较多地应用于服务群落公众、君国大事，如神农尝百草、成汤求雨、周文王与吕望占而遇，谋兴周等，都是政治性、公共性很强的事件。汉、魏、晋的方术，虽也常被统治者利用来预测天命、提振国运，但更多的是服务于普通大众的个人日常生活，亦即凡人小事，或驱邪除鬼、厌劾妖祥，或卜问未知、布施医药，应对的都是个人祸福吉凶、生老病死等私人问题。对于方士来说，通过方术技艺获取经济利益赖以养家活口，也是他们的基本目的。所以，两汉以后的方术，更多的是个人化、生活化的行为，公众化、政治化的色彩逐渐减弱，大规模的方术活动大为减少。

方士的俗化，最重要的意义在于促使方术向民间、大众的回归。还原为俗人的方士，以及回归民间、大众的方术，植入大众现实生活的沃土，显然更加接“地气”，能吸纳到更多、更好的养分，从而获得更加广阔的展示平台和发展空间。在这个平台和空间上面演绎出来的方术故事，无疑要比在玄虚的、相对冷寂的神话世界里更加丰富多彩，也更加有“人气”。

对于史家和小说家来说，人们通过方术的平台所显示出来的思想、行为，以及这种思想、行为对社会和历史的影响，远比方术本身重要。《搜神记》以及《汉书》《后汉书》《晋书》等史著，之所以能收录到如此多的翔实的方术史料，真实、广泛地反映古人这种神秘、独特的精神文化活动，深刻揭示古人的思想和心理，其实在很大程度上，正是方术回归的结果。

《搜神记》中的方士大多为历史上的真实人物，尽管其方术行迹未必都真实可信，有些很可能还是讹传，但由于有人物的真实作基础，以真实人物为依归，故事的史传性还是很强的。魏晋小说家标榜纪实，从《搜神记》对方士的记述来看，干宝确实在作这方面的努力。他大量叙述从先秦到魏晋方士的各种活动，比较广泛地反映了方术与人们生活、生产的密切联系，也以史家的视角来审视这种社会文化现象，从这个意义上来说，他也是在记述方士的历史，反映方术文化在各时期的生态和发展。由于《搜神记》对方术的叙述跨度都超过《史记》《汉书》《三国志》《后汉书》和《晋书》等历史著作，真实性也堪与史著相媲美，在这方面提供给后人的视野空间也更为广阔，因此，《搜神记》对于方士其人其事的叙述，文学的价值自不待说，史学的价值也不可以低估。

这一点也可以从《搜神记》和《史记》《汉书》《三国志》《后汉书》《晋书》等正史共享史料得以证明。从上述《搜神记》方士的介绍我们已经知道，其中的方士活动资料，许多在正史里边都赫然在目。《搜神记》所叙述的一部分方士事迹，乃出自之前的《史记》《汉书》和《三国志》，而它之后的《后汉书》《晋书》则又与《搜神记》共同使用了多种资料，其中不排除部分就是直接取自《搜神记》。这无论如何都可以表明，《搜神记》所用的史料，都得到了正统史家的认同。虽然由于封建史学家的历史局限，未能对相关史料的虚实、正谬作客观的判断，但这些方士的行迹，从其身份、地位和个性特征来说，有合乎逻辑的合理性，因而从艺术的角度看，也不失其真实性。《史记》《汉书》《三国志》《后汉书》和《晋书》都是文学性很强的史书，这些虚实、真幻交织的材料的使用，无疑也是成就其文学性的原因之一。

《搜神记》既然和正史共享方术方面的史料，那么，在其他方面同样会有这种情况存在。如112则《龙斗》：

> 鲁昭公十九年，龙斗于郑时门之外洧渊。刘向以为近龙孽也。京房《易传》曰："众心不安，厥妖龙斗其邑中也。"

又121则《人生角》：

> 汉景帝元年九月，胶东下密人年七十余，生角。角有毛。京房《易传》曰："冢宰专政，厥妖人生角。"《五行志》以为人不当生角，犹诸侯不敢举兵以向京师也。其后遂有七国之难。至晋武帝泰始五年，元城人年七十，生角。殆赵王伦篡乱之应也。

这两则都是叙述奇特之兆预示某种社会动乱，其本事都见于史著。汪绍楹注前则曰："本事见《左传》昭公十九年"；注后则曰："本事见《汉书·五行志》；晋事见《晋书·五行志》《宋书·五行志》"。也就是说，《搜神记》对于"龙斗于郑门之外""胶东人头生角"这一类传说的叙述，既依傍于《左传》和《汉书》，而其后的《晋书》《宋书》，则又因袭了之前的史书或小说。魏晋人视小说如同史书，小说家等同于史学家，《搜神记》所表现出来的这种事实，可以说既是这种观念的产物，同时也为这种观念提供了具体、有力的依据和佐证。显示古代小说和史传的亲密关系，《搜神记》无疑是一个突出的范例。

第三节 《搜神记》方术种类

中国古代方术源远流长，种类也繁复驳杂，如《汉书·艺文志》把"数术"分为天文、历谱、五行、蓍龟、杂占、形法六大类；"方技"则分医经、医方、房中、神仙四大类。《后汉书·方术列传》之所谓方术，种类也异常烦琐复杂。繁杂的种类，固然反映出这门古老文化的博大、深奥，但其中也不乏交叉、重叠的部分，况且对于大多数人来说，过于烦琐复杂的类别，也会令人眼花缭乱，如坠云雾，并不利于分辨和认识。因此，为了便于研究，也便于广大群众的分辨和认识，有研究者按方术的目的、功能划分，将其归纳为三大类：预测术、长生术、杂术。[①]

《搜神记》中与方术相关的故事很多，涉及的方术种类也颇为繁杂，此处也暂且按此分类来进行讨论。

一 预测术

在三大类方术中，《搜神记》载述最多的是预测术。

预测术包括占卜术、星相术和谶纬，其目的是通过对未来的预测，窥探神旨天意，以决定人的行为趋向。

（一）占卜术

占卜的行为缘自远古先民对自然界和人类自身的朦胧认识，表达了先民对“天”的敬畏，以及期望得到“天”或神的启示的心情。先民祭祀天地鬼神、诏告天下、行兵打仗、缔结婚姻、出行、渔猎、动土等，都要占卜吉凶。

占卜术的种类很多，最著名的是甲骨卜和易占两种，此外，还有梦占、象占、星占、式法、杂占、择吉等。在《搜神记》中，则主要有易占、梦占、象占、星占和杂占等，下面分而述之。

1. 易占

易占实质上就是筮——把蓍草的茎从中剖开，根据其分离时显示的形状（兆）来占卜吉凶。当蓍草从一端一分为二时，其分离的形状和用火灼龟甲、兽骨所显示的形状颇为相似。但这种占卜有很大的随机性，且似乎也不够严肃。周代以后，出现了占筮专书——《周易》，蓍草占卜发生了根本性的变化，人们不再采用蓍草的茎从中分开视其兆象的做法，而是把蓍茎截成若干段，以奇数为阳爻，偶数为阴爻，然后根据阴阳爻组合成的形状——卦象——来占卜吉凶。与《周易》筮法相同或相近的占术均属易占。

由于有《周易》一类的专书作指导，具有比较完备的理论依据，易占

① 李平君：《术士》，中国社会科学出版社2009年版，第9页。

也显得更加接近理性，传授和学习更是有章可循，因而后世传播最广、使用最多的是易占，《搜神记》中收录最多的也是易占。前面介绍的从先秦到汉魏晋的著名卜人占士，如吕望、贾谊、管辂、淳于智、郭璞等，他们的占卜活动记录基本上都是易占。由于之前对他们的事迹已经介绍了许多，此处不再多论。另外一些不太知名的占士，他们的占卜活动也是以易占为主。

如67则《韩友》：

韩友，字景先，庐江舒人也，善占卜，亦行京房厌胜之术。刘世则女病魅积年，巫为攻祷，伐空冢故城间，得狸鼍数十，病犹不差。友筮之，命作布囊，俟女发时，张囊著窗牖间。女闭户作气，若有所驱。须臾间，见囊大胀，如吹，因决败之，女仍大发。友乃更作皮囊二枚，沓张之，施张如前，囊复胀满。因急缚囊口，悬著树，二十许日，渐消。开视，有二斤狐毛。女病遂差。

68则《严卿》：

会稽严卿，善卜筮。乡人魏序欲东行，荒年多抄盗，令卿筮之。卿曰："君慎不可东行，必遭暴害，而非劫也。"序不信，卿曰："既必不停，宜有以禳之。可索西郭外独母家白雄狗，系著船前。"求索止得驳狗，无白者。卿曰："驳者亦足，然犹恨其色不纯，当余小毒，止及六畜辈耳。无所复忧。"序行半路，狗忽然作声甚急，有如人打之者。比视已死，吐黑血斗余。其夕，序墅上白鹅数头，无故自死，序家无恙。

"善占卜"的庐江舒人韩友，和"善卜筮"的会稽人严卿，均是操易占之术，为人排忧解难。像这种名不见于史籍，偶露面容的易占士，《搜神记》中为数不少。这两篇都分别先以易占找到了病因、旅途的凶讯，之后再施以巫术加以化解，预测术和杂术双管齐下，拳脚并用，也反映出方术之间的融合和互补。

2. 梦占

梦占是根据梦中所见的兆象预测人事的吉凶，民间又叫“圆梦”。古人不理解梦是一种由生理和心理因素造成的特殊意识活动，认为梦是由神所控制的，梦境、梦象都是神旨的表现，是神对人的祸福吉凶的预示，于是就产生了占梦的方法。

由于梦与灵魂观念有关，用梦来说明神与灵魂的存在，最易于使人们接受，因此历代统治者都非常重视梦占。《汉书·艺文志》录杂占十八家，称：“众占非一，而梦为大，故周有其官。”① 及至周代，占梦术已经十分完备，朝廷里设有专门的梦官，占梦活动非常盛行。《诗经》《左传》中都有许多占梦的记录。如梦熊为生男的征兆，梦蛇为生女的征兆，就出于《诗经》“小雅”的《斯干》：“下莞上簟，乃安斯寝。乃寝乃兴，乃占我梦。吉梦维何？维熊维罴，维虺维蛇。大人占之，维熊维罴，男子之祥；维虺维蛇，女子之祥。”《左传》“僖公二十八年”也记晋楚城濮大战前夕，子犯为晋文公占梦，使他消除了顾虑，坚定了与楚国作战的决心：“晋侯梦与楚子搏，楚子伏己而盬其脑，是以惧。子犯曰：‘吉！我得天，楚伏其罪，吾且柔之矣。’”从这些记载可以大略了解两周梦占的情况。

周代以后，梦占在民间甚为流行。《搜神记》里也收录了许多梦占的故事，数量之多，仅次于易占。

如251则《和熹邓后》：

> 汉和熹邓皇后，尝梦登梯以扪天，体荡荡正清滑，有若钟乳状，乃仰噏饮之。
>
> 以询诸占梦，言：“尧梦攀天而上，汤梦及天舐之，斯皆圣王之前占也。吉不可言。”

252则《孙坚夫人》：

> 孙坚夫人吴氏，孕而梦月入怀，已而生策。及权在孕，又梦日入

① （汉）班固：《汉书》（艺文志第十），中华书局2007年版，第349页。

怀。以告孙坚曰："妾昔怀策，梦月入怀；今又梦日，何也?"坚曰："日月者，阴阳之精，极贵之象。吾子孙其兴乎?"

汉和帝皇后邓氏乃太傅邓禹孙女，"六岁能史书，十二通《诗》《论语》"①，具政治才能。和帝崩，她立皇子为殇帝；殇帝一年后死，又立和帝之侄刘祜为安帝。安帝时年 13 岁，邓皇后临朝，她一方面严肃吏治，另一方面对外戚严加管束，一时政治比较清明，颇得时人赞赏。其梦中摸天事的史事，亦被《后汉书》所载："后尝梦扪天，荡荡正青，若有钟乳状，乃仰漱饮之。以询诸占梦，言尧梦攀天而上，汤梦及天而咶之，斯皆圣王之前占，吉不可言。"②

邓皇后梦中登梯摸天，孙坚夫人梦日月入怀，都是吉兆。两个故事其实都是统治者借神的名义给自己添加神圣的光环，表明自己受命于天，不同的是前者是由方士占卜，后者乃由孙坚自己解梦、圆梦，由此可知孙坚也对占卜术颇有造诣。或许是因为后来的史实人所共知，无须赘述，所以作品并未对后续的事态作任何的交代。

258 则《张奂妻》与此两篇则有所不同：

后汉张奂为武威太守。其妻梦带奂印绶，登楼而歌，觉以告奂。奂令占之，曰："夫人方生男，后临此郡，命终此楼。"后生子猛。建安中，果为武威太守，杀刺史邯郸商，州兵围急，猛耻见擒，乃登楼自焚而死。

张奂，字然明，敦煌酒泉人，主要活动在东汉桓帝期间，曾官拜武威太守、大司农、使匈奴中郎将、度辽将军等，在抗击匈奴、安定边境方面功勋卓著，《后汉书》将其和皇甫规、段颎合传（皇甫张段列传第五十五)。《张奂传》也载《搜神记》所录的这个梦占故事，情节一模一样，只是文字略有出入，显然是《后汉书》采用了《搜神记》的材料。

① （南朝宋）范晔：《后汉书》（皇后纪第十上)，中华书局 2007 年版，第 122 页。

② 同上。

冥冥之中，一个人的命运归宿早就被安排好（甚至在出生之前），谁也逃脱、改变不了。该故事一如既往地宣扬“命定于天”的封建宿命论，但它的信息量显然要比前两个故事大得多：张妻梦带张奂印绶，登楼而歌；张奂令人占梦；其后果如占言：张妻产子张猛；张猛长大后官拜武威太守；杀刺史邯郸商，遭州里的军队围困；耻于束手就擒，城楼上自焚而死。这些叙述虽然简略，但信息很丰富，从张妻做梦而卜，到张猛的出生、成长、遭际、归结等过程，都一一作了交代。梦兆、卜占、验证，环环相扣，首尾呼应，构成一个比较完整的情节和结构，故事性更强。在叙述张猛悲剧命运的同时，也反映了汉末动乱的史实，使作品具有更丰富的社会、历史意蕴。

3. 象占

象占乃根据自然事物的特异现象来推测未来吉凶，是先民测知未来的最原始的方法，其产生应早于各种占卜。古人把不常见的自然现象与人间祸福吉凶、社会变迁等相联系，从而产生了象占。如《山海经》的“西山经”中称太华山之蛇，“见则天下大旱”；女床山鸾鸟，“见则天下安宁”；小次山猿兽，“见则大兵（大战乱）”等，便都是与象占相关的记录。

《搜神记》中关于象占的记录很多，如161则《草作人状》：

> 光和七年，陈留济阳、长垣、济阴、东郡、冤句、离狐界中，路边生草，悉作人状，操持兵弩，牛马龙蛇鸟兽之形，白黑各如其色，羽毛、头目、足翅皆备，非但仿佛，像之尤纯。旧说曰：“近草妖也。”是岁有“黄巾贼”起，汉遂微弱。

163则《怀陵雀》：

> 中平三年八月中，怀陵上有万余雀，先极悲鸣，已因乱斗相杀，皆断头，悬著树枝枳棘。到六年，灵帝崩。夫陵者，高大之象也。雀者，爵也。天戒若曰：“诸怀爵禄而尊厚者，还自相害，至灭亡也。”

前一篇记汉光和七年，路边长出的野草皆成人兽形状，手持兵器，预示刀光剑影，战事平地而起，当年果然爆发了黄巾起义；后一篇写汉中平年间，万余麻雀悲鸣并互相残杀，全部同归于尽，断头悬枝。叙述者对此解释为高官厚禄者自相残杀，最终全部灭亡的先兆。《后汉书·五行志》之二“草妖”收录此故事，并以大将军何进等人互相杀戮，“禄而尊厚者无馀”[①] 的史实为证。

以上两篇的记载都颇得《山海经》之余韵，都把特异的自然现象与社会变迁、政治事件相联系，而且叙述简略，情节性、故事性都不强。相较而言，下面两则就更加具体、丰满和生动，可见其可读性、文学性的发展和进步。

59 则《淳于智》（三）：

谯人夏侯藻，母病困，将诣智卜。忽有一狐，当门向之嗥叫。藻大愕惧，遂驰诣智。智曰：“其祸甚急。君速归，在狐嗥之处拊心啼哭，令家人惊怪，大小毕出，一人不出，啼哭勿休。然其祸仅可免也。”藻还，如其言，母亦扶病而出。家人既集，堂屋五间，拉然而崩。

211 则《徐馥作乱》：

永嘉六年正月，无锡县欻有四枝茱萸树，相樛而生，状若连理。先是，郭璞筮延陵蝘鼠，遇“临”之“益”，曰：“后当复有妖树生，若瑞而非，辛螫之木也。傥有此，东西数百里，必有作逆者。”及此生木，其后吴兴徐馥作乱，杀太守袁琇。

这两篇分别以动物、植物的特异情状，来预测、判断未来及吉凶。前一篇讲的是淳于智根据狐狸“当门向之嗥叫”的异常表现，获悉房屋将倾的征兆，帮助夏侯藻一家逃过大祸。动物对于灾害、变故的反应、感知比

① （南朝宋）范晔：《后汉书》（志第十四），中华书局 2007 年版，第 974 页。

人类敏感，此篇中的狐狸狂嗥，当是这种反应的表现，只不过是普通人无法解读此“天机”而已。后一篇写无锡县有四棵独立的茱萸树，竟然互相缠绕而长，形状如同连理之枝，郭璞先是“筮延陵蝘鼠”，预言必有“妖树”出现，继而必生乱象，不久果然徐馥作乱。这两篇表明，淳于智、郭璞等卜筮大家，不仅擅长易占，也精通象占，以之为易占的辅助和补充。

4. 星占

星占即根据天体星象及气象变化来预测人事的变化和吉凶。星占其实是天人相通、感应观念的产物。早在先秦时期，人们就认为天上和人世间是一一对应的，人世间的一切都会在上天得到反映和表现，上天的星象、气象一有异常，人世间就会有相应的事情发生。占星术就是在这种观念支配下，逐渐流行和兴盛起来的。

由于星占涉及的主要是所谓的国家大事，与普通人的联系不是那么密切，所以这种占术的应用主要在官府或朝廷，因为事关国家、社稷，只有官方的史官和卜官才有资格解释星象、气象的变化。所以凡跟星占有关的记载，都是国运盛衰、社会治乱、政治清浊一类的君国大事。《左传》《史记》《汉书》等历代史书，都有许多星占的记录。如《史记·天官书》：“秦始皇之时，十五年彗星四见，久者八十日，长或竟天。其后秦遂以兵灭六王，并中国，外攘四夷，死人如乱麻”；“汉之兴，五星聚于东井。平城之围，月晕参、毕七重。诸吕作乱，日食，昼晦。吴楚七国叛逆，彗星数丈，天狗过梁野”。①

《搜神记》中明确记录星占的故事不多，仅有的231则《孔子梦》、232则《赤虹化玉》两篇，都与孔子有关。

且看《孔子梦》：

鲁哀公十四年，孔子夜梦三槐之间，丰沛之邦，有赤氤气起，乃呼颜回、子夏同往视之。驱车到楚西北范氏街，见刍儿打麟，伤其左前足，束薪而覆之。孔子曰：“儿来！汝姓为谁？”儿曰：“吾姓为赤松，名时乔，字受纪。”孔子曰：“汝岂有所见乎？”儿曰：“吾所见

① （汉）司马迁：《史记》（天官书第五），中华书局1982年版，第1348页。

一禽，如麕，羊头，头上有角，其末有肉。方以是西走。”孔子曰：“天下已有主也，为赤刘，陈、项为辅。五星入井，从岁星。”

五星乃岁星、荧惑、镇星、太白、辰里的总称，汉代天文学和阴阳五行理论、天人感应理论相结合，所以星占家根据五行理论，把五星依次更名为木星、火星、土星、金星、水星。阴阳五行学家把五行配五德，再根据五行相克的原理来解释国运盛衰和朝代更迭。按五行学家的说法，汉朝之德为“火”，所以称汉为“炎汉”“炎刘”，此处孔子称“赤刘”，亦即“炎刘”之谓。而“五星入井，从岁星”，其实是沿袭了上述《史记》“汉之兴，五星聚于东井”之说。

所谓五星聚会，是指木星、火星、土星、金星、水星同时运行到某一星区。占星家认为，五星相聚是极为难见的天文现象，其所对应的人事也极不寻常，故有“星聚，非大福即大祸”之说。自有文献记载以来到明嘉靖年间的2800多年中，五星相聚的现象仅有8次，[①] 其中第三次就出现在汉高祖元年，即公元前206年。关于此次五星相聚的现象，虽然《史记》有所记载，但远不如《汉书》记述得详细：“汉元年十月，五星聚于东井，以历推之，从岁星也。此高皇受命之符也。故客谓张耳曰：‘东井，秦地，汉王入秦，五星从岁星，当以义取天下。’……五年遂定天下，即帝位。此明岁星之崇义，东井为秦之地明效也。”[②]

公元前206年，岁星当值，五星聚于东井，而东井对应的是秦地，此时刘邦先项羽一步入秦地，破咸阳，所以这位客人（显然是一位方士）认为这是刘邦将顺天称帝之兆。由此可见，本篇故事的基本事实，乃据之于史载，另外还添加了“丰沛之邦，有赤氤气起”的异常气象，再就是把星占的结论前移两百多年归之于孔子，叙述的空间已经远远超越了史传。故事借孔子的名望来宣扬“君权神授”的思想，这种意图是非常明显的，但把孔子通过星占得知两百多年后的天下归属，说成一个梦中的经历，则具有双重虚构的性质。这种双重虚构把事件渲染得神乎其神，反映了叙述者

① 卫绍生：《神秘与迷惘：中国古代方术阐释》，河南人民出版社2006年版，第124页。
② （汉）班固：《汉书》（天文志第六），中华书局2007年版，第209页。

的良苦用心。

5. 杂占

杂占是流行于民间的数术，大多简便易行，通常没什么理论，主要由民间师徒传承，占卜的方式也没有一定之规，通常以约定俗成为准则。杂占的种类也较为庞杂，常见的有降神类、物情类、俯仰奇偶类、人为取象类、自然抽验类、字画图解类，等等。每一类当中，又有许多种占验的方式。《搜神记》中也有一些相关的载录。

如246则《诸葛恪》：

> 吴诸葛恪征淮南归，将朝会之夜，精爽扰动，通夕不寐。严毕趋出，犬衔引其衣。恪曰："犬不欲我行也。"出仍入坐。少顷复起，犬又衔衣，恪令从者逐之。及入，果被杀。其妻在室，语使婢曰："尔何故血臭？"婢曰："不也。"有顷，愈剧，又问婢曰："汝眼目瞻视，何以不常？"婢蹷然起跃，头至于栋，攘臂切齿而言曰："诸葛公乃为孙峻所杀。"于是大小知恪死矣。而吏兵寻至。

诸葛恪乃诸葛亮之侄、诸葛瑾之子，少知名，孙权时拜为抚越将军；孙亮立，晋封为阳都侯，加荆扬州牧，督中外诸军事；到孙峻时，被诬欲谋变，从而被杀。《三国志·吴传》对此均有记载。从故事可以见到，诸葛恪入朝被杀前已有征兆：前一天夜里心跳烦躁，通宵不眠；早上出门时，爱犬反复咬住他的衣服不放。被杀后也是怪象迭出：其妻闻婢女身上有血腥味；婢女的眼睛向上翻，甚至突然跳将起来，头一直撞到屋梁，且挽起臂膀，咬牙切齿称诸葛恪已被孙峻所杀。

此篇故事并没有占士的身影出现，也没有关于占卜活动的交代，但把一系列的怪异情状与诸葛恪被杀的事件联系起来叙述，充满了方术的思维和占卜的意味。叙述者在这里其实是充当了占士的角色，叙述的过程实质上就是一个占验的过程。故事中诸葛恪欲出门，狗两次扯咬衣服不放，表现的显然是象占中的征兆现象，前面对象占已有较多的讨论，此处不再赘论。而诸葛恪被杀前夜的心躁不宁，彻夜不眠，被杀后婢女的连串怪异举动，则分别是物情类杂占和降神类杂占所依持的征兆。

物情类杂占以事物表现之情状为占验对象，以物情出现的时机、强弱诸性质、特征来判断吉凶，包括心惊占、眼跳占、耳热占等。本篇作者把诸葛恪“将朝会之夜，精爽扰动，通夕不寐”当成一种凶兆，当属心惊占的范畴。突然出现的心惊、眼跳、耳热这类现象，其实是人的一种深层心理活动的表现，有时候确实会与某种未来事物相联系，这已从现代心理学的“精神分析”“无意识”理论得到解释，古人却将之视为天意神旨的昭示。

降神类杂占包括扶乩、卜紫姑、箕姑、伏仙姑等，名称虽然不同，但操作的形式有时候会互相渗透、混搭，核心的环节和内容都是某人被神灵附体，然后为神灵代言，宣示吉凶情事。诸葛恪被杀后，其婢女“眼目瞻视”，“蹷然起跃，头至于栋，攘臂切齿而言曰：‘诸葛公乃为孙峻所杀。’”这些怪异举动，显然是神灵附体所致。神灵附体的方式有多种，有巫师、占士自己念咒语请神，也有被神灵“随机”选中，等等。诸葛恪家婢女的种种异常表现，当属后一种。此时的婢女，已具有神的代言人的巫觋品格。这类神灵附体、代神宣示情事的故事，在《搜神记》中还有不少，如168则《荆州童谣》中华容县女子无缘无故地先后突然伤心啼哭，声称“将有大丧”“刘荆州（刘表）今日死”“不意李立为贵人”等，后皆一一应验，也属这一类。这些故事若非刻意杜撰，就是有人出于某种目的、需要而导演的一出把戏，只是外人不明就里而信以为真罢了。

以上对《搜神记》的占卜术，作了比较全面的梳理。总的说来，见诸《搜神记》的占卜故事，主要是易占和梦占，其中又以易占为最多、最有分量。书中收录故事较多的管辂、淳于智、郭璞等，都是卜筮的大家，他们的占卜活动，基本上都是易占。其他一些史上无载、偶一收录的方士，也是易占为多。这恐怕与易学在古代的重要地位和影响，易占的理论体系相对较为完整、成熟，受众较为庞大，使用较为普遍有关。也正因为如此，造就了管辂、淳于智、郭璞等一大批历史上著名的卜筮大家，他们的名气家喻户晓，事迹广为流传，有更多可资《搜神记》及其他史传、小说收集、选用的素材。而梦占较多的原因，则是因为做梦乃人们很常有的生理和心理活动，发生的频率很高，面积很广，加上梦占的操作又相对简易方便，不太受条件的限制，可以随时随地进行，占卜的成本也较低廉，消费较为大众化，等等，所以也较易占之外的一些占术更易流行。由此可见，易占和梦占在《搜神记》中的地位，与其在现实社会的地位、受众心目中的接受程度相一致。

《搜神记》占卜故事的另一个特点是，比较侧重叙述卜测的结果及其后续的事态发展，而几乎没有操作的具体细节。

如57则《淳于智》（一）：

> 高平人刘柔夜卧，鼠啮其左手中指，意甚恶之，以问智。智为筮之，曰："鼠本欲杀君而不能，当为使其反死。"乃以朱书手腕文后三寸，为"田"字，可方一寸二分，使夜露手以卧，有大鼠伏死于前。

此故事也被《晋书》收录。高平人刘柔夜卧被老鼠咬手指，淳于智为之卜筮，知老鼠欲杀刘柔，淳于智以朱砂在刘柔手腕书一"田"字，终杀硕鼠。淳于智初始操使的显然是易占，但具体如何操作、凭什么判定硕鼠欲杀刘某人，却不曾交代，仅是"智为筮之"一笔带过。之所以如此，或许是因为卜筮的过程、程序太过烦琐、复杂，叙述者未必是行家里手，实在不易交代，但更大的可能是因为听众或者读者绝大多数都是普通受众，他们关心、好奇，从中获得某种心理快感的是神秘玄妙的卦兆及其卜筮后的事态发展、结局，而不是占卜操演的本身。从叙事的策略来说，省略烦琐、乏味、故事性不强的操作过程，侧重占卜的结果及由此衍生的故事，更切合受众的欣赏习惯和心理。由此可见叙述者在讲这类的故事时，已经自觉或不自觉地考虑过受众的接受心理，以及剪裁、取舍之类的问题。省却占卜故事中的"技术性"细节，突出故事性的内容，使得《搜神记》的占卜叙述更具可读性和文学性，从而获得更多的读者，想必这也是它在众多志怪小说中脱颖而出的重要原因之一。

《搜神记》中的占卜，几乎每占必"灵"，百发百中。方士们个个高明无比，出招必然逢凶化吉，稳操胜券，或为人指点迷津，趋吉避凶；或为人驱除邪僻，禳避灾殃。如前述《韩友》篇中方士为刘世则家占卜作法，作祟多年的狐妖被除，"女病遂差"；《严卿》篇的严卿通过卜筮为魏序警示旅途凶险，并以花狗禳灾，结果有惊无险，"序家无恙"；《淳于智》（一）中淳于智卜知硕鼠欲谋刘柔性命，再以符咒诛灭鼠怪，使刘柔逃过一难。占术如此灵验、法术如此了得，显然是方士们自神其术，信众推波助澜的结果。方术灵验而且管用，能为人排忧解难，解决实际问题，这些故事从一个侧面反映了时人的现实焦虑，也在一定程度上满足了广大信众的心理期许和诉求，这都是它们得以流传，并被小说家甚至史家收录的重要原因。

（二）星相术

预测术的另一个门类是星相术。星相术又包括星命术、相术等。

星命术包括占星推命与八字算命两种。前者大约在南北朝后期由印度传入，是一种西方的星占术，按人出生时星宿所在黄道十二宫的位置推算人的禄命；后者衍生于以传统的阴阳五行学说为依据的推命术，“以人之始生年月日所值日辰支干相生、胜、衰、死、旺、相，推人寿夭、贵贱、利不利”①，南北朝后期以后始盛。由于《搜神记》成书于星命术盛行之前，所以纯为预测之用的星命术，当中未见载录，只载有产生更早、历史更为悠久的相术。

相术主要有相人术和相地术，下面分而论之。

1. 相人术

相人术又叫面相术、相命术，俗称“看相”，是通过观察人的形体、相貌以测断其性格福寿的一种方术。早在先秦时期，面相术就已逐臻成熟。《左传》中关于相人的记载很多，如“文公元年”甫开头，就有公孙敖请叔服为其儿子穀和难相面的记录：“王使内史叔服来会葬。公孙敖闻其能相人也，见其二子焉。叔服曰：‘穀也食子，难也收子。穀也丰下，必有后于鲁国。’”相过二人后，叔服对公孙敖说，穀可以供养你，难可以安葬你。穀的下巴比较丰满，后裔必定在鲁国昌大。

秦汉之际，相人术和星占术、堪舆术一样风行。仅《史记》一书，就记载了数十个与相术有关的案例。刘邦尚未发迹时，只是乡间一个游手好闲、不务正业的无赖之徒，相士吕公见其“隆準而龙颜，美须髯”，认定

① （唐）韩愈：《唐故殿中侍御史李君墓志铭》，此据《韩愈集》，黑龙江人民出版社 2005 年版，第 381 页。

是大贵之相，便不顾妻子的反对，毅然决然地把女儿嫁给了他，是为吕后。刘邦尚在泗上做亭长时，吕后带着一子一女在田间劳作，一老者路过，“老父相吕后曰：‘夫人天下贵人。’令相二子，见孝惠，曰：‘夫人所以贵者，乃此男也。’相鲁元，亦皆贵。老父已去，高祖适从旁舍来，吕后具言客有过，相我子母皆大贵。高祖问，曰：‘未远。’乃追及，问老父。老父曰：‘乡者夫人婴儿皆似君，君相贵不可言。’”①

汉代另一个著名的相面故事，发生在汉初名将周亚夫的身上。“亚夫为河内守时，许负相之：‘君后三岁而侯。侯八岁，为将相，持国秉，贵重矣，于人臣无二。后九年而饿死。’亚夫笑曰：‘臣之兄以代父侯矣，有如卒，子当代，我何说侯乎？然既已贵如负言，又何说饿死？指视我。’负指其口曰：‘从理入口，此饿死法也。’”② 许负，女，汉初大相术家。许负所言，后皆一一应验，周亚夫因功高震主，遭景帝猜忌，被捕下狱，最终绝食而死。

由于相术风行，汉代相术之书甚多，仅《汉书·艺文志》就著录有《相人》二十四卷。这些著作为东汉以后相术的进一步理论化、精细化，相术的持续风行奠定了基础。

相人术的观察内容包括头、面、手掌、手纹、体形、动静、声音、骨骼等，又以相面和相手为重点。如前引《搜神记》54 则《管辂》（二）称“管辂至平原，见颜超貌主夭亡。颜父乃求管辂延命”。管辂推断颜超短命夭折，所依持的便是相人术，而且是依据面相而下的定论。

卜筮大师管辂也是魏晋时期的大相术家，他不仅为他人相面算命，而且为自己相面。他从面相知道自己不长寿，只能活到四十七、八岁：“吾额上无生骨，眼中无守精，鼻无梁柱，脚无天根，背无三甲，腹无三壬，此皆不寿之验。”③ 果然在四十八岁时死去。他既然能指点少年颜超向南、北斗星求情延命，可曾为自己增寿求过神？假若求过又为何不奏效？这些都令人颇费思量。

① （汉）司马迁：《史记》（高祖本纪第八），中华书局 1982 年版，第 346 页。

② （汉）班固：《汉书》（张陈王周传第十），中华书局 2007 年版，第 435 页。

③ （晋）陈寿撰，栗平夫、武彰译：《三国志》（魏书方技传第二十九），中华书局 2007 年版，第 876 页。

254 则《张车子》也涉及相人术：

> 周揽啧者，贫而好道。夫妇夜耕，困息卧，梦天公过而哀之，敕外有以给与。司命按录籍，云："此人相贫，限不过此……"

周揽啧夫妇安贫乐道，勤奋耕作但穷困窘迫，天公怜悯之余，欲赐予一些给养，司命神却告知：此人命相贫穷，按规定不能超过他该享有的这些了。"命"由相显，相由天生，人的命运显然皆由天定，但颜超面相短命，向南、北斗星求情得以增寿至九十岁，周揽啧相穷，即使天公也不能使其富裕长久。这些自相矛盾的叙述，一方面表现了人们对命由天定的笃信，另一方面又表现了人们试图超越天命的愿望。

2. 相地术

相地术在古代称堪舆，堪（通勘）意为勘察，舆指地，即勘地之意。民间又称地理、相宅、青鸟、青囊术等，今天叫看风水或风水术。

风水术和风水密切相关，但两者又不尽相同。风水是关于人和自然环境、人文环境关系的一门学问，它的核心内容是人与自然、社会环境的和谐融洽，有机统一。对居住环境评价和选择的相关理论，便是风水。风和水，对于人类的生存、生活都有非常重要的影响，所以古人选择宅居之所，大多取近水避风之处。近水保证人畜的饮用水、洗刷、农作物的灌溉，也便于出行（驾乘舟船），避风则可以御寒取暖，又比较有安全感。

风水术则是一种通过选择吉地（包括阳宅和阴宅）而居，或对现成居所进行协调、修禳，来谋求富贵发达、趋吉避凶的一种方术。它虽然也和风水理论一样，注重协调天、地、人三者之间的关系，但它强调地理环境是决定人生命运的唯一因素，人的兴旺发达与否，取决于活人的住宅和先人的坟地。在方士的手里，风水理论的精华被逐渐抛弃，对居住环境的评价与选择，简单、机械地与人的生死、贵贱、穷达、吉凶等联系起来，这样，风水便由一种选择吉地的理论，异化为预测人生命运的、充满浓厚宿命色彩的术数。

早在原始氏族社会，人们就很关注居住环境的问题，有很频繁的相地活动，这方面的事实，在《诗经》中有许多反映。如"大雅"中的《公刘》篇，就写部族首领公刘率周部族自邰迁豳，选择宜居地点兴建宫室，发展农业生产的史实，可谓相地术的最早记载："笃公刘，既溥既长，既景迺冈。相其阴阳，观其泉流。其君三单，度其隰原，彻田为粮；度其夕阳，豳居允荒。笃公刘，于豳斯馆，涉渭为乱。取厉取锻，止基乃理。爰众爰有，夹其皇涧。遡其过涧，止旅迺密，芮鞫之即。"豳地风和日丽，水源充足，土地平坦宽阔肥美，果然收成丰硕，人口迅速增加，族人安居乐业。

又如《绵》篇写周太王亶父迁岐之前，先行相地考察，继而龟卜吉凶，然后才作定夺："古公亶父，来朝走马。率西水浒，至于岐下。爰及姜女，聿来胥宇。周原膴膴，堇荼如饴。爰始爰谋，爰契我龟。曰止曰时，筑室于兹。"

以上两篇的记载，表明了两点：一是最初的相地主要是考察处所的自然条件和环境，考虑是否宜居，纯粹是一种趋利避害，以图更好地生存和发展的举动，这应是风水的初始状态，也是先民们相地的初衷。至于借风水相地来谋求运程腾达，荣华富贵，甚至泽被子子孙孙，那是风水异化为风水术之后才有的观念和做法。

二是早期的相地是和占卜结合在一起的。先是人们自己观察，意有所属之后，再龟卜问卦定夺。因此，其时的相地实质上是一种择吉的方式。这种方式体现了先民科学精神与原始意识的交织。居所的考察、评价和选择，反映了人们谋求人与天地、自然协调的科学追求，颇有自我意识和理性色彩，但最后又将决定权拱手交给神灵或上天，无条件服从神灵或上天的评判。科学精神和自我意识的得而复失，反映了先民思想进程的曲折和艰难。

《搜神记》中的相地故事，只与阳宅有关，未见与坟山风水相涉，与《诗经》所载相较，既有相当的保留，又有一些变化。如58则《淳于智》（二）：

> 上党鲍瑗，家多丧病，贫苦。淳于智卜之，曰："君居宅不利，故令君困尔。君舍东北有大桑树。君经至市，入门数十步，当有一人卖新鞭者，便就买还，以悬此树，三年，当暴得财。"瑗承言诣市，果得马鞭。悬之三年，浚井，得钱数十万，铜铁器复二万余。于是业

用既展，病者亦无恙。

上党人鲍瑗家多病丧，且穷困不堪，淳于智指出其原因在于“居宅不利”，亦即风水不佳。鲍瑗按照淳于智所教的方法修禳风水，化解灾根，果然发了一笔横财，家人也再无病痛。此篇讲的实质是相宅，是对既有居宅的不利环境进行观察、改造，以避邪消灾。通过改善环境而使住宅变得宜居，从而达到趋吉避凶的目的，相地（宅）术与占卜术相结合，这些和早期的相地都很相近。但鲍瑗悬鞭三年，暴得横财，却蒙上了宿命、迷信的色彩。

再看55则《管辂》（三）：

信都令家，妇女惊恐，更互有疾病，使辂筮之。辂曰：“君北堂西头有两死男子，一男持矛，一男持弓箭；头在壁内，脚在壁外。持矛者主刺头，故头重痛，不得举也；持弓箭者主射胸腹，故心中悬通，不得饮食也。昼则浮游，夜来病人，故使惊恐也。”于是掘其室中，入地八尺，果得二棺。一棺中有矛，一棺中有角弓及箭。箭久远，木皆消烂，但有铁及角完耳。乃徙骸骨，去城二十里埋之。无复疾病。

前一篇所讲，基本上是协调居宅的自然环境，此篇则是协调“社会”环境。信都县令的住宅，盖在别人的阴宅之上，且墙壁压住死人的身体，造成遗骸“头在壁内，脚在壁外”的现状，从而招致鬼魂的抗议和报复，令家人担惊受怕，轮流生病。通过风水大师管辂卜筮相宅，始知真实缘由。在管辂的指点下，挖出了遗骸并迁葬于城外，从此家人不再患病。死人和活人虽然阴阳相隔，但在古人看来，阴阳之间、人鬼之间仍有许多牵扯不清的关系。故事讲如何处理活人与死人之间的矛盾，告诫人们对死者要有充分的敬畏和尊重，否则会令鬼魂作祟，招致灾祸。除却迷信的成分，作品仍然有积极的人文意义。

（三）谶纬

“谶纬”也是一种预知未来的方术。“谶”的本意是应验，《说文解字》："谶，验也，从言韱声。"秦汉间方士、巫师们制作的一种"诡为隐语，预决吉凶"（《四库全书总目提要·易类六》）的神秘预言，是谓谶语。"纬"乃对"经"而言，是汉代方士化的儒生用神学观点对儒家经典进行解释和比附的著述。由于纬书中也有谶语，所以后来把谶和纬混为一谈，称为谶纬。

战国以前，并无谶纬之说，秦代开始出现利用预兆吉凶的符验，史称"秦谶"。《史记》载，秦始皇时，"燕人卢生使入海还，以鬼神事，因奏录图书，曰'亡秦者胡也'。始皇乃使将军蒙恬发兵三十万人北击胡，略取河南地"[①]。秦始皇认为谶语中的"胡"是指匈奴，乃命大将蒙恬率三十万大军，北伐匈奴，以绝亡秦之患，又修筑万里长城，以防胡人南侵。秦始皇死后，李斯等人擅改遗诏，拥立秦始皇少子胡亥为帝，是为秦二世。秦二世暴虐无道，导致了秦朝的灭亡，应验了"亡秦者胡"的预言。不过此"胡"并非秦始皇所想的"胡"族（匈奴），而是其子"胡"亥。这是发生在秦代、历史上最著名的关于谶语的故事。

西汉中叶，董仲舒结合祥瑞灾异和天人感应思想，建立了一套完整的封建神学的唯心主义思想体系，统治了西汉末至东汉社会的意识形态领域，在儒学神学化的基础上，发展、形成了较为系统的谶纬学说和方术。由于王莽、刘秀都先后通过玩弄、利用谶纬为自己取得帝位，所以谶纬之术在两汉曾盛极一时。王莽执政时，曾经征召通"天文、图谶、钟律、月令、兵法"等"天下异能之士，至者前后千数"，[②] 大量制造图谶，"记说廷中"，将原先零星的谶语纬候，汇成篇籍。这么做的目的，自然是为自己受命代汉制造舆论，营造君命神授的政治文化氛围。刘秀更是把谶纬作为一种重要的政治工具加以使用，裁决政事、任命大臣，都要假托图谶来决定。即位之后，便命人校定图谶，建武三十二年（公元 56 年）十一月，还颁布诏书，正式"宣布图谶于天下"，[③] 把图谶国教化。当时儒者、士大夫争学图谶、纬书，成为一时风尚。东汉中后期，谶纬神学遭到王充、王符、仲长统等进步思想家的全面批判，它的无稽及荒诞性被逐渐揭露，

---

① （汉）司马迁：《史记》（秦始皇本纪第六），中华书局 1982 年版，第 252 页。

② （汉）班固：《汉书》（王莽传第六十九上），中华书局 2007 年版，第 1024—1025 页。

③ （南朝宋）范晔：《后汉书》（光武帝纪第一下），中华书局 2007 年版，第 23 页。

也逐渐为人们所认识，加上社会日趋动荡，帝国分崩离析，其赖以生存、发展的政治基础已经瓦解，谶纬神学才逐渐式微。虽然如此，作为一种方术，谶纬在民间仍然继续流传。

《搜神记》中谶纬或与谶纬有关的记载颇多，这些故事主要集中在卷六至卷九之中。谶纬比较多地应用于政治领域，主要用来预测朝代兴废、社会变迁等一类的政治事件，《搜神记》所记，也以这方面的内容为多。在形式上，谶纬包括图谶、谶语两种。

1. 图谶

图谶是以图形作为预兆吉凶的符验，图谶常常是图文并具的图案。

这类图谶在前文讨论过的《孔子梦》《赤虹化玉》等篇中就已经见识过：

> 麟向孔子，蒙其耳，吐三卷图，广三寸，长八寸，每卷二十四字。其言："赤刘当起日周亡。赤气起，火耀兴，玄丘制命，帝卯金。"（《孔子梦》）

> 天乃洪郁起白雾，摩地，赤虹自上而下，化为黄玉，长三尺，上有刻文。孔子跪而读之，曰："宝文出，刘季握。卯金刀，在轸北。字禾子，天下服。"（《赤虹化玉》）

这两篇都以图谶预言刘汉政权（"炎刘"）的兴起，前者从麒麟口中吐出，后者从天而降，两者都是图文兼备，且都借助孔子的声望来增强其真实性、权威性。

又如179则《石开文字》：

> 初，汉元、成之世，先识之士有言曰："魏年有和，当有开石于西三千余里，系五马，文曰：'大讨曹'。"及魏之初兴也，张掖之柳谷有开石焉。始见于建安，形成于黄初，文备于太和。周围七寻，中高一仞，苍质素章：龙、马、鳞、鹿、凤凰、仙人之象，粲然咸著。此一事者，魏、晋代兴之符也。

> 至晋泰始三年，张掖太守焦胜上言："以留郡本国图校今石文，文字多少不同，谨具图上。"案其文有五马象：其一有人平上帻，执戟而乘之；其一有若马形而不成。其字有"金"，有"中"，有"大司马"，有"王"，有"大吉"，有"正"，有"开寿"。其一成行，曰："金当取之。"

本篇写汉元帝、成帝年间，就有方士预言汉魏晋易代，并以石头开裂的图案、谶语为证。三百年后的晋武帝泰始三年（267年），用留在郡府的图谶对照石头上的图形，除了文字的多少略有出入之外，竟然都得以验证。本篇可谓一个双重的谶纬故事，先是汉元帝、成帝年间的方士关于魏代汉、晋代魏及西三千余里裂石图文的预言；再就是预言之中的裂石，裂面上又有"系五马""大讨曹"的图文。

裂石面上的图文，显然如作者所云，乃"魏晋代兴之符"；而晋泰始年间可供验证的图谶，上面的"金""中""大司马""王""大吉""正""开寿"等文字，无疑也都是有预测意义的谶语。其中又以"大司马""王""金"等字的意义最为明显，指向最为明确。晋朝乃司马氏之天下，即"司马"为"王"；按五行之说，晋代五行属"金"，魏属木，五行相克（相胜）的规律是金克木，也就是说，晋取代魏是"奉天承运"，命数早定，不可忤逆的，所以篇末说"金当取之"。魏晋易代，早在三百多年前就有人预先知晓，就有各种各样征兆、迹象显示，实在是神乎其神。这些货色显然都是在政治阴谋家授意之下，由御用方士所炮制，无非是为自己改朝换代、进而使其统治合法化、神圣化作舆论宣传所玩弄的把戏。

2. 谶语

谶语纯以语言或文字的形式来预示未来、吉凶。谶语也有散体文和韵文两种。如《孔子梦》中的"赤刘当起日周亡。赤气起，火耀兴，玄丘制命，帝卯金"；《石开文字》中的"大讨曹""金""大司马""王""金当取之"等，便是散体谶语。而《赤虹化玉》中的"宝文出，刘季握。卯金刀，在轸北。字禾子，天下服"，则属韵文谶语一类。

韵文谶语常常以民谣的形式流传。如165则《京师谣言》：

灵帝之末，京师谣言曰："侯非侯，王非王，千乘万骑上北邙。"到中平六年，史侯登蹑至尊，献帝未有爵号，为中常侍段珪等所执，公卿百僚，皆随其后，到河上，乃得还。

168 则《荆州童谣》：

建安初，荆州童谣曰："八九年间始欲衰，至十三年无孑遗。"言自中兴以来，荆州独全，及刘表为牧，民又丰乐，至建安九年当始衰。始衰者，谓刘表妻死，诸将并零落也。十三年无孑遗者，表又当死，因以丧败也。

这两篇故事都以谣谶的形式，分别预示了汉末动荡不安的乱象。前者预言汉末皇室衰微，回天乏力，外戚、宦官将相继篡政，并暗讽他们争先恐后地称王称侯，实质上是迫不及待地走向坟墓；后者预言建安八九年（公元 204 年）至十三年（公元 208 年）之间，在乱世中偏安一隅的刘表政权必将开始衰落，暂时安定的荆州社会将会有重大变故。后来事态的发展都证明所言不虚。

谣谶虽然也涉及社会政治的事件或变迁，其出处（作者）也很难确定，但能在民间口耳相传，广为传唱，表明其比较真实地反映了人民群众的思想感情，也比较切中时弊，反映社会的客观现实，这样，其所预示的社会历史的发展趋势，便有坚实的基础和依据，而非凭空杜撰，信口开河。因此，比起统治者及其御用方士炮制的关于改朝换代的图谶、谶语，谣谶少了许多玄虚、神秘的成分，更具真实性和客观性，也更有价值。

二 长生术

长生是人类的梦想。为了达成这一梦想，古人很早就致力于长生不死术的探索和研究。传说长生的思想最早是由黄帝的医官鬼臾区提出来的。鬼臾区一生致力于医药学与练气养生学的研究，黄帝也曾向他求教过练气之法。故此，一般也认为长生术产生于黄帝时代，到春秋战国时期得到了长足的发展，汉唐宋元达到了兴盛。

长生术包括外丹术、内丹术、养生术、房中术、辟谷等。

《搜神记》对于长生术的记载，远不如之前的预测术和后面的杂术那么丰富和周全，仅见寥寥数篇，也只简单涉及外丹术、养生术及房中术等三种。下面分而述之。

（一）外丹术

外丹术是通过炼制并服用丹药以求长生的一种方术。该术始于秦汉，承于魏晋南北朝，盛于唐，衰于宋元。

外丹术以丹砂、铅、汞和其他药物为原料，置于炉鼎中烧炼，制成所谓的“仙丹”，宣称服用后可使人延年益寿，羽化登仙。但此法炼出来的“仙丹”其实有剧毒，古代服丹中毒而致病致死者不计其数。尽管如此，仍然有人对炼丹、服丹之举乐此不疲。外丹术在方士们长期的实践中，形成了一套神秘的仪式、众多的禁忌和繁杂的操作方法，这也可能是其使人迷信的重要原因之一。葛洪的《抱朴子·内篇》记录了四十多种古代丹法，可谓集古代丹术之大成。

《搜神记》中，涉及外丹术的故事仅有《焦山老君》（13 则）、《丹砂井》（329 则）、《嫦娥》（351 则）三篇。《焦山老君》写某人积四十年之功，钻穿厚石，得神仙丹诀；《嫦娥》写嫦娥窃西王母不死之丹药以奔月。两篇都是仙话故事，但于外丹术而言，都没有具体、实际的内容，仅是涉及相关话题而已，唯有《丹砂井》一篇，内容比较具体：

> 临沅县有廖氏，世老寿。后移居，子孙辄残折。他人居其故宅，复累世寿。乃知是宅所为，不知何故。疑井水赤，乃掘井左右，得古人埋丹砂数十斛。丹汁入井，是以饮水而得寿。

丹砂是丹药中的主要成分。此篇写未经炼制的丹砂渗入井水，居然也能使人长寿，丹砂的“神奇”可见一斑。既然未经炼制的丹砂都有如此神力，那么炼制出来的仙丹使人长寿成仙，也就不以为奇了。故事为外丹术做宣传的意图是很明显的。

（二）养生术

养生术是指人们通过某种途径、采取一定的方法保养和护理自己的身心，以达到健康、长寿的目的。

由“养生”而达到“长生”，是古老中国文明中的卓越智慧。古代养生思想流派众多，养生术也十分丰富。大体而言，中国古代的养生术分为两大方面：一为“养形术”，即对人形体的保养；二为“养神术”，即对人精神的养护。前者主要依靠外在的物质及手段，如食物、药物、运动等，使身体的组织、器官得到保养，达到强健筋骨，预防疾病，延年益寿的目的；后者则主要以内在修养为手段——积精聚神，不耗费过多的元气心力，以延缓机体的衰老；清心寡欲，淡然外物，不为名利所累，时刻保持乐观、平和、愉快的心态；清净自适，复返大道，顺应自然规律，适应万事万物的发展变化；等等——都可以使精神旺盛，体魄健壮，生命长久。

先秦时期的老子、孔子、庄子，汉魏六朝时期的华佗、葛洪、陶弘景等人，都是著名的养生家。中华古代养生术博大精深，奥妙无穷，涌现了许多养生学的著作，如《黄帝内经》《行气玉佩铭》《吕氏春秋》《抱朴子》等，都是养生方面的名著，对后世养生家有很大影响。

《搜神记》中的养生故事，主要是讲服食养生，属于“养形”一类，且都是比较久远的故事。

5则《偓佺》：

偓佺者，槐山采药父也，好食松实。形体生毛，长七寸；两目更方，能飞马，逐走马。以松子遗尧，尧不暇服。松者，简松也，时寿服者，皆三百岁。

6则《彭祖》：

彭祖者，殷时大夫也，姓钱，名铿，帝颛项之孙，陆终氏之中子。历夏而至商末，号七百岁。常食桂、芝……

偓佺、彭祖都是传说中的人物。前者是神仙，《史记·司马相如列传》、刘向《列仙传》均载其事迹；彭祖是传说中的长寿者，据称活了七百多岁，关于他的民间传说更是家喻户晓。二人分别以服食松子、桂子、灵芝而长寿。

灵芝、松子、桂子确实有很高的药用价值，古代的许多医药著作均有相关的记载。如《本草纲目》称灵芝“益心气、入心充血、助心充脉、安神、益肺气。补中、增智慧、好颜色、利关节、活血、坚筋骨、祛痰、健胃”；松子“主治骨节风，头眩、去死肌、变白、散水气、润五脏、逐风痹寒气，虚羸少气补不足，肥五脏，散诸风、湿肠胃，久服身轻，延年不老”。因此，常常服食灵芝、松子及桂子等，有益于健康而至长寿，并非没有根据，至于能使人动辄活三百岁、七百岁，甚至长生不死，则显然是神仙家的虚妄之言。

（三）房中术

房中术是古人研究男女性生活的一种方术，它以调节人的性生活，令双方身体健康，从而延年益寿为目的。

古人很早就认识到，男女交合为人之大伦，它既是人类最原始的本能需求，又是种族繁殖、后代延续的需要。因此，如何节制性行为，用什么方式、方法进行性交才有益于身心健康，是人们很早就关注、探究的问题。《汉书·艺文志》“方技略”一节，收录了《容成阴道》《务成子阴道》《尧舜阴道》《汤盘庚阴道》《天老杂子阴道》《天一阴道》《黄帝三王养阴方》《三家内房有子方》八家房中术著作，凡一百八十六卷。房中术反映了古人对性医学、性卫生、性心理、性生理、妇科学、男科学等一系列生理科学的初步认识和探究，其中有许多科学、合理的内容，值得现代人借鉴、参考、吸收和应用。

魏晋南北朝以降，房中术成为道教修炼的一个重要内容。道士们宣称房中术可以行致神仙之术，学术观点由之前的节欲保生变为闭精纵欲，房中术被道士们引入了旁门左道，沦为荒诞不经的御女采补术。由于对房中术缺乏全面、深入的了解，后世一般人对房中术的认知，只限于一些文学作品所描写的御妇人术，遂将房中术等同于玩弄、摧残女性的“淫术”，故对房中术，历代多有责难之词。这当然是一知半解，以偏概全的错误认识。

《搜神记》中没有直接表现房中术的作品，只是一些叙述人神（鬼）之恋的故事，间接地反映一些相关的内容。如396则《汉谈生》：

> 汉谈生者，年四十，无妇，常感激读《诗经》。夜半，有女子年可十五六，姿颜服饰，天下无双，来就生，为夫妇。之言曰："我与人不同，勿以火照我也。三年之后，方可照也。"与为夫妇，生一儿，已二岁，不能忍，夜间其寝后，盗照视之。其腰已上，生肉如人，腰已下，但有枯骨。妇觉，遂言曰："君负我。我垂生矣，何不忍一岁而相照也？"生辞谢。涕泣不可复止……

这是《搜神记》中表现长生术最出色、最动人的故事，该故事又见于《列异传》。美丽多情的女鬼爱上了清贫但本分好学的谈生，两者同居二载，使女鬼腰以上长肉，一如生人。但谈生违背了三年之内"勿以火照我"的禁约，使女鬼的复生功败垂成。谈生的好奇心不仅毁了一段美好姻缘，也使恋人重生的努力付诸流水，以至于爱侣、母子永远阴阳相隔。作品本是叙述一个人鬼恋的凄美故事，但人鬼交合两年，令女鬼"其腰已上，生肉如人，腰已下，但有枯骨"，火光之照，中止了女鬼复活的过程，这种构思与描写显然渗透了房中术——道教采补术的观念。

道教采补术的理论基础是古代的阴阳学说。阴阳学说以天地、日月、昼夜、男女……为阴阳，认为世间一切事物的发生、发展，都是阴阳两种势力互相作用的结果。道教房中派附会这种学说，认为男女交合就是一个阴阳交感、作用的过程，在这过程中，性交双方可以采取蕴藏在对方体内的精、神、气，以供修炼真阳真阴之用。这个过程对于男性而言，就是采阴补阳，而对于女性而言，则是采阳补阴。通过采补，男性练就元阳之体，或女性练就元阴之体，就可以长生成仙。

鬼与人交合复生，与凡人欲通过采补而长生成仙的旨趣是一样的。道教房中派认为，女鬼是阴中之阴，得到丹阳后，可使枯骨生肉，起死回生。上述故事中女主人公与谈生的结合，可谓双重的采阳补阴，既是男女之间的采补，又是人鬼之间的采补。同居两年多，女鬼腰部以上生肉如人，显然是谈生男性、凡人的双重丹阳，使之不断地得到阳气，几乎还阳回生。

本篇中女鬼的复生虽然功亏一篑，但在后世的小说中，女鬼通过采补而复活的例子很多，如《聊斋志异》中的《连琐》《爱奴》《湘裙》《伍秋月》《薛慰娘》等篇，女鬼都以这样的方式得以复活。“久蒙眷爱，妾受生人气，日食烟火，白骨顿有生意。但须生人精血，可以复活。”——《连琐》中女鬼所言，与本篇女鬼差点复活的历程几乎一模一样。蒲松龄的这般叙述，贯穿了方术的思维，未必是对采补术深信不疑，但借助这种思维方式和意识观念，把一出出人鬼之恋演绎得更加阴森凄美，缠绵动人，给荒诞不经的采补之说，赋予了独特的积极意义。方术之影响、渗透于文学创作的构思与表现，由此可见一斑。

采补会损耗对方的精神、元气，人鬼间的采补更甚。《连琐》中的女鬼谓杨于畏：“夜台朽骨，不比生人，如有幽欢，促人寿数。妾不忍祸君子也”；“交接后，君必有念余日大病，然药之可愈”。《莲香》篇中的狐仙回答狐、鬼何以致人死地，更是直言不讳：“是采补者流，妾非其类。故世有不害人之狐，断无不害人之鬼，以阴气盛也。”因此，与鬼交合是危险的，男人会因此而精气受损，形蚀骨销，身体羸弱，进而阳气耗尽，最终暴亡。《莲香》中的桑生与女鬼李氏交往后，“李夙夜必偕”，仅两月余便沉疴不起。谈生与女鬼同居两年多但安然无恙，显然是女方不欲伤害对方，对房事加以节制，细水长流而不是竭泽而渔之故。

“我与人不同，勿以火照我也。三年之后，方可照也。”火者，光也，阳也。据称鬼只能生活于阴间冥府，能接受阳光，即表明已经复活还阳。这个三年之约，反映的是女鬼对复活的预期并不想一蹴而就，而是循序渐进、水到渠成的心态。这既表明她深谙采补的原理，和对于房事频率的掌控，同时也表明她一心与谈生长相厮守，并不是仅仅把他作为赖之复活的工具。无奈离开前夕，她预见到此后谈生及其儿子将会面临的生活困窘，为此深切忧虑并早作筹划，也可以证明这一点。本篇以采补的观念来刻画一个多情、善良、美丽的女鬼形象，以方术的逻辑演绎出一段令人叹息的人鬼恋故事，荒诞不经之中表现出艺术的真实，展示出凄美独特的人鬼情缘，称之为后来《聊斋》同类故事的先驱，恐不为过。

以上是长生术的几种主要类型。除此之外，内丹术、辟谷在长生术中也颇为著名，在古代有相当影响。

内丹术起源于上古时期的行气、导引、胎息等方术。它把人体的某些部位比作炉鼎，以精气为药，以神为运用，使用静坐、吐纳、冥想与意念导引等主要手段，经过一定程序的练养，使精、气、神凝聚，以达到祛病延年，长生不老的目的。内丹术始于汉代，但其定名于隋代。

辟谷也称“断谷”“绝谷”，即不吃五谷之意。辟谷是指修炼到某一阶段时，不进食五谷而以食气为主，仅服用少量的水或药物。道教认为，人体中有叫“三尸”（亦称“三虫”“三彭”）的邪怪，靠五谷而生，危害人体，经过辟谷修炼，可以除去“三尸”，达到长生不死。

由于这两种长生方术在《搜神记》中未见明显的体现，此处不再作更多的讨论。

三　杂术

除却预测术、长生术之外的所有方术，统称杂术。杂术大体上可以分作两类：一是治病的医术，二是驱邪降魔、通鬼幻化、求雨纳福一类的法术（巫术）。

（一）医术

在原始社会时期，医术就是巫术，为人治病的巫称作巫医。巫、医连文，反映了我国古代巫与医的密切关系。传说古代有十大神医：巫咸、巫即、巫盼（凡）、巫彭、巫姑、巫真、巫礼（履）、巫抵、巫谢（相）、巫罗。这十大神医其实就是十大神巫，其中的巫咸、巫彭，还是传说中中医的创始人。大约在东周时期，巫、医开始分化，一部分巫师进入宫廷，专门为王室从事祝卜祭祈之类的职业，另一部分则流落民间，变成以行医施药谋生的江湖郎中。由此可见，后来的医师乃由巫师演变而来。直至如今，在一些落后闭塞的偏远乡间，尤其是少数民族地区，巫医（神汉、巫婆）仍然很有活动的市场，许多乡民们患病求医，首先选择的仍是巫医。

最初的巫医治病，主要是祈祷禁咒，即是画符念咒，那是因为原始初民把患病的原因，都归诸神鬼之祟，所以要祈求神灵、祖先的佑护，并以符咒驱之。大约在神农时代，才有药草治病的说法。《搜神记》开篇即讲神农以鞭击药，以了解药性及其所主治疾病的故事："神农以赭鞭鞭百草，尽知其平、毒、寒、温之性，臭味所主，以播百谷，故天下号'神农'也。"《山海经·海内西经》也有灵山群巫采不死之神药救活窫窳（蛇身人面的天神）的记载："开明东有巫彭、巫抵、巫阳、巫履、巫凡、巫相，夹窫窳之尸，皆操不死之药以距之。"药草的使用，反映出人们对自然、生命现象的新认识。只有在逐步认识、掌握了医药的知识，并为人们所接受之后，才出现真正意义的医术。但即使在医术出现以后，在相当长的时间内，医、巫仍然是不分家的。

《搜神记》的医术记载里，也仍然保留古代这种医巫一家的特点。且看下面两例：

> 护军张劭，母病笃，智筮之，使西出市沐猴，系母臂，令傍人捶拍，恒使作声，三日放去。劭从之。其猴出门即为犬所咋死，母病遂差。(60 则《淳于智》四)

> 义兴方叔保得伤寒，垂死，令璞占之，不吉。令求白牛厌之，求之不得，唯羊子元有一白牛，不肯借。璞为致之，即日有大白牛从西来，径往临。叔保惊惶，病即愈。(64 则《郭璞》四)

前一篇讲淳于智将猕猴绑于张劭母亲手臂，使邪鬼转移到猕猴身上，使之替代受害者，从而治好了张母的重病；后一篇写郭璞以白牛冲撞病人，令其受惊吓而出汗，邪气驱除，病遂痊愈。这两个病例结果都被治愈，但很显然，两位方士所用的都不是医术，而是巫术。

即便如汉末名医华佗，其治病救人的方法和手段，也还带有巫术的成分。69 则《华佗》(一)：

> 琅邪刘勋为河内太守，有女年几二十，苦脚左膝里有疮，痒而不

痛。疮愈，数十日复发，如此七八年，迎佗使视。佗曰："是易治之。"当得稻糠黄色犬一头，好马二匹，以绳系犬颈，使走马牵犬，马极辄易。计马走三十余里，犬不能行，复令步人拖曳，计向五十里。乃以药饮女，女即安卧，不知人。因取大刀，断犬腹近后脚之前，以所断之处向疮口，令去二三寸停之。须臾，有若蛇者从疮中出，便以铁椎横贯蛇头。蛇在皮中动摇良久，须臾不动，乃牵出，长三尺许。纯是蛇，但有眼处，而无瞳子，又逆鳞耳。以膏散著疮中，七日愈。

本篇讲华佗为河内太守女儿治膝疮的故事。患者膝盖显然是因有寄生物而长疮，华佗施以外科手术，用狗血把寄生的蛇从疮里吸引出来，再用膏药敷疮口，患者七日而愈。将膝疮切开创口，引流脓血，根除病因（寄生物），敷以药散，这些无疑都是医学治疗的科学手段，即使在现代医术当中，也屡试不爽，但以狗血吸蛇之举，却是出于巫术。

狗血作为辟恶破妖的法宝，为民间方术中所常用。杀狗涂血于门户上，一直是民间辟除不祥或抵御邪恶的常见手法。俗信又以为狗血鸡头化解妖气最为简便、实用，特别是雄鸡头、黑狗血功效更著。民俗中鸡血与狗血共同使用以厌妖邪的现象也很常见。此篇以患者体内的寄生物为妖邪，这种意识还是很明显的，华佗以狗血对准疮口，蛇即从疮口爬出，便被认为是厌妖邪的巫术显灵、显效所致。至于先后让马、人拖狗走了五十里，使其精疲力竭走不动以后才杀之，其意图也只能以巫术的原理解释，并无医理方面的意义。

华佗的医术可以说是《搜神记》方术中最具科学精神、最有现实价值的部分。本篇叙述虽仍然是医术、巫术混杂，反映出医巫之间固有的密切关系，但显而易见，在治疗过程中，核心、主导的环节其实是开刀引流和敷贴膏散，也就是说，对于疮疾真正有疗效的是手术和药物而不是巫术。因此，本篇既使人看到巫、医的混杂，也可以看到医术与巫术分离，甚至取代巫术的一些迹象。这都表明人们思想意识和医药观念的变化和进步。

（二）法术

先秦法家的学说也称"法术"，这里的法术属方术的范畴，两者的内涵并不相同。法术其实就是进化了的巫术，它与此前讨论的预测术、医术等虽都属方（巫）术的种类，但与这两者有很大的不同：预测术主要是分析预兆，预先提示未来和吉凶，并不直接解决预兆所显示的问题，即时兑现预测的结果；医术虽然直接解决实际问题，但祛除病魔的真正有效手段是医药而非巫术。而法术直接干预自然、社会和个人生活，其所依赖的仍然是灵物和操作程式一类的原始巫术手段和方式。所以，这里的法术，是指方士们以特定的灵物、固定的程式起作用，干预实际生活、解决实际问题的方术种类。

法术的种类很多很杂，在民间求雨纳福、驱邪降魔、通鬼幻化等场合中，可见到五花八门的各式法术，《搜神记》也充斥着这方面的记载。

1. 祈雨术

水与人类的生活息息相关，尤其是农业、畜牧业兴起以后，雨水充足，风调雨顺，更是生活、生产必不可少的条件。因此，古代很早就有驱旱祈雨（又称求雨）、祈禳丰收的巫术性活动，祈雨术由是产生。

古人认为生云降雨都由天神所掌握，而天不下雨则是因为旱魃——造成旱灾的鬼怪作祟。因此，中国古代的祈雨术虽然门类众多，但最基本的是两大支系：一是求天、许神，即通过种种祭祀的仪式，向天、神许愿祈求；另一是驱杀旱魃。《山海经·大荒北经》载，黄帝大战蚩尤，蚩尤请来风伯雨师纵施疾风暴雨，黄帝发来天女“魃”止雨助战，才将蚩尤杀死。后来魃不能回到天上，所居之处常年无雨，是为旱神。之后，关于旱魃的传说很多、很杂，旱魃也就慢慢演变成了导致旱灾的鬼怪妖孽，驱杀旱魃也就成为古人主要的求雨巫术之一。

《搜神记》416 则《树神黄祖》反映的是求天、许神支系的祈雨术。树神也能“兴云雨”，久旱的乡民祭祀、祈求树神，迎来了一场久违的甘雨：

> 庐江龙舒县陆亭流水边有一大树，高数十丈，常有黄鸟数千枚巢其上。时久旱，长老共相谓曰：“彼树常有黄气，或有神灵，可以祈雨。”因以酒脯往。亭中有寡妇李宪者，夜起，室中忽见一妇人，著绣衣，自称曰：“我树神黄祖也，能兴云雨。以汝性洁，佐汝为生。

朝来父老皆欲雨，吾已求之于帝，明日日中大雨。”至期果雨。

但《搜神记》中驱杀旱魃祈雨的故事更多，22 则《于吉》、228 则《汤祈雨》、271 则《谅辅》等篇，反映的都属于这一支系的祈雨术。该祈雨术通过火刑和暴晒，来惩罚导致旱灾的罪人与妖孽，从而向上天谢罪，求降甘雨。其中大抵有四种形式：焚暴巫师；统治者自焚暴；焚烧山林；焚烧各种旱魃。

《搜神记》可见前两种，《于吉》篇反映了第一种：

孙策欲渡江袭许，与于吉俱行。时大旱，所在熇厉。策催诸将士，使速引船。

或身自早出督切，见将吏多在吉许。策因此激怒……令人缚置地上，暴之，使请雨。若能感天，日中雨者，当原赦；不尔，行诛。俄而云气上蒸，肤寸而合。比至日中，大雨总至，溪涧盈溢……

《汤祈雨》《谅辅》则属于第二种。这两篇故事都见于其他史典，前者分别载于《吕氏春秋》和《淮南子》，后者又见于《后汉书》，《搜神记》或与之互有采用。且看《汤祈雨》：

汤既克夏，大旱七年，洛川竭。汤乃以身祷于桑林，剪其爪发，自以为牺牲，祈福于上帝。于是大雨即至，洽于四海。

据载，汤在自焚仪式上还有一篇祷词，《论语·尧曰》记有这篇祷词的片段：“朕躬有罪，无以万方；万方有罪，罪在朕躬。”商族人确信，大旱与君主的某种罪过有关，因此，商汤自焚求雨，带有服罪自裁的性质，与焚暴巫师的饺法并无本质的区别，不同的只是前者主动，后者被动而已。

汤自焚请雨的举动为后世一些人所效仿，《谅辅》篇（271 则）所写东汉广汉郡属吏谅辅，“积薪柴，将自焚”，“出祷山川”，最终“雷雨大作，一郡沾润”，便是一例。

2. 厌胜

厌（yā）胜又称“压胜”（厌通“压”），是一种厌劾妖邪、驱禳灾殃之术。在古代文学作品中，相关的记载可谓屡见不鲜。庾信《哀江南赋》：“问诸淫昏之鬼，求诸厌劾之符”；杜甫《石犀行》：“自古虽有厌胜法，天生江水像东流”。厌胜术的形式有诅咒和使用辟邪物等。

以诅咒来厌劾妖邪，通常是使用符箓。符原是古代帝王用来发布命令、调兵遣将的凭证，上面刻有文字或图案，一分为二，合则为信。《说文解字》：“符，信也。汉制以竹，长六寸，分二相合。”符象征着帝王的威权，将军们凭此调兵遣将，方士将符的概念和形式运用到方术之中，形成了自己的神符，用来驱神役鬼；箓是记载天神的花名册，其上标明了神的职权与职能。符、箓配合在一起，才能发挥威力。道教产生后，符箓成为道士们的主要施术道具。

《淳于智》（一）写淳于智用朱笔画描“田”字符箓于刘柔手腕，“使夜露手以卧”，使用的就是符咒术。朱砂为红色，红色作为血液的象征，被古人认为具有强大的威力，所以红色崇拜也被广泛运用于民间巫术之中。如98则《赵公明参佐》篇，赵公元帅赠王祐十支赤笔，用以制服邪祟，避免灾祸：“为卿留赤笔十余支，在荐下，可与人，使簪之。出入辟恶灾，举事皆无恙。”又朱砂为红色属阳，而鼠怪属阴类，阳可以克阴。符箓所象征的神力威权，血色的震慑力，加上阳刚克阴柔的原理，再配以相应的咒语，在此强大的巫力之下，鼠怪妖邪必毙无疑。

68则《严卿》（见前述）中的方士严卿测算远行的魏序“必遭暴害”，便以公狗缚船头禳之，结果公狗途中狂吠，“吐黑血斗余”而死，魏序一家遂平安无恙。此处是使用辟邪物——狗血来施行厌胜之术，从而使事主化险为夷，转危为安。华佗为河内太守女儿治膝疮，以狗血对准疮口吸引无瞳倒鳞蛇而诛杀之，显然也是使用这种法术。

3. 幻术

幻术又称“幻化”，是巫师、方士用来眩惑人的法术。

对于幻术的记载，很早就有。《列子·周穆王》：“周穆王时，西极之国有化人来。入水火，贯金石，反山川，移城邑，乘虚不坠，触实不硋，千变万化，不可穷极。既已变形之物，又且易人之虑。穆王敬之若神，事之若君。推路寝以居之，引三牲以进之，选女乐以娱之。”这里的“化人”就是会幻术的人，其“入水火，贯金石，反山川，移城邑，乘虚不坠，触实不硋”等本领，即是幻术。

《水浒全传》第九十四回：“偶游崆峒山，遇异人传授幻术，能呼风唤雨，驾雾腾云。”崆峒山为道教名山，相传广成子（传说中的神仙，传为黄帝时人，其传说首见于《庄子·在宥》）居此山的石室修道，年一千二百岁而未衰老。此处“能呼风唤雨，驾雾腾云”幻术的“异人”，显然也是列子所称的“化人”。由此也可知，幻术与神仙、道教之说关系密切。

幻术的种类很多，常见的有飞行术、变化术、隐身术、还魂返形术、金刚术（刀枪不入、水火不伤）等。幻术发轫于古人超越现实、超越自我的幻想：腾云驾雾，御风而行，是对徒步的超越；变化、驱遣百物，是对固有事物状态、秩序的超越；隐形遁身，是对自身形体的超越；还魂返形和通鬼，是对肉体的超越；刀枪不入，水火不伤，是对身体机能的超越……古人的这些超越性幻想，随着人类文明程度的提高，科技的昌明，有些已被认识为虚妄荒谬而渐遭唾弃（如招魂、通鬼之类），仅仅成为文学作品中的素材，有些则或全部或部分变成了现实。无论如何，都反映了古人的思想意识和心理渴求，而这种思想意识和心理渴求，正是人类探索自然、超越现实的内在动力。

幻术故事在《搜神记》中也有许多记载，下面介绍几种。

飞行术。飞行术是腾云驾雾、御风而行的法术。《庄子·逍遥游》称“列子御风而行”、姑射山神人“乘云气，御飞龙，而游乎四海之外”，讲的都是这种法术。《搜神记》17则《汉王乔》（见前文），把这种法术描述得更加具体、生动：仙道化的方士王乔，无须假助于车马，而是将明帝所赠的鞋变成一对野鸟，驾之在空中飞行，来往于鄴县和尚书台两地之间。

35则《赵昞》也有赵昞御风飞行，横跨水流的记载：

赵昞尝临水求渡，船人不许。昞乃张帷盖，坐其中，长啸呼风，乱流而济。

于是百姓敬服，从者如归。章安令恶其惑众，收杀之。民为立祠于永康，至今蚊蚋不能入。

由此可见，赵昞不仅会飞行术，还有呼风术。34 则《徐登》还称其能让杨柳枯死之后再发出嫩芽，在草屋顶上生火煮饭而不烧着草房；36 则《徐赵清俭》说他能把桑树皮削下来变成干肉，所以在民间，他已是一个被神化的、无所不能的人物，将之奉为神祇就不足为怪了。

变化术。变化术是方士随心所欲、为所欲为，令事物的有无、行为、形状随意变化。《搜神记》中会这种法术的方士很多，左慈（21 则）、徐光（24 则）、葛玄（25 则）、郭璞（61 则）、徐登和赵昞（34、36 则）、谢糺（40 则）等人，都是擅长变化术的高手。

25 则《葛玄》：

> 葛玄，字孝先，从左元放受《九丹金液仙经》。与客对食，言及变化之事，客曰："事毕，先生作一事特戏者。"玄曰："君得无即欲有所见乎？"乃嗽口中饭，尽变大蜂数百，皆集客身，亦不螫人。久之，玄乃张口，蜂皆飞入。玄嚼食之，是故饭也。又指虾蟆及诸行虫燕雀之属使舞，应节如人。冬为客设生瓜枣，夏致冰雪。又以数十钱，使人散投井中，玄以一器于井上呼之，钱一一飞从井出。为客设酒，无人传杯，杯自至前。或如不尽，杯不去也。尝与吴主坐楼上，见作请雨土人。帝曰："百姓思雨，宁可得乎？"玄曰："雨易得耳。"乃书符著社中，顷刻间，天地晦冥，大雨流淹。帝曰："水中有鱼乎？"玄复书符掷水中，须臾，有大鱼数百头，使人治之。

此篇所载，都是葛玄的"变化之事"：冬天为客人变出新鲜的瓜枣，夏日献上冰雪，久旱招来甘雨，水中变出大鱼，这是物种从无到有；虾蟆及各种爬虫燕雀随着节拍跳舞，钱币自动从井中飞出，酒杯不需人接送自动来到客人面前，或有生命或无生命的物体，其行为都被随意操纵；米饭变成大蜂、之后又变回米饭，物体的形状也可以变动。一篇记载就包含了那么多的变化术，简直令人眼花缭乱，叹为观止！所以葛玄也是一个近乎神仙的人物。

隐身术。隐身术包括“坐而立亡”和“移形易貌”两种形式，前者是施术者使自己的形体突然在众人面前消失，后者是施术者突然改变容貌、形象，以异形、异物示人。隐身术的目的在于隐藏自己的真实形象，使别人无从识别，在危难时刻赖以自保。

《搜神记》中的左慈（21 则）、于吉（22 则）、介琰（23 则），都是掌握这种法术的方士，其中尤以左慈的道行高超、卓著。《左慈》篇先是写左慈无所不能的变化术：足不出户，可在宴席上的铜盘中钓来松江鱼；弄来千里之外西蜀的生姜和锦缎；变出吃喝不完的酒肉。但此举招致曹操的忌妒和恼怒，欲杀之而后快，之后便又表现了左慈的隐身术：

> 公怒，阴欲杀放（左慈字元放）。放在公座，将收之，却入壁中，霍然不见。
>
> 乃募取之。或见于市，欲捕之，而市人皆放同形，莫知谁是。后人遇放于阳城山头，因复逐之，遂走入羊群。公知不可得，乃令就羊中告之曰：“曹公不复相杀，本试君耳。今既验，但欲与相见。”忽有一老羝，屈前两膝，人立而言曰：“遽如许！”人即云：“此羊是。”竟往赴之，而群羊数百，皆变为羝，并屈前膝，人立云：“遽如许！”于是遂莫知所取焉。

此故事《后汉书·方术列传》第七十二（下）有载，文字与此大同小异，可知范晔采用了小说的材料。曹操欲杀左慈，慈隐身入墙、形同市人、化身为羊，多次化险为夷，逃过了曹操的暗算。“放在公座，将收之，却入壁中，霍然不见”，显然是“坐而立亡”式的隐身；“市人皆放同形，莫知谁是”“群羊数百，皆变为羝，并屈前膝，人立云：‘遽如许！’于是遂莫知所取焉”，则是“移形易貌”式的隐身。故事不仅渲染了方士的神奇法术，还嘲弄了心胸狭隘、生性妒忌的曹操。

还魂返形术。还魂返形是让死去的人魂魄显形，让活人见到死者的形象。这种法术的理论依据是古人的灵魂观念。

早在先秦时期，就有巫师宣称具备了招返亡灵的本领，史书也有相关的记述。如《左传·僖公十年》载，晋惠公元年（前 650 年）秋天，晋大臣狐突在曲沃遇见死去五年的申生（晋太子，惠公同父异母兄）。申生对不守礼制的惠公甚为不满，欲假上帝之手予以惩罚，经狐突劝解才作罢。申生又嘱狐突七日之后再去新城西侧会面，狐突如约前往，果然在巫师的帮助下，又见到了申生并得到了上帝的启示。

汉代有许多擅长返形术的方士，如为汉武帝王夫人（或作李夫人）还魂返形的李少翁、西汉成帝时能召鬼现形的刘根、东汉章帝时能令鬼魅自缚现形的寿光侯等，在史书或民间传说中都有许多他们的事迹。《搜神记》对此三人的事迹都有记载，李少翁和刘根令鬼魂现形的故事前面已述，32则《寿光侯》也称寿光侯“能劾百鬼众魅，令自缚见形”，但只述他多次弹劾鬼怪、汉章帝用真人试其法术，未见其返形术的具体描述。45则《营陵道人》写道士使死妇人返形与生人丈夫相会，故事与汉武帝见王夫人亡魂相似，但更加逼真、缠绵，道士的法术、道行似乎更加高深：

> 汉北海营陵有道人，能令人与已死人相见。其同郡人，妇死已数年，闻而往视之，曰：“愿令我一见亡妇，死不恨矣。”道人曰：“卿可往视之。若闻鼓声，即出勿留。”乃语其相见之术。俄而得见之。于是与妇言语，悲喜恩情如生。良久，闻鼓声恨恨，不能得住。当出户时，忽掩其衣裾户间，掣绝而去。至后岁余，此人身亡。家葬之，开冢，见妇棺盖下有衣裾。

李少翁只能让汉武帝与返形的王夫人隔着帷帐远远相见，在若隐若现中，汉武帝也是将信将疑，发出“是耶？非耶？”的疑惑，营陵道人却能使男子与亡妻长时间诉说衷肠，悲喜恩情一如生前。更离奇的是，男子离去时被门夹扯断的衣襟，后来竟发现压在妻子的棺材盖下。如此看来，营陵道士就不仅仅是掌握返形术了。

魔术。魔术是原始人幻想依靠神秘的魔力以促成事物变化的法术。西方有学者认为，原始魔术是原始宗教的前身，或处于萌芽状态的原始宗教。巫师、方士们通过身体语言（手势、舞姿等）促使事物迅速增减隐现变化，其实很大程度上是借助物理、化学原理和其他一些特殊道具，或者是利用观众的错觉来实现，但古人将此理解为某种神奇魔力的效能和作用。早期的魔术是一种“驱邪遣物”的巫术，后来逐渐脱离了“实用”的范畴，演变成为一种技艺，主要用来表演，供人娱乐消遣，故民间也称为“变戏法”。一个“戏”字，道尽其本质和奥妙。

《搜神记》也有这类的记载，如41则《天竺胡人》：

> 晋永嘉中，有天竺胡人来渡江南。其人有数术，能断舌复续、吐火，所在人士聚观。将断时，先以舌吐示宾客。然后刀截，血流覆地。乃取置器中，传以示人。视之舌头，半舌犹在。既而还，取含续之，坐有顷，坐人见舌则如故，不知其实断否。其续断：取绢布，与人各执一头，对剪，中断之。已而取两断合视，绢布还连续，无异故体。时人多疑以为幻，阴乃试之，真断绢也。其吐火，先有药在器中，取火一片，与黍糖合之，再三吹呼，已而张口，火满口中，因就爇取以炊，则火也。又取书纸及绳缕之属投火中，见其烧爇了尽。乃拨灰中，举而出之，故向物也。

印度古称天竺。这个天竺来的法师，当众表演的断舌复续、剪绢复连、吐火燃物、爇尽复物等节目，显然是“戏法”而不是什么法术。时人对这些表演的真实性虽也有所怀疑，但无法理解其奥妙，洞悉其真相，只能认为是法师借助神力、魔力所致，因而惊叹不已。从中可以看出，这些表演纯粹是观赏性的，并不具实用的功能。这些表演不是法师的真正目的，其真正的目的无非是通过这些表演，让人们信服他驱邪祛病、玩弄百物于股掌之中的神异功力，为兜售他的法术、获取世俗的利益做宣传和铺垫。

第四节 《搜神记》方术的意义

《搜神记》是巫、方文化的集中反映，干宝用纪实的手法，记录了大量具体形象的方术故事，将汉晋以前人们的各种方术活动展现给读者，无论从文学，还是历史、文化的角度来看，都具有重要的意义。

一 文学意义

文学史上，表现方术内容最多、方术影响最大的无疑是小说的创作。因此，对于《搜神记》方术的文学意义，就主要着眼于小说。

首先，方术与神怪共同构成了《搜神记》的主体内容。

《搜神记》中除了神怪故事，最多的就是方术故事；小说叙述、刻画的形象也是除神怪之外，以巫方之士为最多。

人类文明进程中最基本的两项活动：一是打造精神家园，让思想、灵魂有安居之所；二是努力争取更多的生活、生产资料，抵御外来的迫害和灾难，从而不断地改善自己的生存环境。《搜神记》对于神怪故事和方术故事的叙述，其实就是古人这两项基本活动的多方面的再现。方术和神怪，构成了《搜神记》的两大主体内容，是作品庞大艺术建构的两大支柱。要是只有神怪而没有方术，《搜神记》的内涵一定会显得异常单调、单薄，作品呈现的艺术世界也不会那么丰富多彩，现实意义和价值也必将大打折扣。鉴于此，方术对于《搜神记》有多么重要，是不言而喻的。但以往对《搜神记》的研究，几乎都是着眼于神怪的部分内容，对于其中的方术部分则鲜有涉及。不考察其中的方术，对《搜神记》的研究就必定存在盲点，对作品描述的博大、玄远、神奇的世界，也就无法尽窥其全貌，这样对作品的认知和评价，显然无法做到全面、客观和准确。

神怪故事重在反映古人内在的思想意识，方术故事则重在反映古人与外部客观世界的关系。如果说，神怪是“虚”的，那么方术则是“实”的。正如前面所述，《搜神记》中方术活动的参与者，几乎都是历史上的真有其人者，如先秦的成汤、周文王、姜尚、孔子等，汉魏晋的华佗、管辂、淳于智、郭璞等，都是历史上声名显赫的真实人物。这些人要么是名副其实的方士，要么是具有巫师、方士品格的历史人物，其人其事虽然多有虚构、附会和讹传的成分，但基于特定的历史、文化背景和本人的身份、取向，可以判断他们参与方术活动是真实可信的，当然，具体的活动过程、结果或实效就未必尽然。再就是古代的方术几乎渗透到了人们日常生活的各个方面，生老病死、驱邪禳灾、趋吉避凶、冀运祈福，等等，都会求助于方术，方术的种类繁杂，派系纷纭，就是这种现象的反映。《搜神记》一书，几乎涉及了方术的所有种类，相当全面、广泛地反映了古代人们的方术活动。它所叙述的每一个方术故事，人们的每一个方术行为，虽然未必都实实在在地发生过，但显然都有现实的依据和基础。方士形象的真实性和方术活动的现实性，使《搜神记》对于方术的叙述，颇有现实意味。方术和神怪共铸一炉，将荒诞与真实、幻想与现实、异域与人间、神鬼与凡人交织在一起，展示了一个虚实浑融、真幻交织、人神间杂的神奇世界，构建了一个色彩斑斓、趣味盎然的艺术空间，让人充满遐想。

《搜神记》大量的方术叙述，对后代小说的创作也产生深刻影响。这可以从两方面来加以讨论。

一方面是小说中大量掺杂方术内容，使用方术题材。这种现象固然与方术风行、巫方思想浸润的文化传统有关，但与《搜神记》的影响亦不无关系。作为魏晋志怪小说的代表作，《搜神记》对后世志怪小说观念的形成和创作都有重大影响，形成了志怪小说中的“搜神体”，许多小说家都学习和效仿它的创作。如《神仙传》《拾遗记》《搜神后记》《幽明录》《异苑》《述异记》《齐谐记》等，都在创作中加入大量的方术内容。从六朝的志怪到唐宋传奇、宋元话本，再到明清小说，都有这种现象。

与此同时，它的许多方术内容也不断为后世的小说所采用。历代小说中，取材于《搜神记》的方术题材比比皆是。这种现象又以《三国演义》《聊斋志异》的表现最为突出。

《三国演义》中的方术内容可谓处处可见，其中直接取材于《搜神记》的方术情节也不少。如卷之六“孙策怒斩于神仙”、卷之十四“魏王宫左慈掷杯”及“曹操试神卜管辂”、卷之二十二“孙峻谋杀诸葛恪”等情节，就分别直接取材于《搜神记》的22则《于吉》、21则《左慈》、53—56则《管辂》（一至四）和246则《诸葛恪》等篇目中的方术故事。特别是卷十四管辂易卜的几个情节，不仅是内容，甚至连文字几乎都是照搬《搜神记》。

蒲松龄自称“才非干宝，雅爱搜神”（《聊斋志异·自序》），所以《聊斋志异》受《搜神记》的影响也很明显、深刻。如卷一《种梨》取材于《搜神记》之24《徐光》；卷一《宅妖》和卷四《小猎犬》都化用了446则《鼠妇》的题材；卷六《蕙芳》套用了31则《弦超》（附智琼）的内容及构思，等等。

蒲松龄酷爱《搜神记》的故事，当然也包括方术。《种梨》写道士向卖梨者乞梨吃，对方不与，便巧施幻术，将对方的梨变成自己所有，分光与众人。该故事的前身其实是《搜神记》之《徐光》：

> 吴时有徐光者，尝行术于市里。从人乞瓜，其主勿与。便从索瓜，杖地种之。俄而瓜生蔓延，生花成实，乃取食之，因赐观者。鬻者反视所出卖，皆亡耗矣……

两篇作品都是表现以法术嘲讽、惩罚吝啬鬼的主题，只不过是《聊斋》把种瓜改成了种梨，当然情节也丰富、具体了许多。同时还增加了卖梨者对道士的辱骂，使道士滥施法术对之进行惩罚似乎有了一些“正当”的理由：“有乡人货梨于市，颇甘芳，价腾贵。有道士破巾絮衣，丐于车前。乡人咄之，亦不去；乡人怒，加以叱骂……”你可以蔑视对方的吝啬小气，但无权侵犯别人的财物，侵犯他人的财物比吝啬要恶劣得多。无论是徐光还是种梨道士，都有一些市井无赖的做派，法术在他们手里成了耍赖作恶的工具。方术的退化，方术士的市井化、恶俗化亦由此可见一斑。

《搜神记》的方术叙述对于后代小说的另一影响，是在艺术构思和艺术表现方面。虽然《搜神记》乃早期的小说，故事简略，情节单一，在艺术上还比较粗糙，但与同时期的其他小说作品相比，还是高出一筹，有其作为榜样的成就和影响力。因此，后世小说以方术的套路来进行构思和表现的例子非常多，小说家在艺术构思、表现方面，都从它那里获得许多营养和启示。

《搜神记》65则《费孝先》中的商人王旻在占士费孝先处求得一卦：“教住莫住，教洗莫洗。一石谷捣得三斗米。遇明即活，遇暗即死。”这则谶语式的卦辞，帮助王旻屡屡逃过劫难：“教住莫住”——旅途中恰逢大雨天，不住人满为患的客栈，躲过了房屋崩塌的灾祸，独自一人幸免于难；“教洗莫洗”——回到家中，移情别恋、居心不良的妻子让他洗澡，他拒不听从，令奸夫错杀了淫妇，又幸运地逃过一劫；“一石谷捣得三斗米（即有七斗糠）”——圣明的太守审案，从此隐语中悟出凶手即奸夫“康七”，从而为他洗去了杀妻的不白之冤，免于伏法偿命，且应验了“遇明即活，遇暗即死”的谶言。小说以方术的思维来进行构思和演绎，卦辞是情节推进的内在动力和路径。在故事的层面，是卦辞帮助王旻一次次地化险为夷，而在艺术表现的层面，卦辞却是叙述的框架、纲目，事态完全按照卦辞规定的方向、步骤发展。每一句卦辞都是一个悬念，使作品矛盾迭出，险象环生，引人入胜。

《三国演义》也有许多类似构思的故事。如卷之十三写庞统遇难于落凤坡前，即有东南童谣云：“一凤并一龙，相将到蜀中。才到半里路，凤死落坡东。风送雨，雨随风，隆汉兴时蜀道通，蜀道通时只有龙。”这是一首谶谣。在古代，谶谣被认为是天意的传达，而儿童和道士、巫师往往是天意神旨的代言人。作者使用这首谶谣，将诸葛亮和庞统，即“卧龙”与“凤雏”共事刘备的相关叙述，都纳入了方术思维的架构，甚至连庞统的归天之处——落凤坡——也都成了谶。在这里，谶言成了“卧龙”“凤雏”故事发展的一条暗线。这个构思与上述《费孝先》相类，都是以一段谶语规定了事态的走向甚至结局，叙述围绕着谶语来展开。不同的是，王旻对卦辞笃信慎行，总能逢凶化吉；而庞统则对谶谣或不曾相闻，或不予理会，甚至对诸葛亮的好意提醒也误解为生怕他取了西川，夺了头功，最终导致了可悲的结局。

卷之十一写刘备过江东娶孙夫人，行前诸葛亮给赵云三个锦囊，并交代：“袋内有三条妙计，依次而行。”之后赵云凭此锦囊妙计，化解种种困难和危局，渡过难关，确保刘备抱得美人归。三条锦囊妙计的具体内容，叙述者虽然秘而不宣，而是通过具体的情节来交代，但整个叙述套路与《费孝先》如出一辙：预知共有三次风险；交代三条锦囊妙计；整个过程有惊无险，最终全身（功）而还。诸葛亮本来就是一个具有方士品格的军师，他明知东吴招婿是别有用心，图谋不轨，此行充满凶险，但只给赵云不多不少三个锦囊，便放心让他陪同刘备前行，这表明一切尽在他的掌握之中。无怪乎在接到刘备与孙夫人时，“孔明笑指岸上人而言曰：‘吾已算定多时矣'"。由于事态完全遵循他所“算定”的路径、步骤发展，诸葛亮的锦囊，与费孝先的卦辞，无论是在故事的生成、发展方面，还是在叙事的架构方面，都可谓异曲同工。

再如《水浒传》甫开篇，其楔子便写洪太尉奉旨去龙虎山，请张天师来朝祈禳瘟疫。恰逢张天师不在，洪太尉执意要看镇魔王之殿，众道士迫于权势，不得已打开大锁，只见黑洞洞中一块石碑，凿着“遇洪而开”四字。洪太尉道：“你等阻当我，却怎的数百年前已注定我名字在此?”“‘遇洪而开’分明是教我开看，却何妨?”即命人掘开，但见一声巨响，一道黑气冲天而起，被镇住的一百零八个魔君由是出笼，进而扰乱天下。小说把梁山好汉的造反故事纳入方术的框套之中，将天罡地煞的横空出世，说成是天数命定，且数百年前就有图谶为证。《水浒传》楔子的这一构思，与《搜神记》179 则《石开文字》甚为相似。《石开文字》称魏晋易代，三百年前就有人预言，且裂石面上还有“系五马”“大讨曹”的图谶、语谶与之互证。小说也将晋取代魏说成是一种天数，且早有征兆。

又《水浒传》七十一回写梁山好汉排座次前，宋江设坛祭神，只见石碣一块自天门坠下，钻入泥土中。挖来观之，上面刻有天书文字，竟是众英雄的座次排位：“前面有天书三十六行，皆是天罡星；背后也有天书七十二行，皆是地煞星，下面注着众义士的姓名。”中国人历来重视尊卑名位，排位不当，轻则互不服气，闹不团结，重则造成队伍的内讧，给起义事业带来毁灭性的打击。一块石碣，两面天书，轻而易举地摆平了各方面的复杂关系。既然是“上苍分定位数”，“天地之意，物理数定，谁敢违拗?”从前面的讨论可知，以石碣、天书、星象等元素来设计情节，这种手法在《搜神记》的《孔子梦》《赤虹化玉》《石开文字》一类作品中早就有迹可循，此处不过是效仿而已。这些都可见《水浒传》的构思与《搜神记》的某些联系。

方术思维影响艺术构思和表现，与小说插入方术内容、使用方术题材，有直接的因果关系。既然后世小说效仿《搜神记》大量引入方术题材，有些甚至还直接移植《搜神记》的方术故事，在小说的艺术构思和表现方面受到影响，也就是自然而然的事。由于这种影响，后代小说家不断吸收、消化方术文化中的审美成分，在创作中实现方术思维到艺术思维的转变和升华，才成为可能。

大体而言，方术内容与小说形式的关系，在魏晋小说中基本上是一种简单实录，唐宋小说逐渐有了简单的互动，明清小说则体现出方术观念对小说思想、艺术的全面渗透。如在《搜神记》中，作者借助方术来解释一些事物的发展变化，或一些人、事的因果关系，虽然也自觉或不自觉地力图把故事叙述得离奇有趣，引人入胜，反映出故事构思和材料组织上的一些努力及技巧，但方术起的作用主要是在结构功能方面，即由它来引出一个粗略故事，或支撑起一个故事的基本框架。而在后世小说中，方术的作用就不再局限于此，如《三国演义》卷十三关于庞统的宿命悲剧叙述，显然是借助方术思维所构思，但故事的演绎就不仅仅是对于方术的记录了。比如说诸葛亮、庞统都算太乙岁、观天象、占吉凶，却表现出两种截然不同的观点和态度。诸葛亮称“太白临于雒城之分，主于将帅身上多凶少吉。宜谨慎之。”而庞统则云：“太白临于雒城，斩蜀将泠苞以应凶兆矣。主公不可疑心，可急进兵。”二人的分歧，不仅形成了故事冲突，生出波澜，更具悬念，同时，对于诸葛亮和庞统两个人物的性格、识见、胸襟和命运，也是很好的对比与诠释。在这里，方术已融入了小说的艺术构思和表现，小说家的叙述已经超越了方术思维。这既反映了以《搜神记》为代表的魏晋小说的影响，也反映了在处理方术内容和小说形式关系上的超越和进步。

二　历史文化意义

巫术乃至方术都是远古先民的文化，它陪伴我们的祖先走过了相当漫长的历史，见证了华夏民族文明与科学发展的艰难、曲折进程，承载了这个民族的许多心理、民俗、思维方式、价值观念、宗教信仰等方面的元素和特质，是民族传统文化的重要组成部分。作为一种古老、神秘的文化，其复杂性、多面性是无可避免的。

首先，方术是一种原始、低级的科学文化。它对自然和社会各种现象的认识多是幼稚、感性的，对客观事物的普遍联系的理解往往是比附式的，应对具体问题的方式、手段以象征性、意念性的仪式或程序为主。也就是说，对于外部客观世界的认知和化解来自外部世界的灾异，方术的手段都具有太多非理性、非科学的成分。它反映了特定的历史时期内，人们的认知水平和科技水平，其愚昧、迷信、怪诞、虚妄的一面是毋庸讳言的。随着巫方队伍的分化，在部分心术不正的人手里，方术也成了干禄聚财的工具，具有很大的欺骗性。这些我们都要有充分的、清醒的认识。

但这并非方术的全部，除此之外，方术也有许多积极的内容，有许多值得珍视的地方。事实上，方术是古人探索未知世界，以图控制自然和超自然力的实践活动的初步成果。在长期无数次的方术实践活动中，人们或多或少会发现客观事物的某些真相，一些手段随之加入某些科学成分，这就踏进了科学的门槛，使方术具有了科学的意义和价值。

比如预测术中的易占，它是借助数学模式来进行占卜的，其中的八卦、重卦、三百六十四爻的排列组合方法，奇数为阳、偶数为阴的概念，以及阳爻、阴爻的组合变化，等等，都含有深奥的数学原理，不乏科学性的成分。占星术根据星体的运行规律来解释天人关系、社会和事物的变迁，它的解释虽然都甚为牵强，不足为信，但星占家们在长期观察天象的过程中，所积累的大量天文学的资料和知识，也为后世天文学、气象学的研究提供许多珍贵的材料和启示。

又比如巫师或方士给人治病时，用刀刺病灶放出瘀血、用吸吮法吸出脓血；用石针、骨针、骨锥、树刺、竹针等刺激痛处，以消肿止痛，等等，这些治疗方法虽然建立在方术思维的基础上，认为借此可以驱赶进入人体、致人患病的鬼邪，具体的施治方式也和巫术形式联系在一起，但其中包含着科学的内容，颇有现代医学的外科手术色彩。至于长生术中养生、健身、长寿的思想和方法，剔除其中虚妄、迷信的糟粕，其精华部分也为现代人所津津乐道，奉为至宝，其科学性不容抹杀……

毫无疑问，方术发展的历史，反映了古代科技文化发展的一个侧面，是古代科技发展史的一个组成部分。既然如此，记载方术的相关资料和史实，自有其不容忽视的意义和贡献。《搜神记》前后不远的《春秋》《左传》《国语》《史记》《汉书》《三国志》《后汉书》《晋书》等典籍，都以数量不等的篇幅，或零散或系统地收录巫术、方术的相关史实或材料。方术在这些正统的史书中占有一席之地，表明它在民族文明、科技的发展进程中的地位。其他如《诗经》《楚辞》及诸子百家的经典著作中，也有大量的巫术或方术的内容，这也反映出方术对古人思想、意识的渗透，及其对古人文化生活和社会行为的影响。

《搜神记》收录方术故事，在旨趣、作用上与上述著作没有二致。它一方面保存了许多方术的珍贵资料，和古人方术活动的史实，与此同时，方术观念和信息又通过它得到了更加广泛、直接的传播。作为“野史”，《搜神记》的非官方、非正统身份，比史典著作更加通俗活泼、平易亲近，让普通受众喜闻乐道；比起《诗经》《楚辞》，其纯叙述、纯故事的表现形式，又更加形象生动、整体直观，让人便于接受。从这个意义上来说，对于方术文化的传播，《搜神记》作出了相当大的贡献，而且比起上述文史典籍，也有其独特的优势和品味。

早期的小说家都以史学家自许，在小说的撰述中标榜写实。具有历史学家和小说家双重身份的干宝，其《搜神记》的方术故事，确实保存有许多片段式的真实内容，从中可以窥见古人社会活动的一些踪迹，再现历史的影子。

《搜神记》方术故事的叙述空间，横跨神农时代和东晋，这些方术故事中，有不少神农时代至东晋的历史碎片，为我们展示出这段历史的某些轨迹。比如神农尝百草教人治病，始创医药；教人稼穑，以五谷养育民人，肇始农业；周文王占卜，渭水边知遇吕望（姜子牙），明君贤臣的组合，为兴周大业奠定了基石；“五星入井，从岁星”等异常天象，以及一系列谶纬的流传，预示着秦亡汉兴的历史大势；而夏商周秦汉晋历朝将衰，天道不常，怪象频现，谣谶四起，民不聊生……这些历史变迁中的一些节点，某些史实的真相，都在《搜神记》的这些方术故事中隐约可见。神农氏、虞舜、成汤、周文王、周武王、吕望、孔子、汉高祖、汉武帝、曹操、孙坚、孙权、张华、郭璞等一大批历史名人，也因方术活动，显示了他们日常生活的点点滴滴，使后人认识到他们的另一面，对之有更全面、深刻的了解。

《搜神记》中计有百多篇与方术相关的故事，数量相当可观，涉及方术的种类也相当齐全。与其他史书相比较，《搜神记》中方术涉及的社会生活更加广泛，叙述也更为具体、细致。史书对于方术的记载，比较侧重于政治事件和政治制度，方术活动和方士事迹大多与政治有关；而《搜神记》所载，除了历史变故中的军国大事之外，还有许多普通大众生老病死、祸福灾殃等方面的际遇，更贴近社会日常生活。由于着眼点侧重于政治，史书对于方术的操作、手法通常都很少叙述；而《搜神记》的叙述虽然简略，但一些方术活动过程及手法却比史书具体，细节比较清晰。如69则《华佗》（一）讲华佗为河内太守女儿施术治膝疮，先后写如何让马、人拖狗，待其筋疲力尽之后断腿取血；让病人喝麻醉药，开刀切开创面；以狗血对准疮口吸出血蛇；用膏药敷疮口等细节，一环扣一环，颇为详细。41则《天竺胡人》中印度法师断舌复续、吐火、断绢复续，爇尽复物的法术表演，更是叙述得饶有趣味，令读者犹如亲历其境。叙述广泛、细节具体的方术故事，对先秦到魏晋间的文化、习俗、思想、观念及其日常生活状况，都有相当真实的反映，这对于考察这个时期的政治、经济、文化和宗教信仰，都弥足珍贵，具有史书不一样的作用和价值。

方术的“奇迹”多是虚假的，但“奇迹”的创造者、传播者和信仰者的心态却是真实的，他们对方术大多抱有虔诚、崇信的态度。《搜神记》叙述方术故事，展示的就是干宝这类“奇迹”的传播者、信仰者的真实心态。作为一位封建的史学家和小说家，干宝对于方术的认知和态度，显然都存在着误区和局限，不足为法，但这百多篇方术故事，确实为后人保留了相当多珍贵的史影片段，真实反映了古人普遍的生存焦虑、求知欲望和探索科技文明的艰难、曲折历程，理应受到我们的珍视，并以客观、科学、辩证的眼光和态度来加以审视。

第四章

《搜神记》中的侠客

《搜神记》在志怪的同时，也在记侠，塑造了一批正气凛然，与恶鬼邪怪作不懈斗争的侠客形象。可以说，侠客是《搜神记》中最有特色、最具光彩的人群，这为满纸荒唐神怪故事、充满阴森诡异气息的小说，增添了许多“人”气，使之更具现实气息和意义。作为早期小说的杰出代表，《搜神记》对于后代小说起着不同寻常的先导和示范作用，唐宋以后蔚为大观、被人们津津乐道的侠义小说，与它有非常密切的关系，许多作品中的侠客形象、侠客的行侠主题及其行为模式，都可以在《搜神记》里找到雏形。因此，《搜神记》中的侠客形象，应该引起我们的足够重视，对之进行深入、全面的考察，对于研究我国独特的侠义文化，研究六朝志怪和后代的侠义小说，都将具有重要的意义。

第一节 《搜神记》侠客的由来

一 《搜神记》侠客的认定

“侠”是中国文化的独特部分，侠文学也是中国文学史上一个独特的文学现象。最早提到“侠”这一概念的，是战国末年韩非子的《五蠹》：“儒以文乱法，侠以武犯禁，而人主兼礼之，此所以乱也。夫离法者罪，而诸先生以文学取；犯禁者诛，而群侠以私剑养。”文中“侠”与“儒”对举，被指为五种扰乱法治之人中的头两种。而侠又以“武”“剑”为主要特征，与“聚徒属，立节操以显其名，而犯五官之禁”的“带剑者”

为同一概念。后世关于侠客的相关观念和表述，基本上都以此为起点。

最早提出“侠”概念的韩非子，对“侠”的身份、构成、社会属性、活动的方式和范围等，都没有说清楚，更没有具体的凡例，所以对于后人清晰、准确地定义“侠”，并没有太多的帮助。由于诸如此类的原因，后人对“侠”的认识和定义可谓众说纷纭，莫衷一是，史家、小说家、学者甚至读者，都分别从不同的角度作出各自的表述。的确，“侠”是一种很复杂的文化现象，要给“侠”下一个确切的定义是很困难的。

陈平原先生认为：“武侠小说中的‘侠’观念，不是一个历史上客观存在的、可用三言两语描述的实体，而是一种历史与文学想象的融合、社会规定与心理需求的融合，以及当代视界与文类特征的融合。关键在于考察这种‘融合’的趋势及过程，而不在于给出一个确凿的‘定义’。”① 所言甚是。事实上，不仅小说家的“侠”观念表现出这么多方面的融合，在史学家和文化学者那里，亦同样如此。因此，在我国古代侠文化的洪流里，史家之侠、学者之侠和小说家之侠虽然是各自表述，却又是互相交融、互相依存的，任何一家的侠客，都无法独自承载“侠”的全部性质和内涵，且被他家所认可。所以，对于侠的认识和表述，既要尊重历史，又不能完全拘泥于历史；既要参照各家的观点，又不能局限于某一家的观点；既要考虑到表述的文本和视角，又要正视具体对象所活动的现实环境。总而言之，我们必须认识到，“侠”是一个动态、开放的概念，其内涵是在不断地变化和丰富的，在不同的时空环境里，在不同的语境下，侠形象会各具风采，特征不尽相同，也不必强求相同。这才是客观、科学的态度。

司马迁最早为侠客树碑立传。在《史记》中，司马迁辟《游侠列传》专述朱家、田仲、剧孟、郭解等侠客的事迹，在其他篇目中也不时穿插一些历史人物的侠义行为或特质，如称张良“居下邳，为任侠”；季布“为气任侠，有名于楚”。司马迁对侠客可谓崇赞有加，他把侠客的基本特征概括为：“其行虽不轨于正义，然其言必信，其行必果，已诺必诚，不爱

① 陈平原：《千古文人侠客梦——武侠小说类型研究》，载《陈平原小说史论集》（中），河北人民出版社 1991 年版，第 934 页。

其躯，赴士之厄困。既已存亡死生矣，而不矜其能，羞伐其德，盖亦有足多者焉”[①]；“救人于厄，振人不赡，仁者有采；不既信，不倍言，义者有取焉”[②]。

司马迁对侠客特征的概括，用今天的语言可以简单表述为：(1) 不受社会秩序的约束，是社会秩序的离轨者。这里表明侠客情感和行为准则的非主流性，也就是说，他奉行的是江湖规则，而非主流社会的法律、伦理规范。(2) 守信践诺，始终如一。(3) 见义勇为，舍身助人。(4) 低调内敛，不事张扬。后世无论是史家、小说家还是文化学者，对“侠”的表述尽管各执一词，但都以太史公此说为主要的立论基础。也就是说，后世各家表述的侠客，其内涵、特征都与司马迁所勾勒的侠客形象有这样、那样的关联。此处所讨论的《搜神记》中的侠客，即是指作品中具有上述相关特征，又符合广大群众约定俗成的心理需求、欣赏习惯的奇行异能者。

对《搜神记》侠客的认定，以太史公所表述的侠为主要参照系，是出于以下几方面的考虑：一是《搜神记》成书的东晋初年与《史记》产生的西汉，年代相隔还不太遥远，汉晋之间，虽然侠的社会地位以及世人对于侠的态度有了变化，但人们的侠观念仍然一脉相承，差异并不太大。二是《搜神记》作者干宝本人与司马迁一样，都是史官，他的史学著作取名《晋记》，志怪小说取名《搜神记》，显然都是对《史记》书名的效仿，可见其对司马迁的尊崇。太史公在《史记》中传述的史家之“侠”观念，想必会对之有所浸润，为其所接受。三是魏晋人视小说如同历史（野史），《搜神记》虽然是小说，但在干宝和时人看来，其创作的宗旨、态度都与撰史无异，既然如此，其传侠自然亦与太史公相类，两家之侠大体一致。由于以上原因，《搜神记》中的侠客，虽然是以小说为载体来呈现，但史家之侠的特征、意味还是比较明显的。

二 《搜神记》记侠的原因

《搜神记》所以记侠，首先与社会的现实、风气和人们的心理渴求有

① （汉）司马迁：《史记》（游侠列传第六十四），中华书局1982年版，第3181页。

② （汉）司马迁：《史记》（太史公自序），中华书局1982年版，第3318页。

关。魏晋是中国历史上比较黑暗、痛苦的年代，政局动荡，民不聊生，老百姓挣扎在贫困、饥饿和死亡的威胁之中，士大夫普遍感到前途渺茫、精神空虚，在这种情况下，崇佛信道、谈玄说怪之风勃兴，人们热衷于从虚无缥缈的神异世界中寻找刺激，寻求精神寄托，志怪小说就是这种社会风气所催生的。风气所致，人们每遇邪恶势力或者天灾人祸，便习惯于祈求神灵的庇佑。但鬼神毕竟虚幻，与现实相距太过遥远，只能为人们提供一些心灵的慰藉，却不能解决任何实质的问题，因此，现实社会中除暴安良，仗义济世的侠义英雄，也是人们渴望和寻求的对象。虽然先秦以来盛行的崇武尚侠的社会风气，在此时已不及崇佛信道的风气，但仍有相当的市场。于是，人们在张皇鬼神、称道灵异的同时，也津津乐道兴利除弊、伸张正义的侠行义举。小说家在志怪之时，也不忘写侠，把记侠、传侠纳入了志怪小说的创作之中，在神怪故事中掺杂侠义内容，这就是《搜神记》中有众多侠义作品的主要原因。神、侠并行，侠客义士的踪迹，常杂于神鬼精怪的活动当中，也就成了《搜神记》志怪故事的一大景观。

《搜神记》搜集和保存侠义故事，也与侠客地位和记侠载体的变化有关。由于汉高祖刘邦之得天下，颇为倚重游侠之力，这些人（如张良、彭越、英布等）很多都成了高祖的股肱之臣，开国元勋，所以汉朝建立以后，游侠的势力发展迅猛。汉初六十多年，游侠不仅遍及社会的各个角落，“布衣游侠剧孟、郭解之徒驰骛闾阎”①，而且“权行州域，力折公侯”②，其权势和影响力与官府、朝廷大有分庭抗礼之势。这显然不是统治者所能容忍的。已经意识到游侠势力威胁的景帝，开始任用酷吏，诛锄游侠，武帝更是举起了屠刀，对豪侠施以毁灭性的打击。如司马迁颇为仰慕的著名大侠郭解，先是其父为汉文帝所诛，之后是自己被汉武帝所杀，甚至灭族。

在统治者的铁腕打击下，游侠虽然没有被赶尽杀绝，但地位一落千丈，从权倾天下、一呼百诺沦为游走江湖、落魄山林，从主流社会炙手可热的权贵，又回归到社会的边缘。游侠在汉代历史上的巨大影响及其盛衰

① （汉）班固：《汉书》（游侠列传第六十二），中华书局2007年版，第905页。

② 同上。

的际遇，不能不引起史家的关注。司马迁一改先秦典籍对游侠只载一鳞半爪的做法，第一次专门为游侠树碑立传，让历史上的游侠登堂入室，正式进入正统史家的视野。随后的班固，也在《汉书》中为游侠辟有专传。不同的是，司马迁崇敬、赞誉有加的道义之侠，在班固那里却变成了操控公权、扰乱法纪、作威作福的豪强之侠，备受谴责。这些都反映了汉武帝以后，游侠地位以及主流社会对于侠的态度的变化。这种变化的结果是，现实中的侠客又从显赫归于寂寥，只是偶尔一露峥嵘。而《汉书》之后，史家也不再为游侠作传，虽然一些正史仍有侠客事迹的记述，但很大一部分侠客的事迹又回归到民间口头流传的形态上，继而进入以收集民间故事为能事的志怪、志人小说当中。《搜神记》作为志怪小说的代表，其收集的范围之广、作品之多、建树之大，都非他作可与伦比，便自然而然地成为侠义故事的一个重要归宿。

《搜神记》成为侠义故事的重要归宿，除了上述原因之外，还与魏晋小说，特别是《搜神记》自身的特点和职能有关。汉魏以后，由于史书已经没有了侠客的专门席位，表现侠客的载体便由史传转移到文学，承担主要责任的诗歌和小说，对于侠的表现却表现出两种不同的取向。

在着重抒情的魏晋诗篇中，诗人主要是讴歌侠士英雄的精神气质，以寄寓自己的豪情壮志，对侠士的个性特征、侠行义举，很少具体、完整地进行客观描述。因此，在诗人的笔下，侠客形象往往被表现为一种意念，其性质是写意而不是写实的，象征意义远大于现实意义。如曹植的《白马篇》：

> 白马饰金羁，连翩西北驰。借问谁家子？幽并游侠儿。少小去乡邑，扬声沙漠垂。宿昔秉良弓，楛矢何参差。控弦破左的，右发摧月支。仰手接飞猱，附身散马蹄。狡捷过猴猿，勇剽若豹螭。边城多警急，虏骑数迁移。羽檄从北来，厉马登高堤。长驱蹈匈奴，左顾凌鲜卑。弃身锋刃端，性命安可怀？父母且不顾，何言子与妻？名编壮士籍，不得中顾私。捐躯赴国难，视死忽如归。

本诗又名《游侠篇》，顾名思义，就是咏唱、赞颂侠客之作。诗歌塑造了一个武艺高强，志在为国捐躯的边塞游侠儿形象，寄托了作者渴望驰骋疆场、建功立业的情怀。确如朱乾《乐府正义》所云："寓意于幽并游侠，实自况也。"就诗歌的角度而言，作品中游侠儿的形象颇为鲜明，但从叙事学的角度观之，除了武艺高强、舍身报国之外，其他的侠义特征就异常苍白，其行为也显得空泛而不够具体，与他人、他事未能构成一种实实在在的联系，因而情节之间缺乏递进性和完整性，形象并不是一个有血有肉、生动的实体，而只是一个寄托思想情怀的意象。

陶渊明也是一个有侠义情怀的诗人，且看他的《拟古》（其八）：

> 少时壮且厉，抚剑独行游。谁言行游近，张掖至幽州。饥食首阳薇，渴饮易水流。不见相知人，惟见古时丘。路边两高坟，伯牙与庄周。此士难再得，吾行欲何求？

诗歌虚拟作者少壮时意气风发，尚侠壮游，追寻古代侠客义士踪迹的情景，既发泄其豪壮狂荡之气，又抒发知音难觅的苦闷。诗中的侠客（自我）形象虽然亦属虚拟，但较之于曹植《白马篇》中的游侠儿，行迹或许具体一些，叙述的情节性也有所加强，可侠客的风范、个性却更加苍白，其侠义意气终归何处，也不甚了了。更为重要的是，该诗写于作者的晚年，乃追拟自己少年时的任侠意气，而"张掖至幽州"的侠行壮游，少年诗人也不曾有过，仅仅是一种渴望或想象。可见，此诗中的侠形象，是一个双重幻想的产物。这种纯艺术的想象，只是一种意念的存在，而非一个实实在在的生活存在，并没有实体的意义。

在魏晋诗歌中展现的侠客形象，与曹植、陶渊明笔下的侠客大体相类。这类意念式的侠形象，只存在于诗人的主观想象当中，主要是表现一种精神寄托。即使是真实的人物，也要么被虚化为一种特定、具体的思想、意念，要么被简化为一个宽泛意义的符号。在这种情形下，生动具体地演绎侠客的故事，追求侠形象的真实性、丰富性，侠活动的故事性和完整性，就不是诗人所考虑的。而事实上，以抒情言志为能事的诗歌，表现诸如此类的内容，也确实非其所长。因此，通过诗歌来传述侠客，这对于保存、传播侠客的事迹，刻画、塑造侠客形象，促使侠文化的丰富和发展，意义都不大。从而也表明，诗歌并不是传述侠义事迹的理想载体。

小说则不然，即使是早期的小说，作为叙事的文体，故事性和完整性，都是必不可少的，魏晋小说甚至还有真实性的要求。由此可知，小说在表现侠故事和侠形象的真实可感、生动具体和细致丰富等方面，显然要比诗歌强得多。因此，充当记述、演绎侠义故事的载体，从而促进侠内涵的发展、演变乃至丰富，小说比诗歌显得更加理想、优越。另外，魏晋时期人们视小说为补正史之阙的一种文体，正史不载的内容，由小说来填空补缺。在正统史传中失位之后，游侠必然要在文学的殿堂中寻求栖身之所，小说因其优越、理想的载体功能，加上时人对它的定位和期许，理所当然会成为首选。

干宝本身是史学家，又是小说家，一身而兼二任，无论从哪一种身份来说，他都有传述侠客事迹之责，也有收集、保存侠义作品之利。因此，在搜集志怪故事的同时，自然不会遗漏侠义的内容。《搜神记》作为魏晋志怪小说的集大成著作，这样的地位，也决定它必然要在历史和文学两端都承担更多、更大的职责——为补史之阙，它应尽可能多地收集侠客义士的事迹，保存侠义的作品；作为唐宋侠义小说的前驱，事实上它也为后者塑造侠客形象，演绎侠义故事，提供了许多的积累，作了重要的铺垫。因此，《搜神记》对于侠的记载，是履行了历史和文学（小说）的双重职责，在侠客从史传走向小说的过渡中，起了重要的作用。

第二节 《搜神记》侠客的身份

一 社会身份

侠“不是一种职业”,[①] 也不是特殊的社会集团,[②] 而是一种气质和行为，不论职业、门派、阶级，“蒿莱明堂之间”,[③] 只要愿意有所担当者，皆可挺身为侠。因此，从先秦到魏晋，侠客的流品都很杂，上至王侯、下至市井鼓刀之徒，都不乏侠者。在《搜神记》中，侠客的身影几乎遍布当

① 刘若愚：《中国之侠》（中译本），上海三联书店 1991 年版，第 29 页。

② ［日］增渊龙夫：《汉代民间秩序的构成和任侠习俗》，载《日本学者研究中国史论著选译》（第 3 卷，上古秦汉），中华书局 1993 年版，第 529 页。

③ 章太炎：《检论·思葛》，载《章太炎全集》（三），上海人民出版社 1984 年版，第 610 页。

时社会的各个阶层，社会身份也颇为复杂，有官员、书生、武士、道士、乡民、自由职业者，等等。其中又以官员、书生、武士的人数为多。

《搜神记》侠客群体中人数最多的是官员，官员侠客也是书中描述得最精彩的一群。如大旱之年，不惜血肉之躯，自焚求雨的谅辅（271 则），是广汉郡太守的五官掾（属官），此前也曾先后供职佐史、从事史；为寡妇苏娥昭雪沉冤，把亭长龚寿绳之以法的何敞（384 则），为交州刺史；其他如葛祚（275 则）为衡阳太守，郅伯夷（427 则）乃北部督邮，谢鲲（429 则）是“谢病去职”的卸任官员，汤应（439 则）是公差使节，等等。这类官员要么是为民请命，要么是铲除妖魔和邪恶，他们的举动已超越了官员的一般职守，侠义的性质强于职守的行为。如谅辅之舍身求雨，就不是他的职务要求；何敞为鬼魂办案，并不在自己管辖的治域内，甚至跨越了阴阳、人鬼两界。在百姓生死攸关的关头，在大是大非面前，侠义的气质、精神，促使他们超越了职守官规，作出了大智大勇的举动。他们的侠行义举，将“不爱其躯，赴士之厄困”“救人于厄，振人不赡”等侠义品格体现得淋漓尽致。在他们身上，正直官员的威严和侠客的热血可谓相互辉映、相得益彰。

《搜神记》的官员侠客，除了政府官员这一社会标签之外，一身浩然正气、胆识过人是他们最突出的特征。他们在行侠的过程当中，并没有显示出过人的武功，也没有任何的奇门法术，甚至不怎么倚仗手中的权力，之所以能够克敌制胜、成就义举，靠的是古道热肠、正直的品格和过人的胆识气节。如谅辅年轻为官时，就廉洁自律，不受别人的一汤一水：“少给佐吏，浆水不交。”由于他清明廉洁、德操高尚，真心实意为百姓谋福祉，所以，“世以此称其至诚”。他的自焚求雨，是以生命为赌注，向上天祈求的“疯狂”举动。这种孤注一掷的生命豪赌，绝不是自私贪婪和卑劣懦弱之徒所能为，不仅需要具备无私无畏、当仁不让的自我牺牲精神和破釜沉舟、一往无前的勇气，还要有上对天帝神灵、下对黎民百姓的一片诚意。在谅辅身上，充分展示了这种超越常人的品质、精神和道义担当，也体现了人格的力量。再如为百姓除掉筏怪的衡阳太守葛祚，人们称赞他是“正德祈禳”；公差使节汤应“大有胆武”，来到“常有鬼魅，宿者辄死”的庐陵郡都亭，不听亭吏的劝阻，“遣从者还外，唯持一大刀，独处亭中”，最终战胜强敌。在他身上，透露出一股临危不惧的凛然正气。这些官员侠客的品质和气节，不仅显示出一种人格的美，也印证了邪不压正、正必胜邪的深刻道理。

官员侠客的另一个突出特征是有勇有谋。他们的“勇”显然源自心中的正气，是敢于与鬼怪、邪恶作斗争的先决条件，而“智”则是克敌制胜的法宝。427 则《郅伯夷》中智斗恶鬼的郅伯夷，就是一个大智大勇的官侠：

> 北部督邮西平郅伯夷，年三十许，大有才决，长沙太守郅君章孙也。日晡时到亭，敕前导入且止。录事掾曰：“今尚早，可至前亭。”曰：“欲作文书。”便留……日既暝，整服坐，诵《六甲》《孝经》《易》本讫，卧。有顷，更转东首，以拏巾结两足，帻冠之，密拔剑解带。夜时，有正黑者四五尺，稍高，走至柱屋。因覆伯夷。伯夷持被掩之，足跣脱，几失。再三，以剑带击魅脚，呼下火上，照视之，老狐正赤，略无衣毛。持下烧杀。明旦，发楼屋，得所髡人髻百余。因此遂绝。

郅伯夷明知亭中有鬼怪，但他不回避矛盾，迎难而上，“明知山有虎，偏向虎山行”，这种大无畏的举动，表现了一个勇者、强者的气概。睡前念诵《六甲》《孝经》《易经》，既显其淡定与从容，又委婉地揭示了造就其气质、智勇的重要原因。睡下不久，他便将头、脚的方位对调，并以头巾、帽子盖脚，以迷惑妖怪。妖怪果然上当，错误地以他的“头部”为攻击目标，最终因扑错目标而束手就擒。再狡猾、凶残的妖怪，在智勇兼备的官侠面前，也注定逃脱不了覆灭的命运。

《搜神记》中的书生侠客虽然不具备官员侠客所拥有的权威，但面对妖魔鬼怪时的从容优雅、淡定自信，简直有过之而无不及。宋大贤（426 则）、安阳南亭书生（438 则）都明知亭馆闹鬼，却毫无惧色，故意会之，伺机除害，见义勇为之心昭然。宋大贤“夜坐鼓琴，不设兵仗”，鬼怪现身时，仍“鼓琴如故”。最后徒手相搏，恶鬼竟然不堪一击。安阳亭书生面对好心人的劝阻，不改初衷，信心百倍：“无苦也。吾自能谐。”执意夜宿亭楼。其夜“端坐诵书”，直至天明，既令妖怪无从落手，又摸清了对方的底细，天亮以后，一举铲除了三个长期作祟害人的妖怪。大敌当前，或鼓琴，或诵书，气定神闲，颇具大侠风采。鼓琴诵书，可以说是书生侠客内在气质、素养的表现，也是其精神和力量的来源。这类侠客成竹在胸，从容不迫的儒雅举止，及其克敌制胜的手段，显然由这种内在的气质、素养所决定和支撑。书生侠客的独特举止，充分显示他们的身份特征和内在质量，也反映了人们对其气质、内涵的欣赏与推崇。后世文学作品中常见这样一类侠客：或琴棋书画，或羽扇纶巾，风流倜傥，克敌降魔于玩赏谈笑之间。在这一方面，《搜神记》的书生侠客可谓初露峥嵘，从他们身上，我们可以看到这些潇洒儒雅的大侠影子。

《搜神记》中的武士侠客著名者如养由基、更嬴（264 则）、古冶子（265 则）等。熊渠子（263 则）是西周时楚国的国君，但小说对于他的记述，并没有刻意凸显他的国君身份，纯以勇武示人，所以这里姑且让他与武侠同列。《搜神记》中的武侠要么勇力过人，要么武功高强，表现得极为神勇。如熊渠子误以卧石为虎，弯弓射之，箭头竟然深陷石头之中；养由基、更嬴两位都是神射手，百步穿杨自不用说，即使是拉弓而不发箭，也会令猿猴抱木而哭、大雁应声栽下；古冶子绝对是一位力士，庞然大物般的老鳖衔走了骖马，他入水追区，杀了老鳖，“左手持鼋头，右手挟左骖，燕跃鹄踊而出（水面）”。他的神勇孔武，无与伦比。

《左传》《战国策》等史书对上述诸人均有记载，但其人其事已带有较多民间传说的色彩。《搜神记》对武侠的记载、刻画远没有官员及书生侠客那么具体，除了古冶子入水追凶杀鳖之外，其余的人仅是展示他们的神奇武功，形象刻画注重“神似”。一方面，小说重在表现形象的力量、精神和气质，而不是他们的侠行义举，因此，小说中的武侠几乎是一个形象符号：英武盖世，无人匹敌，是威慑力、征服力的一种象征；另一方面，武侠的超强武功已被神化，他们虽然是历史人物，事迹显然已经脱离了历史、脱离了真实，形象特征几近神人。由于这些人都服务于朝廷，人们塑造、传颂这类“神似”的武士侠客形象，无非是让朝廷也带上神异色彩，强化、渲染朝廷或者官方的威势勇力，增强与邪恶势力斗争的实力和信心。《史记》《汉书》等正史记载的“史家之侠”，都是以气节而不是勇力武功立世，唐以后则“以武行侠”的观念盛行，小说中的侠客大多武功高超，或飞檐走壁，或剑术、拳术出神入化，取人性命如探囊取物。《搜神记》中的武侠形象，以历史人物为原型，武功又超凡入神，史家之侠与小说家之侠的特征都兼而有之，史家之侠向小说家之侠蜕变的行迹在他们身上得到体现。这都表明，在《搜神记》中，侠已由史家的社会意义的价值诠释，开始走向文学的人格精神的艺术创造，这对后世侠观念的发展、丰富，和侠文学的创作，都产生重大的影响。

以上三类侠客，从数量上来说构成了《搜神记》侠客形象的主体。由此可见，《搜神记》侠客的官方特征是很突出的。官员侠客无须多说，武士侠客的官方色彩也是明摆着的——上述诸武侠，除了熊渠子是楚国的国君之外，养由基、更羸、古冶子分别是楚王、魏王和齐景公的御前勇士。作品虽然没有交代他们的职务，但他们活动在国君左右，效力于朝廷，其官方的身份或背景不容置疑。书生侠客的官方特征虽然没有那么显著，但其人其事也颇具官员的气质和色彩。封建时代的书生多是后备官员，《搜神记》中的书生侠客当仁不让的责任感、过人的胆识、智勇兼备的素质，都初具正直官员的风采，颇得群众的信赖，在此，我们不妨把书生侠客视作官员侠客的初级版。前述的官员侠客郅伯夷（北京督邮），在除妖之夜诵读《六甲》《孝经》和《易经》，还保持着书生的习惯；而安阳亭书生也是“端坐诵书，良久乃休”，“诵书至明”，两者的举止特征几乎如出一辙，可以互相映照，也在另一个角度证明着两者的密切关系。因此，书生侠客虽然不像官员侠客、武士侠客那样，有明确、实在的官方地位，但其举止、气质，以及世人对他们的心理期许和定位，无不打上官方的印记。

将绝大部分的侠客与官方扯上关系，其实是时人心灵深处迷信官府、权力的一种表现。这种权力迷信，与魏晋时代甚嚣尘上的神鬼迷信性质相似，也遥相呼应，人们在张皇鬼神，称道灵异的同时，也为虚幻世界中的精怪魑魅和现实世界中的邪恶败类制造一个正义、强势的对立面，一种制衡的力量。此举与其说是为了维持客观世界的安宁，不如说是为了求得心理的安宁和平衡。由于统治者都自我标榜替天行道，以社会秩序的守护者自居，在现实生活中，官员也的确操控着狱讼生杀、赋税征敛、事体兴废、价值评判等的话语权，就像人们无法认识神鬼的虚妄无稽一样，人们也无从认清封建官吏自私、欺骗的本质，从而对手握公权的官员寄予厚望，抱有幻想，对权力产生了崇拜，甚至迷信。于是乎，有匡扶正义、济世安民之心的侠客，便多以官员的身份或借官方的背景出现，倚仗官方的威望和权杖行侠布义，从而形成了《搜神记》侠客身份的一大特征。侠客以官员的身份或官方的背景出现，折射出动荡、黑暗的魏晋时期，人们的心理期盼和思想、文化意识。

《搜神记》中的官员侠客如此之多，也与现实环境中侠客的地位和影响有关。前面曾经谈及，汉政权建立以后，朝廷论功行赏，为刘邦打天下立下汗马功劳的大小游侠，如张良、韩信、彭越、英布、周勃、张耳之辈，或者封侯拜将，成了高祖的股肱之臣，或者官挂州县，权倾一方，成了地方上的豪强。正如南朝范晔所云："汉祖仗剑，武夫勃兴，宪令宽赊，文礼简阔，绪余四豪之烈，人怀陵上之心，轻死重气，怨惠必仇，令行私庭，权移匹庶，任侠之方，成其俗矣。"[①] 虽然地位改变了，但桀骜不驯、重武轻文、我行我素的侠风依然如故。在这些人的影响和带动下，汉初六十多年，侠风大盛，豪侠活动范围之广、人数之众，其权势和影响力之大，前所未有（当然，这种现象令统治者难以容忍，到景帝、武帝时，便相继举起屠刀，剪除豪侠的势力——这是后话）。因此，官员而为豪侠的现象，在有汉一代甚为常见。即使在豪侠地位江河日下的东汉，许多割据一方的豪强军阀，如袁绍、曹操、刘备、孙坚、孙策等，也都是有豪侠气质和任侠经历的豪杰之士。《后汉书》便曾称："袁绍初以豪侠得众，遂怀雄霸之图，天下胜兵举旗者，莫不假以为名。及临场决敌，则悍夫争命；深筹高议，则智士倾心，盛哉乎，其所资也。"[②] 可见，袁绍不仅自己好任侠，也结交、蓄养游侠死士，对成就其一时霸业起过作用。汉末另一位著名人物曹操，也是自少任侠放荡，名重一时。为官以后，雷厉风行，棒杀违禁的豪强权贵，罢免贪官污吏，禁绝妖言惑众的乡间淫祀，无疑都是他侠风侠行的一种表现。当然，汉末袁绍、曹操辈的侠风气与之前

① （南朝）范晔：《后汉书》（党锢列传第五十七），中华书局2007年版，第638页。

② （南朝）范晔：《后汉书》（袁绍刘表列传六十四下），中华书局2007年版，第709页。

已有所不同，他们行侠、好侠所追求的，不再局限于显身扬名，而是更多地考虑借此实现建功立业的宏图大志。

《搜神记》中的大多数官员侠客，如前文所见的谅辅、何敞、葛祚、汤应等，都被明确交代是汉代官员，其中谅辅在《后汉书》（独行列传第七十一）还有专传。这么多的汉代官员以侠客的身份涌现在《搜神记》中，绝不是偶然的。魏晋小说的作者都标榜写实，干宝传述那么多的汉代官侠，恐怕多少都有一些记叙那一段历史，反映那一种现实的意图。可以说，《搜神记》中官侠众多，正是汉代官侠的一个缩影，他们的行侠活动，在一定程度上反映了汉代豪强之侠的现实境况。

汉代的豪强之侠有操控公权、扰乱法纪、作威作福的习气，备受时人的谴责，也是他们令统治者反感、终被剪除的原因之一。但《搜神记》中的官员侠客都以正面的形象出现，仗义行侠，为民排忧解难，并未见滥用公权、扰民滋事、恃强凌弱等败坏社会秩序的行为，展示了汉代豪侠在现实生活中积极的一面，这也表明作者在传述官员侠客的时候，是有选择的。选择性蕴含着审美的判断和价值取向，后世小说对于侠客形象的塑造、刻画，多以正义、公正和利他为归趣，这与《搜神记》的审美和取向可谓一脉相承，受其启发和影响不言而喻。

在古代小说史的人物画廊中，侠客形象是一个相当重要的群体。大体而言，这个群体可分为两种类型：一类是依附于官府或有官方背景的官侠，另一类是游离于主流社会、活动于法外之域的江湖之侠。《搜神记》的侠客显然多属前一类。其侠客身份的官方特征于文学史而言，重要的意义在于，它最早为古代小说人物画廊推出了官侠这一大艺术类型，率先以文学的形式展示中国古代侠客与官府之间的微妙关系，并为后世小说家所效法。承魏晋志怪而兴的唐传奇，其所塑造的侠客，身份特征与《搜神记》如出一辙。如郭元振（《郭元振》）、许俊（《柳氏传》）、古押衙（《无双传》）等，都是官员侠客；书生侠客则有柳毅（《柳毅传》）、赵中立（《荆十三娘》）、李靖（《虬髯客传》）等；聂隐娘（《聂隐娘》）是魏博大将军聂锋之女，红线（《红线》）是为潞州节度使薛嵩“掌笺表，号曰‘内记室’”的私人秘书，其他如昆仑奴磨勒（《昆仑奴》）、红拂女（《虬髯客传》）等，都与官方有这样那样的关系。宋元明清小说中的侠客，有官员身份或官方背景者，更是不胜枚举。特别是在清代的侠义公案小说中，更有江湖之侠与官侠合流的趋势，如《三侠五义》《施公案》《小五义》等作品中的侠客，许多都归顺官府，谋得一官半职，在清官的旗帜下行侠布义、除暴安良。古代小说中这种官侠同体或者官侠相连的现象，构成了文学史上的一大景观。它的产生自有其复杂的社会、历史原因和文化心理，但从文学的角度看，是《搜神记》开了风气之先，引发了一种独特的文学现象，意义是非常重大和深远的。

二 性别身份

在目前可见的文史记载里，或者是在当前的认知视野下，先秦两汉的侠士皆为清一色的男性。侠生态环境里性别如此单一，大概有两种可能：一是先秦两汉的侠世界里，确实只有清一色的男性在活动；二是有女性侠客的活动，但没有被记载或者被认知（当然，这方面的事迹想必也不会太多）。无论是哪一种情形，相信都与侠的社会属性和当时女性的社会地位及要求有关。

先秦两汉的女性，在逐渐完备的礼教条规下，她们的日常活动范围被局限在狭小的私人空间内。家庭、社会对女性的期许就是做贤妻良母，甚至只是生儿育女的工具。礼教规定："女子十年不出，姆教婉娩听从，执麻枲，治丝茧，织纴组紃，学女事以共衣服。观于祭祀，纳酒浆、笾豆、菹醢，礼相助奠。"（《礼记·内则》）这里不仅限定了女子十岁以后的活动场所，还规定了学习的内容，无非是学会顺从尊长，掌握针线女工和操持家务的技能，以及祭祀的程序和礼节，为做人媳妇作准备。这种纯粹内向性的专门性别教育和训练，决定了女性成年后不太可能进入家庭以外的领域，更何况已婚妇女，还要恪守"男主外，女主内"的规范，不可越雷池半步、于家门之外抛头露面。这些礼规，大大地限制甚至剥夺了女性参与各种社会活动的权利和机会。

侠行为在本质上是一种社会活动，具有外向性和公共性。因此，以"主内"为角色定位，被禁锢在家庭私人小圈子中的柔弱女性，要从事这种活动，无论是从客观的社会环境，还是主观的条件和愿望来说，都缺乏相应的支持。正如恩格斯所说："女性所从事的家务料理失去了自己的公共性质。它不再涉足于社会了，它便成了一种私人事务，妻子成为主要的家庭奴仆，被排斥在社会生产之外。”① 因此，纵使部分女性具有侠义的气质，也被礼教的清规戒律和现实环境消磨殆尽，或者在狭小的私人空间中无从展现。这恐怕就是先秦两汉难见女侠踪影的主要原因。

《搜神记》侠客的性别构成，虽然不再是男性的一统天下，但仍然维持着男侠为主体的格局，书中的男性侠客，还是居绝对多数。原因与上文所述没有大异。

《搜神记》中唯一不让男侠专美的，是东越闽中的少女李寄（440则）。李寄很可能是小说史上最早的女侠形象，蛇怪祸民，她挺身而出，毅然应募勇斗蛇妖，为民除害的义举，是《搜神记》中最令人荡气回肠的侠义故事之一，李寄也因此成为后世广为传颂的少女英雄的形象。她的勇敢机智，她的豪气才情和勇于牺牲的侠义精神，丝毫不让须眉。在几乎是男性独步天下的侠世界中，李寄形象的出现，正所谓万绿丛中一点红，更加绚丽夺目、光彩照人，有不同寻常的意义。

在志怪小说里出现了女侠的身影，打破了以往文本叙述中男侠垄断的局面，原因大约有三：

第一，李寄身为贫苦的平民少女，礼教的清规戒律对其约束不严，思想和行动相对自由、自主。“将乐县李诞家，有六女，无男。其小女名寄，应募欲行，父母不听。寄曰：‘父母无相，惟生六女，无有一男，虽有如无。女无缇萦济父母之功，既不能供养，徒费衣食，生无所益，不如早死。卖寄之身，可得少钱，以供父母，岂不善耶?’父母慈怜，终不听去。寄自潜行，不可禁止。”由此可见，李寄应募，完全是擅作主张，自作自为，并未得到父母家人的允许。很难想象，一个正统封建家庭出身，由传统礼教严格教育和训练出来的女性，能有李寄一样自由、独立自主的思想和行为，有她那样的勇气和担当。

第二，人们思想观念的变化。魏晋时期，儒学独尊的地位已经动摇，各家思想又有所抬头，人们的思想比较活跃自由，使传统儒学的伦理道德

① ［德］恩格斯：《婚姻、家庭和私有制的起源》，载《马克思恩格斯选集》第四卷，人民出版社1972年版，第69页。

规范有了松动，约束力大为减弱。这种思想观念的变化，一方面表现在对于女性突破传统藩篱，走出家门的行为，不再恪守固有的阻止、反对的顽固态度，比之前多了一些宽容；另一方面，女性的侠义行为也已能够为人们所接受，对女性跻身这个充满凶险世界的能力予以认同。“越王闻之，聘寄女为后，拜其父为将乐令，母及姊皆有赏赐。自是东冶无复妖邪之物。其歌谣至今存焉。”小说结尾的这段交代，虽然是民间故事中理想代替现实，主观愿望代替生活逻辑的典型结局，但也是人们思想观念变化的最好、最具体的诠释。文中明确地传达出人们对李寄侠行义举的认同和嘉许，如果没有一定的现实基础和依据，叙述者不太可能有如是想法。

第三，与故事的属性和特质有关。本篇原是一个民间故事，在民间流传很广。民间故事具有非正统性的特征，它讲广大劳动人民喜闻乐见的故事，表现人民群众的思想意识和爱憎好恶之感，并不以统治阶级的意志为转移，男尊女卑、男女内外有别那一套性别角色的意识观念，对于它来说并没有太强的约束力。因此，在民间故事中，正统的思想色彩比较淡薄，英雄豪杰不问出处，无关乎性别，只关乎需要——包括心理的和故事情节的。故事中的受害者都是女童，由同样是少女的李寄来终止妖怪的罪恶，实现女性特别是少女群体的自救，这种具有理想化色彩的叙事，不仅契合广大人民群众希望女性自爱、自强的心理，还使故事的情节构思显得别出心裁，但又自然且富有深意。另外，民间故事也普遍追求传奇性，本篇中的李寄，“少女”“女侠”以及后来的“越王后”等特定的标签，显然都是构成传奇性的主要元素。正是这些元素，使得故事充满传奇色彩，令人津津乐道。《搜神记》中的侠客故事很多，但在后世流传最广、影响最大的，不是其他的男性侠客故事，而是女侠李寄的故事，相信这与其传奇性的元素有很大关系。假使剔除了这些元素，这个故事或许就会大为失色，混迹于一般的侠义故事而默默无闻。

由上可见，《搜神记》中出现了李寄这个唯一的女性侠客，虽很偶然，但也有其必然。这个形象的出现，在原本性别单一的侠世界里，为女性争得了一片天地，注入了新鲜的血液，为其性别生态走向平衡迈出了重要一步。从此以后，女侠越来越多地呈现于小说家的笔端，进入读者的视野，也成为后世学者讨论侠客时，无法忽视的另一半。

李寄形象的横空出世，在小说领域里引领了一股写女侠的风气。在继魏晋志怪而兴的唐传奇小说里，女侠异军突起，完全可以与男侠平分秋色，如聂隐娘、谢小娥、红线、红拂女等，一个个豪气干云，血肉丰满，成了唐传奇中一道不可或缺的亮丽景致。唐传奇作家如此热衷于描写女侠，与唐代女性社会地位有所上升，女性的才能、要求受到更多人的关注，唐传奇作者和读者思想观念、审美品位的变化无疑都有密切关系，但与文学内部创作风气的引领和影响，关系却是最密切，而且是最直接的。在唐传奇之前，没有任何作品如《搜神记》一样，对女侠的描写花费那么多的笔墨，把女侠的故事叙述得如此具体、细致和完整，对女侠投入那么深厚的情感，给予那么多的肯定和赞扬；也没有任何一个女侠如李寄般英雄盖世，性格鲜明，血肉丰满，光彩照人。因此，《搜神记》传述李寄形象，在小说史上可以说是一个标志性的事件，这一方面显示了小说家对女侠的认识、认可乃至接受的程度；另一方面又表明小说家对女侠形象的刻画塑造，投入了前所未有的热情和精力，这都为后来者起了示范的作用。唐传奇作家对女侠的钟爱，显然受到了《搜神记》的启发。后世的女侠能在文学的殿堂里登堂入室，在侠世界里纵横驰骋、叱咤风云，与小说家对女性、女侠的认识和态度有关，从这个意义上来说，干宝也为后代小说家树立了一个关注、欣赏女性和女侠的好榜样。

先秦两汉的侠客为清一色的男性，不仅令这个世界的性别生态失衡，而且还使得相关的叙事显得刚烈粗豪有余，而柔情婉细不足，这种审美单一或审美缺失，多少都会造成读者的审美疲劳。因此，阴阳平衡，男女搭配，也是作者和读者的一种审美心理需求。正是在这种审美心理的驱使下，巾帼和须眉比肩，刚柔并重，侠骨柔情，也就成了后代侠义小说故事情节的常见设计模式。李寄形象的出现，在这个充满暴力和血腥的、冷峻的男性世界嵌入一股女儿的温婉情怀，无疑开启了侠骨柔情这个古代小说中历久不衰的主题。正因为注入了女性特有的柔情和气味，后代的侠义小说才别有一番风情和魅力。铁血豪情的潇洒豪迈和儿女情长的缠绵伤感，契合了人们既向往英雄的刚烈，又艳羡恋情的凄美的审美心理，令无数的读者如痴如醉，流连忘返。

作为《搜神记》中绝无仅有的女侠，李寄的出现颇有石破天惊之效。

她的侠肝义胆、侠骨柔情，她的率先崛起，引领女性进军男性的一统天下，从而促使后世侠义小说的性别生态趋于平衡，造就一个男女竞彩，互相辉映的多姿多彩的侠义世界，足以令她笑傲江湖。

第三节 《搜神记》侠客的行侠主题

《搜神记》中的侠客主要有三大行侠主题：一是仗义除害，救人危难；二是替人复仇；三是显示技艺。

一 仗义除害，救人危难

司马迁指出游侠的基本特征之一是“不爱其躯，赴士之厄困”，“救人于厄”。救人危难，就势必要直面天灾人祸，即来自自然和社会的邪恶势力。因此，驱邪去恶、仗义除害，便成了侠客的天职和信条，也是《搜神记》侠客行侠的第一主题。在《搜神记》中，为民平息灾殃，除害祈福，救百姓于水火，还一方平安，是侠客事迹中数量最多的。这些侠客的侠行义举，又可以分为两类：一为除自然之灾，二为除鬼魅之祟。

前者以《谅辅》（271 则）为代表：

> 后汉谅辅，字汉儒，广汉新都人。少给佐吏，浆水不交。为从事，大小毕举，郡县敛手。时夏枯旱，太守自曝中庭，而雨不降。辅以五官掾，出祷山川，自誓曰：“辅为郡股肱，不能进谏纳忠，荐贤退恶，和调百姓，至令天地否隔，万物枯焦，百姓喁喁，无所控诉，咎尽在辅。今郡太守内省责己，自曝中庭，使辅谢罪，为民祈福，精诚恳到，未有感彻。辅今敢自誓，若至日中无雨，请以身塞无状。”乃积薪柴，将自焚焉。至日中时，山气转黑起，雷雨大作，一郡沾润。世以此称其至诚。

谅辅，东汉名士，《后汉书·独行列传》有其传记：

> 谅辅字汉儒，广汉新都人也。仕郡为五官掾。时夏大旱，太守自

出祈祷山川，连日而无所降。辅乃自曝庭中，慷慨呪曰："辅为股肱，不能进谏纳忠，荐贤退恶，和调阴阳，承顺天意，至令天地否隔，万物焦枯，百姓喁喁，无所诉告，咎尽在辅。今郡太守改服责己，为民祈福，精诚恳到，未有感彻。辅今敢自祈请，若至日中不雨，乞以身塞无状。"于是积薪柴聚茭茅以自环，构火其旁，将自焚焉。未及日中时，而天云晦合，须臾澍雨，一郡沾润。世以此称其至诚。

《后汉书》所记，与《搜神记》大同小异，仅是措辞上略有出入，当是范晔采用了《搜神记》的材料。

谅辅欲以自焚的方式来祈求上天降雨，其实是仿效一种古老的祈雨巫术。这种巫术是部族首领或君主以自身为祭品，通过自焚祭天的方式来祈求降雨，《搜神记》228 则《汤祷雨》记载的就是这么一种景况：

汤既克夏，大旱七年，洛川竭。汤乃以身祷于桑林，剪其爪发，自以为牺牲，祈福于上帝。于是大雨即至，洽于四海。

春秋战国时期，这种"以人祠雨"的巫术演变成为两种模式：一是焚烧活人来求雨，如《左传》"僖公二十一年"就有僖公要烧死仰面朝天的畸形人和巫人求雨，被藏文仲劝阻而罢的记载，表明时人对于这种巫术已经产生了怀疑；二是国君出外野居或暴晒三天来求雨。《晏子春秋》载，齐国大旱，晏子劝齐景公"野居暴露。三日，天果大雨"（内篇谏上第一）。事实上，国君那些"出野暴露"或是"积薪待燃"的举动，并非个个都是情真意切、身体力行，只不过是作个样子，以表达自己勤民忧民、祈求上天降雨的诚意而已。但这种装模作样的求雨活动常为后世的统治者所欣赏和效仿，史上有不少相关的记载。

一般情况下，这种祈雨活动的主角是国君，起码也是地方长官，身为太守属官的谅辅，是无须、也没有资格承担这种责任的。但这种"僭越"的举动，正是他侠义精神、品格的体现。在这里，谅辅当仁不让、舍生取义的行为，其侠义性质已经大大地超越了巫术的性质，赋予人物形象更积极、深刻的意义。或许正是由于这种原因，《后汉书》才把他归于“独行”一类，为他树碑立传。

谅辅先是向山川祈祷，继而代太守悔过，向上天谢罪，最后许以自焚的极端方式向上天祈求降雨。其以生命为代价的诚意，和赴汤蹈火、义无反顾的大无畏精神，终于感动了上天，倾盆大雨从天而降，驱除了肆虐多时的旱灾。

可以说，谅辅是《搜神记》官员侠客中最具人格魅力的一个，他的清明廉洁，正直有为，与民休戚与共，和舍身求雨，感天动地的侠行义举，给人心灵以强烈的震撼！在这个形象身上，忠于职守、为民请命、百姓利益高于一切的为官信念和“不爱其躯”、重诺轻身、救人危难的侠义品格完美结合，反映了古代人民渴望德操高尚的官吏的良好愿望。作品似乎有美化封建官吏的倾向，但无可否认，在封建时代，受“兼济天下”“修身治国平天下”“杀身成仁”等思想的浸润，赤胆忠心、为人民谋福祉的官吏虽说不多，但也绝非没有。在谅辅身上，正直官吏的使命感和侠义精神找到了契合点，两者相辅相成，从而促使他作出了顺应民意、惊天动地的举动，成为《搜神记》官员侠客的突出代表。

以除鬼魅之祟为行侠主题的故事，如《寿光侯》（32 则）、《葛祚碑》（275 则）、《宋大贤》（426 则）、《郅伯夷》（427 则）、《谢鲲》（429 则）、《安阳亭书生》（438 则）、《汤应》（439 则）以及《谢非》（444 则）等篇，都写得阴森诡秘、离奇异常，侠客与鬼魅之间的斗智斗勇，给读者留下了深刻的印象，但最惊心动魄、扣人心弦者当推《李寄》（440 则）。

李寄斩蛇的故事前面已略有提及：东越国闽中郡东冶县的崇山峻岭之中，“有大蛇，长七八丈，大十余围”，嗜食女童，若嗜欲不能满足，则作祟不止。当地的官吏苟且偷安，草菅人命，连年募索女童喂蛇，以求暂时的安宁。少女李寄挺身而出，“怀剑，将犬”，以过人的勇敢和机智，斩杀蛇妖。“自是东冶无复妖邪之物”，当地百姓归于安宁和平静。

李寄斩蛇的故事，其首要意义当然是褒扬平民少女为民除害、慷慨赴难、无私无畏的侠义精神和行为，与此同时，作品中也蕴含着深刻的批判意义。从前面的论述我们知道，《搜神记》刻画了大批官员侠客的形象，他们都忠于职守、不辱使命，而此篇中的官吏，非但没有为民除害，反而助纣为虐，以无辜少女的性命来替代自己的职责，其无能、荒唐和残忍，简直到了无以复加的地步——是为可恨。在李寄面前，周边的男人们也应自惭形秽、无地自容：蛇妖作祟历经多年，先后已有九个少女葬身蛇腹，面对一幕幕血淋淋的场景，男人们竟然集体失言，没有一个挺身而出，张显男人的勇武和血性——是为可悲。九个成为牺牲品的少女，则是可怜的对象。她们的悲惨遭遇固然值得同情，无良官吏的行径固然令人发指，但自身的愚昧和懦弱，不懂得抗争、自救，也是陷她们于万劫不复之境的重要原因。对此，李寄亦有深刻的认识，所以对着九个女孩的头骨，不由得说："汝曹怯弱，为蛇所食，甚为哀愍。"妖怪穷凶极恶，官吏无良残忍，男性乡民人性冷漠乃至血性缺失，同龄人愚昧懦弱，李寄行侠的环境是何等的恶劣！作品通过对现实中这三组人的批判，既深化了为民除害的行侠主题，也突出了李寄孤独英雄式的侠客形象。

二　复仇

复仇是人类一个亘古、普遍的情结，无论是东方民族还是西方民族，都把报仇雪恨看得很重，有人甚至不惜以生命为代价来达到复仇的目的。中国自古以来就有"有仇不报非君子""君子报仇，十年不晚"等古训，"以牙还牙""血债血还"等复仇信念，也深入人心，流行于世，所以，古往今来，复仇的故事可谓层出不穷，屡见于典籍文翰，为后人所津津乐道。

《史记》中记载的两个最著名的复仇故事，都发生在春秋时期：一个是伍子胥的父兄被楚平王所杀，他逃到吴国，最后率吴国大军杀回楚国，其时楚平王已死，伍子胥掘坟开棺，鞭尸楚平王三百鞭，才解心头大恨；[①] 另一个复仇故事出自晋国：权臣赵盾和屠岸贾两家有仇，赵盾死后，屠岸贾恃景公之宠得势，杀赵盾之子赵朔全家，意欲斩草除根，令赵家断子绝孙，赵家门人程婴、公孙杵臼藏匿及抚养赵氏遗孤赵武，赵武成人后终于成功复仇，诛灭屠岸贾一族。[②] 这个故事后被元人纪君祥改编成著名的杂

① 伍子胥复仇事，见《史记》(伍子胥列传第六)。

② 赵氏孤儿复仇事，见《史记》(赵世家第十三)。《左传》《国语》也有相关记述。

剧《赵氏孤儿》，是元杂剧中最杰出的悲剧之一，也是最早被翻译、介绍到西方去的中国剧作之一，从 18 世纪 30 年代起，就先后被译成法文、英文、俄文及德文流传欧美，可见中国古代的复仇故事，也受西方人的追捧。

16 世纪文艺复兴时期，以复仇为主题的戏剧也在欧洲大行其道，在莎士比亚前后的英国舞台，“复仇剧”更是风靡一时，蜚声世界剧坛的《哈姆雷特》就是其时复仇剧的杰出代表。哈姆雷特的故事，最初出自 12 世纪末的一部丹麦史书，16 世纪末，英国剧作家把它改编成戏剧，以复仇为主题，极为流行，但后失传。莎士比亚之作，被认为是根据失传的剧作改编创作而成：丹麦王子哈姆雷特在德国维登堡大学读书，其叔父克劳狄斯毒死老哈姆雷特，篡夺了王位，并霸占了王后。哈姆雷特回国之后，父王的鬼魂告诉了他真相，他忍辱负重，决意复仇，最终以与国王、王后、雷欧提斯（国王亲信）等同归于尽的方式，实现了复仇的愿望。

这些都表明，在东、西方的文化里，都具有复仇的因子，在各自的文史著作中，也都有许多复仇的故事。复仇是中国古代小说尤其是侠义小说的常见主题，在《搜神记》中，复仇主题的侠义故事也占有相当重要的地位。

一般而言，复仇主要有三大类型：一是为亲友复仇，如上述伍子胥、赵武、哈姆雷特的行为便属这一类；二是为同门复仇，后世侠义小说中的江湖门派（如少林、武当）之争、山头之争，冤冤相报，多属这一类；三是为他人仗义复仇，如唐传奇《床下义士》（出皇甫氏《原化记》）中的侠客，本奉县令之命追杀钉任畿尉，当他知悉县令为隐瞒自己的不良履历，恩将仇报而欲杀人灭口时，毅然反戈一击，回头杀了县令，为对方仗义复仇。第一类是基于血缘或情感的原因，第二类则是出于学（艺）缘的关系，都有沾亲带故、牵涉个人利害、恩怨的性质。这些复仇的行为，其正义性和公正性，多多少少都要打些折扣，只有第三类的复仇最值得称道。

《搜神记》的侠客复仇则属于第三类，如《三王墓》（266 则）、《苏娥》（384 则）等名篇中的侠客，他们与受援者之间都是素昧平生，非亲非故，甚至阴阳相隔。他们替人复仇，纯粹是基于道义的考量，个人的恩怨和利害得失并不计较，正所谓路见不平，拔刀相助，仅此而已。由此看来，《搜神记》侠客的复仇，显得更加单纯，更富于正义性。

《三王墓》所讲的“干将莫邪”的故事，最早载刘向的《列士传》，又见曹丕的《列异传》。《搜神记》的记载与两者大体相同，但增加了许多细节和具体场面的描写，显得更加生动，故事也因之在古今广为流传——楚巧匠干将、莫邪夫妇为楚王铸剑，三年乃成，楚王怒而杀干将，莫邪独力把儿子赤比抚养成人。赤比立誓报仇，楚王悬重赏缉拿。山中侠客为赤比设计了复仇计划，让赤比自刎，侠客持其头献楚王，伺机刺杀楚王：

> 客有逢者，谓：“子年少，何哭之甚悲耶?”曰：“吾干将、莫邪子也。楚王杀吾父，吾欲报之。”客曰：“闻王购子头千金，将子头与剑来，为子报之。”儿曰：“幸甚!”即自刎，两手捧头与剑奉之，立僵。客曰：“不负子也。”于是尸乃仆。客持头往见楚王，王大喜。客曰：“此乃勇士头也，当于汤镬煮之。”王如其言煮头，三日三夕不烂。头踔出汤中，踬目大怒。客曰：“此儿头不烂，愿王自往视之，是必烂也。”王即临之。客以剑拟王，王头随坠汤中，客亦自拟己头，头复坠汤中。

与对手同归于尽，以死亡来实现复仇的目的，这是《搜神记》中最壮烈的侠义故事。故事强烈地揭露和控诉了统治者的凶恶残暴，歌颂了人民不畏强暴的坚强意志和复仇精神。山中侠客的举动，也把慷慨仗义、重诺轻身的侠客精神发扬到了极致。他与干将、莫邪一家素昧平生，之所以挺身而出，为之复仇，表明他认识到这不仅仅是干将、莫邪一家与楚王的私仇，而是善与恶、正与邪的冲突，他的行为表现出强烈的正义性。

本篇侠客的复仇方式是“玉石俱焚”式的，有很强的悲剧感和震撼力。以暴制暴，血债血还，手起刀落，瞬间身首异处，鲜血淋漓，尤其是三个头颅在同一个镬里翻滚，那是何等的血腥和悲壮！三个头颅与一个头颅之比，也许代价过于沉重，但这正是邪恶势力与无辜百姓力量对比的真实体现，也正因为如此，才需要侠客出现，以锄强助弱，除天下不平事。

山中侠客想必是考虑了这样的客观事实，分析了敌我力量的对比，才选择这样一种匪夷所思的复仇方式，由此又可见他血性冲动中的理性和智慧。悲剧产生的原因，往往是邪恶势力过于强大，山中侠客这种独特的复仇方式及其悲剧结局，显然有它的必然性。

这位山中侠客，又是《搜神记》侠客中最具神秘感的。他天马行空，独往独来，姓名、身份、职业、行踪、居所，还有他的生存状态，我们都毫不知晓。他的出现，如从天降；他为赤比设计的复仇计划，似乎早有预谋，但他舍生取义的心路历程又无迹可寻。他如掠过夜空的流星，燃烧自己的生命，光耀苍穹，留给人们无尽的遐想。这样一个浪迹江湖，充满神秘感的"职业"侠客，迥异于《搜神记》中的其他侠客，有独特的艺术魅力。

本篇歌颂了人民反抗强暴的坚强意志和义无反顾的复仇精神，体现了《搜神记》的思想深度和艺术成就。小说文笔简练，所记故事相当完整。故事中对话较多，且较生动精彩，既推进了情节，又表现了人物的心理和性格，深化了主题。作品情节曲折离奇，惊心动魄，为后世许多读者所喜爱。鲁迅曾以此素材敷衍成《铸剑》，编入他的《故事新编》之中，赋予故事新的意蕴和生命力。

《三王墓》篇写得悲壮，而《苏娥》篇则写得异常凄美：

> 汉九江何敞，为交州刺史，行部到苍梧郡高要县，暮宿鹄奔亭。夜犹未半，有一女从楼下出，呼曰："妾姓苏，名娥，字始珠，本居广信县，修理人。早失父母，又无兄弟，嫁与同县施氏。薄命夫死，有杂缯帛百二十匹，及婢一人，名致富。妾孤穷羸弱，不能自振，欲之旁县卖缯，从同县男子王伯，赁车牛一乘，直钱万二千，载妾并缯，令致富执辔，乃以前年四月十日，到此亭外。于是日已向暮，行人断绝，不敢复进，因即留止。致富暴得腹痛，妾之亭长舍，乞浆取火。亭长龚寿，操戈持戟，来至车旁，问妾曰：'夫人从何而来？车上所载何物？丈夫安在，何故独行？'妾应曰：'何劳问之？'寿因持妾臂曰：'少年爱有色，冀可乐也。'妾惧怖不从。寿即持刀刺胁下，一创立死。又刺致富，亦死。寿掘楼下，合埋妾在下，婢在上，取财

> 物去。杀牛烧车，车缸及牛骨，储亭东空井中。妾既冤死，痛感皇天，无所告诉，故来自归于明使君。”敞曰：“今欲发出汝尸，以何为验？”女曰：“妾上下著白衣，青丝履犹未朽也。愿访乡说，以骸骨归死夫。”掘之果然。敞乃驰还，遣吏捕捉，拷问具服。下广信县验问，与娥语合。寿父母兄弟，悉捕系狱。敞表寿：“常律杀人，不至诛族，然寿为恶首，隐密数年，王法自所不免。令鬼神诉者，千载无一。说皆斩之，以明鬼神，以助阴诛。”上报听之。

作品写的是一个为鬼魂复仇的故事：寡妇苏娥外出经商，暮宿鹄奔亭，亭长龚寿乘人之危，图谋强奸并杀人越货。三年之后，交州刺史何敞夜宿于此，苏娥的鬼魂向其诉说冤情。何敞明察暗访，终于昭雪沉冤，将龚寿绳之以法。小说通过对交州刺史何敞侦破凶杀案的叙述，赞颂了何敞为官、为侠的可贵品质，曲折地表现出人民的复仇精神。

此故事《列异传》（该书何敞作周敞）《水经注》《冤魂志》均有载，但以《搜神记》的记载最详。由此亦可知，该故事在历代都有广泛的流传。

《后汉书》（朱乐何列传第三十三）有何敞的传记，称“何敞字文高，扶风平陵人”，“性公正”，曾出为汝南太傅，岁余迁汝南太守，“及举冤狱，以《春秋》义断之。是以郡中无怨声，百姓化其恩礼”，云云。《后汉书》与此故事中的何敞，籍贯、仕历各不相同，两人的事迹也无太多交集，两者应该不是同一个人。

又 272 则《何敞》亦有称“何敞”者：

> 何敞，吴郡人。少好道艺，隐居。里以大旱，民物憔悴，太守庆洪遣户曹掾致谒，奉印绶，烦守无锡。敞不受。退，叹而言曰：“郡界有灾，安能得怀道？”因涉之县，驻明星屋中。蝗蝝消死，敞即遁去。后举方正、博士，皆不就。卒于家。

前面《苏娥》中的何敞为九江人，《后汉书》中的何敞为扶风平陵（在今陕西）人，而此何敞为吴郡（今苏州一带）人，且“隐居”不仕，

“后举方正、博士，皆不受。卒于家”。行迹与前两者皆不合，可知此何敞与前两者亦不相同，此处无须多论。

侠客官员何敞为鬼申冤的故事，虽然由鬼魂的鸣冤申诉所引出，但读来并不令人觉得荒唐、怪诞，尤其是苏娥鬼魂诉述的一段文字，将案件的起因、时间、地点、人物及其不幸遭遇，一一道来，具体真切、如泣如诉，令人唏嘘不已，不由你不信。故事中的苏娥虽然处境凄凉、孤苦无助，但不畏强暴、坚韧不拔，极具反抗精神；亭长龚寿贪财好色，穷凶极恶，都写得有声有色、活灵活现，形象逼真生动，这在“粗陈梗概”的六朝志怪中，显得难能可贵。

何敞这个形象亦正亦暴，可以说是《搜神记》侠客中最为复杂的一个。从凶案发生到何敞入宿已历三年，逗留鹄奔亭的人想来不会太少，何敞或许不是第一个遭遇鬼魂诉冤的人，却是第一个接受申诉，同情被害者，拍案而起的人。正直官员的责任心和锄奸除恶、替天行道的侠义精神，在此都得到充分的体现。作为一个官员侠客，他既有官员的明断、缜密，又有侠客的果敢和疾恶如仇。其他人遭遇苏娥的冤魂，或许是吓得魂飞魄散，或许是觉得无稽，也或许是漠然置之，而何敞听完对方申诉后的第一反应便是：“今欲发出汝尸，以何为验？”这表明他对事件的真伪、是非已有了一个基本的判断。之后，掘坟验尸、缉捕疑犯、审讯、查证、定罪，侦查工作按部就班、有条不紊地进行，也按他自己设定的轨道进展，这些细节清晰地展现了何敞当机立断、精明干练的办事作风和性格特征，给人以深刻印象。

但破案之后，缜密明断、疾恶如仇的何敞又表现出令人恐怖的面孔。以包庇的罪名处死凶犯全家，连他自己也知道这是一种过度杀戮、无法可依的行为，但仍然坚持为之，这就显得少了几分清官的理性和冷静，多了几分莽侠的盲目和疯狂。后世小说中的复仇者，为解一己之恨，常有滥杀无辜的现象，如《水浒传》中的李逵抡起大斧，不分青红皂白乱砍一气，与此何其相似。在正义的幌子下处死罪不当死者，其实也是一种野蛮、罪恶的行为，这反映了何敞形象的另一面，这显然是应该批判的。何敞形象的两重性，也反映出行侠主题的复杂性和多面性。

本篇被后人视为文言小说中较早的公案故事，将侠义和公案两大内容熔为一炉，开了侠义和公案合流的先例，这令作品在侠义小说史上享有独特的地位。唐传奇中的《谢小娥传》（李公佐）、《冯燕传》（沈亚之）等作品，都是它的接力者。在清代，侠义公案小说成为侠义小说的主流，作品很多，如《施公案》《续施公案》《三侠五义》《小五义》等，都是著名的长篇侠义公案小说。即便是短篇文言小说《聊斋志异》中的许多冤案，也有不少是侠义和公案兼而有之的篇章。这些作品都能将公案和侠义两部分内容有机、巧妙地结合起来，小说家对受害者和加害者的爱憎分明的态度，对正直官员和忠勇侠客的褒扬以及案情的构思方法叙述套路，等等，都受到了本篇的启发和影响，其先导作用不言而喻。所不同的只是在人物形象的塑造上，官侠同体的人物逐渐一分为二，演变成为清官和义侠的文武组合，清官在义侠的协助下，平反冤案、惩恶护善、伸张正义，人物关系和故事内涵也因此变得更加丰富复杂。这些显然都是侠义公案小说在志怪基础上发展、进步的体现。

从以上的讨论，我们还可以发现一个很有趣的现象：莎士比亚笔下哈姆雷特的复仇故事，与《三王墓》和《苏娥》两篇中的复仇故事，在某些方面有着惊人的相似——苏娥的冤情是由她的鬼魂向何敞申诉，而哈姆雷特得知父亲被害的真相，也是老哈姆雷特的鬼魂所告知，两者如出一辙；《三王墓》中侠客的最终复仇方式，亦与哈姆雷特异曲同工，都是与敌人同归于尽、玉石俱焚。《搜神记》的诞生要比《哈姆雷特》早上千年，我们不敢断言它们之间有什么关联，但至少可以说明，除了文化的静脉中都涌动着复仇的相同血液之外，东、西方文学作品中复仇故事的构思和叙述，也不乏相同或相近的特质，而且在一些方面，我们的古典创作甚至还先行了一步。

三　显示技艺

《搜神记》中显示技艺的行侠主题，主要体现在武士侠客的身上。

263 则《熊渠子》：

> 楚熊渠子夜行，见寝石，以为伏虎，弯弓射之，没金铩羽。下视，知其石也。因复射之，矢摧无迹。汉世复有李广，为右北平太

守，射虎得石，亦如之……

264 则《魏更赢》：

楚王游于苑，白猿在焉。王令善射者射之。矢数发，猿搏矢而笑。乃命由基。由基挽弓，猿即抱木而号。及六国时，更羸谓魏王曰："臣能为虚发而下鸟。"魏王曰："然则射可至于此乎?"羸曰："可。"有倾，闻雁从东方来，更羸虚发而鸟下焉。

265 则《古冶子》：

齐景公渡于江沅之河，鼋衔左骖，没之。众皆惊惕。古冶子于是拔剑从之，邪行五里，逆行三里，至于砥柱之下，杀之，乃鼋也。左手持鼋头，右手挟左骖，燕跃鹄踊而出。仰天大呼，水为逆流三百步。观者皆以为河伯也。

这几则分别写熊渠子的神勇臂力、养由基和更嬴的神射、古冶子的英勇神武。除《古冶子》一篇写得较为具体细致一些之外，其余对武侠故事的叙述都过于简略，情节未能予以适当的展开；对形象的刻画也过于平板单薄，主题未能得到深化。尽管如此，作品描写武士侠客的技艺武功，显示其神奇勇武、气概不凡的英雄本色，以此来张扬无往而不胜的强大，仍然有独特的审美价值。

魏晋以降，传述侠客故事的小说蔚为大观，但总而观之，侠客的行为大体上仍在上述三大主题的框架之内。陈平原先生认为唐宋传奇侠客有"仗义""报恩"和"比武"三大行侠主题，后世的武侠小说大都依此为本。[①] 这三大行侠主题与《搜神记》侠客的三大行侠主题可谓"貌离神合"。表现比武的唐传奇如袁郊的《赖残》、段成式的《京西店老人》《僧

① 陈平原：《千古文人侠客梦——武侠小说类型研究》，载《陈平原小说史论集》（中），河北人民出版社 1997 年版，第 958 页。

侠》、皇甫枚的《嘉兴绳技》等，着眼点都在侠客神奇的技击本领上，与《搜神记》中显示技艺的作品当属一类。所谓仗义类的传奇，则与《搜神记》中除害救危、复仇主题的作品相类。如李公佐的《谢小娥传》、洪迈的《解洵娶妇》、薛用弱的《贾人妻》等篇中的侠客，其仗义锄奸的性质不容置疑，但复仇的意味也是很浓厚的，这部分作品显然未出除害救危和复仇两大主题的范畴。唐传奇中报恩的侠客，如红线、昆仑奴、聂隐娘、古押衙等，他们的侠行虽未必都有锄恶之功，但都有救困扶危之实。如红线不流一滴血便替薛嵩制服了田承嗣，主观上固然是出于报恩，但客观上却化解了一场军阀混战，解救了无数濒临战火、危在旦夕的生灵。由此可见，报恩的侠行中，也包含有除害救危的主题。如此说来，后世小说中的侠客，其行侠主题依以为本者，实乃《搜神记》。

《搜神记》侠客的三大行侠主题，为人们认识侠客及其行为的性质、特征提供了标本，不仅对后人侠观念的形成、发展有重要影响，而且为后世小说的侠客规备了基本的行为模式。后世小说中的侠行义举尽管千姿百态，但都以此三大主题为核心内容，从这意义上来说，《搜神记》为后世小说家之刻画、塑造侠客形象，演绎侠义故事，开创了最主要的几种类型。

第四节 《搜神记》侠客的行侠处所

一 亭馆与侠客

行侠处所与侠客的身份、思想，侠行的性质及特征等，都有密切的联系，这些联系当中，往往反映出特定时代的历史文化及侠义精神。所以对于行侠处所的讨论，将更加有助于对《搜神记》侠客的深入认识。

《搜神记》侠客的行侠处所分布较广，宫廷、官府、庙宇、山野、河津和亭馆等地方，都留下侠客的行踪，他们常在这些地方完成自己的侠行义举。如《干将莫邪》中的山中侠客，其为赤比复仇、剑断楚王及己头的地方虽未明确交代，但在楚宫廷内应该无疑；谅辅求雨，是在太守郡府的中庭内，“今郡太守内省责己，自曝中庭，使辅谢罪，为民祈福”；葛祚除筏怪，在衡阳郡境内的河津，“郡境有大槎横水，能为妖怪，百姓立为庙。

行旅祷祀，槎乃沉没；不者槎浮，则船为之破坏。祚将去官，乃大具斧斤，将去民累……自此行者无复沉覆之患”；李寄斩蛇，乃在闽中崇山峻岭间的古庙内，“寄乃告请好剑及咋蛇犬，至八月初，便诣庙中坐，怀剑，将犬。先将数石米餈用蜜麨灌之，以置穴口。蛇便出，头大如囷，目如二尺镜。闻餈香气，先啖食之。寄便放犬，犬就啮咋，寄从后斫得数创。疮痛急，蛇因踊出，至庭而死”……

但这些处所都是偶尔见之，出现的频率绝不能与亭馆相提并论。在《搜神记》中，侠客行侠最多的处所其实是亭馆，在亭馆中发生的侠义故事，要超过其他地方的总和。如在前面论述过的宋大贤、安阳亭书生、何敞等人，其行侠的处所就分别在南阳西郊亭、安阳城南亭、苍梧鹄奔亭；北京督邮郅伯夷以头巾、帽子盖脚假寝，让妖精上当，从而将妖精除灭的故事，发生在一个狐狸精经常出没的无名亭馆；其他如谢鲲除鹿怪的地方，为豫章郡空亭；汤应勇斗猪怪、狐精处，是庐陵郡都亭……

《搜神记》侠客的行侠处所主要集中在亭馆，这种现象的产生绝非偶然，而是有特定的历史、文化原因。

顾炎武在《日知录》中有《亭》篇，专门考证两汉时期的“亭”。在文中，他共动用了27条材料，从四个方面对亭作了说明，其中第一点就是认为亭必有居处，且有亭吏，略如馆舍（即后世的旅舍或招待所）：

> 秦制十里一亭，十亭一乡。《风俗通》曰：“汉家因秦，大率十里一亭。亭，留也。盖行旅宿会之所。”以今度之，盖必有居舍，如今之官署。郑康成《周礼·遗人·注》曰：“若今亭有室矣。”故霸陵卫止李广宿亭下，张禹奏请平陵肥牛亭部处，上以赐禹，徙亭它所。而《汉书·注》云：“亭有两卒，一为‘亭父’，掌开闭扫除；一为‘求盗’，掌逐捕盗贼”（任安先为求盗、亭父，后为亭长）是也。（晋时有“亭子”，刘卞为县小吏，功曹衔之，以他事补亭子）……

诚如顾氏所考，西汉时每十里设一亭，亭有配套的亭舍（馆），供过往旅客停憩、留宿。亭馆先有“亭父”和“求盗”，继而有亭长，掌治安警卫，兼管理停留旅客，治理民事。东汉后，由于其功能、作用无法和社会的发展相适应，这种设置逐渐废除。由此可知，亭馆是特定历史时期的产物，它是随着汉代社会秩序、管理的需要而兴起，又因其功能、作用的弱化而衰落的。《搜神记》侠客的行侠处所，便是这种地方。侠客于亭馆遇鬼逢怪一类的故事，都产生于两汉以后，因此故事和人物都打着鲜明的时代印记。

《搜神记》对亭馆没有具体的描述，相关信息只在叙述中稍有透露，如宋大贤“尝宿亭楼……至夜半时，忽有鬼来，登梯与大贤语，眝目磋牙，形貌可恶”；郅伯夷入住亭馆后，“传云：‘督邮欲于楼上观望，亟扫除。’须臾便上。未暝，楼镫阶下复有火”；“庐陵郡都亭重屋中，常有鬼魅，宿者辄死”（439 则《汤应》）。综合“亭楼”“登梯”“楼上观望”“楼镫阶”“重屋”这些简单的信息，我们可以想象得出它的大概样貌：三两层陈旧失修的阁楼，狭窄陡峭的楼梯，数间晦暗简陋，散发着霉味的房子。房间灰墙剥落，垢迹斑斑，老鼠、蟑螂等肆无忌惮地出没其间……

古人认为，鬼魂妖怪都属于阴性的污秽物类，昼伏夜出，所以多藏匿在黑暗、阴森、污秽的处所。亭馆的这些格局和环境，对于牛鬼蛇神来说，正是适得其所。于是乎，每当夜深人静之际，阴气浓重，妖魔鬼怪便纷纷出动，或披头散发、脸面半遮，或血红大口、面目狰狞。如宋大贤（426 则）于南阳西郊亭所遇之老狐妖，面对陌生人，不仅毫无顾忌，直接以“眝目磋牙，形貌可恶”示人，还公然恐吓、威胁宋大贤：

> 大贤鼓琴如故，鬼乃去。于市中取死人头来，还语大贤曰：“宁可少睡耶?”因以死人头投大贤前。大贤曰：“甚佳！吾暮卧无枕，正欲得此。”鬼复去，良久乃还，曰：“宁可共手搏耶?”大贤曰：“善！”语未竟，鬼在前，大贤便逆捉其腰。鬼但急言：“死！”大贤遂杀之。明日视之，乃老狐也。

南阳西郊亭的鬼魅是丑恶凶残的，谢鲲在豫章郡空亭、汤应在庐陵郡都亭遭遇的妖怪则是阴险诡诈的。前者在半夜里冒充熟人，骗谢鲲开门，图谋不轨，幸被谢鲲识破：

> 夜四更，有一黄衣人，呼鲲字云："幼舆，可开户。"鲲澹然无惧色，令申臂于窗中。于是授腕，鲲即极力而牵之，其臂乃脱，乃还去。明日看，乃鹿臂也。寻血取获。

庐陵郡都亭的猪怪和狐妖狼狈为奸，先后两次乔装打扮，冒充部郡从事史、郡守前来拜见差使。前一次分头而来，伪装得实在逼真，汤应不觉得有诈，"应谓是人，了无疑也"；后一次结伙而至，因举止怪异，神情诡秘，才引起警觉，当对方迫不及待地想前后夹击自己时，汤应主动出击，一举击败两个阴险狡诈的妖怪：

> 旋又有叩阁者，云："部郡、府君相诣。"应乃疑曰："此夜非时，又部郡、府君不应同行。"知是鬼魅。因持刀迎之。见二人皆盛衣服，俱进。坐毕，府君者便与应谈。谈未竟，而部郡忽起至应背后。应乃回顾，以刀逆击，中之。府君下坐走出，应急追，至亭后墙下，及之，斫伤数下。应乃还卧。达曙，将人往寻，见有血迹，皆得之。云称府君者，是一老狶也；部郡者，是一老狐也。自是遂绝。

从这些叙述中，我们可以想得到，亭馆作为一个流动人员停留、交会的场所，南来北往的旅客鱼龙混杂，在正常运作时，必定是治安问题的多发地点，废弃后则多变成盗匪藏匿、作恶之所，坑蒙拐骗、谋财害命、淫人妻女之类的罪恶在这里不断酝酿和滋生。因此，本来应给旅客提供停憩、安全的亭馆，实际上已经沦为一个现实社会的魔窟，一个时刻"闹鬼"的地方。

亭馆之所以沦为一个酝酿和滋生邪恶的场所，除了自身功能、性质及境况变化的原因之外，还应与亭吏的堕落、变质有关。在《搜神记》中，我们可以看到，侠客行侠的亭馆，其亭吏有三种类型：

一是平庸无能、无所作为者。他们既不除妖驱怪，又不保护旅客的生命财产安全，唯一能做的，就是劝止旅客的入住，以免生事担责。如郅伯夷欲入住亭馆时，“吏卒惶怖，言当解去”；汤应“使至庐陵，便止亭宿，吏启不可”。这般亭吏，对罪犯的放任、纵容作用远大于震慑，亭馆妖怪肆虐、罪恶频生，是很自然的事。

二是冒牌货。安阳城南亭“夜不可宿，宿辄杀人”，“前后宿此，未有活者”。该亭之所以如此凶险，是因为亭馆实为妖怪所盘踞，亭主是一个冒牌货：“夜半后，有一人，著皂单衣，来往户外，呼亭主，亭主应诺。‘见亭中有人耶?’答曰：‘向者有一书生，在此读书，适休，似未寝。’乃暗嗟而去。须臾，复有一人，冠赤帻者，呼亭主，问答如前，复暗嗟而去。既去寂然。书生知无来者，效呼亭主，亭主亦应诺。复云：‘亭中有人耶?’亭主答如前。乃问曰：‘向黑衣来者谁?’曰：‘北舍母猪也。’又曰：‘冠赤帻来者谁?’曰：‘西舍老雄鸡父也。’曰：‘汝复谁耶?’曰：‘我是老蝎也。’”亭主居然是狡猾而凶残的蝎精，与西屋的公鸡精、北舍的母猪怪狼狈为奸，内外勾结，干着不法的营生，亭馆成了一个货真价实的“黑店”，一个谋财害命的魔窟，令人不寒而栗。

三是贪财好色、作奸犯科之徒。苍梧鹄奔亭的亭长龚寿是这一类型的代表。他身为政府官吏，却以身试法，干着丧尽天良的盗匪勾当，手段之恶劣、残忍比鬼怪有过之而无不及。豺狼免不了吃人，在龚寿把持下的亭馆，苏娥主仆遭劫杀，恐怕不是偶然、唯一的凶案。谁又能知道，像龚寿那样的亭长，像苏娥那样遭遇的旅客，在当时有多少！

由于所干的都是害人的勾当，所以从性质上来说，第三类亭吏与第二类冒牌的“亭吏”（妖怪）其实都是一路货色、一丘之貉。在这些或玩忽职守或堕落变质的亭吏把持下，亭馆其实已经沦为败类的乐园、犯罪的温床。《搜神记》中这些鬼魅肆虐的亭馆，实质是社会丑恶现实的一个缩影，吏治腐败的曲折写照。《搜神记》的侠客，多是作为邪恶的对立面出现的，他们与魔怪、恶徒之间，类同于现代社会的警察和罪犯，是一种相生相克的关系。因此，魔怪、邪恶出没频繁的亭馆，就自然而然地成了侠客驱邪惩恶的活动场所，或者表演的背景，亭馆成为《搜神记》侠客的主要行侠处所，也就有了它的必然性。这样一个人鬼混杂，正邪交锋的场所，对于侠客来说，更显得他正气凛然，艺高胆大；对于许多读者而言，阴森恐怖、令人不寒而栗的场景、气氛更加惊心动魄，扣人心弦，满足他们喜欢猎奇，寻找惊险刺激的心理，收到“游心寓目”[①] 的效果。

多以亭馆作为行侠处所，还可以从侠客的身份特点上面得到合理的解释。前面已经论述过，《搜神记》中的侠客，以官员和书生为最多，官员因为公务，书生因为游学，都不可避免地要远足旅行，这就使得他们有更多的机会逗留亭馆，成为那里的常客。因此，我们不难发现，以亭馆为行侠处所的侠客，不是官员就是书生；在亭馆上演的侠义故事，无一不是官员或书生与牛鬼蛇神正邪交锋，最终邪不敌正、束手待毙的故事，官员和书生侠客的浩然正气和大智大勇，比在其他任何地方都得到更多、更充分的展现。

由上可见，亭馆成为侠客尤其是官员和书生侠客的主要行侠处所或背景，无论在故事的生成上，还是在叙事的修辞上，都是合乎逻辑的。亭馆伴随着侠客的活动在小说中反复出现，它既成就了侠客仗义除害的业绩，又因侠客的活动而被赋予新的功能和内涵，从而成为《搜神记》侠客行侠的一个典型场景，已具有相当固定的象征意义。

二 亭馆的小说史意义

以上关于侠客与亭馆关系的讨论，揭示了《搜神记》亭馆侠义故事的生成机制，和亭馆成为主要行侠处所的内在逻辑，使我们能从一个特定的窗口，窥探当时的社会现实和生态，从中获得对历史和文化的相当真实的感知。其实，作为一个出现频率极高，具有相当固定的象征意义的典型场所，亭馆意象的构建和经营，从小说叙事、人物形象刻画、塑造的角度来说，也有不同寻常的意义。

人物、情节和环境是小说的三要素，三要素之间相互依赖、相互制约，从而构成一个有机的整体。小说中情节展开、人物活动的背景与空间谓之环境。环境既是特定社会历史风貌的展示，又是故事情节的依托和补充，小说人物性格特征外化的一种体现。《搜神记》中，一般的人物活动场所都比较模糊而且分散，唯有亭馆是一个明确、清晰，而且相当集中、固定的场所。这个具有汉魏历史文化特征的场所，侠义故事产生、演绎的

① （晋）干宝：《搜神记序》，汪绍楹校注本，中华书局1979年版。

平台，为侠客、亭吏和鬼魅的活动，提供了充足的条件，显然具备了小说叙事上环境的意义。在亭馆发生的故事虽然都荒诞不经，但人物活动的时空感很强，情节和人物行为合乎生活或幻想的逻辑，合乎人情道理，在虚幻中透射出真实。集中经营一个特定的环境，给人物、情节提供一个合理的依托，使本来虚幻的故事，具有强烈的现实感和真实感，在“粗陈梗概”、还处于草创阶段的魏晋志怪中，能作如此艺术处理者，并不多见。这无疑为后世小说家营造人物活动的典型场景、塑造人物形象，提供了有益的启示。

人物与环境、情节与环境关系的和谐统一，是小说成熟的表现，也是一种艺术追求，因此，进入创作自觉阶段的小说家都比较注意并且懂得经营这些关系。《搜神记》通过亭馆这一场所来表现人物与环境、情节与环境的关系，未必是自觉和刻意地遵循小说创作的艺术原则和要求，但作品展开情节、表现人物的性格和行为，都从亭馆这一特定处所得到合理的动力和依据，使故事的叙述结构表现出极强的逻辑性，小说的人物、情节与环境之间也有很强的关联性，小说三要素之间表现出相当程度的和谐，这反映出来的关系意识，事实上已经相当接近、暗合了小说创作的艺术原则，而且在这方面的造诣也远远领先于同时期的志怪作品。因此，《搜神记》的亭馆这一典型场景的营造，为后世小说营造典型环境，处理人地关系，起了一定的示范作用。我国明代以前的小说，对人物与环境、情节与环境关系的处理都比较粗疏，明清之际的小说家才比较自觉、娴熟地处理这些关系。这都说明，在小说创作中要达成这两种关系的和谐统一，历程是比较漫长的，也是比较艰难的。唯其如此，也才更显示出《搜神记》示范作用的珍贵和重要。

《搜神记》中的亭馆，既然与人物、情节构成了这么一种关系，对于活动其间的人物形象来说，也就成了一个既依赖又受之制约的特定空间，其思想、行为都透出这个空间的特质，以亭馆为行侠处所的侠客而言，尤其如此。

由于官办的性质，亭馆可以说是官府衙门的一种延伸，本质上仍然是主流社会之一隅。因此，活动于此具有官方身份或色彩的官员和书生侠客（我们姑且称为“亭馆之侠”），自然表现出独特、鲜明的特征和文化品格。

一方面，他们有显赫的身份，或者受人尊崇的地位。他们逗留亭馆，要么是因为公差，要么是游学（历），因此，他们出行的目的和线路应该是固定的，行止有比较强的规律性，这不同于一般的江湖游侠，大多社会地位低微，游离于主流社会之外，带有明显的草根性和随意性，行踪飘忽，神秘感强。

虽然因为亭吏的原因，亭馆的官方、主流性质已有所削弱甚至改变，但在理论上还处于官府权威的辐射半径内，亭馆之侠对亭馆的认知，也自认为还在自己力能操控的“地盘”之上，因此，他们面对妖魔鬼怪时，表现得特别自信和强势。如郅伯夷、安阳亭书生、汤应等人，在入住亭馆之前，都曾被亭吏或乡民以“闹鬼”的原因劝阻，但他们都毫无惧色，不改初衷。宋大贤深夜见到恶鬼，“鼓琴如故”，一脸不屑；汤应面对两个妖怪的前后夹攻，视若等闲，以一敌二，仍然余勇可贾……亭馆之侠所表现出来的这种一往无前的信心和勇力，除了自身胆识、人格的力量外，恐怕与亭馆这一特定的活动场所也不无关系。

另一方面，亭馆也是固有秩序的一种象征，加上官员或书生这一基本雷同的身份，亭馆之侠这一群体的整体特征是比较突出、鲜明的，都有疾恶如仇、无私无畏和智勇双全的人格特征，和按部就班、中规中矩的行为方式。但是，从具体的个体来看，他们的面孔就显得较为单一，缺乏个性，也缺少变化。由于活动被限制在相对固定、狭小的空间内，也使得他们的行侠故事比较单调，甚至雷同。在这里，亭馆之侠无法超越自我，也无法超越亭馆这一现实的空间，像活动在法外之域的江湖之侠那样随心所欲，有着天马行空式的潇洒和自由，远不如驰骋于荒山野渡、游走于民居古刹的江湖之侠那样多姿多彩。

这种情形的出现，除了志怪作品尚在小说的起步阶段，作者还未能自觉地塑造、刻画人物形象的原因之外，亭馆这个固定的场所、亭馆之侠这个特定、同一的群体无形中“固定”了作者的思维，令作者形成一种思维惯性，也有很大的关系。在这种惯性思维支配下，《搜神记》作者对亭馆之侠的认识有凝固化、概念化的倾向，于是乎，其笔下的亭馆之侠虽然共性鲜明、突出，却没有多少个性和变化，成了一批众人一面的类型。由于

《搜神记》在小说史上的突出地位，这多多少少都给后世小说带来一些负面的影响。

亭馆不仅使作品在侠客形象的刻画上面有凝固化、雷同化的倾向，在行侠故事的叙述上面，也有程式化的迹象。发生在亭馆的侠义故事，除了有公案意味的《苏娥》一篇过程较为复杂，叙述的时间、空间都有所突破，情节显得较为曲折变化之外，其他都显得较为单一简略，有一个大同小异的叙述套路：侠客入住亭馆（或被劝阻）——夜遇妖怪——除杀妖怪（或勇诛或智取）。甚至连结尾语也都如出一辙："自是亭舍更无妖怪"（《宋大贤》）；"尔后此亭无复妖怪"（《谢鲲》）；"因此遂绝"（《郅伯夷》）；"自是遂绝"（《汤应》）；"亭毒遂静，永无灾横"（《安阳亭书生》）。这种"三段式"的叙述，令许多故事都似曾相识，远不如《李寄》《三王墓》等发生在其他场景的侠义故事那样灵活多变、异彩纷呈、各具风骚。

总而言之，《搜神记》中的亭馆，是侠客活动、侠义故事生成的重要场所，是官员和书生侠客赖以行侠布义，展现情性和品格的合理空间，是六朝志怪作品中少有的，具有相当象征意义的集中、固定的典型性场所。亭馆现象的出现，既体现了《搜神记》在故事叙述中浓厚的人地关系意识，又显示出作者创作上的一些局限。这些无不给后世作家提供了经验和教训，无论如何，都是我国小说发展史上的一笔宝贵财富。

第五章

《搜神记》中的韵文

小说的基本叙述文体是散文，在散文中间杂韵文是中国古典小说的一大特色，这种特色在《搜神记》中，也有比较突出的表现。以往学者对《搜神记》本来就没有太多的研究，所以对此现象也未能给予足够的关注。恕笔者孤陋寡闻，迄今为止，唯当代学者马雅琴对《搜神记》中的诗歌、谣谚等韵文进行过具体的研究。其《论〈搜神记〉诗歌谣谚应用艺术价值》① 一文，对《搜神记》中韵文的功能、价值等作了比较全面、深入的讨论，并探讨了小说中插入韵文这种现象的成因及其对唐传奇的影响。该文可谓《搜神记》韵文研究的开山之作，对我们的相关研究有一定的启发。

所谓韵文，《辞海》的解释是："泛指有韵的文体，同散文相对。如歌谣、辞赋、诗、词、曲以及有韵的颂、赞、铭、哀、诔等。"② 钱鸿瑛在《中国韵文史》（龙榆生著）导读中基本上沿用了《辞海》的解释："是与散文相对而言的，泛指有韵的文体，如歌谣、辞赋、诗、词、曲甚至有韵的颂、赞、箴、铭等。"③ 此处对《搜神记》韵文的认定，基本上也是以此为依据。在韵文当中，诗（特别是格律诗）、词对押韵的要求比较严格，押韵在什么位置、押什么韵部等，都有一定之规。而其他韵文的

---

① 马雅琴：《论〈搜神记〉诗歌谣谚应用艺术价值》，载《西安电子科技大学学报》（社会科学版）2002 年第 3 期。

② 《辞海》（缩印本），上海辞书出版社 1979 年版，第 2039 页。

③ 龙榆生著，钱鸿瑛导读：《中国韵文史》，上海古籍出版社 2002 年版，第 1 页。

要求则比较宽松、自由，可以多押或少押，也可以随时换韵；至于何处押、何处不押，也没有固定的格式和硬性的规定；在句式方面，也不要求整齐、对称。由于《搜神记》问世于先唐，所以其中的韵文乃属比较宽松、自由的一类。

第一节 《搜神记》间杂韵文的原因

一 先唐韵散间杂的表述传统

中国古代小说是一种多祖的文体，它和神话、传说、寓言、史传、子书等都有血缘关系。由于神话、传说、寓言都是民间的口头文学样式，口头性的流传、保存使它们的文本形式有许多不确定性，有些甚至无法考知，所以在体例和表述方面，小说带有更多史书和子书的印记。先唐史书和子书都具有韵散间杂的表述传统，《搜神记》及先唐小说融入韵文的现象，显然是受这一表述传统的影响。

（一）先唐史传中的韵散间杂

史传在叙事中插入韵文的传统由来已久。从先秦第一部叙事详尽、具体的编年史《左传》开始，在纪事写人中就常见韵文的插入。《左传》中的韵文，以谣谚和《诗》为多。如“隐公十一年”写滕侯和薛侯来朝，互争行礼的先后，羽父就以周谚巧加化解：

> 公使羽父请于薛侯曰：“君与滕君辱在寡人。周谚有之曰：‘山有木，工则度之。宾有礼，主则择之。’周之宗盟，异性为后。寡人若朝于薛，不敢与诸任齿。君若辱贶寡人，则愿以滕君为请。”薛侯许之，乃长滕侯。

“桓公十年”写虞叔拒绝向哥哥虞公献出宝玉，但之后又以谚语说服自己，把宝玉交给了虞公：

> 初，虞叔有玉，虞公求旃，弗献。既而悔之，曰：“周谚有之：‘匹夫无罪，怀璧其罪。’吾焉用此，其以贾害也？”乃献之。

子曰："不学诗，无以言。"在两周时期，在言谈中引用《诗》的句子，是贵族身份的象征，所以人们在各种场合引用"三百篇"的诗句，来彰显自己的身份和教养，增强自己言说的合理性和权威性，也成为一种习惯和时尚。因此，在《左传》中我们可以看到大量周人引《诗》的记载。

如"桓公十二年"，写宋公对与桓公的结盟没有诚意，反复无常，最终遭桓公和郑伯的联合攻打。作者借"君子"之口，引《诗》批评宋公的不守信，说明不守信义招致祸害是必然的：

> 公欲平宋、郑。秋，公及宋公盟于句渎之丘。宋成未可知也，故又会于虚。冬，又会于龟。宋公辞平。故与郑伯盟于武父。遂帅师而伐宋。战焉，宋无信也。君子曰："苟信不继，盟无益也。《诗》云：'君子屡盟，乱是用长'。无信也。"

"庄公二十二年"写齐侯想任命流亡来齐的陈国公子完（敬仲）为卿，公子完怕此举引发齐国官员的不满和指责，引《诗》婉拒，显示自己的品格和姿态：

> 齐侯使敬仲为卿，辞曰："羁旅之臣，幸若获宥，及于宽政，赦其不闲于教训，而免于罪戾，弛于负担，君之惠也。所获多矣，敢辱高位以速官谤？请以死告。《诗》云：'翘翘车乘，招我以弓。岂不欲往？畏我友朋。'"使为工正。

在我国早期，诗和史的界限并不是那么泾渭分明，既可以说是诗、史不分，正如章学诚所说的"六经皆史"①，又可以说是诗、史互通，两者之间的性质、功用和手法彼此通融互用。因此，史官往往也是诗人，如《诗经》"大雅"中的《绵》《皇矣》《生民》《公刘》《大明》等篇，便都出自史官的手笔。史官以诗歌的形式指陈时事、干预时世，使诗歌具有纪实的成分，承担史的功能，而在史传的撰述中则常常引诗证史、论事、

① 章学诚：《文史通义校注》，中华书局1985年版，第1页。

抒情等，使史传兼有诗歌的特质。孟子云："王者之迹熄而《诗》亡，《诗》亡然后《春秋》作。晋之《乘》，楚之《梼杌》，鲁之《春秋》，一也。'其事则齐桓、晋文，其文则史。'孔子曰：'其义则丘窃取之矣。'"（《离娄章句下》）这里将《诗》与《春秋》等史书相提并论，揭示两者之间的承传互补关系，反映了古人诗、史同质的意识，而孔子坦然承认在撰写或修订《春秋》时吸取、借用了《诗》的义理精髓，也进一步证实了诗、史互通的事实。由此可知，《左传》之所以大量引《诗》，除了因为周人尊崇《诗》的权威、神圣以及盛行言必引《诗》的风尚这一固有事实以外，史官作者受诗史互通意识的支配，在撰史过程中借诗论事证事、抒情言志，也是很重要的原因。

到了汉代，司马迁沿袭了《左传》作者的这种意识和习惯，《史记》中引用《诗经》的现象也大量存在。

如《孔子世家》写孔子师徒被困于陈，孔子就曾三度引《诗》，分别向子路、子贡和颜回提问同样的问题："《诗》云：'匪兕匪虎，率彼旷野'。吾道非耶，吾何为于此？"此诗句出自《小雅》"何草不黄"篇第三章："匪兕匪虎，率彼旷野。哀我征夫，朝夕不暇。"该诗讽刺统治者征役不息，老百姓苦难不若野兽，孔子借以表达对自己处境艰辛的不满和不解。

本篇末的论赞则是太史公自己引《诗》，用以表达对孔子的追慕、崇敬：

> 太史公曰："《诗》有之：'高山仰止，景行行止。'虽不能至，然心乡往之……天下君王至于贤人众矣，当时则荣，没则已焉。孔子布衣，传十余世，学者宗之。自天子王侯，中国言'六艺'者折中于夫子，可谓至圣矣。"

《仲尼弟子列传》中，也多处引《诗》，反映孔子师徒对《诗》的学习和交流：

> 子夏问："'巧笑倩兮，美目盼兮，素以为绚兮'。何谓也？"子

> 曰："绘事后素。"曰："礼后乎?"孔子曰："商始可与言《诗》已矣。"……昔夫子当行，使弟子持雨具，已而果雨。弟子问曰："夫子何以知之?"夫子曰："《诗》不云乎：'月离于毕，俾滂沱矣。'昨暮月不宿毕乎?"他日，月宿毕，竟不雨。

《春申君列传》写秦昭王征服韩、魏之后，意欲伐楚，楚春申君（黄歇）上书劝其勿作"两虎相与斗"之举，书中三处引《诗》，佐证自己对秦、楚、韩、魏之间关系的分析和见解，指出秦伐楚的不当和不智：

> 《诗》曰："靡不有初，鲜克有终"。《易》曰："狐涉水，濡其尾"。此言始之易，终之难也……《诗》曰："大武远宅而不涉。"从此观之，楚国，援也；邻国，敌也。《诗云》："趯趯毚兔，遇犬获之。他人有心，余忖度之。"① 今王中道而信韩、魏之善王也，此正吴之信越也。臣闻之，敌不可假，时不可失。臣恐韩、魏卑辞除患而实欲欺大国也。

或许是因为抒情、议论的成分更多，更加注意刻画人物形象，真实反映人物内心情感的缘故，《史记》插入的韵文比《左传》更多，除了引用《诗经》之外，许多其他的韵文也屡屡见于其中。如《项羽本纪》写被困垓下的项羽，在四面楚歌之中，面对心爱的虞姬和宝马，慷慨悲歌："力拔山兮气盖世，时不利兮骓不逝。骓不逝兮可奈何，虞兮虞兮奈若何!"末路英雄的悲哀和痛苦，表现得淋漓尽致。

《高祖本纪》写刘邦夺得天下，由寒微布衣一变而为天子，衣锦还乡之日，在众乡亲面前踌躇满志，引吭高歌，豪气干云："大风飞兮云飞扬，威加海内兮归故乡，安得猛士兮守四方!"

《留侯世家》中，刘邦欲以戚夫人子赵王如意取代太子刘盈，吕后得张良奇计，厚礼求得四位刘邦仰慕的高人隐士出山侍奉太子，制

---

① 诗句出自《小雅》"巧言"第四章，顺序与原诗有出入。原顺序是："他人有心，余忖度之。跃跃毚兔，遇犬获之。"该诗讽刺周王听信谗言，酿成祸乱。

造出刘盈已经羽翼丰满的假象，令刘邦有所顾忌，不得不改变初衷。面对戚夫人的失望和泪眼，刘邦愧疚交集，以楚歌一曲尽诉无奈："鸿鹄高飞，一举千里。羽翮已就，横绝四海。横绝四海，当可奈何！虽有矰缴，尚安所施！"

司马迁曾漫游全国，广泛考察各地的历史和民情风俗，收集各种资料，因而《史记》中也插入许多民间的歌谣、谚语等，令史书更具生活气息："狡兔死，走狗烹；高鸟尽，良弓藏；敌国破，谋臣亡"（《淮阴侯列传》）；"天下熙熙，皆为利来；天下攘攘，皆为利往"（《货殖列传》）；"忠言逆耳利于行，毒药苦口利于病"（《留侯世家》）；"智者千虑，必有一失；愚者千虑，必有一得"（《淮阴侯列传》）；"颍水清，灌氏宁；颍水浊，灌氏族"（《魏其武安侯列传》）；"一尺布，尚可缝，一斗米，尚可舂，兄弟二人不能相容"（《淮南衡山列传》）……

这些韵文，或渲染、烘托了气氛，增强了艺术感染力；或真实揭示了人物的内心世界和情感，使人物形象栩栩如生，呼之欲出；有的则解说了某种人情道理、社会现象，生活经验和哲理思考熔为一炉，充满情趣和智慧。韵文的使用，成为《史记》成就特色不可或缺的成分。

汉代的另一部著名史书《汉书》，亦保持着《史记》这种插入韵文的传统，此处且举一例：

《苏武传》写苏武终于归汉，在为苏武饯行的宴席上，心情复杂的李陵且歌且舞："径万里兮度沙幕，为君将兮奋匈奴。路穷绝兮矢刃摧，士众灭兮名已颓。老母已死，虽欲报恩将安归！"内心的伤感、无奈和悔恨，不知有多少人能够理解！

在魏晋人的意识中，小说类同于史书。人们对于小说的这种定位和期许，使得小说家亦以史家自许，在创作的过程中，尽可能向史传靠拢，以示自己创作的严肃和正统，争取世人的认可。因此，史传的撰写手法常为小说家所仿效，在叙事中插入韵文，也就成了小说中常见的现象。一些并非真正史家的小说家尚且有这种追求和习惯，对于既是史家又是小说家的干宝来说，在《搜神记》中多用韵文，就再也自然不过了。如此说来，《搜神记》之插入韵文，实为史书表现手法的运用，史书表述传统的一种延续。

（二）先唐诸子中的韵散间杂

《商君书》云："国用《诗》《书》、礼、乐、孝、弟、善、修治者，敌至必削国，不至必贫；国不用八者治，敌不敢至，虽至必却，兴兵而伐必取，取必能有之，按兵而不攻必富。国好力，日以难攻；国好言，日以易攻。"（去强第四）由此可知，出于政治的考虑，先秦法家是排斥《诗》《书》的。加上法家学者崇尚严刑酷法，思想偏激，言辞尖锐冷峻，欠缺浪漫和温情，所以在法家的著作中，别说引《诗》，即使是其他韵文也甚少见到。除了法家之外，先唐诸子中韵散间杂的表达方式普遍存在。

先唐诸子的韵散间杂大体上有两种形态：一是《老子》独树一帜的原生式韵散间杂，另一是其他诸子的外加式韵散间杂。外加式的韵散间杂，当中的韵文具有外来插入、片段添加的特点，主要起着辅助、衬托、提升等锦上添花的作用，分量与散文不可同日而语，前述史传中的韵文，和后面将要介绍的其他诸子中的韵文，都属这一类；而《老子》中的韵文部分和散文部分一样，都是与生俱来，自然天成，两者血肉相连，职能不分主辅，构成不显内外，分量不相上下，呈现原生的特征，如二十八章：

> 知其雄，守其雌，为天下溪。为天下溪，常德不离，复归于婴儿。知其白，守其黑，为天下式。为天下式，常德不忒，复归于无极。知其荣，守其辱，为天下谷。为天下谷，常德乃足，复归于朴。朴散则为器，圣人用之则为官长，故大制不割。

文中句子或整齐，或参差，也有勾连，韵文和散文浑然一体，节奏鲜明，韵律和谐，还运用了重章叠句来强化议论和抒情，简直就是一首优美的散文诗。亦诗亦文、风靡两汉几百年的汉赋，就继承了这种文体的表述传统。尽管这种内在原生式的韵散间杂，比之于外加式融合得更加有机、统一，后代也有一些类似表述的小说（著名者如汉代《西京杂记》中的一些篇目，唐传奇张鷟的《游仙窟》等），但这种态势在小说史上毕竟不是主流，在魏晋小说中，在《搜神记》那里，并未见有太多的表现。综观《搜神记》插入韵文的情形，基本上都是外加式的韵散间杂，所以对此只略作交代，而把主要笔墨放在对其他诸子韵文的讨论上面。

众所周知，孔子对《诗》特别重视，对《诗》的传播、研究做过许多工作，有很大的贡献，引《诗》、论《诗》是他日常和学生、时人交流的重要内容。因此，《论语》中少不了引《诗》的例子。

如《学而》篇十五：

> 子贡曰："贫而无谄，富而无骄，何如？"子曰："可也。未若贫而乐，富而好礼者也。"子贡曰："《诗》云：'如切如磋，如琢如磨。'其斯之谓与？"子曰："赐也，始可与言《诗》已矣！告诸往而知来者。"

《泰伯》篇之三：

> 曾子有疾，召门弟子曰："启予足！启予手！《诗》云：'战战兢兢，如临深渊，如履薄冰。'而今而后，吾知免夫！小子！"

先秦儒家的另两部子书《孟子》和《荀子》，引《诗》的数量比《论语》还多得多。这想必与战国中期以后，议论文进一步发展和规范，论证更加周详、严谨、透彻，论据更加充分的客观要求有关。孟子以好辩、能辩著称，在论辩中喜欢引经据典，令自己的言谈有理有据、雄辩难挡，因此，"三百篇"是孟子常用的有力武器，文章中引《诗》的例子随处可见。粗略统计，仅"梁惠王章句""滕文公章句"两篇，引《诗》就各多达七处，其他各篇，都有不同数量的引述。《荀子》引《诗》的情形，与《孟子》大致相类，篇中亦频见《诗》的章句。《诗》中句段，常常是荀子某一个结论的决断性佐证，所以其文中，某一个问题讨论完之后，文末多以"《诗》曰：'……'，此之谓也"这样的句子作结。如《君子篇》共五节，除了两节将"《诗》"分别换成"《书》"和"《传》"之外，其余三节的结尾均是如此句式，由此可见荀子对《诗》的倚重和广泛运用。《孟子》《荀子》都是论辩性很强的文章，在论辩中插入《诗》句，对于渲染气氛，调节语气，支撑论点，突出主题，加强论辩的气势和力度，都起到很好的作用。

相较于引《诗》，这几部儒家经典插入的其他韵文就少一些，但也不乏精彩的例子。如《论语》："楚狂接舆歌而过孔子，曰：'凤兮凤兮，何德之衰？往者不可谏，来者犹可追。已而，已而！今之从政者殆而'"（《微子》）；《孟子》："夏谚曰：'吾三不游，吾何以休？吾王不豫，吾何以助？一游一豫，为诸侯度'"（《梁惠王章句下》）；《荀子》"赋"篇结尾，连续插入四言诗歌两首，其一云："天下不治，请陈佹诗：'天地易位，四时易乡。列星殒坠，且暮晦盲。幽暗登昭，日月下藏。公正无私，见谓纵横；志爱公利，重楼疏堂，无私罪人，儆革戎兵……"其二云："其小歌曰：念彼远方，何其塞也。仁人绌约，暴人衍矣。忠臣危殆，谗人服矣。璇、玉、瑶、珠，不知佩矣，杂布与锦，不知异也……"

庄子本来就是一个具有浪漫情怀和诗人气质的学者，《庄子》的语言本就有浓郁的诗意，和诗一样的韵律，与此同时，在他的文字中，也常间杂着一些其他的韵文。

如《人间世》：

> 孔子适楚，楚狂接舆游其门，曰："凤兮凤兮，何如德之衰也！来世不可待，往世不可追也！天下有道，圣人成焉；天下无道，圣人生焉！方今之时，仅免刑焉！福轻乎羽，莫之知载；祸重乎地，莫之知避。已乎已乎，临人以德！殆乎殆乎，画地而趋！迷阳迷阳，无伤吾行！郤曲郤曲，无伤吾足！"

这首著名的"凤兮歌"，文字与《论语》所记有较大的出入，由此也可见在孔子、庄子眼中，这位楚国狂士的区别。再如《大宗师》：

> 莫然有间，而子桑户死，未葬。孔子闻之，使子贡往侍事焉。或编曲，或鼓琴，相和而歌曰："嗟来桑户乎！嗟来桑户乎！而已反其真，而我犹为人猗！"子贡趋而进曰："敢问临尸而歌，礼乎？"二人相视而笑曰："是恶知礼意！"

子桑户死，子贡去帮助料理丧事，看到死者的朋友孟子反和子琴张竟然一个编曲、一个弹琴，一唱一和地临尸而歌，令他甚是不解。这显然是庄子虚构的一个具有小说意味的故事，意在说明人如何忘却死亡，安于自然，进入“道”的境界而与自然合成一体，当然也嘲笑了儒家的礼义观念。把诗歌融入故事，以之敷衍和推进情节，描摹人物的行为和情性，这和后代小说的相关表述已经相当接近。《庄子》是先秦诸子书中最具小说意味者，由此可见一斑。

墨子虽然对儒家的观念、做派有诸多不满，但对儒家推崇的《诗》并不反感，对孔子引《诗》的手法也并不排斥。据粗略统计，今本《墨子》引《诗》有12处之多。如《尚贤中》一篇，就两处引《诗》，其一出自“大雅”之《桑柔》：“《诗》曰：‘告女忧恤，诲女予爵。孰能执热，鲜不用濯？’则此语古者国君诸侯之不可以不执善承嗣辅佐也，譬之犹执热之有濯也，将休其手焉”；其二墨子明确标示引自“周颂”：“《周颂》道之曰：‘圣人之德，昭于天下，若天之高，若地之普。若山之承，不拆不崩。若日之光，若月之明，与天地同常。’[①] 则此言圣人之德，章明博大，埴固以修久也。故圣人之德，盖总乎天地者也。”与孔孟一样，墨子引《诗》也不是完整地插入某一篇，只是根据需要截取一个片段为我所用，辅助论证说理、借以教化的实用意图很明显。

先秦诸家的圣人辩士在后人的心目中有崇高的威望和垂范作用，诸子在散文中插入韵文的表述方式，也为汉魏以后的许多学者所效法，如《淮南子》《论衡》《抱朴子》等著作，或插入《诗经》和其他诗赋，或在某一段落直接使用赋体性质的文字表述，都是比较常见的现象。以上事实表明，先唐诸子与史传一样，都有韵散间杂的表述传统，从先秦到汉魏晋，这种传统都没有中断、衰落过。由于史传和子书是小说源出且欲竭力靠拢的正统主流文体，所以其韵散间杂的表述传统，于小说而言，既是先天固有的基因，又是后天发展的需求。因此，在《搜神记》及后世小说里面有这种表述现象，有其必然性和合理性。

二　先唐小说韵散间杂的创作风气

古典小说在散文叙事中间杂韵文，以往已有许多学者注意到这一文体

① 今本《诗经》（毛诗）无此诗，疑是逸诗。引文部分文字有增删，系据余樾之说。

现象，并有相当程度的研究，但他们所关注的，主要是唐传奇以后小说的相关情形。其实，在小说中插入韵文的现象，早在先唐时期就已普遍存在，唐以后小说中插入韵文，不过是这种现象的一种延续和发展。

从前面的论述可知，先唐小说插入韵文的现象，是史传和子书韵散间杂表述传统的影响所致。出于对史传和子书的尊崇和模仿，小说家们从一开始就有了在散文叙事中间杂韵文的手法，久而久之，就形成了一种习惯和风气。因此，在先唐的小说里，我们可以看到大量各式各样的韵文，这些韵文为小说的叙事、抒情、刻画人物形象等，都增添了别样的风采。

（一）两汉小说中的韵文

被胡应麟称为“古今小说杂传之祖”（《少室山房笔丛·燕丹子》）的汉代小说《燕丹子》，写荆轲离燕入秦，太子丹易水相送之时，荆轲慷慨高歌，毅然上路，就是叙事中插入韵文的著名例子：

> 荆轲起为寿，歌曰：“风萧萧兮易水寒，壮士一去兮不复还！”高渐离击筑，宋意和之。为壮声则怒发冲冠，为哀声则士皆流涕。

刺杀秦王，无论如何都必定是一个有去无回的旅程，生离死别的场面，气氛异常凝重、悲壮。荆轲的这一曲悲歌，表现了他义无反顾，以死相报的决心，把悲壮的情绪、气氛推向高潮，古往今来，不知感染了多少读者。

托名东方朔的《神异经》，仿《山海经》的体制，写山川道里、奇人异物，当中颇多富于想象、饶有意趣的故事，其《中荒经》写东王公和西王母在昆仑山相会，对于他们相会的处所——铜柱及其之上的大鸟，小说分别用两段铭文来描述：

> 昆仑之山有铜柱焉，其高入天，所谓天柱也。围三千里，周圆如削。下有四屋，方百丈，仙人九府治之。上有大鸟，名曰希有，南向，张左翼覆东王公，右翼覆西王母。背上小处无羽，一万九千里。西王母岁登翼上，会东王公也。故其柱铭曰：“昆仑铜柱，其高入天。

> 圆周如削，肤体美焉。”其鸟铭曰：“有鸟希有，碌赤煌煌，不鸣不食。东覆东王公，西覆西王母。王母欲东，登之自通。阴阳相须，唯会益工。”

小说把东王公和西王母的相会，安排在铜柱端的鸟背之上，颇有神奇之思。当中的两段铭文，显然是前文关于铜柱、大鸟形状描绘的反复和强调。神仙居处，铭文赫然在目，既加强了对铜柱和大鸟神奇、高大气势的渲染，让人生发无限的联想，又使描述对象在虚幻邈远之中，给人一丝真实、亲近之感。

其他如《吴越春秋》《汉武帝故事》《汉武内传》《西京杂记》《列仙传》等汉代小说，插入的韵文也屡见不鲜。

（二）魏晋南北朝志怪小说中的韵文

到了魏晋南北朝，小说中插入韵文的现象，更有方兴未艾之势，无论是志怪小说还是志人小说，都能在简短的篇幅中，时常见到韵文的踪影。韵文的加入，使小说的叙事内涵更加丰富，情节更加丰满，笔触更加细腻，叙事、抒情、刻画人物的手段也更加娴熟和多样。

祖台之字元辰，范阳（今河北涿州）人，主要活动在晋武帝、安帝年间，《晋书》称其“撰志怪书行于世”。其《志怪》一书已逸，鲁迅《古小说钩沉》收十五则，其中《建康小吏》一则写人神相会的情景，插入的诗歌相当出色，有较高的审美价值：

> 建康小吏曹著见庐山夫人，夫人为设酒馔。金鸟啄罂，其中镂刻，奇饰异彩，非人所名；下七子盒盘，盘中亦无俗间常肴敉。夫人命女婉出，与著相见。婉见著欣悦，命婢琼林令取琴出，婉抚琴歌曰：“登庐山兮郁嵯峨，晞阳风兮拂紫霞，招若人兮濯灵波，欣良运兮畅云柯，弹鸣琴兮乐莫过，云龙会兮乐太和。”歌毕，婉便离去。

婉吟唱的显然是一首楚歌，诗歌很容易使人对神奇、浪漫的楚地风情充满遐想。诗歌中，庐山的美景和绚烂澄净的云彩天色、醉人的琴声相互交融和谐一体，衬托与远方客人相会的欣喜心情，显示出仙女脱俗的高雅情怀和悠闲自在的生活状态，令人心生艳羡。

荀氏的《灵鬼志》约成书于晋末宋初，原书亡逸，《古小说钩沉》辑入逸文二十则。逸文主要写鬼魅怪异故事，此外亦多见谶语应验事迹，如：

> 庾文康初镇武昌，出石头，百姓看者于岸歌曰："庾公上武昌，翩翩如飞鸟。庾公还扬州，白马牵旒旐。"又曰："庾公初上时，翩翩如飞鸦。庾公还扬州，白马牵旐车。"后连征不入，寻薨，下都葬焉。

旐是古代出丧时为棺柩引路的旗，俗称魂幡。"白马牵旒旐"或"白马牵旐车"都是表述马车拉灵柩的情形。两首民谣都预言庾文康镇守武昌，不能生还，结果竟然成谶。如此灵验，简直匪夷所思。

王嘉字子年，陇西安阳（今甘肃渭源）人，道教徒，约生于前赵的中后期，其《拾遗记》（又作《拾遗录》《王子年拾遗记》），是目前所知的为数不多的北朝志怪小说之一。该书为道教徒"自神其教"之作，多写仙人之事和仙山之景，且与历代帝王相联系，是一部杂史体的志怪小说。且看卷一写少昊母皇娥与白帝之子的恋爱故事：

> 少昊母以金德王。母曰皇娥，处璇宫而夜织，或乘桴木而昼游，经历穷桑苍茫之浦。时有神童，容貌绝俗，称为白帝之子，即太白之精，降乎水际，与皇娥宴戏……帝子与皇娥并坐，抚桐峰梓瑟。皇娥倚瑟而清歌曰："天清地旷浩茫茫，万象回薄化无方。浛天荡荡望沧沧，乘桴轻漾著日旁。当其何所至穷桑，心知和乐悦未央。"俗谓游乐之处为桑中也。《诗》中《卫风》云："期我乎桑中。"盖类此也。白帝子答歌："四维八埏眇难极，驱光逐影穷水域。璇宫夜静当轩织。铜峰文梓千寻直，伐梓作器成琴瑟。清歌流畅乐难极，沧湄海浦来栖息。"……

小说写皇娥与白帝之子情投意合，在交游中双方情歌互答，情意缠绵。在散文叙事当中插入情歌，还引入《诗经》的诗句，韵文的运用自然、娴熟，使恋爱的气氛显得异常热烈，情节优美动人。

其卷七写魏文帝迎娶美人薛灵芸事，亦插入七言诗一首：

> 文帝所爱美人，姓薛名灵芸，常山人也……灵芸未至京师数十里，膏烛之光，相续不灭，车徒咽路，尘起蔽于星月，时人谓之“尘屑”。又筑土为台，基高三十丈，列烛于台下，名曰“烛台”，远望如列星之坠地。又于大道之旁，一里一铜表，高五尺，以志里数。故行者歌曰：“青槐夹道多尘埃，龙楼凤阙望崔嵬。清风细雨杂香来，土上出金火照台。”……

京师路上的烛光、土台、铜表，本来是显示迎亲场面的隆重和铺张，但歌者却将之附会到火、土、金的五行相克上面来，称此乃暗示魏灭晋兴之像：“汉火德王，魏土德王，火伏而土兴，土上出金，是魏灭而晋兴也。”作者在叙事中杂有说教的成分，借行人之歌谣对所述景象进行评说，宣扬道教的学说和迷信史观，不失教徒本色。

（三）魏晋南北朝志人小说中的韵文

以上是魏晋南北朝志怪小说中间杂韵文的例子，其时的志人小说中，这种现象也屡见不鲜。如东晋袁宏《名士传》：

> 是时曹爽辅政，识者虑有危机。晏有重名，与魏姻戚，内虽怀忧，而无复退也。著五言诗以言志曰：“鸿鹄比翼游，群飞戏太清。常畏大罗网，忧祸一旦并。岂若集五湖，从流唼浮萍。永宁旷中怀，何为怵惕惊?”盖因恪言，惧而赋诗。

正始年间，司马集团炙手可热，曹魏政权颓势日显，拥曹和倒曹两派互相角力。本篇写正始名士何晏赋诗言志，表明厌烦政治斗争，但求流连山水，清静安宁的心情，真实反映了那个时代士人的处境和内心世界。

《世说新语》是魏晋南北朝志人小说的代表作，韵文入小说的例子也是俯拾皆是，其中尤以“言语第二”和“文学第四”两部分最多。

如“言语”之八十八、九十五：

顾长康从会稽还，人问山川之美，顾云："千岩竞秀，万壑争流，草木蒙笼其上，若云兴霞蔚。"

顾长康拜桓宣武墓，作诗云："山崩溟海竭，鱼鸟将何依？"人问之曰："卿凭重桓乃尔，哭之状其可见乎？"顾曰："鼻如广漠长风，眼如悬河决溜。"或曰："声如震雷破山，泪如倾河注海。"

顾恺之字长康，东晋名画家，多才多艺，工诗赋、书法。此两则都显示了魏晋名士的才情和雅致，前者以诗描摹会稽的山水之美，后者以诗表达他对桓温的怀念和倚重，以及桓温死去时自己悲切痛哭的情状。

魏晋时期，文学逐渐脱离史学和经学而成为独立的学科，纯"文学"的观念越来越明晰，这也反映在《世说新语》"文学"一门的故事上。"文学"中有较多名士作诗论赋的记录，见于小说的韵文自然必不可少。下面这一则是不能不提的：

文帝尝令东阿王七步中作诗，不成者行大法。应声便为诗曰："煮豆持作羹，漉菽以为汁。萁在釜下燃，豆在釜中泣：本自同根生，相煎何太急！"帝深有惭色。（《文学》六十六则）

这就是著名的曹植七步成诗的故事。该诗在后世广为流传，脍炙人口，可以说是魏晋小说中最具知名度的诗作。小说记事虽然简短，但因为这首诗，使得曹氏兄弟骨肉相煎的故事千百年来家喻户晓，令人感慨。

袁宏（字彦伯）是东晋文学家、史学家，曾任桓温的记室，以文笔见长，《世说新语》中颇多与他著述有关的记载，下面两则分别记他写《北征赋》《东征赋》的趣事：

桓宣武命袁彦伯作《北征赋》，既成，公与时贤共看，咸嗟叹之。时王珣在座，云："恨少一句。得'写'字足韵当佳。"袁即于坐揽笔益云："感不绝于余心，泝流风而独写。"公谓王曰："当今不得不以此事推袁。"（《文学》九十二）

袁宏始作《东征赋》，都不道陶公。胡奴诱之狭室中，临以白刃，曰："先公勋业如是，君作《东征赋》，云何相忽略？"宏窘蹙无计，便答："我大道公，何以云无？"因诵曰："精金百炼，在割能断。功则治人，职思靖乱。长沙之勋，为史所赞。"（《文学》九十七）

两个故事都是围绕赋作展开，既见时人热衷文学、推崇诗赋的风气，亦显袁宏的敏捷才思。其他如"毛诗"（《文学》五十二）和郭景纯（《文学》七十六）、庾阐（《文学》七十七）等人的诗赋，也都常见于"文学"这一类别之中。透过围绕这些诗赋所发生的故事，可在一定程度上见识到晋人的精气神。

以上这么多的例子，足可以说明两点：其一，从两汉到魏晋南北朝，小说创作中间杂韵文的现象的确很普遍，无论是杂史、杂传小说，还是志怪、志人小说的创作，又无论是北方（朝）抑或是南方（朝）小说的创作，都喜欢使用这种手法。因此，《搜神记》的散文叙事中间有韵文，并不是孤立和偶然的现象，而是一种创作风气和时尚的体现。由于《搜神记》是先唐时期具有代表性的作品，对于其他作品而言，这一方面的表现也相对突出。确认这一点，既使《搜神记》韵文的研究具有坚实的立论基础，也使得这种研究具有广泛、深远的意义。

其二，在先唐小说中，插入的韵文种类繁多，歌诗、辞赋、谣谶、铭，等等，可谓应有尽有，这都表明小说与各种韵文文体间的亲密关系。但在某一个小说文本中，韵文的种类一般都比较单一，并未能像《搜神记》那样种类繁多、齐全。在《搜神记》中，上述韵文几乎无所不有。由此说来，《搜神记》插入韵文，不仅是先唐小说间杂韵文的一个缩影，还是一个集大成的范例，因此，对之进行深入、全面的研究，将会有窥一斑而观全豹的功用，使人对先唐小说这一现象及其对后世小说的影响有更多的认识和了解。

三　作者的身份

社会存在决定人的意识，作品的思想内容、艺术形式与作者的身份、价值取向密切相关。先唐小说的作者身份颇为复杂，方士、道教徒、佛教徒、史学家，等等，都混迹其间，《搜神记》及先唐小说中的韵文使用较多，与此也有重要关系。

先唐小说很多都是方士或方士化的儒生所作。王瑶先生曾说："张衡所言小说本自虞初的说法，也就是说小说本自方士。证以《汉志》所列各家的名字和班固的注语，知汉人所谓小说者，即指的是方士之言；而且这和《后叙》中小说家出于稗官的说法，也并不冲突。汉魏六朝对于小说的观念和小说的内容，都和这起源有关系。"① 汉魏六朝小说流传至今者三十余种，大部分为方士或道士所作。如《虞初周说》943篇的作者虞初、《博物志》作者张华、《神仙传》作者葛洪、《洞冥记》作者郭宪、《拾遗记》作者王嘉，等等，都是著名的方士或道士。

这些小说家的身份和视野，不仅使小说中多涉及方术神仙之类的内容，而且由此带来大量的韵文，比如一些押韵的卜辞、卦辞、咒语、谣谶、隐语、谚语等具有民间口传色彩的作品。而有些方士或为了自神其术，或为了故弄玄虚，也喜欢用韵文来渲染气氛，或者描述一些与方术有关的场面、细节，对一些神仙道士作介绍等。方士、道士小说家的韵文，在前面两汉杂史小说和六朝志怪小说韵文的相关介绍中，已知其大致风貌。这些韵文，既包含丰富的社会生活内容，又充满宗教、民俗等文化元素，为世俗的人、事涂抹上神秘的色彩，令人充满好奇和遐想。

随着佛教的兴盛，六朝的宣佛小说，即鲁迅所称的"释氏辅教之书"② 也越来越多，如颜之推的《冤魂志》、刘义庆的《幽明录》和《宣验记》、王琰的《冥祥记》、萧子良的《冥验记》、陆杲的《系观世音应验记》等。这些小说的作者都是虔诚的佛教徒，如刘义庆"唯晚节奉养沙门，颇致费损"③；王琰曾从贤法师授五戒；齐竟陵王萧子良自幼聪敏，长好释氏，屡在家中经营斋戒，大集朝臣僧侣，甚至亲预佛事；陆杲素信佛法，持戒甚精，曾著有《沙门传》三十卷（后逸不传）。宣佛小说大多宣扬佛旨教义，佛经中的一些韵文，以及和尚在各种场合所用、所唱的一些有韵的偈语，都会随之带到小说中来。如《系观世音应验记·潘道秀》

① 王瑶：《小说与方术》，载《中古文学史论集》，北京大学出版社1986年版，第102页。

② 鲁迅：《中国小说史略》（郭适豫导读），上海古籍出版社1998年版，第32页。

③ （唐）李延寿：《南史》，中华书局1975年版，第359页。

中的一段偈语：

> 饿鬼畜生人，诸天等如应，一境心异故，许彼境界成。放过去未来，于梦二影中，智缘非有境，若么成为境。无久分别智，若此无佛果，应得无是处，得自在菩萨。由愿业力故，如意地等成，得定人亦尔，成就曾释人。有智得空人，于但一切法，如意影现故，无分别修时。诸义不显故，应智有无量，由此故无识。

佛教徒小说家作品中的韵文，其生成的机制与方士小说家插入韵文大体相类，此处不多赘述。

魏晋小说家中，还有一部分是史学家，最典型的例子便是干宝、张华。张华曾"除佐著作郎。顷之，迁长史，兼中书郎"①。"著作郎一人，佐郎八人，掌国史，集注起居。著作郎谓之大著作，梁初周捨，裴子野，皆以他官领之。又有撰史学士，亦知史书。佐郎为起家之选。"② 由此可知，佐著作郎是魏晋的史职，凡是以文艺才学来进仕的寒士，起家多为佐著作郎。张华就是以史官逐步晋身要职的文人，其身份与干宝相类。由于时人视小说如同史传，史官小说家习惯以史学家的姿态、眼光来传人记事，以撰史的意识、手法来写小说，自然而然地把史传中以诗证史、以诗证事等韵散间杂的传统手法嫁接到小说创作中去。一些即使不是史官的小说家，也因观念、风气的影响，争相仿效，力图使自己的作品向史传靠拢，从而使小说插入韵文成为一种普遍的现象。

《搜神记》中有如此之多的韵文，显然与干宝的身份有关。作者的身份，不仅促使韵文入小说的现象产生，也决定韵文的性质和特征。由于干宝方士化文人、史学家的身份，《搜神记》中出现的韵文，便以卜辞、卦辞、民谣、谶语、隐语、谚语、《诗》、骚等为多，却不曾见佛经中的韵文及僧人的偈语，尽管书中也有一些涉及佛教内容的作品。这大约有两种可能：一是干宝的思想以儒、道为主要构成，虽然也受佛风所染，但入涉未

① （唐）房玄龄等：《晋书》，中华书局1974年版，第1068页。

② 同上书，第723页。

深，所以相关的故事收录鲜少，韵文便难得一见；另一是本来有之，但因为逸文的原因，这方面的韵文也随之散逸不见。

第二节 《搜神记》韵文的类型

从体制上看，《搜神记》中插入的韵文有诗歌、辞赋、卜辞、卦辞、民谣、谶语、谚语、隐语等。为了方便讨论，此处按照作品各自的独特属性，把上述韵文大体上分成四种类型：(1) 诗歌；(2) 辞赋；(3) 卜辞和卦辞；(4) 谣、谶和谚语。诗歌是指在韵律、句式、结构上有一定规制的一般性古体诗；辞赋地方（楚汉）特色突出，具有明显的地域性，句式、句法比较自由，散文化倾向比较明显；卜辞和卦辞乃方术的附属产品，有工具性和神秘性特质；谣、谶和谚语由民间创作、流传，短小精悍，自由灵活，没有固定规制，可歌但不合乐，集体性、广泛性和口传性是其鲜明标签。

下面按此四种类型分而论之。

一 诗歌

诗歌既可以歌唱又可以吟诵，既可以口头传播又可以书面传递，使用的场合较为广泛，所以，在《搜神记》里出现最多的韵文是诗歌。这些诗歌中，四言、五言、乐府等各种体制都有。

《搜神记》中的四言诗，当以《紫玉》篇中女鬼紫玉为恋人韩重所唱的一首最为完整，也最为动人：

> 重哭泣哀恸，具牲币，往吊于墓前。玉魂从墓出，见重，流涕谓曰："昔尔行之后，令二亲从王相求，度必克从大愿。不图别后，遭命奈何！"玉乃左顾宛颈而歌曰："南山有乌，北山张罗；乌既高飞，罗将奈何！意欲从君，谗言孔多。悲结生疾，没命黄垆。命之不造，冤如之何！羽族之长，名为凤凰；一日失雄，三年感伤；虽有众鸟，不为匹双。故见鄙姿，逢君辉光。身远心近，何当暂忘。"歌毕，嘘唏流涕，要重还冢。

吴王夫差小女紫玉与韩重相爱，遭吴王反对阻挠，紫玉忧郁而死，韩重凭吊紫玉坟墓，紫玉的灵魂竟从墓中走出来，为韩重唱了这首缠绵的悲歌。诗歌诉说了有情人难成眷属的惆怅和悲愤，表现了她对韩重笃深的爱情，也控诉了专横、粗暴家长对美好爱情的摧残，写得颇为伤感，读来使人心酸不已。“南山有乌，北山张罗；乌既高飞，罗将奈何”和“羽族之长，名为凤凰；一日失雄，三年感伤；虽有众鸟，不为匹双”两处的比兴，也很形象、贴切，意味深长。

历代子、史和小说都引用的四言典范《诗经》，在《搜神记》中也少不了，如170则《燕巢生鹰》以“召南”《雀巢》的诗句“惟雀有巢，惟鸠居之”，影射魏占汉位、司马氏又取代曹氏的史实；333则《蜾蠃》引“小雅”《小苑》的“螟蛉有子，蜾蠃负之”，来证实蜾蠃（土蜂）没有生育能力，以桑虫为己子的事实。虽经现代科学论证，这是古人的误断，但也表明我们的祖先很早就对许多自然现象进行过深入的观察。

与前面的史传、诸子和各类小说一样，《搜神记》所引的《诗》也不会整篇或整段引用，只选择自己需要或符合己意的句子，截取其中的一两句，也不需要联系全篇来理解其思想意义，使用的时候往往断章取义，任意驱遣，唯我所好。引《诗》一般是作者作为评论所用，或者为了论证某件事物，是一种非情节的文字。

《搜神记》中的五言诗较之四言、乐府都多，而且多以小说人物的赠诗呈现。如30则《杜兰香》、31则《弦超（附智琼）》、397则《崔少府墓》中的女主人公，给情人的赠诗都是五言。且看崔少府鬼女给卢充的赠诗：

别后四年，三月三日，充临水戏，忽见水旁有二犊车，乍沉乍浮。既而近岸，同坐皆见。而充往开车后户，见崔氏女与三岁男共载。充见之忻然，欲捉其手，女举手指后车曰：“府君见人。”即见少府，充往问讯。女抱儿以还充，又与金鋺，并赠诗曰：“煌煌灵芝质，光丽何猗猗！华艳当时显，嘉异表神奇。含英未及秀，中夏罹霜萎。荣耀长幽灭，世路永无施。不悟阴阳运，哲人忽来仪。会浅离别速，皆由灵与祇。何以赠余亲，金鋺可颐儿。爱恩从此别，断肠伤肝脾。”

充取儿、碗及诗，忽然不见二车处。

《崔少府墓》写了一段人鬼相爱的感人故事：卢充误入崔少府墓，与崔少府鬼女相爱，成婚仅三天即无奈分离。四年以后，双方再度相见，少府女把儿子交卢充抚养，并以金碗及诗相赠。诗歌诉说了由于阴阳相隔，天生丽质和英武出众的两个有情人不能长相厮守的无奈和痛苦，并交代了赠金碗助丈夫养儿的意图，表现了女主人公深沉的母爱。诗歌写得缠绵悱恻，情辞并茂，女主人公美丽、多情、善良的形象，和复杂、细腻的心理活动跃然纸上，颇具感染力。所谓阴阳相隔，人鬼殊途，其实都是世间有情人相爱障碍的象征，诗歌委婉地表达了在强大的习惯势力面前，青年男女无法自由相爱、自主婚姻的无奈和不满，曲折反映了魏晋寒士对美好爱情、理想姻缘的渴望和憧憬。

189 则《晋世宁舞》中插入的是乐府片段：

太康中，天下为《晋世宁》之舞。其舞，抑手以执杯盘而反覆之，歌曰："晋世宁，舞杯盘。"反覆，至危也。杯盘，酒器也。而名曰"晋世宁"者，言时人苟且饮食之间，而其智不可及远，如器在手也。

《旧唐书·音乐志（二）》云："汉世有橦木伎，又有《盘舞》，晋世加之以杯，谓之《杯盘舞》。乐府诗云：'妍袖陵七盘。'言舞用盘七枚也。梁谓之舞盘伎。"由此可知《杯盘舞》的源流及其基本表演方式。

《晋书·五行志》："其歌云：'晋世宁，舞杯盘。'言接杯盘於手上而反覆之，至危也。杯盘者，酒食之器也，而名曰'晋世宁'者，言晋世之士，偷苟於酒食之间，而其知不及远。晋世之宁，犹杯盘之在手也。"此处记载与《搜神记》几乎如出一辙，只是解说稍为详细，可能是出于唐人之手的《晋书》采用了《搜神记》的材料。

小说描述晋武帝太康年间，盛行《晋世宁》歌舞的景况，对统治者沉溺酒色的奢靡、苟且提出批评。小说插入的只是《晋杯盘舞歌》中的片段，完整的《晋杯盘舞歌》在《乐府诗集》卷五十六"舞曲歌辞五"之"杂舞四"中有载：

晋世宁，四海平，普天安乐永大宁。四海安，天下欢，乐治兴隆舞杯盘。舞杯盘，何翩翩，举坐翻覆寿万年。天与日，终与一，左回右转不相失。筝笛悲，酒舞疲，心中慷慨可健兒。樽酒甘，丝竹清，原令诸君醉复醒。醉复醒，时合同，四坐欢乐皆言工。丝竹音，可不听，亦舞此槃左右轻。自相当，合坐欢乐人命长。人命长，当结友，千秋万岁皆老寿。

这是一首饮宴欢娱、歌舞升平的作品，小说中只引用了其中两句，且并不连贯，由此可知作品的主旨并非述录、推介这篇歌词，而在于反映太康年间盛行杯盘舞的这段史实。引用了这两句歌词，令读者对这种歌舞有一个大致的了解，从而使人在有限的篇幅里对这段史实有更多、更深刻的认识和判断。

二　辞赋

辞即楚辞，战国时代楚国诗人以楚国方言创作的一种杂言诗，以屈原的《离骚》为代表，故又称骚体。因汉高祖刘邦为楚人（江苏沛县），其皇族、君臣都喜爱并倡导楚歌，如刘邦做了皇帝，衣锦还乡时高唱的《大风歌》，晚年有感于太子羽翼丰满，废立不成而作的“鸿鹄高飞”；汉武帝刘彻的《秋风辞》《瓠子歌》二首等，都是著名的骚体。由于统治者的倡导和鼓励，汉代文人纷纷响应、效仿，创作日盛，遂使楚辞发展而演为汉赋，成为风靡两汉四百多年的主流文体。辞和赋虽有差异，但由于同源同种，汉人亦不加区别，统称辞赋。在此也姑且合为一类。

汉魏晋人爱辞赋、擅辞赋，吟辞作赋的场景比较多见，小说作品常有这方面的描述，《搜神记》中也不乏这样的例子。如243则《鹏鸟赋》就记载贾谊作汉赋名篇《鹏鸟赋》的故事：

贾谊为长沙王太傅，四月庚子日，有鹏鸟飞入其舍，止于坐隅，良久乃去。谊发书占之，曰：“野鸟入室，主人将去。”谊忌之，故作《鹏鸟赋》，齐死生而等祸福，以致命定志焉。

鹏鸟即猫头鹰，古人视为不祥之鸟，长沙民间更有“鹏鸟至人家，主人死”的说法。贾谊长沙遇鹏鸟入室而作《鹏鸟赋》确有其事，《鹏鸟赋》是赋史上第一篇成熟的哲理赋，贾谊以道家“齐生死，等荣辱”的思想，来对待吉凶、生死、祸福等问题，反映了他的哲学观和生死观。

31则也有张华有感于智琼与弦超的爱情故事，作《神女赋》的记录。这些地方仅是记作赋之事，由于篇幅或者其他的原因，未录所作的作品，这可以说是一种隐性的插入，而下面的叙述将作赋之事和所作赋篇一起收录，则是显性的插入。

且看15则《淮南八公》：

> 淮南王安好道术，设厨宰以候宾客。正月上辛，有八老公诣门求见。门吏白王，王使吏自以意难之，曰：“吾王好长生，先生无驻衰之术，未敢以闻。”公知不见。乃更形为八童子，色如桃花。王便见之，盛礼设乐，以享八公。援琴而弦歌曰：“明明上天，照四海兮；知我好道，公来下兮。公将与余，生羽毛兮；升腾青云，蹈梁甫兮。观见三光，遇北斗兮；驱乘风云，使玉女兮。”今所谓《淮南操》是也。

淮南王刘安是汉高祖刘邦之孙，爱好文学和道术，曾主持编撰《淮南子》一书，内中杂糅以道家为主体的先秦各家学说，至今仍是研究西汉文化思想的重要文献。本篇所写他与神仙交往的故事，反映刘安的好道和崇道，显然是虚构而得。文中所录的《淮南操》一章，究竟是否为刘安所作，亦难以确认。

据《汉书·艺文志》所载，淮南王有赋八十二篇，但都已亡逸，《古文苑》[①] 收有《屏风赋》一篇，指是他的作品：“唯兹屏风，出自幽谷。根深枝茂，号为乔木。孤生陋弱，畏金强族。移根易土，委伏沟渎。飘飘危殆，靡安措足……”虽然作者真伪难辨，但四言的体式与此所录《淮南

① 《古文苑》，总集名，编者不详。相传是唐人旧藏本，北宋孙洙得于佛寺经龛中。该书录周至南齐诗文二百六十余篇，均为史传和《文选》所不载。

操》倒是一致，两者想象丰富，但文字都比较朴实，风格相近。或许现实中的刘安好四言楚歌，亦未可知。

此所谓《淮南操》乃一酬唱之作，表现了作者对神仙老人的景仰，和对仙界、神仙生活的神往。歌辞的情调比较轻松、抒情，反映出与仙人共聚一堂时的欢娱气氛，和此时此刻飘然难抑的心情。

44 则《李少翁》录了汉武帝的一首情诗：

> 汉武帝时，幸李夫人。夫人卒后，帝思念不已。方士齐人李少翁，言能致其神。乃夜施帷帐，明灯烛，而令帝居他帐，遥望之。见美女居帐中，如李夫人之状。还幄坐而步，又不得就视。帝愈益悲感，为作诗曰："是耶？非耶？立而望之，偏娜娜！何冉冉其来迟？"令乐府知音家弦歌之。

《汉书》卷九十七："上思念李夫人不已，方士齐人少翁言能致其神。乃夜张灯烛，设帷帐，陈酒肉，而令上居他帐，遥望见好女如李夫人之貌，还幄坐而步。又不得就视，上愈益相思悲感，为作诗曰：'是邪，非邪？立而望之，偏何姗姗其来迟！'令乐府诸音家弦歌之。上又自为作赋，以伤悼夫人……"《汉书》此载，与《搜神记》如出一辙，小说显然源自史书。

汉武帝非常宠幸李夫人，在她死后仍思念不已，请来方士施用招魂术，以求见她一面。在朦胧、恍惚的幻觉中，汉武帝且信且疑，也算一解饥渴。故事反映出这位雄才大略、叱咤风云的历史强人，也有儿女情长且富于才情的一面。汉武帝好艺文而喜创作，传世诗作几乎都是骚体。他创作的《悼李夫人赋》，缠绵悱恻，颇为亲切，此为李夫人作的这首杂言诗，更表达了对李夫人的深切怀念之情，情真意切，含蓄简练，也颇为感人。

如同前面所述的引《诗》证事，《搜神记》也有引赋证事的现象。如320 则《二华之山》：

> 二华之山，本一山也，当河，河水过之而曲行。河神巨灵，以手擘开其上，以足蹈离其下，中分为两，以利河流。今观手迹于华岳

上，指掌之形具在。脚迹在首阳山下，至今犹存。故张衡作《西京赋》所称“巨灵赑屃，高掌远迹，以流河曲”是也。

这里讲河神将华山劈为大、小华山，以利黄河直流的传说故事，并引张衡《西京赋》的辞句来作佐证。张衡《西京赋》乃东汉散体大赋名篇，叙写西汉首都长安的风情掌故，当中较多虚构、夸张的内容，体制宏大，洋洋千言，这里只引寥寥数句，其意图和手法都一如引《诗》。

三 卜辞和卦辞

占卜是一种很古老的原始习俗文化，是古人用来预测吉凶、人事，推断命运的法术，也是方术的重要组成部分。最初的占卜只有龟占和筮占两种，分别以龟甲和蓍草为主要工具，后来占卜的内容和形式都有许多发展变化，流派众多，工具、手段五花八门，相关的记载也层出不穷。

占卜活动的过程和结果，都要有解说或记录，这就产生了卜辞和卦辞。20 世纪 20 年代初出土于河南安阳小屯村的殷墟甲骨文（又称甲骨卜辞），是殷商王室占卜的记录，可以说是最早的文字记录的龟占卜辞。甲骨卜辞由于残缺散乱，难以判断其是否为韵文，但作为筮占专书的《周易》，内中的卦辞则收入、保存了许多被认为是灵验的、在民间经久流传的歌谣。由于诗歌在古人心目中有崇高的地位，后世的方术之士，为了自神其术，争取获得更多受众的信任和接受，其卜辞、卦辞也常常以易诵好记、类似于诗歌的韵文来充当。因此，卜辞、卦辞中许多都有诗歌一样的节奏和韵律，成为一种性质、功能和形式都比较特别的韵文。

卜辞、卦辞的特别之处，主要在于它的作者、创作的场合和内容都是特定的，是占士卜人在占卜活动中，对某一具体事态作出预测的创作，具有针对性、实用性、模糊性等特质。由于这种预测并非科学的方法和手段，准确性自然无从保证，而占卜者又不能令预测失准——那样意味着自废“武功”，利益、前程受损——所以卜辞、卦辞的文字表述往往模棱两可，解说也多牵强附会。卜辞、卦辞一般都文字简练，形式灵活自由，体制短小，朗朗上口，便于吟诵和记忆。由于占卜活动在古代甚为普遍，这种韵文也常见于各种史传和文学作品。当然，收入史传和文学作品中的这部分韵文，多是经过筛选或加工的，《搜神记》中的这一类韵文，也大抵如此。

《搜神记》中的卦辞，最长的一篇出自63则《郭璞》（三）：

> 扬州别驾顾球姊，生十年便病，至年五十余，令郭璞筮，得“大过”之“升”。其辞曰：“大过卦者义不嘉，冢墓枯杨无英华。振动游魂见龙车，身被重累婴妖邪。法由斩祀杀蛇灵，非己之咎先人瑕。案卦论之可奈何。”球乃迹访其家事，先世曾伐大树，得大蛇杀之，女便病。病后，有群鸟数千，迴翔屋上，人皆怪之，不知何故。有县农行过舍边，仰视，见龙牵车，五色晃烂，其大非常，有顷遂灭。

郭璞精通阴阳历算卜筮之术，还著有《洞林》《新林》《卜韵》等三种卜筮之作。民间有许多关于郭璞的带有神秘怪异色彩的传说，《搜神记》卷三连续收录四篇，都是关于他方术活动的记述。

本篇写扬州别驾从事史（官名）顾球的姐姐从十岁开始得病，至五十岁不愈，请郭璞卜筮探究病因，始知是其父砍树杀蛇惹的祸。在古人的意识中，龙蛇是神物，伤害了神物遭了罪，便要得到报应、惩罚，这当然是一种古老的观念和逻辑，但被惩罚的不是肇事者本人而是他的儿女，这种“株连”也未免太可怕、太不公平了。

“大过”“升”都是卦名，分别出于《周易》的上经和下经，篇中的卦辞当是综合此两卦杜撰出来的，“冢墓枯杨无英华”一句显然化用了“大过”中“枯杨生稊”“枯杨生华”等辞句。卦辞七言七句，可分为两部分：前六句是客观地述说事态的前因后果，还算整齐和浑然一体；最后一句为一部分，是对所卜结果的议论，表明卜筮者的态度，是一种纯主观的介入。这一主观介入显得比较生硬，无论是内容还是语气，都衔接得很不自然，以单句作结也使得诗歌的结构不够平稳。因此，卦辞前后两部分的思想内容、结构都呈游离状态，未能形成一个有机的整体，且文字糙涩，节奏、韵律也不怎么和谐，不算好诗。郭璞博学高才，辞赋为中兴之冠，此类文字恐非出自他本人之手，而是故事的叙述者所拟。

65则《费孝先》写西川大若县人王旻经商至成都，向占候大师费孝先求卦，其卦辞云："教住莫住，教洗莫洗。一石谷捣得三斗米。遇明即活，遇暗即死。"后来果然句句应验，准确无误：途中大雨，他在一旅舍歇息，来避雨的路人众多，他想起"教住莫住"的警告，冒雨离店前行，没多久果然房屋崩塌，只有他一人幸免于难；回到家，有奸情的妻子与奸夫密谋于夜间取其性命，约定以新沐浴者为行刺的目标，当妻子催促其洗澡时，他想起"教洗莫洗"的警告而拒绝，妻子因恼怒忘记了密约，自己洗澡，结果黑暗中遭误杀，他又逃过一劫；他被当成杀妻疑犯，在庭审中大声叫屈，感慨神准的费大师之言竟不应验，敏感睿智的太守从"一石谷捣得三斗米"的卦辞中悟出真凶乃邻居奸夫康七（"康"者"糠"也），破了悬案，救了他一命；若非太守圣明，他必冤死无疑，正所谓"遇明即活，遇暗即死"。

故事以卦辞为线索展开，充满悬念，引人入胜。该卦辞句式口语化，朴实如同白话，简明扼要，易读易记，是一种带有警示意味的预言。后面的每一个事件都与之相照应，每一句预言都得到落实，但它只是给人以某种警醒和暗示，需要局中的人去领悟、破解，才能逢凶化吉，遇险呈祥，因此它又像是隐语。尤其是"一石谷捣得三斗米"一句，简直就是一个谜语，通俗朴实中又有些风趣，颇具民间俗世意味。

其他如《鹏鸟赋》篇中的"野鸟入室，主人将去"；245 则《公孙渊》中的"有形不成，有体无声，其国灭亡"；等等。都是预言性质的占辞，句式整齐，节奏感强，也都有一些民谣的韵味。

由于《搜神记》中占卜的故事较多，所以随之收录了较多的占卜之辞，但韵文只占其中的小部分。总的看来，这部分韵文在内容上，主要是预测人事吉凶，解说因果缘由，迎合一些世俗的欲望，思想成就不高。作为占卜活动的一个组成部分，这些作品的创作具有即时性的特点，也不排除有人将一些现成的句子临时拼凑，或将一些反复使用过的作品改头换面，应景翻新，无论哪一种情形，都属仓促急就，所以在艺术上都比较粗糙。占士卜人只是借用韵文的一些形式、手法，去辅助方技术数的操作，既不能像骚人墨客的创作那样精雕细琢，也无法像民间韵文那样反复传唱，千锤百炼，因此值得称道的作品比较鲜见。

四　谣、谶和谚语

民谣是劳动人民的口头创作，是广大劳动人民表达思想情感的最简单、实用的艺术种类。自古以来，歌、谣互称，民歌、民谣混淆的现象很普遍，所以在这里，要对两者作一些区分，一来使人对民歌、民谣有一个比较清晰的认识，二来也为《搜神记》插入韵文的分类，尤其是诗歌与谣谚的划分提供更多的依据。

民歌与民谣虽然关系密切，但还是有区别的："民歌受到音乐的制约，有比较稳定的曲式结构，所以歌词也有与之相适应的章法和格局；民谣大都没有固定的曲调，唱法自由，近于朗诵，所以谣词多为较短的一段体，在章法格式的要求上不像民歌那样严格。"① 一般来说，古代民歌和民谣有以下几点区别：一是"合乐"和"徒歌"即有无伴奏的区别——前者有伴奏，后者没有；二是曲式结构的区别——民歌有比较固定的曲式，并形成一定格局，歌唱比较严格，民谣则没有固定的曲式，歌唱相对自由；三是规模体制的区别——民歌规模较大，两段以上者比较常见，而民谣则比较简短，一般只有一两句或者两三句。《诗经》许多篇目本来就是民谣，只是经过朝廷收录，乐师的加工、润色、配乐，才由"谣"变为乐歌，再加上儒家学者的包装、推介、尊崇，成了传世经典。

谶是人们认为将来要应验的预言和预兆，古人将之视为神旨的谕示，有一种神秘的意义和无法回避的力量。谶常常以民谣的形式流传，虽然比一般的民谣多了一些"妖气"和"怪气"，但两者在形式上非常接近，所以在此将之与民谣合在一起讨论。

"谚语是通俗凝练、生动活泼的韵语或短句，它经常以口语的形式，在人民中间广泛地沿用和流传，是人民群众表现实际生活经验的一种'现成话'。"② 谚语通常用简单的话反映出丰富的经验和道理，包含着人民群众对社会、自然的深刻认识。"从发生学上来说，谚谣同源，孪生兄弟，一奶同胞，都来自远古的民间口头创造。在存在形式上，又都是以口头形

① 钟敬文主编：《民间文学概论》，上海文艺出版社 1980 年版，第 238 页。

② 武占坤、马国凡：《谚语》，内蒙古人民出版社 1980 年版。此转引自武占坤《中华谚谣研究》，河北大学出版社 2006 年版，第 5 页。

式广泛流传于人民群众间的姐妹篇。”[1] 由于谚语和民谣关系如此密切，所以把两者放在一起讨论，也可谓顺理成章。

《搜神记》里的民谣、谚语都比较短小精悍，这既符合两者的一般特点，同时也适应志怪小说篇幅短小、故事简单的体制。

19则《汉阴生》收录的是汉长安城中流传的一首民谣：

> 汉阴生者，长安渭桥下乞小儿也，常于市中匄。市中厌苦，以粪洒之。旋复在市中乞，衣不见污如故。长吏知之，械收系，著桎梏，而续在市乞。又械，欲杀之，乃去。洒之者家，屋室自坏，杀十数人。长安中谣言曰：“见乞儿，与美酒，以免破屋之咎。”

这位阴生显然是一个仙人，他以乞丐的形象测试人们对于穷人、弱者的态度，竟遭无良商家泼大粪、官府捉拿甚至欲置其于死地，结果向他施恶泼大粪的人都得到了房塌人死的报应惩罚。虽然惩罚有些过当，但故事的主旨是告诫人们要同情弱者，与人为善，不要恃势欺人，滥施淫威，否则会自食恶果，末尾的民谣其实已经点破了这一点。歌谣前两句“见乞儿，与美酒”是劝告人们善待弱者，后一句“以免破屋之咎”是警告，歌词简明扼要，多少有些善恶报应的观念在里头。

如果说这是一首劝警性的民谣，那么，下面两首则是预言即有谶语性质的民谣。

168则《荆州童谣》：

> 建安初，荆州童谣曰：“八九年间始欲衰，至十三年无孑遗。”言自中兴以来，荆州独全，及刘表为牧，民又丰乐，至建安九年当始衰。始衰者，谓刘表妻死，诸将并零落也。十三年无孑遗者，表又当死，因以丧败也。是时华容有女子，忽啼呼曰：“将有大丧。”言语过差，县以为妖言，系狱。月余，忽于狱中哭曰：“刘荆州今日死。”华容去州数百里，即遣马吏验视，而刘表果死。县乃出之。续又歌吟

[1] 武占坤：《中华谚谣研究》，河北大学出版社2006年版，第31页。

曰："不意李立为贵人。"后无几，曹公平荆州，以涿郡李立字建贤为荆州刺史。

刘表为东汉皇族，汉末荆州刺史，管辖今湖北、湖南等地，是荆州地区的实际统治者。由于刘表对当时的军阀混战，采取观望的态度，所以战事较少，所据的地方相对安定，中原人前来避难者甚众。如著名诗人、"建安七子"之一的王粲，就曾投靠过刘表，寓居荆州，并作著名的《登楼赋》，抒发他对时局的忧虑和壮志难酬之情。

本篇讲童谣成谶的故事。荆州当地童谣传唱：建安八、九年（公元203年、204年）至十三年（公元208年）之间，刘表政权必将开始衰落，荆州社会有重大变故。在短短的五六年间，刘表夫妇先后辞世，众多将领衰亡，稳固一时的大厦行将倾覆，童谣预示的迹象一一变现。作为童谣的呼应之作，华容女子的歌吟，把童谣的预言更加具体化，预言某一事件，时间、地点和事态都准确得令人惊奇。在一篇作品中同时出现民谣、歌辞，这是《搜神记》中独一无二的。

童心无邪，童言无忌。不谙世事的孩童，随口所唱竟都成了事实，这只能解释为天意，亦即神灵的意旨。借非主流群落之人的口来宣示意旨，使事态在亦真亦伪、若隐若现、可信不信之间，给人一种事出有因，但又无从稽考的神秘感，这与其说是神灵的惯用手法，不如说是谣言创作者、传播者的惯用手法。所以，在志怪小说所收集的民间故事中，有谶语性质的歌谣，很多都出自童稚之口，以童谣的形式传唱，《搜神记》也不例外。

326则《长水县》中收录的，也是有谶语性质的童谣：

由拳县，秦时长水县也。始皇时，童谣曰："城门有血，城当陷没为湖。"有妪闻之，朝朝往窥。门将欲缚之，妪言其故。后门将以犬血涂门，妪见血，便走去。忽有大水欲没县。主簿令干入白令。令曰："何忽作鱼？"干曰："明府亦作鱼。"遂沦为湖。

这是一个寓意深刻，构思别出心裁的故事。暴秦统治下的长水县，苛政如虎，刑罚残暴，吏治血腥，神灵借童稚之口对此提出警告："城门有血，城当陷没为湖”，企图阻止酷吏的残暴和血腥。但当地官员置若罔闻，刻意制造“血门”，挑战天意民心，果然大水淹没了县城，县城沦为湖泊。富有深意的是，在此之前，老百姓都逃掉了，官员们都变成了鱼。故事抨击了秦的暴政，两句简单的童谣，实质上是百姓对强暴政权、血腥统治的诅咒。

东汉末年，宦官把持了朝政，汉灵帝、献帝先后成为傀儡，时局动荡，乱象纷呈，165 则《京师谣言》中的洛阳百姓，也以民谣的方式对此表示担忧和不满：

> 灵帝之末，京师谣言曰：“侯非侯，王非王，千乘万骑上北邙。”到中平六年，史侯登蹑至尊，献帝未有爵号，为中常侍段珪等所执，公卿百僚，皆随其后，到河上，乃得还。

北邙在洛阳城北，东汉及北魏的王侯公卿多葬于此。“侯非侯，王非王”是批评外戚、宦官相继篡政的乱象；“千乘万骑上北邙”句一语双关，既指众多的权贵争先恐后称王称侯，又暗讽他们的行为实质上是迫不及待地自取灭亡。民谣所表达的，既有现实的内容，又有对未来的预示，曲折反映了百姓不满现实，希望早日结束混乱、动荡的愿望。

与谣谶相比，《搜神记》中见到的谚语稍少。比较值得注意的是 8 则《葛由》篇中的谚语：

> 前周葛由，蜀羌人也。周成王时，好刻木作羊卖之。一旦，乘木羊入蜀中，蜀中王侯贵人追之，上绥山。绥山多桃，在峨眉山西南，高无极也。随之者不复还，皆得仙道。故里谚曰：“得绥山一桃，虽不能仙，亦足以豪。”山下立祠数十处。

这篇写蜀中王侯贵人追随葛由上绥山，最终修成正果，得道成仙的故事。绥山高不见顶，能攀顶成仙，不仅要具备足够的勇气和毅力，还要有坚强的信念。目标明确，勇往直前，矢志追求，永不放弃，即使最终不能成功，也足称生活的强者，谚语“得绥山一桃，虽不能仙，亦足以豪”，表明的就是这个道理。谚语以绥山之桃，比喻付出努力所获得的回报，形象、贴切，简洁而富有哲理。

民谣、谚语都是劳动人民的创作，是人民群众思想感情最真实、最朴素、最直接的一种表达。劳动人民最聪明，也最淳朴，对世间的凉热，政治的得失、人心的向背，都有很真切的感受和清醒的认识，所以许多歌谣唱出了人民的心声，对历史发展走势的预判也表现出相当高的客观性和准确性。这是人民群众集体智慧的体现，与神鬼无关，只是一些迷信鬼神的人牵强附会，将之和鬼神扯上了联系，使部分民谣、谚语染上了谶纬迷信的色彩。从以上介绍的作品可知，《搜神记》中所收录的谣谶、谚语，基本上都属这种性质。这类作品，作者的意图无疑是宣扬神鬼之道，同时也夹杂有一些猎奇心态，但其真正价值不在于它如何的灵验和令人拍案惊奇，而在于它所反映的劳动人民淳朴、美好的思想感情，洞悉事态、时局发展的智慧，以及所揭示的事物、现象的本质规律。因此，我们最需要做的，就是掀开它神异迷信的面纱，还原它本来的真实面目，揭示它健康、进步的深刻意蕴。

第三节 《搜神记》韵文插入的方式

韵文插入的方式包括两个层面：一是插入韵文的来源，二是插入韵文在作品文本中的构成。前者反映的是韵文的作者或者作品的归属，后者反映的是韵文在小说中的存在状态。

一 插入韵文的来源

从来源看，《搜神记》中插入的韵文可以分为引用和自拟两种。引用是指小说中插入他人的、现成的韵文，自拟是小说作者根据故事叙述的需要，自己独立创作韵文。

（一）引用

从上述的讨论可知，《搜神记》插入的韵文有诗歌、辞赋、卜辞和卦辞、谣谶和谚语四大类，在这四大类插入韵文中，除了卜辞和卦辞一类，其余各部分韵文均有属于引用者。

引用的诗歌如《雀巢生鹰》篇中的“惟雀有巢，惟鸠居之”（《召南·雀巢》）、《蜾蠃》篇中的“螟蛉有子，蜾蠃负之”（《小雅·小苑》）等，确系《诗经》成句，小说一字不易，引入其中。《晋世宁舞》篇中的舞歌“晋世宁，舞杯盘”，亦史典有载，出于乐府名篇。

引用的辞赋确凿无疑者，有《二华之山》中出自张衡《西京赋》的“巨灵赑屃，高掌远迹，以流河曲”等句。《李少翁》中汉武帝悼念李夫人的“是耶？非耶？立而望之，偏娜娜！何冉冉其来迟”一篇，《汉书》作“是邪？非邪？立而望之，偏何姗姗其来迟”，小说引用的文字虽与《汉书》所录略有出入，但基本精神、意义无异，当是一个作品的不同版本，且《汉书》乃信史，录载史料、史事较慎重、客观，因此，《李少翁》中的汉武帝诗，可认定是引用而非杜撰。唯《淮南八公》中所录刘安的辞赋《淮南操》，难确证真伪，此处只好存疑。

《搜神记》引用最多的韵文是谣谶和谚语一类。其对于谣、谚的引用，有以下几方面的特点：

第一，没有典籍文本的依据。书中所引的谣、谚，迄今为止，并未发现见诸前代或同期的典籍，不像所引的诗歌、辞赋，都有本可依，查有实据。这是因为谣、谚都是民间的口头创作，都以口头的方式在社会上流传和保存，未必能如《诗经》以及文人创作的作品那样，早早被朝廷、官方或学者以书面形式所收录，处于可资查阅的文本状态，而《搜神记》所引的谣、谚，很可能就是它们的最早文字载录。因此，在《搜神记》之外，这些作品未见诸其他之前或者同时期可资互相佐证的典籍，是可以理解的。由于谣、谚都有广泛的社会性和公共性，与某个社会事件密切相关，互相印证，为广大群众所熟知，大众既是谣、谚的创作者，也是谣、谚的接受者和保存者，作品的真伪、有无，大家都了然在胸，所以故事的叙述者断不敢冒天下之大不韪，公然作假，以“私货”惑人。况且，干宝是秉承史官“实录”宗旨、史识不凡的作者，纵使有人作假，也不会贸然收录。因此，尽管没有文本的依据，但我们仍然相信，这些作品是真实存在，是叙述者引用而非自己杜撰。

《搜神记》以后，前述的一些谣、谚，就屡见于史典，如《后汉书》：

> 建安初，荆州童谣曰："八九年间始欲衰，至十三年无孑遗。"言自中兴以来，荆州无破乱，及刘表为牧，又丰乐，至此逮八九年。当始衰者，谓刘表妻当死，诸将并零落也。"十三年无孑遗"者，言十三年表又当死，民当移诣冀州也。①

> 灵帝之末，京都童谣曰："侯非侯，王非王，千乘万骑上北芒。"案：到中平六年，史侯登摄至尊，献帝未有爵号，为中常侍段珪等十人所执，公卿百官皆随其后，到河上，乃得来还，此为"非王非侯上北芒"者也。②

将此两处记载与《搜神记》稍加比对，就可以清楚看到，两书的相关记载，只是个别地方、字眼略有出入，所录民谣、史实并无差别，显然是《后汉书》采用了《搜神记》的材料。从魏晋志怪、志人小说中吸取素材，这是后代许多史家的惯常做法，这表明他们对相关史料、史实的认同。《后汉书》的上述载录，也表明作者对所录民谣、史实的真实性、可靠性并无异议。

第二，比诗歌、辞赋的引用更加完整。《搜神记》中引用的诗歌和辞赋，虽然也有比较完整的篇目，如《李少翁》中汉武帝悼念李夫人的歌辞，可以说是全文引录，但其余都是摘取只言片语，比较零碎，而对于谣、谚的引用，则都能完整无缺。

这里面的原因，一是民谣的篇幅都比较短小，一般就三句、五句一首，谚的篇幅更短，常有一句成谚者。谣、谚简短、精练的形式，既便于传唱，又容易记忆、收录，这对于本来就篇幅短小的志怪小说来说，无须占用太大的库容，是一大利好因素；而诗歌（特别是《诗经》）、辞赋的篇幅相对较长，若要全文收录，显然没有足够大的空间。二是谣、谚三两句就完整地反映了一个事实或者一种观点、情感，在一般情况下，其反映的内容和小说所表述的故事基本上是一致的，小说表述的文字，往往把完

① （南朝宋）范晔：《后汉书》志十三（《五行一·谣》），中华书局1965年版，第3285页。
② 同上书，第3284页。

整一篇谣、谚的话语情节化、具体化，又或者当作谣、谚的注脚、诠释，小说几乎就是围绕一首民谣、谚语展开叙述的，谣、谚就是故事情节赖以生发的源头，因而可以而且必须完整收录；而诗、赋未必整篇都与小说的故事内容相关联，只是某一两句与之相契合，所以没必要全文引入小说，唯有根据需要，零星摘取。

第三，现实性、时政性强。谣、谚多出自田父野童之口，传唱于阡陌巷间之间，与社会现实紧密相连，是百姓生活、情感和社会变故真实、朴素的反映，所以这一类作品都表现出很强的现实性，读来亲切可感，很容易引起共鸣。时政性强这点主要表现在民谣上面。从前面的论述可知，《搜神记》引入的民谣，时跨秦、汉两代，这些作品都与现实生活、时代风云密切联系，从某一个侧面反映社会的现实，有些还涉及了重大的历史事件。如秦童谣“城门有血，城当陷没为湖”，反映秦暴政令百姓痛苦不堪，民不聊生，结果天怒人怨，酷吏葬身水底，这其实也是对整个暴秦政权的诅咒和预示；汉灵帝末年京师谣言“侯非侯，王非王，千乘万骑上北邙”预告局势混乱，群雄争权夺利，汉皇权旁落；建安年间荆州童谣“八九年间始欲衰，至十三年无孑遗”，预示刘表父子江河日下，无力回天，荆州易主，等等。如此强的现实性和时政性，是引用的诗歌、辞赋无法比拟的。引用这一类歌谣的小说篇目，写实的色彩更强，史传性也更突出，所以歌谣及史实，被后代史学家收入正史，就不难理解。

《搜神记》引用的诗歌和辞赋，或是经典，或是名人名作，其于社会的影响、效应，及其权威性、艺术价值都毋庸置疑。引用的谣、谚虽非出自名家名门，但由于它们是广大人民群众智慧、情感的结晶，经过社会广为传唱，千锤百炼才定型，因而也表现出凝练、活泼、朴素、深厚等特点，无论在思想上还是艺术上，都有它独特的魅力。因此，这些作品在广大读者心目中被接受、认可的程度，也绝不低于所引用的诗、赋。

（二）自拟

根据故事叙述的需要，作者自拟韵文，使得情节更加丰富、感人，以增强故事的意蕴和抒情效果，这种现象在汉魏晋的小说创作中就已经十分常见，如《列仙传》《西京杂记》《博物志》《搜神后记》等作品，都不乏作者自拟的韵文，这些韵文都在不同程度上为小说、为人物形象增色添彩，给读者留下深刻印象。

《搜神记》中的韵文，除了引用的部分，便都是自拟者。《搜神记》自拟的韵文，主要在诗歌和卜、卦辞两部分，而且都是以代言体呈现。代言体韵文是作者代小说人物立言，它从内在的角度出发，让人物通过自身的口或手，表达彼时彼地的见闻或感受，自然而然地成为故事的有机组成部分。这些韵文在名义上都是小说中人物的创作，是小说人物自身的作品，但实际上是故事的叙述者从情节、环境出发，设身处地为自己的人物形象量身定做的，是小说作品情节展开及推进、人物形象刻画塑造和气氛渲染的重要文字。

《搜神记》中自拟的代言体韵文，大体上有两类：一是代神（仙）鬼立言，另一是代凡人立言。

代神鬼立言的韵文，其赖之生发的人物、事件都是虚构的，神鬼本就虚无，故其不可能有传世诗作，这是我们认定该部分韵文是作者自拟、代言而非引用的理由和依据。《搜神记》中的这部分诗作，几乎都是情诗，而且无一例外都出自女性之手。《紫玉》中紫玉鬼魂赠韩重的“南山有乌，北山张罗；乌既高飞，罗将奈何。意欲从君，谗言孔多。悲结生疾，没命黄垆。命之不造，冤如之何！……”；《崔少府墓》中女鬼崔氏赠卢充的“……会浅离别速，皆由灵与祇。何以赠余亲，金碗可颐儿。爱恩从此别，断肠伤肝脾”两篇可谓“鬼诗”，二诗都写得缠绵哀怨，如泣如诉，为演绎这两段生离死别的人鬼情缘，添了浓重的一笔。笔者个人以为，这两首“鬼诗”是《搜神记》代言体韵文中写得最好的作品，两鬼女的才情，及其不幸情路导致的内心苦痛、煎熬，都通过诗歌得到很好的表现，感人至深。这两诗前文已讨论过，这里不再赘述。

30则《杜香兰》中的仙女杜香兰为追求凡间男子张傅，前后两度作诗，这也是《搜神记》中，一篇作品插入两首代言体韵文的唯一案例。其一云：“阿母处灵岳，时游云霄际。众女侍羽仪，不出墉宫外。飘轮送我来，岂复耻尘秽。从我与福俱，嫌我与祸会。”其二云：“逍遥云汉间，呼吸发九嶷。流妆不稽路，弱水何不之。”前诗交代自己的身世和生活环境，字里行间透露出优越感；后者诉说追求爱情的执着，但联系前一首的末两句“从我与福俱，嫌我与祸会”，这种执着又不免带有一种专制、胁迫的意味，令人有些不寒而栗。

这种专制、霸道的诗风似曾相识——此前讨论过的《智琼（附弦超)》中，仙女智琼赠恋人弦超的诗云：“飘飖浮勃逢，敖曹云石滋。芝英不须润，至德与时期。神仙岂虚感，应运来相之。纳我荣五族，逆我致祸菑。”此诗辞句华丽，意绪飘逸，但散发着一股傲慢之气，与杜香兰的第一首风格、意旨都比较相近，尤其是末两句“纳我荣五族，逆我致祸菑”，与杜诗的“从我与福俱，嫌我与祸会”两句，简直如出一辙。

相较而言，杜香兰、智琼的这几首“仙诗”，远不及紫玉、崔氏的“鬼诗”文辞朴实，心思细密，意蕴深厚，情感真挚，鬼女和仙女的才情，从她们的诗作中可立见高下。在这些诗作中，鬼女和仙女的个性、品格也得到了一定程度的展示。相对而言，鬼女显得更有人情味，感情细腻，温婉可人，对情人一往情深，可亲可爱；而仙女则比较任性、自我，虽然她们对爱情也充满期待，追求热烈，但其诗歌中表现出来的优越感和控制欲，不免让人心生敬畏，有一种陌生感和距离感，并不那么平易可亲。

鬼女和仙女的不同情性，显然和她们的身份、际遇有关。鬼女的前世本来就是人，所以她们和人有一种天然的亲近感，也有与生俱来的人情味。由于鬼女都是民间夭折的女子，疾病或者其他的不幸，令她们过早地离开人世，沦落暗无天日的阴曹地府，过多的人生磨难和苦楚，使得她们更加懂得人情的冷暖，特别留恋、珍惜人间的生活和感情，对爱情的渴望和理解也更加真切。因此，她们会对爱情、恋人倾注全部的心力，表现得更加现实化、人性化和具有亲和力。而仙女高高在上，向来养尊处优，不食人间烟火，她们也许会有烦恼，但鲜有磨难，生离死别、饥寒交迫、棒打鸳鸯等诸如此类的不幸，她们不曾有切身的体会；她们所以与人间凡人相恋，都是因为一个莫须有的缘由奉命而为，如智琼是因为前世的缘分，被天帝派遣到人间嫁人：“宿时感运，宜为夫妇”，“见遣下嫁，故来从君”；杜香兰也只是遵从母命下嫁张傅，至于下嫁的理由，并没有给予交代：“阿母所生，遣授配君，可不敬从?”因此，仙女对凡间的生活和恋情，只是抱着一种好奇的心理和玩赏的态度，对恋人若即若离，随性去留，颇有恩赐、屈就对方的意味，对于双方的生活和情感，并未能全身心地投入。仙女虽高贵、美丽，但不及鬼女的温柔体贴和情意深重，富有人情味。

鬼女、仙女的这些诗作，对于表现她们不同的思想性格、品质及心理特征，都起了重要的作用，与小说对人物的叙述文字，可谓相辅相成。有了这些诗作，人物的性格、心理、情感都得到更加充分的表现，形象更加鲜明和富有血肉，给读者留下深刻的印象，经久难忘。

《搜神记》中代凡人立言的韵文，当以294则《韩凭妻》中何氏致韩凭的诗作最为精彩：

> 宋康王舍人韩凭，娶妻何氏，美，康王夺之。凭怨，王囚之，沦为城旦。妻密遗凭书，缪其辞曰："其雨淫淫，河大水深，日出当心。"既而王得其书，以示左右，左右莫解其意。臣苏贺对曰："'其雨淫淫'，言愁且思也；'河大水深'，不得来往也；'日出当心'，心有死志也。"俄而凭乃自杀。其妻乃阴腐其衣。王与之登台，妻遂自投台，左右揽之，衣不中手而死。遗书于带曰："王利其生，妾利其死。愿以尸骨，赐凭合葬。"王怒，弗听，使里人埋之，冢相望也。王曰："尔夫妇相爱不已，若能使冢合，则吾弗阻也。"宿昔之间，便有大梓木生于二冢之端，旬日而大盈抱，屈体相就，根交于下，枝错于上。又有鸳鸯，雌雄各一，恒栖树上，晨夕不去，交颈悲鸣，音声感人。宋人哀之，遂号其木曰"相思树"。相思之名，起于此也。南人谓此禽即韩凭夫妇之精魂。今睢阳有韩凭城，其歌谣至今犹存。

这是魏晋志怪小说中的名篇，作品写韩凭夫妇被宋康王迫害，双双自杀，生死相随，精魂不死的故事，歌颂了韩凭夫妇生死不渝的忠贞爱情，和威武不能屈、富贵不能淫的优秀品格，也谴责了无良君王对人性和爱情的粗暴扼杀。故事中的男女双双殉情、求合葬、坟头长相思树、鸳鸯双双栖息、交颈悲鸣等构思和手法，在《孔雀东南飞》《梁山伯与祝英台》等文学作品中，都有相似的体现。如《孔雀东南飞》的结尾："两家求合葬，合葬华山傍。东西植松柏，左右种梧桐。枝枝相覆盖，叶叶相交通。中有双飞鸟，自名为鸳鸯。仰头相向鸣，夜夜达五更。"除了遂愿合葬之外，其余情节与本小说的结尾基本相同；戏曲《梁山伯与祝英台》也有合葬一冢，彩蝶在坟上双飞的结尾。这些充满浪漫情调、发人遐想的艺术处理，显然都是受小说的启发。到了唐代，这个故事在当时的讲唱艺术——变文中被进一步演绎、讲唱，广为流传，感动了许多听众。由此都可看到小说在后世的深远影响。

这个故事本身就像一个凄婉感人的诗篇，韩凭夫妇多情而坚贞，卑微柔弱却刚烈，虽死而永生的感人事迹，唱出了爱情、生命最美的赞歌！当中何氏遗韩凭的四言韵文“其雨淫淫，河大水深，日出当心”，无疑是这感人诗篇的点睛之笔。韵文其实是三句隐语，宋康王的大臣苏贺也对之作了比较准确的解读：“‘其雨淫淫’，言愁且思也；‘河大水深’，不得来往也；‘日出当心’，心有死志也。”韵文表明了被荒淫、霸道君王活生生拆散，夫妻间横陈着难以逾越的巨大障碍，双方聚合无望的严峻事实，倾诉了她对现实处境的深深忧虑，和对丈夫的无尽思念，暗示她宁死不屈、相邀殉情的决心。韩凭接到密书以后不久便自杀，何氏继而也投台自尽，夫妻间心灵相通，志同道合的默契，全由这几句隐语带出。韵文不仅交代了故事的背景，预示了情节发展的走向，而且反映了何氏的心理和品格，在故事情节的演绎，和人物形象的塑造中，起了穿针引线的重要作用。可以说，小说的叙述，既是对这几句隐语的诠释，又是它的落实和展示，其在作品中关键、指引的意义不容小视。

该韵文精练简洁，言辞浅近、意象平凡但意义深隐，富有韵味。短短的三句话，恩爱夫妻的患难真情，对无良君王的血泪控诉，和对未来绝望及抗争的心理，等等，这么多复杂的境况和情感尽在其中，读来令人心酸，不由得掬一把同情、叹惜之泪。韵文中几乎不涉及人事，全用自然意象来暗示遭际和心迹。淫雨、河水、日出这些意象都很普通，也为人们所熟识，文字也朴实浅白，但表现的是不一般的事件，而是夫妻俩惊天地泣鬼神、以死抗争的壮举。平常的意象和朴实的语言，一如这一对平常、朴实的夫妻，演绎出不同寻常的故事，使得韵文在平凡中蕴含着不凡的价值。

前面所讨论的郭璞、费孝先等人的卜辞和卦辞，也是代人立言的韵文。这些韵文虽与小说的故事叙述密切相关，但因其乃为配合卜卦活动所作，作用主要是作为故事的引子或线索，而非故事主人公抒情言志的产物，于人物形象刻画、塑造的关系不大，所以其工具性、应景性的特征都很突出，思想性和艺术性则明显不足，审美的价值也普遍不高，加之这些韵文在前面已作过讨论，在此不再赘述。

总的来看，《搜神记》中自拟的韵文，无论在作品的思想品位上，还是艺术成就上，都不能和引用的韵文同日而语。这里的原因大约有两点：

首先，引用的诗、赋多是经典或名篇佳作，如《诗经》中的篇目、张衡赋等，都是传世经典。经典的成就是有目共睹、人尽皆知的，这一部分作品无须多论。即使是谣、谚一类的作品，由于其长期在民间流传，经过广大人民群众口头的千锤百炼，反复加工，精练中透出成熟，质朴中显出完美，其思想和艺术的成就也非一般的作品可比。相较而言，自拟的这部分韵文，既没有经典名篇那种固有的“高贵”，又不曾有谣、谚作品那样的“淬砺”经历，所以，其品位、成就也就无法与这两者相提并论。

其次，与经典出自名家之手，谣、谚的创作得益于“众人拾柴（焰火高）”不同，自拟的韵文都是小说中人物的作品。这些人物形象都非诗人，更非高手（即使如郭璞，也是以方士的形象示人），充其量也只是诗歌爱好者或风雅之士，有以诗歌表情达意的习惯，小说中的韵文是为他们量身定做的，既要与他们的身份相符，又要与作品的具体情节、环境契合。因此，这些韵文作品总体品位、成就不高，尤其是卜辞和卦辞一类，纯粹就是顺口溜或者打油诗。退一步来说，即使这些韵文的实际创作者——故事叙述者们想要把自己的人物形象包装得更加高雅和富有才情，以他们的才情和能力，也无法创作出能与经典、谣、谚名篇媲美的韵文来。

二　插入韵文的文本构成

插入韵文的文本构成，其实就是韵文在小说文本中，与故事表述文字所形成的关系，韵文的插入表现为一种功能性、结构性的存在。在《搜神记》中，这种关系通常表现为两种情况：一是韵文与小说文本中的叙述文字相伴而生，参与小说的情节构成，是故事的有机组成部分，与文本表述文字血肉相连，浑然一体，形成一种天然、内在的联系，这是一种内置原生的韵文，姑且称为内原式韵文；另一种情况是，韵文乃作者在故事叙述之外所添加，无论是从文本的文字还是故事情节看，韵文与之都没有内在、必然的关系，只不过是叙述者在故事结束之后，因为某种原因或意图额外添加的，这是一种外加后缀（简称“外缀式”）的韵文。如果从韵文与情节的关系来考察，前者又可称为情节性韵文，后者则可称非情节性韵文。

（一）内原式韵文

《搜神记》中的内原式韵文，由于其功能、内涵都相对丰富、多样，因而插入的频率更高，品种也更多，占了插入韵文的绝大部分。这些韵文或作为故事的情节，甚至故事阐述的主要对象；或是故事中人物表情达意的工具，又或是用作渲染环境、氛围，使故事更加深入人心，彰显其宣传、教化、传道的功能。

前文介绍的卜辞、卦辞、谣谶，基本上都是内原式的韵文，也多是小说故事情节的主干和灵魂。在文本构成中，这一类韵文的功能、作用在于故事的构建和叙述。如 63 则《郭璞》（三）中郭璞的卦辞：“大过卦者义不嘉，冢墓枯杨无英华。振动游魂见龙车，身被重累婴妖邪。法由斩祀杀蛇灵，非己之咎先人瑕。案卦论之可奈何”；65 则《费孝先》中占候大师费孝先的卦辞：“教住莫住，教洗莫洗。一石谷捣得三斗米。遇明即活，遇暗即死”；165 则《京师谣言》中的京师谣言：“侯非侯，王非王，千乘万骑上北邙”；168 则《荆州童谣》中的建安童谣：“八九年间始欲衰，至十三年无孑遗”等等，无不蕴含着故事的基本情节，规定了故事发展的基本走向。韵文的文字虽然不多，但故事框架是赖之搭建的，小说文本中所有的叙述文字，都围绕着它们来展开，或者说是由它们所发酵、衍生。叙述的文字要么演绎韵文所蕴含的故事，要么索解悬念，诠释、印证韵文所预示的征兆、事件，把韵文具体化、生活化和情节化。

这类由卜辞、卦辞、谣谶带出的志怪故事，其实都是一种先兆性的故事，这种先兆性故事的基本套路是，在某个事件发生之前，神灵天象早有预示，这些韵文就是神旨天意的传递或宣示，而故事则是神旨天意的印证、展现。因此，文本内的韵文和叙事文字之间，无论是思想内容还是体制，都构成了一种相辅相成的依赖和制约关系，如果小说中缺了当中的韵文，故事的主旨（宣扬神道）将无从体现，整篇小说的叙事结构——“沟通写作行为和目标之间的模样和体制”① ——就会被颠覆。也就是说，上述插入卜辞、卦辞、谣谶的小说，如果没有了这些韵文，就如同一个躯体抽去了脊梁，整个叙事结构就不再是现在所看到的模样，那样，写作的行为就很难沟通其表现神旨天意感应、显灵的目标。如《费孝先》一篇中，如果抽掉了费孝先“教住莫住，教洗莫洗。一石谷捣得七斗米。遇明即活，遇暗即死”的卜辞，就根本不可能有后面所叙述的王旻遭遇离奇，每每与卜辞照应，费孝先的吉凶预测句句应验的故事。退一万步来说，即使勉强叙述这个没有卜辞的故事，故事失去了吉凶预测与应验的悬念，其神奇性、戏剧性、趣味性势必会大打折扣，故事叙述的意义也将被随之消解。由此可见，这些韵文既是故事的引子、前提，又是小说的脊梁，在小说文本构成中具有主体性的功能，其地位、作用都是不可或缺，无可替代的。

《紫玉》中紫玉鬼魂赠韩重、《崔少府墓》中女鬼崔氏赠卢充的两篇鬼诗，和《杜香兰》《智琼（附弦超）》中的几首仙诗，显然都是为人物形象表情达意而设计。我们知道，小说主人公的性格和情感会制约故事的发展，这几首诗歌所显示的人物情感、性格特征，无疑也与故事的演绎有一定的内在联系，但这种联系还是比较隐性、薄弱的，其对于小说情节的促进，发展走向的规定，作用远没有上述的卜辞、卦辞、谣谶那样明显和重大。因此，这部分韵文的功能、作用，主要还是在人物形象的刻画塑造上面。

鬼女紫玉、崔氏赠情人的诗歌，文情并茂，缠绵悱恻，对爱情的执着，对恋人的一往情深，和对人鬼殊途、情路坎坷的无奈、伤感，充满字里行间，感人殊深；而仙女杜香兰、智琼的诗歌，首先是在出场时作自我介绍，向不期而遇的交往对象交代自己的身世，之后是表明自己对人仙情缘的态度和期许，口气虽然强势，充满优越感甚至傲慢，也不及紫玉、崔氏的鬼诗那么深情感人，但也不失为真情表露。应该说，这些韵文都是人物心灵深处的真情表白，小说通过自我表白的方式，展现了人物的情感，

① 杨义：《中国叙事学》，人民出版社 1997 年版，第 34 页。

揭示其精神、品格，使小说的人物形象个性特征鲜明、生动，有血有肉，这对于还不擅长人物形象刻画的魏晋小说来说，更显得难能可贵。虽然在文本构成上，这一类韵文不具主体性的特征，其地位、作用不及上述的卜辞、卦辞、谣谶等，没有这些人物诉说心声的韵文，小说的结构不至于溃散，情节线索也不至于断裂，但人物形象将会大为失色，情节的丰富性、生动性也会逊色不少，却是无可否认的。

《淮南八公》中刘安所唱的《淮南操》，和《李少翁》中汉武帝思念李夫人的辞赋，也是人物形象抒情言志的作品。这些作品虽然也参与情节的构成，也表露人物的心声，反映了人物的内心世界和情感诉求，在一定程度上展示了人物的性格，具有叙事、写人的双重功能，但在构建故事、串联情节等方面的作用，却不及卜辞、卦辞、谣谶，而在刻画人物形象方面的作用，又不及紫玉、崔氏的鬼诗和杜香兰、智琼的仙诗。所以，这两篇韵文，叙事、写人的作用都相对薄弱，不如前两种那么明显，其作用主要在于表现人物此时此刻的心境，渲染或欢娱或悲戚的气氛。这一点当与小说的篇幅较短，故事过于简单，没有足够的空间让情节发挥、供人物表现有关。

《搜神记》中叙事、写人的功能俱备，在小说中对故事的演绎、人物形象的刻画都起重要作用的韵文，当首推《韩凭妻》中何氏给韩凭的隐语“其雨淫淫，河大水深，日出当心”一篇。“其雨淫淫，河大水深”，交代夫妇二人身陷虎穴狼窝、未来凶多吉少的现实处境，这和人物的行为、故事的结局构成密切的因果关系；“日出当心”是相约殉情，既暗示了故事情节的走势，又表现了何氏忠于爱情，不向强暴屈服的品格和精神。何氏坚贞、多情和果敢的形象，在此已呼之欲出。之后韩凭自杀，何氏殉情，留遗书求合葬；坟头相思树屈体相就，鸳鸯“恒栖树上”“交颈悲鸣”等细节，都由三句隐语所衍生，叙述的文字其实是把韵文所隐含的事象变现、变显，故事的发展走向、结局都在隐语的规制之内。在这个过程中，何氏的行为进一步具体化、细节化，形象也更加生动清晰，血肉丰满。她的前半部分是凡人，后半部分是其精魂演化的精灵，形象由凡入神，精神、品格也进一步升华，更加生动感人，魅力无穷。由此可见，篇中的三句四言韵文，既有构建、主导情节的主体性特征，又担负着表现人物心理活动，揭示人物灵魂的职能。比起前面讨论的几种韵文，它在小说叙事结构中的职能、作用显然更加多样、全面，艺术效果也更加突出，在文本构成中的重要地位，不言而喻。

在讨论内原式韵文在小说中的功能和作用的同时，我们还可以发现，这一类韵文在小说文本中的位置并不固定，可以出现在小说中的任何位置。如作为故事引子、小说脊梁，在小说中具有主体性功能的卜辞、卦辞、谣谶，等等，多出现在文本的开头，开门见山，提纲挈领，既开启故事的叙述，又主导着故事的发展和走向；为小说人物立言，供其表情达意，感慨世事、际遇，侧重于形象刻画塑造的鬼女诗和仙女诗，以及《韩凭妻》中在叙事、写人两方面都同等重要的何氏隐语，则处于小说的中间；而《淮南八公》中刘安和《李少翁》中汉武帝等人主要为诉说此间心境，渲染气氛的辞赋，又置于叙事之后，文本末尾。所处的位置灵活多样，不千篇一律、固定在某个地方，其实反映出韵文与小说情节、叙述之间的关联度。因为这些都说明，韵文的插入是根据故事叙述的需要来决定的，韵文适时、适地地出现在小说的某个部位，表明它对于故事敷衍和叙述是必需的。这些韵文必须与其他要素发生关联，小说才能构成完整的故事框架，小说各要素之间的关系才更加合理、协调和有机。这种关联度反映的是韵文在小说文本中的构件性功能，它在小说中的作用，如同一部机器中的零部件，分布在不同的位置、分工各异，作用也有大小，如果少了它，机器就不能正常运转、工作。如果说，前面讨论的韵文的叙事、写人、表情达意和渲染环境氛围等功能，主要源于作品的思想内容和表现形式，那么，此处所论的构件性功能，则多是取决于小说家的叙述意图，和情节布局方面的艺术构思。

根据需要灵活自如地调遣和运用各种艺术要素，使之服务于自己的创作，是艺术创作进入自觉、成熟的表现。从以上的讨论里我们可以看到，《搜神记》内原式韵文的插入和使用，已经有了那么一点味道。这些韵文在故事叙述中与各要素相互协作，发挥着各种各样的作用，已经成为小说文本的有机组成部分。虽然大多数插入的韵文并非美文佳作，与文本的融合也未臻完美，但它们的出现，令许多篇目增色，使之更具有文学色彩、浪漫氛围和感人情调，充分显示了它们的存在价值。

（二）外缀式韵文

与内原式韵文相比，《搜神记》插入的外加后缀式韵文在数量上要少许多。外缀式韵文有两个基本特征：一是韵文不参与小说情节的构成，只是故事叙述之外作者额外添加插入；二是韵文通常都置于文本末端或主体故事完结之后，以文本或故事的后缀呈现。

如320则《二华之山》：

二华之山，本一山也，当河，河水过之而曲行。河神巨灵，以手擘开其上，以足蹈离其下，中分为两，以利河流。今观手迹于华岳上，指掌之形具在。脚迹在首阳山下，至今犹存。故张衡作《西京赋》所称“巨灵赑屃，高掌远迹，以流河曲”是也。

333则《蜾蠃》：

土蜂名曰蜾蠃，今世谓蠮螉，细腰之类。其为物，雄而无雌，不交不产。常取桑虫或阜螽子育之，则皆化成已子。亦或谓之“螟蛉”。《诗》曰：“螟蛉有子，蜾蠃负之。”是也。

这两则插入韵文的位置，既是故事叙述之后，亦是文本之末。《二华之山》引张衡的《西京赋》来佐证河神将华山劈为大、小华山，以利黄河直流的传说故事；《蜾蠃》引《诗经》“小苑”证实蜾蠃养螟蛉为己子的现象（实为误断）。从这两篇作品可以看到，插入的韵文除了前述两个基本特征以外，还有两点相同之处：一是所引韵文都是名篇片段，只摘取其中的只言片语，并没有引用完整的作品；二是都以“……是也”这样具判断色彩，语气坚定、决断的句式作结。

又如314则《蜮》：

汉中平中，有物处于江水，其名曰“蜮”，一曰“短狐”，能含沙射人。所中者，则身体筋急，头痛发热，剧者至死。江人以方术抑之，则得沙石于肉中。《诗》所谓“为鬼为蜮，则不可得”也。今俗谓之溪毒。先儒以为男女同川而浴，淫女为主，乱气所生也。

这一则讲述长江怪物“蜮”含沙射人的传说，宣扬男女同河沐浴会滋生淫乱的礼教观念。当中所引“为鬼为蜮，则不可得”，出自《诗经》“小雅”中的“何人斯”篇，韵文不置于文本末尾，而在故事叙述之后，虽然与上两则略有不同，但也符合前述的外加后缀式韵文的基本特征。

显而易见，作品中插入的韵文与故事并未构成有机的联系，韵文与故事不是一个有机的整体，实乃情节之外所添加。单就小说情节而言，韵文与之并没有必然的联系，也没有一定存在的必要。抽去这些韵文，故事不会缺损，对于小说的情节、结构来说，其作用并非不可或缺。但是，这些韵文的插入，却与作者的创作意图大有关联。无论是《二华之山》引张衡的《西京赋》，还是《蜾蠃》《蜮》引《诗经》，都是为了与所述故事互相佐证，强调某种事实，加强事物的可信、可靠程度，以收到更佳的宣传、说教的效果。当然，也不排除作者有借此显示其见识、才藻及志趣的意图。

《史记》的人物传记之后都有一论赞，以“太史公曰”的形式，对所述的事件或人物直接进行评论，发表作者自己的感慨和见解。《搜神记》的外缀式韵文，虽也都置于文本的末端，且都以议论的口气，在方式上颇似史家的论赞，但其实更近于诸子引诗为证的论证手法。这是因为在论赞中，司马迁已经跳出了叙事的架构，以局外人的身份、口气来就事论事，论赞不仅是散文体，而且与叙述文字之间，无论是文气还是结构上都并不连贯、有机，隔离的痕迹比较明显；而诸子的引诗为证则是以诗证事，进一步加强论证的力度，无论文气、结构都较之更加连贯和谐。如《孟子》：

以力服人者，非心服也，力不济也；以德服人者，中心悦而诚服也，如七十子之服孔子也。《诗》云：“自西自东，自南自北，无思不服。”此之谓也。（《公孙丑章句》上）

今之欲王者，犹七年之病求三年之艾也。苟为不蓄，终身不得。苟不志于仁，终身忧辱，以陷于死亡。《诗》云：“其何能淑，载胥

及溺。"此之谓也。(《离娄章句》上)

《荀子》中这种表述模式的文字更多，如：

> 说行则天下正，说不行则白道而冥穷，是圣人之辩说也。《诗》曰："颙颙卬卬，如珪如璋，令闻令望。岂弟君子，四方为纲。"此之谓也。(《正名篇》)

> 天子也者，势至重，形至佚，心至愈，志无所诎，形无所劳，尊无上矣。《诗》曰："普天之下，莫非王土；率土之滨，莫非王臣。"此之谓也。(《君子篇》)

上面几段文字，孟子、荀子都在讨论、辩说之后，分别引用《诗经》中的诗句来印证自己的观点。诸子文章每一个专题段落都具有相对独立性，一个相对独立的段落也类似于或者说相当于《搜神记》的一则故事，其段落之末引诗作结的模式，当是《搜神记》模仿、沿袭的范本，《搜神记》外缀式韵文插入的文体、位落及其作结的口吻，几乎如出一辙。更为重要的是，孟子、荀子的论辩文字与引用韵文之间，有很大的重合性，两者互相印证，甚至可以互相替代，这对加强语气，强调自己的观点，升华主题都有很重要的作用，而《搜神记》插入外缀式韵文的篇目，情形亦与之相近。如《二华之山》所说河神将华山劈为大、小华山，令黄河直流的传说故事，和《西京赋》"巨灵赑屃，高掌远迹，以流河曲"所云，就是同一回事；《蜾蠃》篇误会蜾蠃养螟蛉为己子的现象，亦是《诗经》"螟蛉有子，蜾蠃负之"之所指。虽然说这些韵文对于小说的情节、结构不会有什么帮助，但对于所述事体而言，一方面，引经据典必然会加强其可靠性和可信性（尽管事实未必真确如斯）；另一方面，事件与经典、名家名作相提并论，互相印证，使一个普通的传说、事件获得了强有力的支撑，也势必增强作者言说、宣教的力度。所有这些，都为贯彻、实现作者的创作意图大大地增加了砝码，否则将会被弱化很多。

综上所述，《搜神记》插入外缀式韵文，其方式、意图和效果，都与诸子引诗为证的手法十分相似。事实上，《搜神记》中这类以诗证事的篇目，都具有很强的传述、议论性质，稽考、解说某种自然现象，说明某种道理，以传播某种思想和理念，这与以申述、论说自己的政治、哲学观点，宣传自己的思想主张为归旨的诸子文章，在本质上是相通的。因此，《搜神记》插入外缀式的韵文而使作品获具论说的色彩，从而提升作品的格调，可以说是借鉴、效仿诸子引诗为证论说手法的结果，从这里我们也可以看到诸子文章对小说的深刻影响。

以上对《搜神记》韵文的文本构成作了一些讨论，这些讨论表明，外缀式韵文与内原式韵文两者在性质、功用、特征等方面，都有明显的区别。总而言之，外缀式韵文的功用、特征都比较单一，内原式韵文在小说的情节结构经营、人物形象刻画、环境气氛渲染等方面，作用都较之重要，效果更加明显，嵌入的部位也更加活泼多变。很显然，内原式韵文的文学色彩更加浓厚，外缀式韵文的议论性更加突显。基于这些事实，我们不妨把内原式韵文称作文学性的韵文，而外缀式韵文则是议论性的韵文。如果说先唐史传、诸子两大散体系统乃《搜神记》所本，那么，《搜神记》中插入内原式韵文的篇目继承的是史传的传统，插入外缀式韵文的篇目则是沿袭了诸子一脉。两大传统的文章引诗、用诗的意图、手法和功用，都在《搜神记》里得到了相当程度的体现。

第四节　《搜神记》插入韵文的小说史意义

一　古代小说“文备众体”特点的促成

历史上较早关注小说中插入韵文现象的学者是南宋的赵彦卫，其《云麓漫钞》卷八云：“先藉当世显人以姓名达之主司，然后以所业投献。逾数日又投，谓之温卷。如《幽怪录》《传奇》等皆是也。盖此等文备众体，可以见史才、诗笔、议论。”[①] 赵氏此处谈的是唐代科举中考生（唐传奇作者）以传奇作品“行卷”和“温卷”的现象，同时又明确指出唐传奇的文体特点。所谓“文备众体，可以见史才、诗笔、议论”，就是将

① （宋）赵彦卫：《云麓漫钞》，中华书局1996年版，第135页。

诗歌、史著和诸子的创作要素熔为一炉，集各体的手法和特征于一身，这是我国古代小说的显著特点。从前面对于《搜神记》韵文的讨论可知，这种特点并非始自唐代小说，其实在先唐小说中，“史才”“诗笔”“议论”融合的现象就很普遍，这显然跟小说与史、诗、子之间的渊源、缘分密切相关。

“文备众体，可以见史才、诗笔、议论”，当有两个层面的表现：一是在一个人的全部创作之中，二是在同一篇作品之中。仅就三种文体因素的融合而言，后者显然在程度上、成色上都要高于前者。作为魏晋志怪小说的代表，《搜神记》也是先唐小说中“文备众体”的突出代表，但其对于诗、史、子等多种文体的融合，主要是表现在前一个层面上。也就是说，干宝的“史才”“诗笔”和“议论”，乃由《搜神记》全书的数百篇作品来综合体现，而非某几篇作品就能够三者合一，尽显风流。

干宝本身就是一个史官，其史学著作《晋记》人咸称“良史”，加上自身及时人对小说的定位和期许，他在小说中确实以史著传事记人的方式，融入了许多真实的历史内容，表现出史家的手法与特征、态度与卓识，因此，《搜神记》具见“史才”是没有疑问的。“及其著述，亦足以发明神道之不诬也。群言百家，不可胜览；耳目所受，不可胜载。今取足以演八略之旨，成其微说而已。”① 这番表白也表明干宝借小说的创作，采用和效法百家，传播自己的思想和理念，成就自己言说的意图。既然如此，作品论说、推介自己思想观点的议论手法和特质必不可少。如 300 则《五气变化》便是一篇议论性很强的文章：

> 天有五气，万物化成。木清则仁，火清则礼，金清则义，水清则智，土清则思，五气尽纯，圣德备也。木浊则弱，火浊则淫，金浊则暴，水浊则贪，土浊则顽，五气尽浊，民之下也。中土多圣人，和气所交也；绝域多怪物，异气所产也。苟禀此气，必有此形，苟有此形，必生此性。故食谷者智慧而文，食草者多力而愚，食桑者有丝而蛾，食肉者勇敢而悍，食土者无心而不息，食气者神明而长寿，不食

① （晋）干宝：《搜神记序》，中华书局 1979 年版。

者不死而神……

虽然其后分别讲述晋太康年间阮士瑀嗅疮而鼻生虫、元康年间纪元载食龟而腹长小龟等故事，但就本段文字而言，却纯是一段议论文。篇中夹叙夹议，对五行学说的思想观点多有议论和宣扬。文中讨论形、气、性的部分文字，其实又见于刘安的《淮南子》，而《淮南子》的子书性质是人尽皆知的。与此同时，书中引用的经典也甚多，除诗赋之外，京房《易传》《易妖》等论说类著作的片段，也俯拾皆是。这些都加强了《搜神记》议论的色彩和力度，也表现出与诗、史不同的思维方式和表达方式，从而给作品注入了议论文的特质。

当然，《搜神记》的“史才”“议论”都不是此处讨论的重点，其“诗笔”的特质和表现，才是我们要讨论的正题。

《搜神记》中的许多故事，都有美丽的意象和浪漫的情节，美好的理想和强烈的抒情色彩，有诗一般的韵味，如《韩凭妻》《紫玉》《崔少府墓》《杜香兰》《李少翁》等，简直就是一首首如泣如诉、沁人心脾的感人诗篇。其“诗笔”特质的形成，自然与故事的题材、作者的才情和叙述的态度等有关，但插入韵文是最直观、最重要的成因。在语言简省的志怪小说嵌入诗歌，能够拓宽故事的语意层次，带来丰富的审美体验。由于韵文的存在，才使《搜神记》兼收并蓄，“文备众体”，集诗、史、子等多种文体的特质于一身，形成“诗笔”“史才”“议论”熔为一炉的独特景观。所以对于《搜神记》“诗笔”的讨论，以插入韵文为切入口，也就最为直接。

《搜神记》的“诗笔”表现为两个层次，这两个层次可以从插入韵文的文本构成得以展现。在上一节我们按功能性和结构性的不同，把《搜神记》插入的韵文分为内原式韵文和外缀式韵文两种，这两种类型的韵文，不仅在文本功能、结构中各司其职，而且也是“诗笔”特质的层次分别。具体而言，插入外缀式韵文的作品，是体现“诗笔”的第一层次，插入内原式韵文的作品则为第二层次。

从前面的讨论知道，体现第一层次“诗笔”的外缀式韵文，如《二华之山》引张衡之《西京赋》，《蜾蠃》引《诗经》之“小苑”和《蜮》

引《诗经》之“何人斯”等，在小说中都不参与故事的演绎、情节的串联、人物形象的塑造和情境气氛的渲染，等等，只是作者在情节之余额外所加。这种非情节性的韵文，虽然使作品形成韵散交错的行文特征，在形式上显示出一些诗化的特征，但在功能上主要是对所述事象的外在评论，或者是对自己观点的证实和强调，这其实是以史著的论赞方式，行子书的“引诗为证”之实。因此，这一层次的“诗笔”，只不过是“史才”“议论”的另一种表现，在实质上并未给作品带来太多诗的意境和韵味。

《搜神记》中的内原式韵文，由于都参与对叙事情境的内在渗透，与故事叙述构成血肉相连的内在联系，由此而造就的“诗笔”，显然是一个更高的层次。插入内原式韵文的作品，不仅在叙事形式上韵散交融，而且在叙事过程中，洋溢着诗一样的情思，散发出许多诗的意味。《紫玉》篇中紫玉和韩重真心相爱，但遭到父亲吴王夫差的粗暴干涉，紫玉为情而死，死后还与韩重在墓中尽了夫妇之礼。这一对苦命鸳鸯经历了从人人恋到人鬼恋的诸多磨难，仍然痴心不改，情深意笃。当韩重被诬盗墓时，紫玉的鬼魂还特意现形，向父亲澄清事实，为对方洗脱罪名，表现出对爱人的深切呵护。故事叙述的本身就犹如一首殇情的悲歌，低吟浅唱，如泣如诉，用哀怨凄恻的情调控诉了专制家长对美好爱情的摧残，和对坚贞、纯真恋人的赞颂。与此同时，作者还为人物代言，让紫玉鬼魂在坟前为韩重唱了一首让人悲恸欲绝的四言诗：“南山有乌，北山张罗；乌既高飞，罗将奈何！意欲从君，谗言孔多。悲结生疾，没命黄垆。命之不造，冤如之何！羽族之长，名为凤凰；一日失雄，三年感伤；虽有众鸟，不为匹双。故见鄙姿，逢君辉光。身远心近，何当暂忘。”诗歌用比兴之笔，以网不住乌的罗网、失偶的凤凰等意象，诉说了她对恋情被摧残、扼杀的无奈、伤感，和对爱情的坚贞不渝，情深意切，催人泪下。诗歌所表述的事体和情感，不仅渗透到了小说的情节经营、人物形象的刻画、塑造等各方面，其特有的叙事品格还与小说中诗一般的叙述文字相辅相成，相得益彰，大大加强了作品诗的浓度，使故事的叙述洋溢着诗一般的氛围、情感和幽思，感人肺腑。

其他如淮南王刘安与众仙欢聚所唱的《淮南操》（《淮南八公》）；汉武帝思念李夫人而向其倾诉的楚歌（《李少翁》）；何氏在绝望之时，与丈夫韩凭相约殉情的隐语诗（《韩凭妻》）；崔氏鬼女与卢充重逢再别之际给情人的赠别诗（《崔少府墓》）；等等。都与故事的叙述融合无间，既为作品的写人叙事、表情达意发挥了很好的作用，又为小说注入了诗性的特质，凸显“诗笔”之趣、之妙。

韵文乃“诗笔”特质的主要体现，又以插入韵文作为“诗笔”形成的主要因素，这在先唐小说，尤其在志怪小说中大体相似。这种方式虽非肇始于《搜神记》，但由于其小说艺术的相对成熟，其对于韵文的插入、使用、融合，无论在程度上还是在质量上，也都领先于同时期的其他小说，“诗笔”的成色相对更足，这恐怕也是它集魏晋志怪小说之大成，成为志怪小说代表的一种突出表现。因此，《搜神记》之插入韵文，对于先唐小说创作中“诗笔”的形成，起了很重要的示范和促进作用。也正因为“诗笔”的不断培育，才能与“史才”“议论”相互呼应、配合，共同促成我国古代小说“文备众体”的文体特点。

二　古典小说“有诗为证”模式的培育

“有诗为证”也是中国古典小说的一个独特特征。“有诗为证”就是古典小说家引用具有权威性的韵文作为事实或议论的依据，以增强叙事的真实感和议论的权威感，造成一种实有其事的叙述语境。这其实是古代小说家取信于读者的一种手段，是早期尚实尚史小说观念的产物。

“有诗为证”本是宋元说话艺人讲故事时常用的套语，当故事讲到重要阶段，或关键人物、场景需要加以重点交代时，往往要“有诗为证”——以一篇或多篇韵文来加以强调。如冯梦龙《古今小说·蒋兴哥重会珍珠衫》：

> ……再说蒋兴哥带了三巧儿回家，与平氏相见。论起初婚，王氏在前；只因休了一番，这平氏到是明媒正娶，又且平氏年长一岁，让平氏为正房，王氏反做偏房。两个姊妹相称，从此一夫二妇，团圆到老。有诗为证：恩爱夫妻虽到头，妻还作妾亦堪羞。殃祥果报无需谬，咫尺青天莫远求。

与话本小说一脉相承，明清小说也多保留有这一套语，如《水浒传》第二十二回《阎婆大闹郓城县，朱仝义释宋公明》：

……知县情知有理，只得押了一纸公文，便差朱仝、雷横二都头，当厅发落："你等可带多人，去宋家村宋大户庄上，搜捉犯人宋江来。"有诗为证：不关心事总由他，路上何人怨折花？为惜如花婆惜死，悄冤家做恶冤家。

《西游记》第一回《灵根育孕源流出，心性修持大道生》：

……自此，石猴高登王位，将"石"字儿隐了，遂称"美猴王"。有诗为证，诗曰：三阳交泰产群生，仙石胞含日月精。借卵化猴完大道，假他名姓配丹成。内观不识因无相，外合明知作有形。历代人人皆属此，称王称圣任纵横。

经宋元话本、明清小说作家的频繁使用，"有诗为证"逐渐成了故事叙述者常用的习惯套话，在小说中出现的频率很高，进而成为古典小说特有的一种表述模式。这种表述模式的前身，其实就是六朝小说引用韵文辅助议论的手法，如果要进一步追本溯源的话，那就是先秦诸子中的引《诗》为证的议论模式。

如前所述，《孟子》《荀子》当中，"《诗》云：'……'，此之谓也"这类的议论模式是很常用的，这种模式也被汉人移植到小说中去，如刘向《说苑·贵德》：

齐桓公北伐山戎氏，其道过燕，燕君逆而出境……乃割燕君所至之地，以与燕君。诸侯闻之，皆朝于齐。诗云："靖恭尔位，好是正直，神人听之，介尔景福。"此之谓也。

之后，汉魏晋小说中常见的"《诗》所谓'……'也""《诗》曰'……'是也""《诗》不云乎"，等等，都是这类议论模式的变体。

宋元以后小说的“有诗为证”便是由此演化而来，只不过是由于宋元话本、明清白话小说的通俗化特征，使之也变得更加白话化、口语化罢了。

在这个过程中，《搜神记》显然起过积极的作用，作出了重要的贡献。这种作用和贡献，主要体现在其中插入的外缀式韵文上面。

首先，它是“有诗为证”表述模式前期培育的重要参与者和突出代表。如《蜾蠃》篇先述蜾蠃“雄而无雌，不交不产。常取桑虫或阜螽子育之，则皆化成己子”，篇末云：“《诗》曰：‘螟蛉有子，蜾蠃负之。’是也”；再如《蜮》篇称蜮“能含沙射人。所中者，则身体筋急，头痛发热，剧者至死……《诗》所谓‘为鬼为蜮，则不可得’也”，等等。这些引诗证事的手法，就是早期“有诗为证”的典型例子。这里引用的都是《诗经》中的诗句，尽管其中有些说法（如《蜾蠃》篇所引“螟蛉有子，蜾蠃负之”）有误，但由于《诗经》的经典、权威地位，并不妨碍时人对它的信服。引诗证事的作品，旨在强调所述事体的真实性、可靠性，诗句的出现就是一项铁证，代表的是毋庸置疑的事实，这类作品在竭力证实事体，增强自身论说、宣传力度的同时，其实也参与了“有诗为证”这一表述模式的培育。当这种表述手法被反复使用之后，慢慢便成为一种习惯，进而成为一种表述的套路乃至模式。在《搜神记》中，已经基本形成了这么一种套路，初具一种表述模式的形态和规模，而同时期的其他志怪作品，或者没有这种表述手法，或者还没达到这种程度。因此，在“有诗为证”这一表述模式的培育、形成过程中，《搜神记》韵文的插入、使用无疑起了积极、重要的作用。

其次，拓展了“有诗为证”中“诗”的范畴。先唐小说中“引诗为证”的“诗”，主要是指《诗经》，唐以后的小说则不再局限于此，《诗经》以外的诗、赋、词等韵文，都可能出现在“有诗为证”这一表述模式当中。上面所引，就是后代小说普通意义的“有诗为证”的例子，除此之外，“有赋为证”“有词为证”等表述形式，也在小说中屡见不鲜。如《西游记》第一回《灵根育孕源流出，心性修持大道生》写花果山的美景，就是“有赋为证”：

海外有一国土，名曰傲来国。国近大海，海中有一座名山，唤为花果山。此山乃十洲之祖脉，三岛之来龙，自开清浊而立，鸿濛判后而成。真个好山！有词赋为证。赋曰：

势镇汪洋，威宁瑶海。势镇汪洋，潮涌银山鱼入穴；威宁瑶海，波翻雪浪蜃离渊。水火方隅高积土，东海之处耸崇巅。丹崖怪石，削壁奇峰。丹崖上，彩凤双鸣；削壁前，麒麟独卧。峰头时听锦鸡鸣，石窟每观龙出入。林中有寿鹿仙狐，树上有灵禽玄鹤。瑶草奇花不谢，青松翠柏长春。仙桃常结果，修竹每留云。一条涧壑藤萝密，四面原堤草色新。正是百川会处擎天柱，万劫无移大地根。

《水浒传》第七十六回《吴加亮布四斗五方旗，宋公明排九宫八卦阵》，写枢密使童贯奉命率大军征讨梁山，梁山好汉精神抖擞，严阵以待，就一气用了五处"有词为证"，分别描述铁臂膊蔡福、一枝花蔡庆、神行太保戴宗、浪子燕青、入云龙公孙胜、智多星军师吴用等将领的卓绝风姿。如写吴用：

去那左边销金青罗伞盖底下，锦鞍马上，坐着那个足智多谋、全胜军师吴用。怎生打扮？有《西江月》为证：白道服皂罗沿襈，紫丝绦碧玉钩环。手中羽扇动天关，头上纶巾微岸。贴里暗穿银甲，垓心稳坐雕鞍。一双铜链挂腰间，文武双全师范。

由初始的引用《诗经》发展到使用各体的韵文，"有诗为证"表述模式扩大化的这种趋势，其实在《搜神记》中就已经初露端倪。如前文曾引的《二华之山》，文末引张衡的《西京赋》来佐证河神将华山劈为大、小华山，以利黄河直流的传说故事，便是一例"有赋为证"：

二华之山，本一山也，当河，河水过之而曲行。河神巨灵，以手擘开其上，以足蹈离其下，中分为两，以利河流。今观手迹于华岳上，指掌之形具在。脚迹在首阳山下，至今犹存。故张衡作《西京赋》所称"巨灵赑屃，高掌远迹，以流河曲"，是也。

这里引赋为证的表述方式，与诸如“《诗》所谓‘……’也”“《诗》曰‘……’是也”之类，在形态上和本质上都如出一辙，仅是引用的诗体不一样而已。虽然在作品中使用的频率还不高，但事实上已在引《诗经》为证的固有模式上有所突破，为后代小说家作了示范。后代小说在此基础上推而广之，形成了一种泛化的“有诗为证”表述模式，使各类诗、赋、词等都可作为证实某种事实、状态、观点、事理的有力根据。这样扩展引入小说的“诗”的范畴，对于增强小说描述或表意的真实、可信程度，活跃叙述的氛围和语气，丰富作品的审美内涵，都是有帮助的。作为开风气之先的《搜神记》，在这一表述模式的培育、发展上，显然也功不可没。

第六章

《搜神记》的史传性

史，最初是指《春秋》《尚书》一类经典；传，本指《左传》，为解释经典的文字。对于史和传的关系及其由来，刘勰在《文心雕龙·史传》篇中有专门的论述：

> 史者，使也。执笔左右，使之记也。古者，左史记事，右史记言，言经则《尚书》，事经则《春秋》……然睿旨幽隐，经文婉约，丘明同时，实得微言，乃原始要终，创为传体。传者，转也。转受经旨，以授于后，实圣文之羽翮，记籍之冠冕也。

刘勰认为，由于圣人的意旨太过深远微妙，经书的内容太过委婉简约，一般人都不易明白，所以左丘明创立了传体，把圣人、经书的意旨转述出来以传授给后代。于是在史之后，便又有了传，合称“史传”。在这里，刘勰是把史传当作文学的一种体裁来看待的，文中分别论述了自《春秋》《尚书》以至邓粲的《晋记》凡二十五种历史著作，对它们的体例、性质、特点及优缺点，都有所讨论。由此可知，刘勰所称的“史传”，实际包括了东晋以前的各体史书。

所谓史传性，就是指各体史书所具有的性质和特点。《文心雕龙·史传》篇论述的二十五种史著中，能够完整地保存下来，且文学性较强，对后代文学影响较大的，只有《左传》《国语》《战国策》《史记》《汉书》《三国志》等数种。事实上，随着文学观念的发展，东晋以后文、史的分野逐渐明朗，史学和文学也渐行渐远，所以一般的文学史著作，或史传文学论著，视之为文学作品而加以讨论的对象，基本上也限于上述几种。再就是史书的体例种类，至此已经基本齐备，后世史家著史，不过是沿袭、选用其中的某一种体例而已。因此，一般所论的史传性，立论的依据，观照的对象，其实也都是这几种史书。

《搜神记》是一部小说。对于一部小说，尤其是一部志怪小说而言，讨论它的史传性似乎有些唐突，但对于比较了解中国古代小说的渊源、流变及观念的人来说，对这样的论题应该不会感到愕然和不解。《搜神记》虽然载述荒诞不经的神怪故事，但无论是它的思想内容，还是形式体制，都具有浓重的“史”的素质和色彩，史传性的特征异常突出。深入研究《搜神记》的史传性，对于探讨古代小说与史传的关系，尤其是汉魏晋小说雏形时期与史书的关系，揭示古代小说演化的轨迹，相信都很有意义。

第一节 《搜神记》史传性的成因

我国古代小说，特别是早期的小说和历史小说，或多或少都带有史传性的特征，这都归因于古代小说与史传、小说家与史官的密切关系。《搜神记》史传性的形成，原因与此大致相同。

一 小说与史传：同源异体

中国古代小说源出于史传，这一点被许多学者反复论证过，且也已经成为大多数人的共识。翦伯赞说：“文字的记录，始于记事，故中国古代，文史不分，举凡一切文字的记录，皆可称之为史。”[①] 在文史不分的情况下，小说和史传其实是共为一体的，史传中包含有大量小说的因子，比如叙事性（文体特征）、形象性与情节性（表现手法）、虚构性与趣味性（审美特征）等小说的特质，在史传中其实都普遍存在。这些都说明，小说是在史传的母体中孕育、产生的。

大约在秦汉时期，小说就以杂史杂传的形式逐渐涌现。“我国古代小

① 翦伯赞：《中国史纲要》，人民出版社 1995 年版，第 17 页。

说无疑是史书分流的结果，产生于汉魏六朝时期的历史小说、志人小说和志怪小说，实际上不过是‘史’的变种和旁支，是从史传到小说的过渡形式。”① 既然是源于史书，是史传的变种和旁支，小说虽然具有异于史传的形式、体制，但又保留史传的部分性质和特征，便是很自然的事。

作为汉魏六朝小说其中一体的志怪小说，与史传的关系也异常密切。志怪小说的题材来源是神怪故事，神怪故事包括神话传说、宗教迷信传说和地理博物传说。这些早期的人们口耳相传的“历史”，被大量地记载在史传著作之中，随处可见。如《尚书·舜典》记有舜流共工、放驩兜、窜三苗、殛鲧的神话；《左传》“昭公元年”记有高辛氏二子阏伯、实沈不和，帝迁阏伯于商丘，主晨星，迁实沈于大夏，主参星的神话；“昭公七年”载尧殛鲧，鲧化黄龙的神话。《史记》的前四篇《五帝本纪》《夏本纪》《殷本纪》《周本纪》，记载的几乎都是神话时代的历史，即历史神话。

卜筮占梦、占候望气、预测吉凶、祈祷禳祓一类巫术性质的宗教迷信故事，在史传中也比比皆是，其中尤以《左传》《国语》为最多。如《左传》中晋献公的两次卜筮在史上便很著名：

> 晋献公欲以骊姬为夫人，卜之，不吉；筮之，吉。公曰：“从筮。”卜人曰：“筮短龟长，不如从长。且其繇曰：‘专之渝，攘公之羭。一熏一莸，十年犹有臭。’必不可。”弗听，立之。（僖公四年）

> 八月甲午，晋侯围上阳。问于卜偃曰：“吾其济乎？”对曰：“克之。”公曰：“何时？”对曰：“童谣云：‘丙之晨，龙尾伏辰。袀服振振，取虢之旂。鹑之贲贲，天策焞焞，火中成军，虢公其奔。’其九月、十月之交乎！丙子旦，日在尾，月在策，鹑火中，必是时也。”（僖公五年）

“僖公四年”记晋献公为立骊姬，破了常规，既卜又筮，且弃“长龟”而从“短筮”，违了神旨，最终酿成大祸。“僖公五年”晋献公攻打

① 宁宗一：《中国小说学通论》，安徽教育出版社 1995 年版，第 544 页。

虢国之时，根据童谣预测战况，辨妖祥之事，也见《国语·晋语二》。此处卜偃以谣谶预测战事的走势，童谣当中还包含了占星的内容。

地理博物传说的内容，包括殊方绝域、山川湖泊、奇木异草、飞禽走兽、奇珍异宝之类，史传中也有许多地理博物的传说故事。《史记》所载夏禹治水的传说，可以说是最早的专讲山川湖泽的故事：

> 当帝尧之时，鸿水滔天，浩浩怀山襄陵，下民其忧……禹乃遂与益、后稷奉帝命，命诸侯百姓兴人徒以傅土，行山表木，定高山大川……陆行乘车，水行乘船，泥行乘橇，山行乘檋。左准绳，右规矩，载四时，以开九州，通九道，陂山泽，度九山……禹乃行相地宜所有以贡，及山川之便利……于是九州攸同，四奥既居，九山刊旅，九川涤原，九泽既陂，四海会同。（夏本纪第二）

《尚书》中的《禹贡》一篇，虽被学者考证为战国人伪作，但也汇集了丰富的地理博物资料。文中记大禹平定洪水，以高山大河划分九州疆界，并介绍各州地理、进贡物产及路线。如写扬州：

> 淮、海惟扬州：彭蠡既猪，阳鸟攸居。三江既入，震泽厎定。筱簜既敷，厥草惟夭，厥木惟乔，厥土惟泥涂……厥贡惟金三品，瑶、琨、筱、簜、齿、革、羽、毛惟木。岛夷卉服。厥篚织贝，厥包橘柚，锡贡。沿于江、海，达于淮、泗。

其他一些如翦伯赞所言“皆可称之为史”的文字记录，比方说先秦的诸子散文、《山海经》等一类著作，也记载有大量的志怪故事。因此，志怪小说就是从史书中分化出来的，李剑国的《唐前志怪小说史》一书，列举了大量的事实证明了这一点。“当志怪故事完全脱离史书，取得独立地位的时候，志怪小说就产生了，因此就志怪小说的形成过程来说，就它和史书的密切关系来说，志怪小说乃史乘之支流。”①

① 李剑国：《唐前志怪小说史》，南开大学出版社1984年版，第75页。

具体到《搜神记》，也有充分的事实可以证明这一点。《搜神记序》称其故事来源为“考先志于载籍，收遗逸于当时”，这个“载籍”显然是指前代具有史传性质的各种文字记录，它的许多故事确实都可在其中找到出处。如前曾引的第1则《神农》神农尝百草、播百谷的故事，便载《淮南子·修务训》；44则《李少翁》汉武帝令方士为李（王）夫人招魂的故事，《史记》的《孝武本纪》和《汉书》的《外戚列传》分别有载；229则《吕望》姜太公垂钓渭水遇周文王的史事，源于《史记》的《齐太公世家》；等等。类似这些出于载籍的素材，在书中几乎俯拾即是。这些素材在史书中，只是一个个叙述的片段，脱离了史书进入《搜神记》以后，便成了一个个独立的故事，也就是一篇篇独立的小说作品。

由于古代小说出于史传，所以在相当长的时间里，史书和小说分别被视为“正史”和“野史”。两者同源异体，同中有异。作为史传变种和支流的魏晋小说，其异于史书之处，大体上有这么几点：一是多记奇闻逸事，对于“史事”的记载比较零散，未能构成完整、系统的叙事规模和格局，而只是史书的补充，即如葛洪《西京杂记》（跋）称《西京杂记》乃“以裨补《汉书》之阙”，或如明代笑花主人《今古奇观序》所称“小说，正史之余也”；二是所载“史事”之间，缺乏关联度，绝大多数事件、篇目各自独立；三是文字简略，以粗线条叙事写人；四是篇幅短小，情节单一；等等。

尽管如此，在相当长的一个时期内，以小说为史书同类，还是人们小说观念上的主流。《世说新语》记东晋裴启《语林》一书的遭遇，便是这种情形的直观反映：

> 庾道季诧谢公曰：“裴郎云：‘谢安谓裴郎乃可不恶，何得为复饮酒？’裴郎又云：‘谢安目支道林如九方皋之相马，略其玄黄，取其俊逸。’”谢公云：“都无此二语，裴自为此辞耳。”庾意甚不以为好，因陈东亭《经酒垆下赋》。读毕，都不下赏裁，直云：“君乃复作裴氏学！”于此，《语林》遂废。今时有者，皆是先写，无复谢语。（《轻诋》二十四）

谢安之所以否定《语林》，其实有更复杂、深层的人际关系方面的原因，但这些都不好明说，唯有以所录言论不实来贬斥它。可以借用“失实”的大棒来打压小说，表明时人是以史书的尺度来观照、要求小说。基于这种观念，部分魏晋小说在《隋书·经籍志》《旧唐书·经籍志》中，都被归入“史部”，只是到了《新唐书·艺文志》才归入“小说家”类。这都表明，即使在隋唐五代，将小说视同于史书的观念仍然很有市场。

一方面，小说与史传同源，两者有着天然的血亲关系；另一方面，古人对于小说的认知又长期以史传为依据及参照体，甚至两相混同，这使得古代小说长期地存在于史传的身影之下。因此，史传性如影随形，在古代小说的身上普遍存在，无论是从小说的历史渊源还是从现实小说观念的语境下来考察，都有其必然性和合理性。

二　小说家与史官：两位一体

《新唐书·艺文志序》有云：“传记、小说，外暨方言、地理、职官、氏族，皆出于史官之流也。”[①] 此说与前引翦伯赞“中国古代，文史不分，举凡一切文字的记录，皆可称之为史”的论断，可以互为印证。既然“一切文字的记录，皆可称之为史”，那么，早期一切文字的记录者，也就都是掌握着学术、文化的史官。据此简而论之，小说与传记都出自史官，早期的小说家与史官，其实是一身二任，或者两位一体的。

史官以小说家的手法记述史事，表现出小说家的特质，在史传著作中多有体现。比如说虚构与想象，是小说异于史书的最突出的手法和特征，但这种手法和特征亦常见于史传。且不说史书中收录了大量以虚构、想象为主要成分的神话、传说，即便是对于真实历史事件、人物的叙述，也有许多虚构、想象的内容。如《左传·钽麑刺赵盾》：

> 晨往，寝门辟矣。盛服将朝尚早，坐而假寝。钽麑退，叹而言曰：“不忘恭敬，民之主也！贼民之主，不忠；弃君之命，不信。有一于此，不如死也。”触槐而死。（宣公二年）

---

① （宋）欧阳修、宋祁：《新唐书》，中华书局2003年版，第1421页。

赵盾因批评晋灵公失其为君之道，遭灵公厌恨，派鉏麑前往刺杀之，鉏麑却被赵盾恭谨、勤民、敬业的精神所感动，不杀赵盾反而自杀。

钱锺书对此段叙述有过精辟评论："上古既无录音之具，又乏速记之方，驷不及舌，而何其口角亲切，如聆謦欬欤？……《左传》记言而实乃拟言、代言，谓是后世小说、院本中对话、宾白之椎轮草创，未遽过也。"① 钱先生在此是想说明，人物内心所思所想绝非史家所能知晓，文中鉏麑的独白绝对是叙述者所虚拟、代言，类似于后世小说、戏曲中的对话和宾白。其实对于整个过程的细节描述，又何尝不是如此！鉏麑拂晓时孤身伏于赵府门前，此时此地并无他人，其所见所闻、所为所思旁人、后人如何得知？史家此处的叙述，显然使用了小说家第三人称全知视角的叙事手法，配以细节描写、人物心理刻画的手法，小说的特质非常突出。

小说家的叙事手法，在其他史传里也普遍存在，其中尤以《战国策》《史记》的表现最为突出。

且看《史记·高祖本纪》：

> 高祖，沛丰邑中阳里人，姓刘氏，字季。父曰太公，母曰刘媪。其先刘媪尝息大泽之陂，梦与神遇。是时雷电晦冥，太公往视，则见蛟龙于其上。已而有身，遂产高祖。
>
> 高祖为人，隆准而龙颜，美须髯，左股有七十二黑子。仁而爱人，喜施，意豁如也。常有大度，不事家人生产作业。及壮，试为吏，为泗水亭长，廷中无所不狎侮。好酒及色。常从王媪、武负贳酒。醉卧，武负、王媪见其上常有龙，怪之。高祖每酤留饮，酒雠数倍。及见怪，岁竟，此两家常折券弃责。

这段叙述首先把高祖的身世神异化：其母"梦与神遇"，"蛟龙于其上。已而有身，遂产高祖"；高祖醉卧，"其上常有龙"。把自己的身世神异化，从而使自己的统治合理化、神圣化，这是古代统治者惯用的伎俩。高祖神异降生，及其有龙附体的说法，就属于这种情形。《史记》叙事，

① 钱锺书：《左传正义》（一），载《管锥编》（第一册），中华书局1996年版，第166页。

颇多街谈巷议、道听途说的材料，用以对史实作必要、合理的想象和补充，此所引的荒诞、离奇文字，显然是他采集流传于民间的材料而成。《史记》的这种叙述，简直就是小说家言。作为一部信史，竟然有那么多虚构、想象的内容，在一些人看来是匪夷所思的，因此，有学者发出“司马迁是在写历史，还是在写小说”① 的疑问。以小说家的笔法撰写史书是否妥当，在此姑且不论，但《史记》具有浓厚的小说意味，司马迁具有小说家的特质，却是不争的事实。

与此同时，司马迁也对刘邦的体貌、品性、习惯、爱好等都作了描述，寥寥数言，使具有天子容颜、气度，但又有流氓、无赖习气的刘邦形象跃然纸上。其后对于刘邦平生经历、所作所为的详细叙述，则是这个性格多重、复杂形象的具体化和细节化。司马迁对人物形象刻画之生动、传神，细节描写之细致、娴熟，绝不逊色于后代的小说家。

用虚构想象之词叙事，以生动、典型的事件、细节来凸显人物的个性，以夸张、离奇的逸闻传说来增强作品的故事性和可读性，这些都是后世小说最基本、也是最突出的特征和手法。由于这些因素的大量存在，本来沉闷、枯燥的史事被叙述得生动活泼，意趣盎然，引人入胜，充满文学的意味。在这当中，以往给人严谨甚至古板印象的史官，常常表现出小说家灵动、充满情趣的特质，显示了善于编织故事，借人物、故事抒情述志的小说技法。从这个意义上来说，称史官是早期的小说家，实不为过。

到了魏晋时期，史官成了实实在在的小说家。魏晋志怪、志人小说的作者，许多都是货真价实的史官。如张华（《博物志》）、干宝等人，都曾任职著作郎或佐著作郎，这两职便都是史官。著作郎于魏代始设置，属中书省，掌编纂国史。晋代著作郎改属秘书省，下置佐著作郎。《晋书·职官志》：“著作郎一人，谓之大著作郎，专掌史任，又置佐著作郎八人。”可见，著作郎和佐著作郎两者职能相类，只是职级不同。

据《晋书》本传载，张华在魏元帝时即除授佐著作郎，迁长史，兼中书郎，晋惠帝朝又任司空，领著作；干宝于晋愍帝建兴（313—356）初始以才器特出，被镇东军咨祭酒华谭荐为佐著作郎。晋室南渡，由中书监王

① 唐德刚：《司马迁是在写历史，还是在写小说》，《中华读书报》2000 年 3 月 22 日。

导荐任史职，领国史，曾撰有《晋记》二十卷（已逸）；《志怪》的作者曹毗，乃魏国大司马曹休的曾孙，《晋书·文苑传》称其“少好文籍，善属词赋”，以郡孝廉除郎中职，又举佐著作郎；《杂语》的作者孙盛，父、祖皆任过郡守，其初仕即为佐著作郎，著有《魏氏春秋》《晋阳秋》等，其中“《晋阳秋》词直而理正，咸称良史焉”①。

其他即使并非史官的小说家，也以史家自我期许。在时人心目中，小说家与史官，主要是在身份上有官方与非官方的区别，其中或有尊卑、雅俗之分，但其性质、职能和定位几乎是一样的。如《神仙传》的作者葛洪，曾被干宝力荐预修国史，虽然他固辞不就，但被作为史官的干宝引为同调，欲与之做同僚而一起共事，表明他也是有史才、史识的人物。他虽然没有史官之职，却有史家之心，行史家之事，整理、编辑《西京杂记》，就表现出浓厚的史家意识和情结。其《西京杂记》（跋）云：

> 洪家世有刘子骏《汉书》一百卷，无首题目，但以甲乙丙丁记其卷数。先父传云，歆欲撰《汉书》，编录汉事，未得缔构而亡，故书无宗本，止杂记而已，失前后之次，无事类之辨。后好事者以意次第之，始甲终癸为十帙，帙十卷，合为百卷。洪家具有其书，试以此记考校班固所作，殆是全取刘书，有小异同耳。并固所不取，不过二万许言。今抄出为二卷，名曰《西京杂记》，以裨《汉书》之阙……

跋文主要是交代《西京杂记》的来历，同时也表明了他整理、编辑《西京杂记》的意图。葛洪将小说与史书相提并论，视若等同，因而将整理《西京杂记》视作为裨补《汉书》之缺漏，以期更加全面、真实地还原历史，表明他将此举也定位为“修史”，自己乃在履行史家之责。由此可知，在潜意识里他是以史家自居的。

事实上，魏晋时期的小说家，无论有否史官的身份，都具有史官（家）和小说家的双重属性。这既是小说家自己的心理定位，也是社会对他们的要求和期许。两位一体的特殊身份，令小说家的血脉里涌动着史家

① （唐）房玄龄等：《晋书》（孙盛传），中华书局1974年版，第2148页。

的血液，为他们的创作行为烙上了史家的印记。一方面，小说家有一种史家的使命感，促使他们与史官一样，自觉担负起传述某部分历史，为后人提供历史经验教训的责任和义务；另一方面，又使得他们以撰写史传的态度、方式来对待小说创作，从史家的视野来审视、组织故事的素材，在创作中遵循崇实、写实的创作理念，写作的体例和手法较多地沿袭或仿照史传文本。在这种情况下，小说家的创作行为就理所当然地带上浓厚的史家色彩，小说作品也就自然而然地表现出史传的特质。

干宝既是领修国史、身有实职的史官，又是声名显赫的志怪小说作家，是一个典型的一身而兼两任的小说家，其《搜神记》的创作，可谓史家和小说家的双重实践，亦为小说与史传的混合经营、撰述。因此，《搜神记》一书在思想内容和体制形式上都具有史传传统，表现出浓厚的史传性特征，是小说发展的历史流变和现实语境下人们对小说的认知、定位共同作用的必然结果。认识到这一点，我们便不会为之感到意外和愕然。

第二节　《搜神记》思想内容的史传性

一　《搜神记》中的历史人物

历史通常是指人类社会的发展过程。历史是由人类创造的，史书记录的，便是人的历史活动和踪迹。因此，记载历史人物的事迹，显示他们在历史进程中的贡献和作用，总结他们的成败得失以供后人缅怀、借鉴，是史传的基本任务。作为“野史”的古代小说，常常以真实的历史人物为表现对象，或记述他们的奇闻逸事，或以他们为附会对象，编造、收录一些离奇古怪的故事，从不同的侧面（包括客观的和主观的）反映历史，正是其史传性的突出表现。

按理说，凡是历史上出现过的人物，都是历史人物，《搜神记》因其作者的史家身份，及其“野史”的定位，所载录的人物形象，除了一些子虚乌有的神怪之外，应该说都是历史人物。但人类历史悠悠万千年，历史人物如恒河沙数，绝大部分都是历史的匆匆过客，他们的一切都早已湮没在历史的长河之中，只有极少数人的名字、事迹，或通过口头流传，或通过史典记载，得以保留至今。因此，一般所称之历史人物，主要是一些在历史上影响较大，或见于史典、或流传于民间的知名度较高者，此处所述的《搜神记》中的历史人物，也基本上是指这一部分人。

为了方便讨论和浏览，兹将《搜神记》中的历史人物，简单列表于下：

表 1 **《搜神记》所载历史人物**

人物类型	序号	朝代	人物名称	所载篇目及序号	备注
帝王君侯	1	远古	神农	1《神农》	神农或曰炎帝
	2	远古	黄帝	逸文 20	
	3	远古	颛顼	340《蒙双氏》、376《疫鬼》、逸文 9	
	4	远古	帝喾	逸文 9	
	5	远古	舜	227《舜手握褒》	
	6	商	汤	228《商汤》	
	7	周	周文王	73《灌坛令》、229《吕望》	
	8	周	周武王	230《武王》	
	9	春秋	齐襄公	110《彭生》	
	10	春秋	齐惠公	345《齐无野》	
	11	春秋	齐顷公	345《齐无野》	
	12	春秋	齐景公	265《古冶子》	
	13	春秋	秦文公	415《怒特祠》	
	14	春秋	隋侯	453《随侯珠》	《庄子》《韩非子》《吕氏春秋》均有载
	15	春秋	夫差	394《紫玉》	
	16	春秋	阖闾	330《余腹》	
	17	汉	汉文帝	14《鲁少千》	
	18	汉	汉武帝	29《钩弋夫人》、44《李少翁》、72《张宽》、270《酒消患》、321《霍山镬》、328《劫灰》	
	19	汉	汉昭帝	29《钩弋夫人》	
	20	汉	汉和帝皇后	251《和熹邓后》	《后汉书》（皇后纪第十）有传
	21	汉	汉灵帝	155《夫妇相食》、163《怀陵雀》、259《灵帝梦》	

续表

人物类型	序号	朝代	人物名称	所载篇目及序号	备注
	22	汉	汉献帝	165《京师谣言》、167《建安人妖》	
	23	新	王莽	101《新井》、244《翟宣》、304《池阳小人》	
	24	魏	曹操	21《左慈》、166《桓氏复生》、169《树出血》、407《度朔君》、逸文4	
	25	魏	曹丕	336《典论刊石》	
	26	魏	曹睿	170《燕巢生鹰》	
	27	蜀	刘备	逸文4	
	28	吴	孙坚	252《孙坚夫人》	
	29	吴	孙策	22《于吉》	
	30	吴	孙权	25《葛玄》、92《蒋山祠》(一)、392《钱小小》、逸文4、逸文26	
	31	吴	孙休	46《白头鹅》	吴景帝
	32	吴	孙皓	47《石子冈》	吴末帝
	33	晋	司马懿	245《公孙渊》、逸文14、逸文15	谥宣帝
	34	晋	司马伦	410《服留鸟》	赵王。301年篡晋惠帝位，改元建始
将相高官	1	周	吕尚	73《灌坛令》、229《吕望》	
	2	春秋	苌宏	269《苌宏》	周敬王大夫，孔子曾就其问“乐”。《国语·周语下》载其事
	3	战国	张仪	325《龟化城》	秦惠王时封武信君，后任魏相
	4	汉	张宽	442《扬州二蛇》	武帝时扬州刺史。陈寿《益都耆旧传》记其事迹
	5	汉	李广	263《熊渠子》	
	6	汉	锺离意	49《锺离意》	东汉尚书。《后汉书》卷四十一有传
	7	汉	臧仲英	51《臧仲英》(附许季山)	东汉太尉长史，鲁相
	8	汉	乔玄	52《乔玄》(附董彦兴)	东汉太尉。《后汉书》卷五十一有传，“乔”作“桥”
	9	汉	冯绲	238《冯绲》	东汉辽东太守，京兆尹。《后汉书》卷三十八有传

续表

人物类型	序号	朝代	人物名称	所载篇目及序号	备注
	10	汉	张颢	239《张颢》	东汉太尉。《后汉书》（孝灵帝纪第八）载其事
	11	汉	张奂	258《张奂妻》	东汉度辽将军，威武太守。《后汉书》卷六十五有传
	12	汉	窦奉	347《窦氏蛇》	东汉定襄太守。《后汉书》卷六十九有传
	13	汉	窦武	347《窦氏蛇》	东汉大将军。《后汉书》卷四十三有传
	14	汉	董卓	159《儿生两头》	
	15	汉	袁绍	407《度朔君》	东汉邟乡侯，渤海太守。《后汉书》卷七十四有传
	16	汉	刘表	168《荆州童谣》、逸文4	镇南将军，荆州刺史。《后汉书》卷七十四有传
	17	汉	刘宠	250《刘宠》	东汉名臣，廉吏，历任司空、太尉等。《后汉书》卷七十六有传
	18	魏	张辽	417《张叔高》	《三国志·魏书》有传
	19	魏	蒋济	380《蒋济亡儿》	魏领军将军。《三国志·魏书》有传
	20	吴	诸葛恪	246《诸葛恪》、303《傒囊》	
	21	吴	孙琳	24《徐光》	吴大将军。《三国志·吴志》有传
	22	吴	张悌	366《典论刊石》	吴相。《三国志·吴书》（卷四十八）记其事
	23	晋	羊祜	369《羊祜》	晋开国元勋，散骑常侍、卫将军。《晋书》有传
	24	晋	贾充	248《贾充》	晋开国元勋，散骑常侍，封鲁郡公。《晋书》有传
	25	晋	荀勖	248《贾充》	光禄大夫、守尚书令；精通音律。《晋书》有传
	26	晋	魏舒	441《司徒府蛇怪》	西晋司徒，《晋书》有传
	27	晋	王敦	222《武昌火》、223《绛囊缚紒》、224《仪仗生花》、225《长柄羽扇》	东晋大臣，尚书、大将军。后谋反。《晋书》有传
	28	晋	庾亮	249《庾亮》	东晋大臣，历任中书令等。《晋书》有传
	29	晋	苏峻	249《庾亮》	东晋大臣，历任鹰扬将军等，后谋反被杀。《晋书》有传
文人学者	1	春秋	老子	13《焦山老君》、逸文6	

续表

人物类型	序号	朝代	人物名称	所载篇目及序号	备注
	2	春秋	孔子	231《孔子梦》、232《赤虹化玉》、445《五酉》	
	3	春秋	颜回	231《孔子梦》	
	4	春秋	子路	231《孔子梦》	
	5	春秋	子贡	445《五酉》	
	6	春秋	曾参	276《曾子》	
	7	汉	贾谊	243《鹏鸟赋》	
	8	汉	刘安	15《淮南八公》	
	9	汉	董仲舒	420《老狸》	
	10	汉	东方朔	270《酒消患》、328《劫灰》	
	11	汉	刘向	110《彭生》、111《蛇斗》、112《龙斗》、119《马生角》、123《黑白鸟斗》	
	12	汉	郑玄	71《风伯雨师》	
	13	汉	蔡邕	338《焦尾琴》、339《柯亭竹》	
	14	汉	应瑒	237《应枢》	汉末“建安七子”之一
	15	晋	阮瞻	378《阮瞻》	无鬼论者，“竹林七贤”之一阮咸之子。《晋书》有传
	16	晋	张华	421《张茂先》	著名学者，小说家
	17	晋	顾恺之	逸文 31	著名画家
方士术士	1	汉	李少翁	44《李少翁》	《史记·孝武本纪》《汉书·外戚列传》有载
	2	汉	刘根	16《刘根》	《后汉书·方术传》有传
	3	汉	王乔	9《崔文子》、17《汉王乔》	又名王子乔。《后汉书·方术传》有传
	4	汉	樊英	33《樊英》	《后汉书·方术传》有传
	5	汉	华佗	69《华佗》（一）、70《华佗》（二）	《三国志·魏书》《后汉书·方术传》均有传
	6	汉	徐登	34《徐登》、36《徐赵清俭》	《后汉书·方术传》有传
	7	汉	赵昞	34《徐登》、35《赵昞》、36《徐赵清俭》	《后汉书·方术传》有传，《抱朴子》《异苑》有载
	8	汉	左慈	21《左慈》	《后汉书·方术传》有传
	9	汉	于吉	22《于吉》	《三国志·孙策传》载其事
	10	汉	葛玄	25《葛玄》	《抱朴子·金丹卷》载其事

续表

人物类型	序号	朝代	人物名称	所载篇目及序号	备注
	11	魏	管辂	53《管辂》(一)、54《管辂》(二)、55《管辂》(三)、56《管辂》(四)	《三国志·魏书》有传
	12	晋	淳于智	57《淳于智》(一)、58《淳于智》(二)、59《淳于智》(三)、60《淳于智》(四)	《晋书》卷九十五有传
	13	晋	郭璞	61《郭璞》(一)、62《郭璞》(二)、63《郭璞》(三)、64《郭璞》(四)、82《驴鼠》、210《蝘鼠》、211《馀馥作乱》	《晋书》卷七十二有传
	14	晋	吴猛	26《吴猛》、逸文23	《晋书》卷七十二有传。元郭居敬《二十四孝》记其"恣蚊饱血"事
其他	1	远古	宁封子	4《宁封子》	传说中黄帝的陶正（掌管制造陶器的官员）
	2	远古	偓佺	5《偓佺》	神仙。《史记·司马相如列传》引《上林赋》："偓佺之伦，暴于南荣。"
	3	远古	彭祖	6《彭祖》	颛顼帝的孙子，传说中的长寿者（活700多岁）
	4	春秋	熊渠子	263《熊渠子》	古之善射者。《韩诗外传》卷六有载
	5	商周	叔齐	381《辽水浮棺》	隐士。《史记·伯夷列传》有载
	6	春秋	养由基	264《魏更羸》	古之善射者。《战国策·西周策》《史记·周本纪》有载
	7	春秋	古冶子	265《古冶子》	古之力士，善泳。《晏子春秋·内篇》载其事
	8	战国	更羸	264《魏更羸》	古之善射者。《战国策·楚策四》载其事
	9	汉	谅辅	271《谅辅》	侠客。《后汉书·独行列传》有其传
	10	汉	蒋子文	92《蒋山祠》(一)、93《蒋山祠》(二)、95《蒋山祠》(四)、96《蒋山祠》(五)	汉末秣陵尉，缉盗殉职，后民间传其成仙，称蒋神。《搜神后传》《资治通鉴》一百四十四卷载其事
	11	汉	乐羊子妻	292《乐羊子妻》	烈女。《后汉书·列女传》有其传
	12	汉	温序	382《温序》	烈士。《后汉书·独行列传》有其传

续表

人物类型	序号	朝代	人物名称	所载篇目及序号	备注
	13	汉	张角	156《寺壁黄人》	“黄巾起义”领导者，太平道创始人
	14	魏晋	孙登	449《病龙雨》	隐士，号苏门先生。善琴箫，阮籍、嵇康曾受教于他。《晋书》卷九十四有传
	15	晋	王祥	278《王祥》	孝子。《晋阳秋》《晋书》《二十四孝》等均载其记卧冰取鲤奉母事
	16	晋	干庆	26《吴猛》	干宝之兄，西安令。《晋书·干宝传》记其死而复生事
	17	晋	验含	282《蚺蛇胆》	孝子。《晋书》（卷八十八）有传

对于表1，有几点需要稍加说明：

第一，表1中历史人物类别的界限并非绝对分明，有些人具有多重身份，此乃取其中最具历史标识意义的身份归类；第二，表中历史人物按朝代的先后顺序排列，同一朝代者也尽可能按人物活动时间的先后排列，但由于个别人的具体活动时间无法确定，因此，排列的先后可能略有出入；第三，表中也收入了个别神话、传说中的人物，这是基于部分神话、传说具有“史”的性质，这些人物也俨然以真实的历史人物存于史典或流传于民间，其历史性已多被后人认可（包括史家和一般读者），故此也酌情收录；第四，对于部分历史人物，专业人士或许比较熟悉，但一般读者就未必尽然，所以在备注栏对这部分人物都作一些简单的交代，其余如帝王君侯、著名文人学者等一些家喻户晓、耳熟能详的人物，不再赘述；第五，由于资料和认识所限，书中或有个别历史人物未在列表之中。

表中载录，计有帝王君侯34人、将相高官29人、文人学者17人、方术之士14人、其他各阶层、各类型的人物17人，计收录历史人物111人；涉及作品136篇（其中正文128篇，逸文8篇），超过全书篇目的四分之一（中华书局汪绍楹校注本《搜神记》共498篇，其中正文464篇，逸文34篇）。历史人物、涉及篇目（即记录“史事”）两组数据都相当可观，这可从一个维度反映出《搜神记》“史”的浓度和厚度。

如列表所示，自远古的神话时代起，经夏商周三代、秦汉乃至魏晋，每一个时代的历史人物，都有所载录，各个阶层、各个类型的历史人物都包罗其中，应有尽有。这些历史人物大多见于史典，可谓持之有据，在后人的心目中，其真实性确凿无疑。即使是一些早期神话、传说中的人物，也早已深入人心，渗透到民族的集体意识当中，成为后世约定俗成的历史人物。以今天的眼光来审视，或许一些历史人物的真实性、客观性尚有可商榷之处，但作为民族集体记忆（包括书面的和心理的）的一部分，其史传性也毋庸置疑。《搜神记》以大量的篇目记录这些历史人物的逸闻趣事，可以说是以另外一种形式、场合为他们立传，亦即所谓“别传”。这些“别传”既丰富了历史人物形象的内涵，也在某些方面拓展了历史，成为史传的一种补充。《搜神记》之后的一些史书如《后汉书》《晋书》等，都采用了许多《搜神记》的材料，便体现了这一点。

这一百多篇作品的叙述线索，贯通了从神农时代到魏晋间的每一个历史时期，代代相承，环环相扣，连绵不断，绝无历史人物缺位的时期，这足以形成一条虽然粗略但却相当完整的历史链条。丰富多样的人、事及实实在在的时空感，即不同时期、国度、阶层、类型的历史人物群象及其神奇活动的“史实”，事实上已构成了一个微型的历史空间和简约的叙事格局。因此，《搜神记》史书的特质是很突出的，简直就是一部别样的、神异的远古至魏晋的简史。

《搜神记》所记的历史人物，或多或少都带有神异的色彩。这是因为《搜神记》所叙述的时间，乃上承神话时代，在一个相当长的时期内，历史、神话、传说三位一体的状态仍在延续，所以其人其事的神异色彩仍未褪去，即便如《左传》《国语》《史记》这一类正统史家的著作，其历史人物也有这样的情形，只不过是《搜神记》表现得更加突出一些而已。

但《搜神记》的历史人物形象，除了神农、黄帝、颛顼、舜这一类的神话历史人物有一些“神”性之外，其他人物形象本身的“神”性并不显著，即使有一些神异色彩，也主要体现在其活动的环境或所经历的事体上面，而不在于人物形象本身。比如汉武帝，他是《搜神记》里出现最多的历史人物（记载其事迹者凡 6 篇），但在所有的记载中，他都没有太多的神异之处：

初，钩弋夫人有罪，以谴死。既殡，尸不臭，而香闻十余里，因葬云陵。上表悼之，又疑其非常人，乃发冢开视，棺空无尸，惟双履存。(29《钩弋夫人》)

汉武帝时，幸李夫人。夫人卒后，帝思念不已。方士齐人少翁，言能致其神。乃夜施帷帐，明灯烛，而令帝居他帐，遥望之。见美女居帐中，如李夫人之状。还幄坐而步，又不得就视，帝愈加悲感。为作诗曰："是耶？非耶？立而望之，偏娜娜！何冉冉其来迟？"令乐府知音家管弦歌之。(44《李少翁》)

蜀郡张宽，字叔文，汉武帝时为侍中。从祀甘泉，至渭桥，有女子浴于渭水，乳长七尺。上怪奇异，遣问之。女曰："帝后第七车者，知我所来。"时宽在第七车，对曰："天星主祭祀者。斋戒不洁则女人见。"(72《张宽》)

汉武帝东游，未出函谷关，有物当道，身长数丈，其状像牛，青眼而曜眼，四足入土，动而不徙。百官惊骇。东方朔乃请以酒灌之。灌之数十斛而物消。帝问其故。答曰："此名为患，忧气之所生也。此必是秦之狱地，不然，则罪人徙作之所聚。夫酒忘忧，故能消之也。"帝曰："吁！博物之士，至于此乎！"(270《酒消患》)

汉武徙南岳之祭于庐江灊县霍山之上，无水。庙有四镬，可受四十斛。至祭时，水辄自满，用之足了，事毕即空。尘土树叶，莫之污也。积五十岁，岁作四祭。后但作三祭，一镬自败。(321《霍山镬》)

汉武帝凿昆明池，极深，悉是灰墨，无复土。举朝不解，以问东方朔。朔曰："臣愚，不足以知之。"曰："试问西域人。"帝以朔不知，难以移问。至后汉明帝时，西域道人入来洛阳。时有忆方朔言者，乃试以武帝时灰墨问之。道人云："经云：'天地大劫将尽则劫烧。'此劫烧之余也。"乃知朔言有旨。(328《劫灰》)

由上可见，在故事中汉武帝都是以一个凡人而不是“神”的形象示人。

故事中的神异事物，虽然和他有关联，但都不是他所造就，也不是由他来直接处理、化解，他只是一个经历者或见闻者。《钩弋夫人》《李少翁》两篇写他对钩弋夫人、李夫人的怀念，表现了他的儿女情长；其余四篇则通过他的奇遇，表现了他对于神异事物的不解和困惑。所有这些其实都是凡夫俗子的情怀、举止和品格。在此，故事并没有把汉武帝写成一个“神”，仅仅从人物自身来看，其神异色彩并不浓厚，只不过是他周边的氛围比较神异而已。

其他汉魏晋的帝王君侯类历史人物，《搜神记》对他们的记载，大抵上也类似于汉武帝。

作为志怪小说中的人物，《搜神记》中的文人学者类历史人物，也或多或少地沾上了一些神异之气。这些文人学者大多有方士化的色彩，如孔子、刘安、贾谊、东方朔、董仲舒、刘向、张华等人，都掌握某种“学”或“术”，具有异乎常人的本领，和一些荒诞离奇的神奇经历，其实也都可以归入巫方之士的行列，所以完全可以与巫方之士等而视之。基于这种事实，此处且把两者放在一起讨论。

《搜神记》中方士化的文人学者和巫方之士，都有一些异乎寻常的行为举止、特异技能，可以知常人之所不知，能常人之所不能。但也并非三头六臂，或者铜头铁额、人面兽身，容貌与凡人无异；他们所具有的特异技能都非与生俱来，言行举止亦未脱离凡尘俗世，抛却俗人、俗世的情怀和趣味。这些形象虽然有一定的神异色彩，但凡人俗世的气味还比较浓厚，有些甚至还超过了其神异性。且看下面几例：

曾子从仲尼在楚而心动，辞归问母。母曰：“思尔啮指。”孔子曰：“曾参之孝，精感万里。”（276《曾子》）

贾谊为长沙王太傅，四月庚子日，有鹏鸟飞入其舍，止于坐隅，良久乃去。谊发书占之，曰：“野鸟入室，主人将去。”谊忌之，故作《鹏鸟赋》，齐生死而等祸福，以致命定志焉。（243《鹏鸟赋》）

《曾子》写曾参随孔子游楚，曾母思子心切，咬了自己的手指，千里以外的曾参竟然感到心房颤动，孔子认为这是曾参的孝心所致，予以赞扬。母亲咬手指，儿子心（身）有所感，这类生理现象在现实生活中确实有之，现代科学将之解释为亲子之间的“心理感应”或“生理遥感”。故事虽然有点“神奇”，但此处孔子师徒的形象非常平凡朴实，没有什么超常举止，绝对是一凡人、常人。

《鹏鸟赋》写贾谊居有鹏鸟入屋。占卜之书云：野鸟入屋，主人将死。贾谊为此事所困，写了《鹏鸟赋》，以道家齐生死、等祸福的观点来宽慰自己，表现了他的人生观和生死观。贾谊也忌讳死亡，但也很善于化解自己的忧虑，消解不良情绪，其俗人情怀、学者的豁达胸襟和深邃见识，尽得显露。

郭璞是晋代著名的游仙诗人、学者，也是著名方士，将之归为文人学者或巫方之士的行列，都无不可，也都很有代表性。《搜神记》有 5 篇作品记录郭璞的事迹，数量仅次于汉武帝。在这些故事当中的郭璞，虽然神通广大，方术十分了得，但仍然是一俗人。如 61 则写他预知局势危难，力劝庐江太守胡孟康赶快南渡，对朋友有情有义；他爱胡家的婢女，继而施法以赤豆变数千红衣小人，围扰胡家，诳骗对方放弃，从而夺人所爱，又表现出浓厚的无赖习气。凡人的情欲、贪欲，以及或优或劣的品格，都在这个形象身上得到展示。尽管他道行高超神奇，但还是一个很现实、很世俗的人。

由上可见，《搜神记》所记的文人学者、巫方之士，或许可以称作“高人”或“奇人”，但绝不是“神”或“怪”。由于身份、环境、学养等原因，这些形象的神异色彩比帝王君侯更浓厚一些，但仍未超越现实和世俗，无论从表面还是本质看，他们都是人而不是神。

综上所述，《搜神记》中历史人物的故事，是关于人的故事，更确切地说是带有神异色彩的历史人物故事，而不是神或怪的故事。既然如此，其人其事就有相当的历史性，所录文本便有了史传的特质。

二 《搜神记》中的“史事”

本来，凡在历史上发生过的事，都应该属于史事，但此处所称之“史事”，乃特指“史书之事”，也就是指《搜神记》中见于史传（或有史传性质的典籍）的事件。《搜神记》所记的故事，虽然在作者看来，都是历史上实有其事，有其出处、有所依据者，但出于论题的原因，此处只以部分“志于载籍”的事件作为考察的对象，而对于“遗逸于当时”的事件，暂不讨论。今本《搜神记》四百多个条目，见于载籍者达二百多条，这些载籍自然是各色各样，下面仅列载于史典的条目以飨读者。

需要说明的是，在此仅把《搜神记》中的部分“史事”加以考察，并不意味着把其余的排斥在外，打入另册。此处只不过是由于资料或技术的原因，一时未能搜集齐全而已。即使是这一小部分故事，就已经可以一斑窥全豹，说明许多问题，在很大程度上表现了《搜神记》的史传特质。

兹将该书载于典籍的主要史事列表如下：

表2 《搜神记》载于典籍的史事

序号	朝代	《搜神记》所载史事	相关典籍史事
1	远古	1《神农》：神农以赭鞭鞭百草，尽知其平、毒、寒、温之性，臭味所主，以播百谷。故天下号“神农”也。	《淮南子·修务训》：神农乃始教民播百谷，相土地之宜、燥湿肥硗高下，尝百草之滋味，水泉之甘苦。令民知所辟就。当此之时，一日而遇七十毒。 司马贞《史记·补三皇本纪》：神农氏作蜡祭，以赭鞭鞭草木，尝百草，始有医药。
2	远古	376《疫鬼》：昔颛顼氏有三子，死而为疫鬼：一居江水，为虐鬼；一居若水，为魍魉鬼；一居人宫室，善惊人小儿，为小鬼。于是正岁命方相氏，帅四傩以驱疫鬼。	《论衡·解除》：昔颛顼氏有三子，生而皆亡，一居江水为虐鬼；一居若水为魍魉；一居欧隅之间，主疫病人。故岁终事毕，驱逐厉鬼，因以送陈迎新内（纳）吉也。
3	商	228《汤祷雨》：汤既克夏，大旱七年，洛川竭。汤乃以身祷于桑林，剪其爪发，自以为牺牲，祈福于上帝。于是大雨即至，洽于四海。	《吕氏春秋》（季秋纪第九顺民）：昔者，汤克夏而正天下，天大旱，五年不收。汤乃以身祷于桑林曰：“余一人有罪无及万夫；万夫有罪在余一人。无以一人之不敏，使上帝鬼神伤民之命。”于是剪其发，枥其手，以身为牺牲，用祈福于上帝。民乃甚说，雨乃大至。 又见《墨子》《荀子》《淮南子》等。
4	周	229《吕望》：吕望钓于渭阳，文王出游猎。占曰：“今日猎得一兽，非龙非螭，非熊非罴，合得帝王师。”果得太公于渭之阳，与语，大悦，同车载而还。	《史记》（齐太公世家第二）：西伯将出猎，卜之，曰：“所获非龙非彲，非虎非罴，所获霸王之辅。”于是周西伯猎，果遇太公于渭之阳，与语大悦，曰：“自吾先君太公曰：‘当有圣人适周，周以兴。’子真是邪？吾太公望子久矣。”故号之曰“太公望”，载与俱归，立为师。

续表

序号	朝代	《搜神记》所载史事	相关典籍史事
5	春秋	110《彭生》：鲁严公八年，齐襄公田于贝丘，见豕。从者曰："公子彭生也。"公怒，射之。豕人立而啼。公惧，坠车伤足，丧履。	《左传·庄公八年》：冬十二月，齐侯游于姑棼，遂田于贝丘。见大豕，从者曰："公子彭生也。"公怒，曰："彭生敢见!"射之。豕人立而啼。公惧，坠于车，伤足，丧屦。
6	春秋	111《蛇斗》：鲁严公时，有内蛇与外蛇斗郑南门中，内蛇死。刘向以为近蛇孽也。京房《易传》曰："立嗣子疑，厥妖蛇居国内斗。"	《左传·庄公十四年》：初，内蛇与外蛇斗于郑南门中，内蛇死。六年而厉公入。 《汉书》（五行志第七下之上）：鲁严公时，有内蛇与外蛇斗郑南门中，内蛇死。刘向以为近蛇孽也……京房《易传》曰："立嗣子疑，厥妖蛇居国内斗。"
7	春秋	112《龙斗》：鲁昭公十九年，龙斗于郑时门之外洧渊。刘向以为近龙孽也。京房《易传》曰："众心不安，厥妖龙斗其邑中也。"	《左传·昭公十九年》：郑大水，龙斗于时门之外洧渊，国人请为萗焉。子产弗许。 《汉书》（五行志第七下之上）：鲁昭公十九年，龙斗于郑时门之外洧渊。刘向以为近龙孽也……京房《易传》曰："众心不安，厥妖龙斗。"
8	春秋	263《熊渠子》：楚熊渠子夜行，见寝石，以为伏虎。弯弓射之，没金铩羽。下视，知其石也。因复射之，矢摧无迹。	《韩诗外传》（卷六）：昔者，楚熊渠子夜行，见寝石，以为伏虎。弯弓而射之，没金饮羽。下视，知其石。
9	春秋	264《魏更赢》：更赢谓魏王曰："臣能为虚发而下鸟。"魏王曰："然则射可以至于此乎？"赢曰："可。"有顷，闻雁从东方来，更赢虚发而鸟下焉。	《战国策》（楚策四）：更赢与魏王处京台之下，仰见飞鸟。更赢谓魏王曰："臣为王引弓虚发而下鸟。"魏王曰："然则射可以至此乎？"赢曰："可。"有间，雁从东方来，更赢以虚发而下之。
10	春秋	265《古冶子》：齐景公渡于江沅之河，鼋衔左骖，没之。众皆惊惕。古冶子于是拔剑从之，邪行五里，至于砥柱之下，杀之，乃鼋也。左手持鼋头，右手挟左骖，燕跃鹄蛹而出。仰天大呼，水为逆流三百步。观者皆以为河伯也。	《晏子春秋·内篇》（谏下）：公尝济于河，鼋衔左骖没，冶逆流百步，顺流九里，卒杀鼋，左操骖尾，右挈鼋头，鹤跃而出，津人皆以为河伯。
11	战国	114《马生人》：秦孝公二十一年，有马生人。昭王二十年，牡马生子而死。刘向以为皆马祸也。京房《易传》曰："方伯分威，厥妖牡马生子。上无天子，诸侯相伐，厥妖马生人。"	《汉书》（五行志第七下之上）：秦孝公二十一年有马生人，昭王二十年牡马生子而死。刘向以为皆马祸也。……京房《易传》曰："方伯分威，厥妖牡马生子。亡天子，诸侯相伐，厥妖马生人。"

续表

序号	朝代	《搜神记》所载史事	相关典籍史事
12	战国	116《五足牛》：秦惠文王五年，游朐衍，有献五足牛。时秦世大用民力，天下叛之。京房《易传》曰："兴繇役，夺民时，厥妖牛生五足。"	《汉书》（五行志第七下之上）：秦孝文王五年，游朐衍，有献五足牛者……秦大用民力转输，起负海至北边，天下叛之。京房《易传》曰："兴繇役，夺民时，厥妖牛生五足。"
13	战国	115《女子化男》：魏襄王十三年，有女子化为丈夫，与妻生子。京房《易传》曰："女子化为丈夫，兹谓阴昌，贱人为王；丈夫化为女子，兹谓阴胜阳，厥咎亡。"一曰："男化为女，宫刑滥，女化为男，妇政行也。"	《汉书》（五行志第七下之上）：魏襄王十三年，魏有女子化为丈夫。京房《易传》曰："女子化为丈夫，兹谓阴昌，贱人为王；丈夫化为女子，兹谓阴胜，厥咎亡。"一曰：男化为女，宫刑滥也；女化为男，妇政行也。
14	秦	117《临洮长人》：秦始皇二十六年，有大人，长五丈，足履六尺，皆夷狄服，凡十二人，见于临洮。乃作金人十二，以象之。	《汉书》（五行志第七下之上）：秦始皇二十六年，有大人长五丈，足履六尺，皆夷狄服，凡十二人，见于临洮……是岁始皇初并六国，反喜以为瑞，销天下兵器，乃作金人十二以象之。
15	西汉	263《熊渠子》：汉世复有李广，为右北平太守，射虎得石。	《史记》（李将军列传第四十九）：广出猎，见草中石，以为虎而射之，中石没镞，视之石也。因复更射之，终不能复入石矣。 又见《汉书》（李广苏建列传第二十四）
16	西汉	118《龙见井中》：汉惠帝二年，正月癸酉旦，有两龙现于兰陵廷东里温陵井中，至乙亥夜去。京房《易传》曰："有德遭害，厥妖龙见井中。"又曰："行刑暴恶，黑龙从井出。"	《汉书》（五行志第七下之上）：惠帝二年正月癸酉旦，有两龙现于兰陵廷东里温陵井中，至乙亥夜去……京房《易传》曰："有德遭害，厥妖龙见井中。"又曰："行刑暴恶，黑龙从井出。"
17	西汉	119《马生角》：汉文帝十二年，吴地有马生角，在耳前，上向。右角长三寸，左角长二寸，皆大二寸。刘向以为马不当生角，犹吴不当举兵向上也。吴将反之变云。京房《易传》曰："臣易上，政不顺，厥妖马生角。兹谓贤士不足。"又曰："天子亲伐，马生角。"	《汉书》（五行志第七下之上）：文帝十二年，有马生角于吴，角在耳前，上向。右角长三寸，左角长二寸，皆大二寸。刘向以为马不当生角，犹吴不当举兵向上也……京房《易传》曰："臣易上，政不顺，厥妖马生角。兹谓贤士不足。"又曰："天子亲伐，马生角。"
18	西汉	120《狗生角》：文帝后元五年六月，齐雍城门外有狗生角。京房《易传》曰："执政失，下将害之，厥妖狗生角。"	《汉书》（五行志第七中之上）：文帝后五年六月，齐雍城门外有狗生角……京房《易传》曰："执政失，下将害之，厥妖狗生角。"

续表

序号	朝代	《搜神记》所载史事	相关典籍史事
19	西汉	121《人生角》：汉景帝元年九月，胶东下密人年七十余，生角，角有毛。京房《易传》曰："冢宰专政，厥妖人生角。"	《汉书》（五行志第七下之上）：汉景帝元年九月，胶东下密人年七十余，生角，角有毛……京房《易传》曰："冢宰专政，厥妖人生角。"
20	西汉	122《狗与豕交》：汉景帝三年，邯郸有狗与彘交。是时赵王悖乱，遂与六国反，外结匈奴以为援……京房《易传》曰："夫妇不严，厥妖狗与豕交，兹谓反德，国有兵革。"	《汉书》（五行志第七中之上）：景帝三年二月，邯郸狗与彘交。悖乱之气，近犬豕之祸也。是时赵王悖乱，与吴楚谋为逆……京房《易传》曰："夫妇不严，厥妖狗与豕交，兹谓反德，国有兵革。"
21	西汉	123《黑白乌斗》：景帝三年十一月，有白颈乌与黑乌，群斗楚国吕县。白颈不胜，堕泗水中，死者数千。刘向以为近白黑祥也。时楚王戊暴逆无道，刑辱申公，与吴谋反。乌群斗者，师战之象也。白颈者小，明小者败也。堕于水者，将死水地。王戊不悟，遂举兵应吴，与汉大战，兵败而走，至于丹徒，为越人所斩，堕泗水之效也。京房《易传》曰："逆亲亲，厥妖白黑乌斗国中。"	《汉书》（五行志第七中之下）：景帝三年十一月，有白颈乌与黑乌群斗楚国吕县。白颈不胜，堕泗水中，死者数千。刘向以为近白黑祥也。时楚王戊暴逆无道，刑辱申公，与吴王谋反。乌群斗者，师战之象也。白颈者小，明小者败也。堕于水者，将死水地。王戊不悟，遂举兵应吴，与汉大战，兵败而走，至于丹徒，为越人所斩，堕死于水之效也。京房《易传》曰："逆亲亲，厥妖白黑乌斗国中。"
22	西汉	124《牛足出背》：景帝中六年，梁孝王田北山，有献牛足上出背上者。刘向以为近牛祸。内则思虑霿乱，外则土功过制，故牛祸作。足而出于背，下奸上之象也。	《汉书》（五行志第七下之上）：景帝中六年，梁孝王田北山，有献牛，足上出背上。刘向以为近牛祸……内则思虑霿乱，外则土功过制，故牛祸作。足而出于背，下奸上之象也。
23	西汉	125《赵郭蛇》：汉武帝太始四年七月，赵有蛇从郭外人，与邑中蛇斗孝文庙下，邑中蛇死。后二年秋，有卫太子事，自赵人江充起。	《汉书》（五行志第七下之上）：汉武帝太始四年七月，赵有蛇从郭外人，与邑中蛇斗孝文庙下，邑中蛇死。后二年秋，有卫太子事，事自赵人江充起。
24	西汉	44《李少翁》：汉武帝时，幸李夫人。夫人卒后，帝思念不已，方士齐人少翁，言能致其神。乃夜施帷帐，明灯烛，而令帝居他帐，遥望之。见美女居帐中，如李夫人之状。还幄坐而步，又不得就视，帝愈益悲感，为作诗曰："是邪，非邪？立而望之，偏姗姗！何冉冉其来迟！"令乐府知音家弦歌之。	《史记》（孝武本纪第十二）：齐人少翁以鬼神方见上。上有幸王夫人，夫人卒，少翁以方术盖夜致王夫人及灶鬼之貌云，天子自帷中望见焉。 《汉书》（外戚列传第六十七）：上念李夫人不已，方士齐人少翁言能致其神。乃夜张灯烛，设帷帐，陈酒肉，而令上居他帐，遥望见好女如李夫人之貌，还幄坐而步。又不得就视，上愈益相思悲感，为作诗曰："是邪，非邪？立而望之，偏何姗姗其来迟！"令乐府诸音家弦歌之。上又自为作赋，以伤悼夫人。

续表

序号	朝代	《搜神记》所载史事	相关典籍史事
25	西汉	72《张宽》：蜀郡张宽，字叔文，汉武帝时为侍中。从祀甘泉，至渭桥，有女子浴于渭水，乳长七尺。上怪奇异，遣问之。女曰："帝后第七车者，知我所来。"时宽在第七车，对曰："天星主祭祀者。斋戒不洁则女人见。"	陈寿《益都耆旧传》：蜀郡张宽，字叔文，汉武帝时为侍中。从祀甘泉，至渭桥，有女子浴于渭水，乳长七尺。上怪奇异，遣问之。女曰："帝后第七车知我所来。"时宽在第七车，对曰："天星主祭祀者，斋戒不严，则女人星见。"（此据《太平御览》卷五二六《礼仪部五·祭礼下》）
26	西汉	126《鼠舞门》：汉昭帝元凤元年九月，燕有黄鼠，衔其尾，舞王宫端门中。王往视之，鼠舞如故。王使吏以酒脯祠。鼠舞不休，一日一夜死。时燕王旦谋反，将死之象也。京房《易传》曰："诛不原情，厥妖鼠舞门。"	《汉书》（五行志第七中之上）：昭帝元凤元年九月，燕有黄鼠衔其尾舞王宫端门中。王往视之，鼠舞如故。王使吏以酒脯祠。鼠舞不休，一日一夜死。近黄祥时燕剌王旦谋反将死之象也。其月，发觉伏辜。京房《易传》曰："诛不原情，厥妖鼠舞门。"
27	西汉	127《泰山立石》：昭帝元凤三年正月，泰山芜莱山南，汹汹有数千人声。民往视之，有大石自立。高丈五尺，大四十八围，入地深八尺，三石为足。石立后，有白乌数千集其旁。	《汉书》（五行志第七中之上）：孝昭元凤三年正月，泰山芜莱山南匈匈有数千人声。民视之，有大石自立。高丈五尺，大四十八围，入地深八尺，三石为足。石立处，有白乌数千集其旁。
28	西汉	128《蟲叶成文》：昭帝时，上林苑中大柳树断，仆地。一朝起立，生枝叶。有虫食其叶，成文字，曰："公孙病已立。"	《汉书》（五行志第七中之下）：昭帝时，上林苑中大柳树断仆地。一朝起立，生枝叶。有虫食其叶，成文字，曰："公孙病已立。"
29	西汉	130《雌鸡化雄》：汉宣帝黄龙元年，未央殿辂铃中雌鸡化为雄，毛衣变化，而不鸣不将，无距。元帝初元元年，丞相府史家，雌鸡伏子，渐化为雄，冠距鸣将。至永光中，有献雄鸡生角者。	《汉书》（五行志第七中之上）：汉宣帝黄龙元年，未央殿辂铃中雌鸡化为雄，毛衣变化而不鸣，不将，无距。元帝初元中，丞相府史家雌鸡伏子，渐化为雄，冠距鸣将。永光中，有献雄鸡生角者。
30	西汉	132《天雨草》：汉元帝永光二年八月，天雨草而叶相摎结，大如弹丸。至平帝元始三年正月，天雨草，状如永光时。京房《易传》曰："君吝于禄，信衰贤去，厥妖天雨草。"	《汉书》（五行志第七中之下）：元帝永光二年八月，天雨草，而叶相摎结，大如弹丸。至平帝元始三年正月，天雨草，状如永光时。京房《易传》曰："君吝于禄，信衰贤去，厥妖天雨草。"
31	西汉	133《废社复兴》：元帝建昭五年，兖州刺史浩赏，禁民私所自立社。山阳橐茅乡社，有大槐树，吏伐断之。其夜，树复立故处。	《汉书》（五行志第七中之下）：建昭五年，兖州刺史浩赏禁民私所自立社。山阳橐茅乡社有大槐树，吏伐断之，其夜树复立故处。

续表

序号	朝代	《搜神记》所载史事	相关典籍史事
32	西汉	134《鼠巢》：汉成帝建始四年九月，长安城南，有鼠衔黄蒿、柏叶，上民冢柏及榆树上为巢，桐柏为多。巢中无子，皆有干鼠矢数升。时议臣以为恐有水灾。鼠盗窃小虫，夜出昼匿。今正昼去穴而登木，象贱人将居显贵之占。桐柏，卫思后园所在也。其后赵后自微贱登至尊，与卫后同类。赵后终无子而为害。明年，有鸢焚巢杀子之象云。京房《易传》曰："臣私禄罔干，厥妖鼠巢。"	《汉书》（五行志第七中之上）：成帝建始四年九月，长安城南有鼠衔黄蒿、柏叶，上民冢柏及榆树上为巢，桐柏尤多。巢中无子，皆有干鼠矢数十。时议臣以为恐有水灾。鼠，盗窃小虫，夜出昼匿；今昼去穴而登木，象贱人将居显贵之位也。桐柏，卫思后园所在也。其后，赵皇后自微贱登至尊，与卫后同类。赵后终无子而为害。明年，有鸢焚巢，杀子之异也。天象仍见，甚可畏也。一曰，皆王莽窃位之象云。京房《易传》曰："臣私禄罔辟，厥妖鼠巢。"
33	西汉	135《犬祸》：成帝河平元年，长安男子石良、刘音相与同居。有如人状在其室中，击之，为狗，走出。去后，有数人披甲持弓弩至良家。良等格击，或死或伤，皆狗也。自二月至六月乃止。	《汉书》（五行志第七中之上）：成帝河平元年，长安男子石良、刘音相与同居，有如人状在其室中，击之，为狗，走出。去后有数人被甲持兵弩至良家，良等格击，或死或伤，皆狗也。自二月至六月乃止。
34	西汉	136《鸢焚巢》：成帝河平元年二月庚子，泰山山桑谷，有鸢焚其巢。男子孙通等，闻山中群鸟鸢鹊声，往视之，见巢燃，尽堕池中，有三鸢鷇烧死。树大四围，巢去地五丈五尺。《易》云："鸟焚其巢，旅人先笑，后号咷。"后卒成易世之祸云。	《汉书》（五行志第七中之下）：成帝河平元年二月庚子，泰山山桑谷有鸢焚其巢。男子孙通等闻山中群鸟鸢鹊声，往视，见巢燃，尽堕地中，有三鸢鷇烧死。树大四围，巢去地五丈五尺。太守平以闻，鸢色黑，近黑祥，贪虐之类也。《易》云："鸟焚其巢，旅人先笑，后号咷。"泰山，岱宗，五岳之长，王者易姓告代之处也。
35	西汉	137《雨鱼》：成帝鸿嘉四年秋，雨鱼于信都，长五寸以下。至永始元年春，北海出大鱼，长六丈，高一丈，四枚。哀帝建平三年，东莱平度出大鱼，长八丈，高一丈一尺，七枚，皆死……京房《易传》曰："海数见巨鱼，邪人进，贤人疏。"	《汉书》（五行志第七中之下）：成帝鸿嘉四年秋，雨鱼于信都，长五寸以下。成帝永始元年春，北海出大鱼，长六丈，高一丈，四枚。哀帝建平三年，东莱平度出大鱼，长八丈，高丈一尺，七枚，皆死。京房《易传》曰："海数见（现）巨鱼，邪人进，贤人疏（7）。"
36	西汉	139《马出角》：成帝绥和二年二月，大厩马生角，在左耳前，围长各二寸。是时王莽为大司马，害上之萌，自此始矣。	《汉书》（五行志第七下之上）：成帝绥和二年二月，大厩马生角，在左耳前，围长各二寸。是时王莽为大司马，害上之萌，自此始矣。

续表

序号	朝代	《搜神记》所载史事	相关典籍史事
37	西汉	140《燕生雀》：成帝绥和二年三月天水平襄，有燕生雀，哺食至大，俱飞去。京房《易传》曰："贼臣在国厥咎燕生雀，诸侯销。"又曰："生非其类，子不嗣世。"	《汉书》（五行志第七中之下）：成帝绥和二年三月，天水平襄有燕生爵，哺食至大，俱飞去。京房《易传》曰："贼臣在国，厥咎燕生爵，诸侯销。"一曰，生非其类，子不嗣世。
38	西汉	141《三足驹》：哀帝建平三年，定襄有牡马生驹，三足，随群饮食。《五行志》以为：马，国之武用；三足，不任用之象也。	《汉书》（五行志第七下之上）：哀帝建平二年，定襄牡马生驹，三足，随群饮食，太守以闻。马，国之武用，三足，不任用之象也。
39	西汉	142《僵树自立》：哀帝建平三年，零陵有树僵地，围一丈六尺，长十丈七尺。民断其本，长九尺余，皆枯。三月，树卒自立故处。京房《易传》曰："弃正作淫，厥妖木断自属。妃后有颛，木仆反立，断枯复生。"	《汉书》（五行志第七中之下）：哀帝建平三年，零陵有树僵地，围丈六尺，长十丈七尺。民断其本，长九尺馀，皆枯。三月，树卒自立故处。京房《易传》曰："弃正作淫，厥妖木断自属（2）。妃后有颛（专）（3），木仆反立，断枯复生。天辟恶之。"
40	西汉	143《儿啼腹中》：哀帝建平四年四月，山阳方与女子田无啬生子。未生二月前，儿啼腹中。及生，不举，葬之陌上。后三日，有人过，闻儿啼声，母因掘收养之。	《汉书》（五行志第七下之上）：哀帝建平四年四月（1），山阳方与女子田无啬生子（2）。先未生二月，儿嗁腹中，及生，不举，葬之陌上，三日，人过闻嗁声，母掘收养。
41	西汉	145《男子化女》：哀帝建平中，豫章有男子化为女子，嫁为人妇，生一子。长安陈凤曰："阳变为阴，将亡继嗣，自相生之象。"一曰："嫁为人妇，生一子者，将复一世乃绝。"	《汉书》（五行志第七下之上）：哀帝建平中，豫章有男子化为女子，嫁为人妇，生一子。长安陈凤言此阳变为阴，将亡继嗣，自相生之象。一曰，嫁为人妇生一子者，将复一世乃绝。
42	西汉	146《人死复生》：汉平帝元始元年二月，朔方广牧女子赵春病死，既棺敛，积七日，出在棺外。自言见夫死父，曰："年二十七，汝不当死。"太守谭以闻。说曰："至阴为阳，下人为上。厥妖人死复生。"其后王莽篡位。	《汉书》（五行志第七下之上）：平帝元始元年二月，朔方广牧女子赵春病死，敛棺积六日，出在棺外，自言见夫死父，曰："年二十七，不当死。"太守谭以闻。京房《易传》曰："'干父之蛊，有子，考亡咎'。子三年不改父道，思慕不皇，亦重见先人之非，不则为私，厥妖人死复生。"一曰，至阴为阳，下人为上。

续表

序号	朝代	《搜神记》所载史事	相关典籍史事
43	东汉	382《温序》：温序，字公次，太原祁人也。任护军校尉，行部至陇西，为隗嚣将所劫，欲生降之。序大怒，以节挝杀人。贼趋欲杀序，荀宇止之曰："义士欲死节。"赐剑，令自裁。序受剑，衔须著口中，叹曰："无令须污土。"遂伏剑死。更始怜之，送葬到洛阳城旁，为筑冢。长子寿，为印平侯，梦序告之曰："久客思乡。"寿即弃官，上书乞骸骨归葬。帝许之。	《后汉书》（卷八十一）：序行部至襄武，为隗嚣别将苟宇所拘劫。宇谓序曰："子若与我并威同力，天下可图也。"序曰："受国重任，分当效死，义不贪生、苟背恩德。"宇等复晓譬之。序素有气力，大怒，叱宇等曰："虏何敢迫胁汉将！"因以节檛杀数人。贼众争欲杀之。宇止之曰："此义士死节，可赐以剑。"序受剑，衔须于口，顾左右曰："既为贼所迫杀，无令须污土。"遂伏剑而死。 序主簿韩遵、从事王忠持尸归敛。光武闻而怜之，命忠送丧到洛阳，赐城傍为冢地，赙谷千斛、缣五百匹，除三子为郎中。长子寿，服竟为邹平侯相。梦序告之曰："久客思乡里。"寿即弃官，上书乞骸骨归葬。帝许之，乃反旧茔焉。
44	东汉	251《和熹邓后》：汉和熹邓皇后，尝梦登梯以扪天，体荡荡正清滑，有若钟乳状，乃仰噏饮之。以讯诸占梦，言："尧梦攀天而上，汤梦及天舐之，斯皆圣王之前占也。吉不可言。"	《后汉书》（卷十上）：后尝梦扪天，荡荡正青，若有钟乳状，乃仰嗽饮之。以讯诸占梦，言尧梦攀天而上，汤梦及天而咶之，斯皆圣王之前占，吉不可言。
45	东汉	258《张奂妻》：后汉张奂为武威太守。其妻梦带奂印绶，登楼而歌，觉以告奂。奂令占之，曰："夫人方生男，后临此郡，命终此楼。"后生子猛。建安中，果为武威太守，杀刺史邯郸商，州兵围急，猛耻见擒，乃登楼自焚而死。	《后汉书》（卷六十五）：初，奂为武威太守，其妻怀孕，梦带奂印绶登楼而歌，讯以占者，曰："必将生男，复临兹邦，命终此楼。"既而生子猛，以建安中为武威太守，杀刺史邯郸商，州兵围之急，猛耻见擒，乃登楼自烧而死，卒如占云。
46	东汉	347《窦氏蛇》：后汉定襄太守窦奉妻，生子武，并生一蛇。奉送蛇于野中。及武长人，有海内俊名。母死将葬，未窆，宾客聚集，有大蛇从林草中出，径来棺下，委地俯仰，以头击棺。血涕并流，状若哀恸，有顷而去。时人知为窦氏之祥。	《后汉书》（卷六十九）：初，武母产武而并产一蛇，送之林中。后母卒，及葬未窆，有大蛇自榛草而出，径至丧所，以头击柩。涕血皆流，俯仰蛣曲，若哀泣之容，有顷而去。时人知为窦氏之祥。

续表

序号	朝代	《搜神记》所载史事	相关典籍史事
47	东汉	292《乐羊子妻》：尝有他舍鸡谬人园中，姑盗杀而食之，妻对鸡不食而泣。姑怪问其故。妻曰："自伤居贫，使食有他肉。"姑竟弃之。后盗欲有犯之者，乃先劫其姑。妻闻，操刀而出。盗曰："释汝刀！从我者可全，不从我者，则杀汝姑。"妻仰天而叹，刎颈而死。盗亦不杀姑。太守闻之，捕杀贼盗，赐妻缣帛，以礼葬之。	《后汉书》（卷六十九）：尝有它舍鸡谬入园中，姑盗杀而食之，妻对鸡不餐而泣。姑怪问其故。妻曰："自伤居贫，使食有它肉。"姑竟弃之。后盗欲有犯妻者，乃先劫其姑。妻闻，操刀而出。盗人曰："释汝刀从我者可全，不从我者，则杀汝姑。"妻仰天而叹，举刀刎颈而死。盗亦不杀其姑。太守闻之，即捕杀贼盗，而赐妻缣帛，以礼葬之，号曰"贞义"。
48	东汉	271《谅辅》：后汉谅辅，字汉儒，广汉新都人。少给佐吏，浆水不交。为从事，大小毕举，郡县敛手。时夏枯旱，太守自曝中庭，而雨不降。辅以五官掾，出祷山川，自誓曰："辅为郡股肱，不能进谏纳忠，荐贤退恶，和调百姓，至令天地否隔，万物枯焦，百姓喁喁，无所控诉，咎尽在辅。今郡太守内省责己，自曝中庭，使辅谢罪，为民祈福，精诚恳到，未有感彻。辅今敢自誓，若至日中不雨，请以身塞无状。"乃积薪柴，将自焚焉。至日中时，山气转黑起，雷雨大作，一郡沾润。世以此称其至诚。	《后汉书》（卷八十一）：谅辅字汉儒，广汉新都人也。仕郡为五官掾。时夏大旱，太守自出祈祷山川，连日而无所降。辅乃自曝庭中，慷慨呪曰："辅为股肱，不能进谏纳忠，荐贤退恶，和调阴阳，承顺天意，至令天地否隔，万物焦枯，百姓喁喁，无所诉告，咎尽在辅。今郡太守改服责己，为民祈福，精诚恳到，未有感彻。辅今敢自祈请，若至日中不雨，乞以身塞无状。"乃积薪柴聚茭茅以自环，构火其傍，将自焚焉。未及日中时，而天云晦合，须臾澍雨，一郡沾润。世以此称其至诚。
49	东汉	16则《刘根》：刘根，字君安，京兆长安人也。汉成帝时，入嵩山学道，遇异人，授以秘诀，遂得仙，能招鬼。颍川太守史祈以为妖，遣人召根，欲戮之。至府，语曰："君能使人见鬼，可使形见，不者加戮。"根曰："甚易。借府君前笔砚书符。"因以叩几。须臾，忽见五六鬼，缚二囚于祈前。祈熟视，乃父母也。向根叩头，曰："小儿无状，分当万死。"叱祈曰："汝子孙不能光荣先祖，何得罪神仙，乃累亲如此！"祈哀惊悲泣，顿首请罪。根默然忽去，不知所之。	《后汉书》（卷八十二下）：刘根，颍川人也，隐居嵩山中。诸好事者自远而至，就根学道。太守史祈以根为妖妄，乃收执诣郡，数之曰："汝有何术，而诬惑百姓？若果有神，可显一验事，不尔，立死矣。"根曰："实无他异，颇能令人见鬼耳。"祈曰："促召之，使太守目睹，尔乃为明。"根于是左顾而啸，有顷，祈之亡父祖近亲数十人，皆反缚在前，向根叩头曰："小儿无状，分当万死。"顾而叱祈曰："汝为子孙，不能有益先人，而反累辱亡灵！可叩头为吾陈谢。"祈惊惧悲哀，顿首流血，请自甘罪坐。根默而不应，忽然俱去，不知在所。

续表

序号	朝代	《搜神记》所载史事	相关典籍史事
50	东汉	17《汉王乔》：汉明帝时，尚书郎河东王乔为邺令。乔有神术，每月朔，尝自县诣台。帝怪其来数而不见车骑，密令太史侯望之。其言临至时，辄有双凫从东南飞来。因伏伺，见凫，举罗张之，但得一双舄。使尚书识视，四年中所赐尚书官属履也。	《后汉书》（卷八十二上）：王乔者，河东人也。显宗世，为叶令。乔有神术，每月朔望，常自县诣台朝。帝怪其来数，而不见车骑，密令太史伺望之。言其临至，辄有双凫从东西飞来。于是候凫至，举罗张之，但得一只舄焉。乃诏尚书课视，则四年中所赐尚书官属履也。
51	东汉	33《樊英》：樊英隐于壶山，尝有暴风从西南起，英谓学者曰："成都市火甚盛。"因含水嗽之，乃命记其时日。后有从蜀来者云："是日大火，有云从东起，须臾大雨，火遂灭。"	《后汉书》（卷八十二上）：樊英……隐于壶山之阳，受业者四方而至……尝有暴风从西方起，英谓学者曰："成都市火甚盛。"因含水西向漱之，乃令记其日时。客后有从蜀来，云："是日大火，有黑云卒从东起，须臾大雨，火遂灭。"于是天下称其术艺。
52	东汉	150《雨肉》：汉桓帝建和三年，秋七月，北地廉雨肉，似羊肋，或大如手。是时梁太后摄政，梁冀专权，擅杀诛太尉李固、杜乔，天下冤之。其后梁氏诛灭。	《后汉书》（志第十四·五行二）：桓帝建和三年秋七月，北地廉雨肉似羊肋，或大如手。近赤祥也。是时梁太后摄政，兄梁冀专权，枉诛汉良臣故太尉李固、杜乔，天下冤之。其后梁氏诛灭。
53	东汉	151《梁冀妻》：汉桓帝元嘉中，京都妇女作愁眉、啼妆、堕马髻、折腰步、龋齿笑。愁眉者，细而曲折。啼妆者，薄拭目下，若啼处。堕马髻者，作一边。折腰步者，足不任下体。龋齿笑者，若齿痛，乐不欣欣。始自大将军梁冀妻孙寿所为，京都翕然，诸夏效之。天诫若曰："兵马将往收捕，妇女忧愁，踧眉啼哭，吏卒掣顿，折其腰脊，令髻邪倾；虽强语笑，无复气味也。"到延熹二年，冀举宗合诛。	《后汉书》（志第十三·五行一）：桓帝元嘉中，京都妇女作愁眉、啼妆、堕马髻、折要步、龋齿笑。所谓愁眉者，细而曲折。啼妆者，薄拭目下，若啼处。堕马髻者，作一边。折要步者，足不在体下。龋齿笑者，若齿痛，乐不欣欣。始自大将军梁冀家所为，京都歙然，诸夏皆放效。此近服妖也。梁冀二世上将，婚媾王室，大作威福，将危社稷。天诫若曰：兵马将往收捕，妇女忧愁，踧眉啼泣，吏卒掣顿，折其要脊，令髻倾邪，虽强语笑，无复气味也。到延熹二年，举宗诛夷。
54	东汉	153《赤厄三七》：汉灵帝数游戏于西园中，令后宫采女为客舍主人，身为估服。行至舍间，采女下酒食，因共饮食，以为戏乐。是天子将欲失位，降在皂隶之谣也。其后天下大乱。	《后汉书》（志第十三·五行一）：灵帝数游戏于西园中，令后宫采女为客舍主人，身为商贾服。行至舍间，采女下酒食，因共饮食以为戏乐。此服妖也。其后天下大乱。

续表

序号	朝代	《搜神记》所载史事	相关典籍史事
55	东汉	154《长短衣裾》：灵帝建宁中，男子之衣，好为长服，而下甚短；女子好为长裙，而上甚短。是阳无下而阴无上，天下未欲平也。后遂大乱。	《后汉书》（志第十三·五行一）：献帝建安中，男子之衣，好为长躬而下甚短，女子好为长裙而上甚短。时益州从事莫嗣以为服妖，是阳无下而阴无上也，天下未欲平也。后还，遂大乱。
56	东汉	155《夫妇相食》：灵帝建宁三年春，河内有妇食夫，河南有夫食妇。	《后汉书》（志第十七·五行五）：灵帝建宁三年春，河内有妇食夫，河南有夫食妇。
57	东汉	156《寺壁黄人》：灵帝熹平二年六月，雒阳民讹言：虎贲寺东壁中有黄人，形容须眉良是。观者数万，省内悉出，道路断绝。到中平元年二月，张角兄弟起兵冀州，自号"黄天"。三十六方，四面出和，将帅星布，吏士外属。因其疲餧，牵而胜之。	《后汉书》（志第十七·五行五）：熹平二年六月，雒阳民讹言虎贲寺东壁中有黄人，形容须眉良是，观者数万，省内悉出，道路断绝。到中平元年二月，张角兄弟起兵冀州，自号黄天。三十六方，四面出和，将帅星布，吏干外属，因其疲餧，牵而胜之。
58	东汉	158《雌鸡欲化》：灵帝光和元年，南宫侍中寺，雌鸡欲化雄，一身毛皆似雄，但头冠尚未变。	《后汉书》（志第十三·五行一）：灵帝光和元年，南宫侍中寺，雌鸡欲化雄，一身毛皆似雄，但头冠尚未变。
59	东汉	159《儿生两头》：灵帝光和二年，洛阳上西门外女子生儿，两头，异肩共胸，俱前向，以为不祥，堕地弃之。自是之后，朝廷霿乱，政在私门，上下无别，二头之象。后董卓戮太后，被以不孝之名，放废天子，后复害之。汉元以来，祸莫逾此。	《后汉书》（志第十七·五行五）：二年，雒阳上西门外女子生儿，两头，异肩共胸，俱前向，以为不祥，堕地弃之。自此之后，朝廷霿乱，政在私门，上下无别，二头之象。后董卓戮太后，被以不孝之名，放废天子，后复害之。汉元以来，祸莫逾此。
60	东汉	160《梁伯夏后》：光和四年，南宫中黄门寺，有一男子，长九尺，服白衣。中黄门解步呵问："汝何等人？白衣妄入宫掖？"曰："我，梁伯夏后，天使我为天子。"步欲前收之，因忽不见。	《后汉书》（志第十七·五行五）：光和元年五月壬午，何人白衣欲入德阳门，辞"我梁伯夏，教我上殿为天子"。中黄门桓贤等呼门吏仆射，欲收缚何人。吏未到，须臾还走，求索不得，不知姓名。
61	东汉	161《草作人状》：光和七年，陈留济阳、长垣，济阴、东郡、冤句、离狐界中，路边生草，悉作人状，操持兵弩，牛马龙蛇鸟兽之形，白黑各如其色，羽毛、头目、足翅皆备，非但仿佛，像之尤纯。旧说曰："近草妖也。"是岁有"黄巾贼"起，汉遂微弱。	《后汉书》（志第十四·五行二）：中平元年夏，东郡，陈留济阳、长垣，济阴冤句、离狐县界，有草生，其茎靡累肿大如手指，状似鸠雀龙蛇鸟兽之形，五色各如其色，毛羽头目足翅皆具。近草妖也。是岁黄巾贼始起。皇后兄何进，异父兄朱苗，皆为将军，领兵。后苗封济阳侯，进、苗遂秉威权，持国柄，汉遂微弱，自此始焉。

续表

序号	朝代	《搜神记》所载史事	相关典籍史事
62	东汉	162《两头共身》：灵帝中平元年，六月壬申，雒阳男子刘仓，居上西门外，妻生男，两头共身。	《后汉书》（志第十七·五行五）：中平元年六月壬申，雒阳男子刘仓居上西门外，妻生男，两头共身。
63	东汉	163《怀陵雀》：中平三年八月中，怀陵上有万余雀，先极悲鸣，已因乱斗相杀，皆断头，悬著树枝枳棘。到六年，灵帝崩。夫陵者，高大之象也。雀者，爵也。天戒若曰："诸怀爵禄而尊厚者，还自相害，至灭亡也。"	《后汉书》（志第十四·五行二）：中平三年八月中，怀陵上有万余爵，先极悲鸣，已因乱斗相杀，皆断头，悬著树枝枳棘。到六年，灵帝崩……夫陵者，高大之象也。天戒若曰：诸怀爵禄而尊厚者，还自相害至灭亡也。
64	东汉	166《桓氏复生》：汉献帝初平中，长沙有人姓桓氏，死，棺敛月余，其母闻棺中有声，发之，遂生。占曰："至阴为阳，下人为上。"其后曹公由庶士起。	《后汉书》（志第十七·五行五）：献帝初平中，长沙有人姓桓氏，死，棺敛月余，其母闻棺中声，发之，遂生。占曰："至阴为阳，下人为上。"其后曹公由庶士起。
65	东汉	167《建安人妖》：献帝建安七年，越巂有男化为女子。时周群上言："哀帝时亦有此变，将有易代之事。"至二十五年，献帝封山阳公。	《后汉书》（志第十七·五行五）：七年，越巂有男化为女子。时周群上言，哀帝时亦有此异，将有易代之事。至二十五年，献帝封于山阳。
66	东汉	355《人化龟》：汉灵帝时，江夏黄氏之母，浴盘水中，久而不起，变为鼋矣。婢惊走告，比家人来，鼋转入深渊。其后时时出见。初浴簪一银钗，犹在其首。于是黄氏累世不敢食鼋肉。	《后汉书》（志第十七·五行五）：灵帝时，江夏黄氏之母，浴而化为鼋，入于深渊，其后时出见。初浴簪一银钗，及见，犹在其首。
67	东汉	338《焦尾琴》：蔡邕……亡命江海，远迹吴会。至吴，吴人有烧桐以爨者，邕闻火烈声，曰："此良材也。"因请之，削以为琴，果有美音。而其尾焦，因名"焦尾琴"。	《后汉书》（卷六十下）：邕……乃亡命江海，远迹吴会，往来依太山羊氏，积十二年，在吴。吴人有烧桐以爨者，邕闻火烈之声，知其良木，因请而裁为琴，果有美音，而其尾犹焦，故时人名曰"焦尾琴"焉。
68	东汉	70《华佗》（二）：佗尝行道，见一人病咽，嗜食不得下。家人车载，欲往就医。佗闻其呻吟声，驻车往视，语之曰："向来道边，有卖饼家蒜齑大酢，取三升饮之，病自当去。"即如佗言，立吐蛇一枚。	《三国志》（华佗传）：佗行道，见一人病咽塞，嗜食而不得下，家人车载欲往就医。佗闻其呻吟，驻车往视，语之曰："向来道边有卖饼家蒜齑大酢，从取三升饮之，病自当去。"即如佗言，立吐浐一枚。 又见《后汉书》（卷八十二上）

续表

序号	朝代	《搜神记》所载史事	相关典籍史事
69	东汉	34《徐登》：闵中有徐登者，女子化为丈夫。与东阳赵昞，并善方术。时遭兵乱，相遇于溪，各矜其所能。登先禁溪水为不流，昞次禁杨柳为生稊。二人相视而笑。登年长，昞师事之。后登身故，昞东入章安，百姓未知。昞乃升茅屋，据鼎而爨；主人惊怪，昞笑而不应，屋亦不损。	《后汉书》（卷八十二下）：徐登者，闽中人也。本女子，化为丈夫。善为巫术。又赵炳，字公阿，东阳人，能为越方。时遭兵乱，疾疫大起，二人遇于乌伤溪水之上……登乃禁溪水，水为不流；炳复次禁枯树，树即生荑，二人相视而笑，共行其道焉。后登物故，炳东入章安，百姓未之知也。炳乃故升茅屋，梧鼎而爨，主人见之惊懅，炳笑不应。既而爨孰，屋无损异。
70	东汉	35《赵昞》：赵昞尝临水求渡，船人不许。炳乃张帷盖，坐其中，长啸呼风，乱流而济。于是百姓敬服，从者如归。章安令恶其惑众，收杀之。民为立祠于永康，至今蚊蚋不能入。	《后汉书》（卷八十二下）：尝临水求度，船人不和之，炳乃张盖坐其中，长啸呼风，乱流而济，于是百姓神服，从者如归。章安令恶其惑众，收杀之。人为立祠室于永康，至今蚊蚋不能入也。
71	东汉	36《徐赵清俭》：徐登、赵昞，贵尚清俭，祀神以东流水，削桑皮为脯。	《后汉书》（卷八十二下）：登年长，炳师事之。贵尚清俭，礼神唯以东流水为酌，削桑皮为脯。
72	东汉	165《京师谣言》：灵帝之末，京师谣言曰："侯非侯，王非王，千乘万骑上北邙。"到中平六年，史侯登蹑至尊，献帝未有爵号，为中常侍段珪等所执，公卿百僚，皆随其后，到河上，乃得还。	《后汉书》（志第十三·五行一）：灵帝之末，京都童谣曰："侯非侯，王非王，千乘万骑上北芒。"案到中平六年，史侯登蹑至尊，献帝未有爵号，为中常侍段珪等数十人所执，公卿百官皆随其后，到河上，乃得来还。此为非侯非王上北芒者也。
73	东汉	168《荆州童谣》：建安初，荆州童谣曰："八九年间始欲衰，至十三年无孑遗。"言自中兴以来，荆州独全，及刘表为牧，民又丰乐，至建安九年当始衰。始衰者，谓刘表妻死，诸将并零落也。十三年无孑遗者，表又当死，因以丧败也。	《后汉书》（志第十三·五行一）：建安初，荆州童谣曰："八九年间始欲衰，至十三年无孑遗。"言自中兴以来，荆州无破乱，及刘表为牧，民又丰乐，至此逮八九年。当始衰者，谓刘表妻当死，诸将并零落也。十三年无孑遗者，言十三年表又当死，民当移诣冀州也。
74	东汉	21《左慈》：左慈字元放，庐江人也。少有神通。尝在曹公座，公笑顾众宾曰："今日高会，珍羞略备，所少者，吴松江鲈鱼为脍。"放云："此易得耳。"因求铜盘，贮水，以竹竿饵钓于盘中，须臾，引一鲈鱼出。公大拊掌，会者皆惊。公曰："一鱼不周坐客，得两为佳。"	《后汉书》（卷八十二下）：左慈字元放，庐江人也。少有神道。尝在司空曹操坐，操从容顾众宾曰："今日高会，珍羞略备，所少吴松江鲈鱼耳。"放于下坐应曰："此可得也。"因求铜盘贮水，以竹竿饵钓于盘中，须臾引一鲈鱼出。

续表

序号	朝代	《搜神记》所载史事	相关典籍史事
75	东汉	放乃复饵钓之，须臾，引出，皆三尺余，生鲜可爱。公便自前脍之，周赐座席。公曰："今既得鲈，恨无蜀中生姜耳。"放曰："亦可得也。"操恐其近道买，因曰："吾昔使人至蜀买锦，可敕人告吾使，使增市二端。"人去，须臾还，得生姜，又云："于锦肆下见公使，已敕增市二端。"后经岁余，公使还，果增二端。问之，云："昔某月某日，见人于肆下，以公敕敕之。"	操大拊掌笑，会者皆惊。操曰："一鱼不周坐席，可更得乎？"放乃更饵钩沉之，须臾复引出，皆长三尺余，生鲜可爱。操使目前会之，周浹会者。操又谓曰："既已得鱼，恨无蜀中生姜耳。"放曰："亦可得也。"操恐其近即所取，因曰："吾前遣人到蜀买锦，可过敕使者，增市二端。"语顷，即得姜还，并获操使报命。后操使蜀反，验问增锦之状及时日早晚，若符契焉。
76	东汉	21《左慈》：公出近郊，士人从者百数。放乃为赍酒一罂，脯一片，手自倾罂，行酒百官，百官莫不醉饱。公怪，使寻其故。行视诸酒家，悉亡其酒脯矣。公怒，阴欲杀放。放在公座，将收之，却入壁中，霍然不见。乃募取之。或见于市，欲捕之，而市人皆放同形，莫知谁是。后人遇放于阳城山头，因复逐之，遂走入羊群。公知不可得，乃令就羊中告之曰："曹公不复相杀，本试君术耳。今既验，但欲与相见。"忽有一老羝，屈前两膝，人立而言曰："遽如许。"人即云："此羊是。"竞往赴之，而群羊数百，皆变为羝，并屈前膝，人立云："遽如许！"于是遂莫知所取焉。	《后汉书》（卷八十二下）：操出近郊，士大夫从者百许人，慈乃为赍酒一升，脯一斤，手自斟酌，百官莫不醉饱。操怪之，使寻其故，行视诸垆，悉亡其酒脯矣。操怀不喜，因坐上收，欲杀之，慈乃却入壁中，霍然不知所在。或见于市者，又捕之，而市人皆变形与慈同，莫知谁是。后人逢慈于阳城山头，因复逐之，遂入走羊群。操知不可得，乃令就羊中告之曰："不复相杀，本试君术耳。"忽有一老羝屈前两膝，人立而言曰："遽如许。"即竞往赴之，而群羊数百皆变为羝，并屈前膝人立，云"遽如许"，遂莫知所取焉。
77	三国	22《于吉》：孙策欲渡江袭许，与于吉俱行。时大旱，所在熇厉。策催诸将士，使速引船，或身自早出督切，见将吏多在吉许。策因此激怒，言："我为不如吉邪，而先趋附之？"便使收吉。至，呵问之曰："天旱不雨，道路艰涩，不时得过，故自早出。而卿不同忧戚，安坐船中，作鬼物态，败吾部伍，今当相除。"令人缚置地上暴之，使请雨。若能感天，日中雨者，当原赦；不尔，行诛。俄而云气上蒸，肤寸而合，比至日中，大雨总至，溪涧盈溢。将士喜悦，以为吉必见原，并往庆慰。策遂杀之。将士哀惜，藏其尸。天夜，忽更兴云覆之；明旦往视，不知所在。	裴松之《三国志注》（《孙策传》引《江表传》）：策欲渡江袭许，与吉俱行。时大旱，所在熇厉。策催诸将士使速引船，或身自早出督切，见将吏多在吉许，策因此激怒，言："我为不如于吉邪，而先趋务之？"便使收吉。至，呵问之曰："天旱不雨，道涂艰涩，不时得过，故自早出，而卿不同忧戚，安坐船中作鬼物态，败吾部伍，今当相除。"令人缚置地上暴之，使请雨，若能感天日中雨者，当原赦，不尔行诛。俄而云气上蒸，肤寸而合，比至日中，大雨总至，溪涧盈溢。将士喜悦，以为吉必见原，并往庆慰。策遂杀之。将士哀惜，共藏其尸。天夜，忽更兴云覆之；明旦往视，不知所在。

续表

序号	朝代	《搜神记》所载史事	相关典籍史事
78	三国	53《管辂》（一）：安平太守东莱王基，字伯舆，家数有怪，使辂筮之。卦成，辂曰："君之卦，当有贱妇人，生一男，堕地便走，入灶中死。又床上当有一大蛇衔笔，大小共视，须臾便去。又乌来入室中，与燕共斗，燕死乌去。有此三卦。"基大惊曰："精义之致，乃至于此。幸为占其吉凶。"辂曰："非有他祸，直客舍久远，魑魅魍魉，共为怪耳。儿生便走，非能自走，直宋无忌之妖，将其入灶也。大蛇衔笔，直老书佐耳。乌与燕斗者，直老铃下耳……今卦中见象而不见其凶，故知假托之数，非妖咎之征，自无所忧也。"	《三国志·管辂传》：辂往见安平太守王基，基令作卦。辂曰："当有贱妇人，生一男儿，堕地便走入灶中死。又床上当有一大蛇衔笔，小大共视，须臾去之也，又乌来入室中，与燕共斗，燕死，乌去。有此三怪。"基大惊，问其吉凶。辂曰："直官舍久远，魑魅魍魉为怪耳。儿生便走，非能自走，直宋无忌之妖将其入灶也。大蛇衔笔，直老书佐耳。乌与燕斗，直老铃下耳。今卦中见象而不见其凶，知非妖咎之征，自都忧也。"
79	三国	55《管辂》（三）：信都令家，妇女惊恐，更互疾病，使辂筮之。辂曰："君北堂西头有两死男子，一男持矛，一男持弓箭，头在壁内，脚在壁外。持矛者主刺头，故头重痛，不得举也；持弓箭者主射胸腹，故心中悬痛，不得饮食也。昼则浮游，夜来病人，故使惊恐也。"于是掘其室中，入地八尺，果得二棺。一棺中有矛，一棺中有角弓及箭。箭久远，木皆消烂，但有铁及角完耳。乃徙骸骨，去城二十里埋之。无复疾病。	《三国志·管辂传》：时信都令家妇女惊恐，更互疾病，使辂筮之。辂曰："君北堂西头，有两死男子，一男持矛，一男持弓箭，头在壁内，脚在壁外。持矛者主刺头，故头重痛不得举也。持弓箭者主射胸腹，故心中县痛不得饮食也。昼则浮游，夜来病人，故使惊恐也。"于是掘徙骸骨，家中皆愈。
80	三国	56《管辂》（四）：利漕民郭恩，字义博。兄弟三人，皆得躄疾。使辂筮其所由。辂曰："卦中有君本墓，墓中有女鬼，非君伯母，当叔母也。昔饥荒之世，当有利其数升米者，排著井中，啧啧有声，推一大石下，破其头。孤魂冤痛，自诉于天耳。"	《三国志·管辂传》：利漕民郭恩兄弟三人，皆得躄疾。使辂筮其所由。辂曰："卦中有君本墓，墓中有女鬼，非君伯母，当叔母也。昔饥荒之世，当有利其数升米者，排著井中，啧啧有声，推一大石，下破其头，孤魂冤痛，自诉于天。"于是恩涕泣服罪。
81	三国	246《诸葛恪》：吴诸葛恪征淮南归，将朝会之夜，精爽扰动，通夕不寐。严毕趋出，犬衔引其衣，恪曰："犬不欲我行也"出仍入坐。少顷复起，犬又衔衣，恪令从者逐之。及入，果被杀。其妻在室，语使婢曰："尔何故血臭？"婢曰："不也。"有顷，愈剧。又问婢曰："汝眼目瞻视，何以不常？"婢蹶然起跃，头至于栋，攘臂切齿而言曰："诸葛公乃为孙峻所杀。"于是大小知恪死矣。而吏兵寻至。	《三国志·诸葛滕二孙濮阳传》：孙峻因民之多怨，众之所嫌，构恪欲为变，与亮谋，置酒请恪。恪将见之夜，精爽扰动，通夕不寐。明将盥漱，闻水腥臭，侍者授衣，衣服亦臭。恪怪其故，易衣易水，其臭如初，意惆怅不悦。严毕趋出，犬衔引其衣，恪曰："犬不欲我行乎？"还坐，顷刻乃复起，犬又衔其衣，恪令从者逐犬，遂升车……峻起如厕，解长衣，著短服，出曰："有诏收诸葛恪！"

续表

序号	朝代	《搜神记》所载史事	相关典籍史事
81	三国		……恪惊起，拔剑未得，而峻刀交下。张约从旁斫峻，裁伤左手，峻应手斫约，断右臂。武卫之士皆趋上殿，峻云："所取者恪也，今已死。"悉令复刃，乃除地更饮。
82	西晋	369《羊祜》：羊祜年五岁时，令乳母取所弄金环。乳母曰："汝先无此物。"祜即诣邻人李氏东垣桑树中，探得之。主人惊曰："此吾亡儿所失物也，云何持去！"乳母具言之，李氏悲惋，时人异之。	《晋书》（卷九十五）：祜年五岁，时令乳母取所弄金环。乳母曰："汝先无此物。"祜即诣邻人李氏东垣桑树中探得之。主人惊曰："此吾亡儿所失物也，云何持去！"乳母具言之，李氏悲惋。时人异之，谓李氏子则祜之前身也。
83	西晋	248《贾充》：贾充伐吴时，常屯项城，军中忽失充所在。充帐下都督周勤，时昼寝，梦见百余人录充。引入一径。勤惊觉，闻失充，乃出寻索，忽睹所梦之道，遂往求之，果见充。行至一府舍，侍卫甚盛。府公南面坐，声色甚历，谓充曰："将乱吾家事者，必尔与荀勖。既惑吾子，又乱吾孙。间使任恺黜汝而不去，又使庾纯詈汝而不改。今吴寇当平，汝方表斩张华。汝之暗戆，皆此类也。若不悛慎，当旦夕加诛。"充因叩头流血。府公曰："汝所以延日月而名器若此者，是卫府之勋耳。终当使系嗣死于钟虡之间，大子毙于金酒之中，小子困于枯木之下。荀勖亦宜同，然其先德小浓，故在汝后。数世之外，国嗣亦替。"言毕，命去。充忽然得还营，颜色憔悴，性理昏错，经日乃复。至后，谧死于钟下，贾后服金酒而死，贾午考竟用大杖终。皆如所言。	《晋书》（卷四十）：初，充伐吴时，尝屯项城，军中忽失充所在。充帐下都督周勤时昼寝，梦见百余人录充，引入一迳。勤惊觉，闻失充，乃出寻索，忽睹所梦之道。遂往求之。果见充行至一府舍，侍卫甚盛。府公南南坐，声色甚历，谓充曰："将乱吾家事，必尔与荀勖，既惑吾子，又乱吾孙。间使任恺黜汝而不去，又使庾纯詈汝而不改。今吴寇当平，汝方表斩张华。汝之暗戆，皆此类也。若不悛慎，当旦夕加罪。"充因叩头流血，公曰："汝所以延日月而名器如此者，是卫府之勋耳。终当使系嗣死于钟虡之间，大子毙于金酒之中，小子困于枯木之下。荀勖亦宜同，然其先德小浓。故在汝后，数世之外，国嗣亦替。"言毕，命去。充忽然得还营，颜色憔悴，性理昏丧，经日乃复。及是，谧死于钟下，贾后服金酒而死，贾午考竟用大杖。终皆如所言。
84	西晋	57《淳于智》（一）：淳于智，字叔平，济北卢人也。性深沉，有思义。少为书生，能《易》筮，善厌胜之术。高平刘柔夜卧，鼠啮其左手中指，意甚恶之，以问智。智为筮之，曰："鼠本欲杀君而不能，当为使其反死。"乃以朱书手腕横文后三寸，为田字，可方一寸二分，使夜露手以卧，有大鼠伏死于前。	《晋书》（卷九十五）：淳于智字叔平，济北卢人也。有思义，能《易》筮，善厌胜之术。高平刘柔夜卧，鼠啮其左手中指，以问智。智曰："是欲杀君而不能，当为君使其反死。"乃以朱书手腕横文后三寸作田字，辟方一寸二分，使露手以卧。明旦，有大鼠伏死手前。

续表

序号	朝代	《搜神记》所载史事	相关典籍史事
85	西晋	58《淳于智》（二）：上党鲍瑗，家多丧病，贫苦。淳于智卜之，曰："君居宅不利，故令君困尔。君舍东北有大桑树，君径至市，入门数十步，当有一人卖新鞭者，便就买还，以悬此树，三年，当暴得财。"瑗承言诣市，果得马鞭，悬之三年，浚井，得钱数十万，铜铁器复二万余，于是业用既展，疾者亦无恙。	《晋书》（卷九十五）：上党鲍瑗家多丧病贫苦，或谓之曰："淳于叔平神人也，君何不试就卜，知祸所在？"瑗性质直，不信卜筮，曰："人生有命，岂卜筮所移！"会智来，应詹谓曰："此君寒士，每多屯虞，君有通灵之思，可为一卦。"智乃为卦，卦成，谓瑗曰："君安宅失宜，故令君困。君舍东北有大桑树，君径至市，入门数十步，当有一人持荆马鞭者，便就买以悬此树，三年当暴得财。"瑗承言诣市，果得马鞭，悬之三年，浚井，得钱数十万，铜铁器复二十余万，于是致赡，疾者亦愈。
86	西晋	59《淳于智》（三）：谯人夏侯藻，母病困，将诣智卜。忽有一狐，当门向之嗥叫。藻大愕惧，遂驰诣智。智曰："其祸甚急。君速归，在狐嗥处拊心啼哭，令家人惊怪，大小毕出，一人不出，啼哭勿休，然其祸仅可免也。"藻还，如其言，母亦扶病而出。家人既集，堂屋五间，拉然而崩。	《晋书》（卷九十五）：谯人夏侯藻母病困，诣智卜，忽有一狐当门向之嗥。藻怖愕，驰见智。智曰："其祸甚急，君速归，在狐嗥处拊心啼哭，令家人惊怪，大小必出，一人不出，哭勿止，然后其祸可救也。"藻还，如其言，母亦扶病而出。家人既集，堂屋五间拉然而崩。
87	西晋	60《淳于智》（四）：护军张劭，母病笃，智筮之，使西出市沐猴，系母臂，令傍人捶拍，恒使作声，三日放去。劭从之。其猴出门，即为犬所咋死，母病遂差。	《晋书》（卷九十五）：护军张劭母病笃，智筮之，使西出市沐猴，系母臂，令傍人捶拍，恒使作声，三日放去。劭从之。其猴出门即为犬所咋死，母病遂差。
88	西晋	61《郭璞》（一）：行至庐江，劝太守胡孟康急回南渡，康不从。璞将促装去之，爱其婢，无由得，乃取小豆三斗，绕主人宅散之。主人晨起，见赤衣人数千围其家，就视则灭，甚恶之。请璞为卦。璞曰："君家不宜畜此婢，可于东南二十里卖之，慎勿争价，则此妖可除也。"璞阴令人贱买此婢，复为投符于井中，数千赤衣人一一自投于井。主人大悦。璞携婢去。后数旬而庐江陷。	《晋书》（卷七十二）：行至庐江，太守胡孟康被丞相召为军谘祭酒。时江淮清宴，孟康安之，无心南渡。璞为占曰"败"。康不之信。璞将促装去之，爱主人婢，无由而得，乃取小豆三斗，绕主人宅散之。主人晨见赤衣人数千围其家，就视则灭，甚恶之，请璞为卦。璞曰："君家不宜畜此婢，可于东南二十里卖之，慎勿争价，则此妖可除也。"主人从之。璞阴令人贱买此婢。复为符投于井中，数千赤衣人皆反缚，一一自投于井，主人大悦。璞携婢去。后数旬而庐江陷。

续表

序号	朝代	《搜神记》所载史事	相关典籍史事
89	西晋	62《郭璞》（二）：赵固所乘马忽死，甚悲惜之，以问郭璞，璞曰："可遣数十人持竹竿，东行三十里，有山林陵树，便搅打之，当得一物出，急宜持归。"于是如言，果得一物，似猴。持归，入门见死马，跳梁走往死马头，嘘吸其鼻。顷之，马即能起，奋迅嘶鸣，饮食如常，亦不复见向物。固奇之，厚加资给。	《晋书》（卷七十二）：抵将军赵固，会固所乘良马死，固惜之，不接宾客。璞至，门吏不为通。璞曰："吾能活马。"吏惊入白固。固趋出，曰："君能活吾马乎?"璞曰："得健夫二三十人，皆持长竿，东行三十里，有丘林社庙者，便以竿打拍，当得一物，宜急持归。得此，马活矣。"固如其言，果得一物似猴，持归。此物见死马，便嘘吸其鼻。顷之马起，奋迅嘶鸣，食如常，不复见向物。固奇之，厚加资给。
90	西晋	82《驴鼠》：郭璞过江，宣城太守殷祐引为参军。时有一物，大如水牛，灰色，卑脚，脚类象，胸前尾上皆白，大力而迟钝，来到城下。众咸怪焉。祐使人伏而取之，令璞作卦，遇《遁》之《蛊》，名曰"驴鼠。"卜适了，伏者以戟刺，深尺余。郡纲纪上祠，请杀之。巫云："庙神不悦，此是郷亭驴山君鼠，至荆山，暂来过我，不须触之。"	《晋书》（卷七十二）：璞既过江，宣城太守殷祐引为参军。时有物大如水牛，灰色卑脚，脚类象，胸前尾上皆白，大力而迟钝，来到城下，众咸异焉。祐使人伏而取之，令璞作卦，遇《遁》之《蛊》，其卦曰："《艮》体连《乾》，其物壮巨。山潜之畜，匪兕匪武。身与鬼并，精见二午。法当为禽，两灵不许。遂被一创，还其本墅。按卦名之，是为驴鼠。"卜适了，伏者以戟刺之，深尺余，遂去不复见。郡纲纪上祠，请杀之。巫云："庙神不悦，曰：'此是郷亭驴山君鼠，使诣荆山，暂来过我，不须触之。'"
91	西晋	210《鼲鼠》：永嘉五年十一月，有鼲鼠出延陵，郭璞筮之，遇"临"之"益"。曰："此郡之东县，当有妖人欲称制者，寻亦自死矣。"	《晋书》（卷七十二）：时有鼺鼠出延陵，璞占之曰："此郡东当有妖人欲称制者，寻亦自死矣。后当有妖树生，然若瑞而非瑞，辛螫之木也。傥有此者，东南数百里必有作逆者，期明年矣。"
92	西晋	211《徐馥作乱》：永嘉六年正月，无锡县欻有四枝茱萸树，相樛而生，状若连理。先是，郭璞筮延陵鼲鼠，遇"临"之"益"，曰"后当有妖树生，若瑞而非，辛螫之木也。傥有此，东西数百里，必有作逆者。"及此生木，其后吴兴徐馥作乱，杀太守袁琇。	《晋书》（卷七十二）：无锡县欻有茱萸四株交枝而生，若连理者，其年盗杀吴兴太守袁琇。或以问璞，璞曰："卯爻发而沴金，此木不曲直而成灾也。"
93	西晋	逸文23：吴猛，蜀人。小儿时，在父母傍卧，时夏月多蚊，而终不摇扇，惧蚊虻之去我及父母也。	《晋书》（卷七十二）：吴猛，豫章人也。少有孝行，夏日常手不驱蚊，惧其去己而噬亲也。元郭居敬《二十四孝》："夏夜无帷帐，蚊多不敢挥。恣渠膏血饱，免使入亲帏。"

续表

序号	朝代	《搜神记》所载史事	相关典籍史事
94	西晋	26《吴猛》：西安令干庆，死已三日，猛曰："数未尽，当诉之于天。"遂卧尸旁。数日，与令俱起。	《晋书》（卷八十二）：（干）宝兄尝病气绝，积日不冷，后遂悟，云见天地间鬼神事，如梦觉，不自知死。
95	西晋	26《吴猛》：后将弟子回豫章，江水大急，人不得渡。猛乃以手中白羽扇画江，水横流，遂成陆路，徐行而过。过讫，水复。观者骇异。	《晋书》（卷九十五）：因还豫章，江波甚急，猛不假舟楫，以白羽扇画水而渡，观者异之。
96	西晋	278《王祥》：王祥，字休徵，琅邪人，性至孝。早丧亲，继母硃氏不慈，数谮之。由是失爱于父，每使扫除牛下。父母有疾，衣不解带。母常欲生鱼，时天寒冰冻，祥解衣，将剖冰求之，冰忽自解，双鲤跃出，持之而归。母又思黄雀炙，复有黄雀数十飞入其幕，复以供母。乡里惊叹，以为孝感所致。	《晋书》（卷三十三）：王祥，字休徵，琅邪临沂人，汉谏议大夫吉之后也。祖仁，青州刺史。父融，公府辟不就。祥性至孝。早丧亲，继母硃氏不慈，数谮之，由是失爱于父。每使扫除牛下，祥愈恭谨。父母有疾，衣不解带，汤药必亲尝。母常欲生鱼，时天寒冰冻，祥解衣将剖冰求之，冰忽自解，双鲤跃出，持之而归。母又思黄雀炙，复有黄雀数十飞入其幕，复以供母。乡里惊叹，以为孝感所致焉。 元郭居敬《二十四孝》："继母人间有，王祥天下无。至今河水上，一片卧冰模。"
97	西晋	378《阮瞻》：阮瞻，字千里，素执无鬼论，物莫能难。每自谓此理足以辨正幽明。忽有客通名诣瞻，寒温毕，聊谈名理。客甚有才辨，瞻与之言良久，及鬼神之事，反复甚苦。客遂屈，乃作色曰："鬼神古今圣贤所共传，君何得独言无！即仆便是鬼。"于是变为异形，须臾消灭。瞻默然，意色大恶。岁余，病卒。	《晋书》（卷四十九）：瞻素执无鬼论，物莫能难，每自谓此理足可以辩正幽明。忽有一客通名诣瞻，寒温毕，聊谈名理。客甚有才辩，瞻与之言良久，及鬼神之事，反覆甚苦。客遂屈，乃作色曰："鬼神，古今圣贤所共传，君何得独言无！即仆便是鬼。"于是变为异形，须臾消灭。瞻默然，意色大恶。后岁余，病卒于仓垣，时年三十。
98	东晋	282《蚺蛇胆》：颜含，字宏都。次嫂樊氏，因疾失明，医人疏方，须蚺蛇胆，而寻求备至，无由得之。含忧叹累时。尝昼独坐，忽有一青衣童子，年可十三四，持一青囊授含。含开视，乃蛇胆也。童子逡巡出户，化成青鸟飞去。得胆药成，嫂病即愈。	《晋书》（卷八十八）：颜含，字弘都，琅邪莘人也。祖钦，给事中。父默，汝阴太守。含少有操行，以孝闻……含二亲既终，两兄继没，次嫂樊氏因疾失明……医人疏方，应须髯蛇胆，而寻求备至，无由得之，含忧叹累时。尝昼独坐，忽有一青衣童子年可十三四，持一青囊授含，含开视，乃蛇胆也。童子逡巡出户，化成青鸟飞去。得胆，药成，嫂病即愈。

表 2 列史事共 97 则。由表 2 可见，历远古、三代、春秋、战国、两汉而至西晋，几乎每个历史时期都有既见于《搜神记》，又载录于典籍的史事，其中又以东汉、西晋史事为多，这恐怕与《搜神记》创作于东晋初，近邻期的材料相对较多，也更易于获得有关。

表 2 中所列的 98 则史事，与史传的关系表现为两种情况：一是《搜神记》采用了它之前史典的材料，如《左传》《战国策》《史记》《汉书》《三国志》等几部早期的主要史书，都分别被采用，可见其材料来源之广博，依据之坚实；二是《搜神记》的材料，被它之后的史书所采用，成为新一代史书如《后汉书》《晋书》等的内容，这表明《搜神记》的史料受到后代史学家的重视，其价值得到了认可。从前代史传中搜集素材，反映了《搜神记》的创作向史传靠拢的意图，而被后代史书用作素材，则反映出后代史家视之如史实。无论是哪一种情况，都揭示了《搜神记》与史传的密切关系，都能够作为显示其史传性的重要证据。

这些事件虽然都由史传所载录，但也未必全部是真实、可靠的史实。如齐襄公于贝丘打猎，追射公子彭生的灵魂，彭生之魂居然“豕人立而啼”（110《彭生》）；后汉定襄太守窦奉妻产蛇婴并遗弃荒野，母死出殡之时，蛇子竟然回来送葬，哀恸之状，不让凡人（347《窦氏蛇》）；无鬼论者阮瞻与鬼辩论鬼神之事，对方言辞拙劣，一直处于下风，情急之下，不得不原形毕露，阮瞻竟然被吓致病、致死（378《阮瞻》）……在科学昌明的今天，这类事体其实很容易辨其真伪，但在当时，无论是史学家还是小说家，都照单全收，一律当作史实来传述，使史册和小说都充斥着大量民间传说性质的、荒诞怪异的“史料”。这一方面反映了史学家和小说家认识上的局限，另一方面又表明史学家和小说家在创作上的相互认同。由此可知，即使《搜神记》中收录了一些并非客观、真实的事体，也并不妨碍人们将之视作史传，正如《左传》《史记》《后汉书》《晋书》等收录了许多神话传说、小说家言，却难以动摇它们信史的地位一样。既然如此，《搜神记》的史传性质也就不会因此而削弱，更不容抹杀。

三　《搜神记》的史学精神

历史人物、史事是史传性的基础和表层体现，史学精神才是史传性的精髓和本质。史家撰史，既有总结历史经验教训，供后人借鉴，即所谓“前事之不忘，后事之师”[①] 的意图，又有传道、教化的意愿。这些意图、意愿融合史家对人、对事及其创作的态度，渗透在史著的叙事写人之中，便是史学精神的体现。干宝本身是一位史官，再加上他与时人一样，将小说与史传、小说创作与史传创作等而视之，因此，他之于《搜神记》的创作，是抱着撰史的宗旨、心态来经营的，无论是思想和方法，都表现出浓厚的史家意识和史学精神。

（一）实录精神

所谓实录，是指记载翔实可靠，尊重事实。《汉书·司马迁传》：“自刘向、扬雄博极群书，皆称迁有良史之材，服其善序事理，辨而不华，质而不俚，其文直，其事核，不虚美，不隐恶，故谓之实录。”[②] 这是班固对司马迁撰史风格的概括和评价，自此以后，《史记》实录的特点和精神便不断地发展和充实，成了历史撰述的基本原则和标准，从而成为我国古代史学的一个优良传统。

在汉魏六朝时期，由于人们视小说如同史传，都是对“史事”的真实记录，小说家也都以史家作自我期许，自觉承担史家的职责，遵循史著撰述的原则和要求，故而以撰史的实录原则来指导小说创作，力求所录事体的翔实可靠。如南朝梁代萧绮，在整理、辑录王嘉《拾遗记》的过程中，就明确主张小说记载历史人物及事件，必须遵循经书史籍，言必有据，事必可考：“世德陵夷，文颇缺略。绮更删其繁紊，纪其实美，搜刊幽秘，捃采残落，言匪浮诡，事弗空诬。推详往迹，则影彻经史；考验真怪，则叶附图籍。”[③] 而另一方面，读者也以是否真实作为评论小说高下优劣的重要尺度。前述谢安以失实指责、贬斥裴启的小说《语林》，就是突出例子。因而，实录不仅是撰史的原则、要求，也是其时小说撰述的原则、要求。事实上，干宝在创作《搜神记》的过程中，无论在指导思想上，还是在具体的创作实践上，也都在努力地遵循、贯彻着这个原则和要求。

《搜神记》的实录精神，首先表现在干宝自己的直接交代、陈述上面。

---

① （汉）高诱注《战国策·赵策一》（第二册），上海书店出版社 1987 年版，第 46 页。

② （汉）班固：《汉书》（司马迁传），中华书局 2007 年版，第 622 页。

③ （晋）王嘉撰，萧绮录、齐治平校注《拾遗记》（序言），中华书局 1981 年版。

其《搜神记序》云：

> 虽考先志于载籍，收遗逸于当时，盖非一耳一目所亲闻睹也，又安敢谓无失实者哉！卫朔失国，二传互其所闻；吕望事周，子长存其两说。若此比类，往往有焉。从此观之，闻见之难，由来尚矣。夫书赴告之定辞，据国史之方册，犹尚如此，况仰述千载之前，记殊俗之表，缀片言于残阙，访行事于故老，将使事不二迹，言无异途，然后为信者，固亦前史之所病。然而国家不废注记之官，学士不绝诵览之业，岂不以其所失者小，所存者大乎？今之所集，设有承于前载者，则非余之罪也。若使采访近世之事，苟有虚错，愿与先贤前儒分其讥谤。及其著述，亦足以发明神道之不诬也……

此段文字，可以说是干宝遵循、贯彻实录原则的一个宣言，一种自白。

他首先明确交代《搜神记》素材的来源："考先志于载籍，收遗逸于当时。"这表明他的撰述乃持之有据，事有依归，并非凭空杜撰，而且细加考察，方才采用。所据载籍都是根据"国史之方册"——国史的档案材料写定，各种奇闻逸事亦乃"访行事于故老"所得，翔实可靠显然有很大程度的保证。强调小说及其所据材料的真实、可靠，这是从正面宣示其创作的实录精神。

与此同时，他又承认世事纷繁庞杂，且历经千年，有些记载也已经残缺不全，"仰述千载之前，记殊俗之表，缀片言于残阙"，不敢保证书中所记绝对没有失实、虚错之处。如果是因为他的失误而造成的失实、虚错，他愿意与"先贤前儒"分担责任，承受指责。如此小心谨慎，担心事件的失实和虚错，表明他撰述态度的严谨和对于事实的尊重，这是从另一面反映出他对实录原则的虔诚和敬畏。

至于《搜神记》在具体创作上的实录精神，从前两节所论、两表中所列的历史人物、史事，已得到很充分的体现，此处不再赘述，只是对其中的疑点稍加讨论。如前所述，表中所列人物的历史真实性毋庸置疑，但所列史事虽然都来自"载籍"或"故老"，却未必都客观、真实、可靠，这似乎与实录的精神相左。其实，《搜神记》中收录了一些似是而非的"史实”，是干宝出于对“载籍”“故老”的尊崇和信赖而为之。这些“史实”虽然在今天看来实属荒诞，但在干宝的时代，干宝一类的史家和小说家们并非都如是观之。他们对这些“史实”的真实性深信不疑，在史著、小说中不加辨析地普遍采用，这纯是时代的局限、认识能力的局限所致，而非他们对于实录精神的违背和践踏。这种现象就像实录风格的代表司马迁，其《史记》中也不乏荒诞的内容一样。

事实上，班固也承认，“唐虞以前虽有遗文，其语不经，故言黄帝、颛顼之事未可明也”，司马迁“采经摭传，分散数家之事，甚多疏略，或有抵梧（牾）”，“其是非颇谬于圣人”。[①] 但这并不影响他对司马迁实录风格、精神的肯定和评价。由此可知，班固之所谓实录，其实主要是指材料来源、载籍的真实可靠，作者撰述态度的认真严肃，观点的客观公允，而不是具体史实本身的绝对真实。这也符合科学文明还比较落后，人们的认知能力、辨别能力还不敷使用时代的实际。因此，《搜神记》中收录一些不太客观、真实的史事，只表明作者认知能力的局限，不能据之以否定他的实录精神。

《搜神记》的实录精神，也得到了时人的认可和推崇。《世说新语·排调》载：“干宝向刘真长叙其《搜神记》，刘曰：‘卿可谓鬼之董狐。’”《晋书·干宝传》也云：“宝以此遂撰集古今神祇灵异人物变化，名为《搜神记》，凡三十卷。以示刘惔，惔曰：‘卿可谓鬼之董狐。’”

刘惔字真长，东晋名士，清谈家，性格简傲高贵，清明远达，有风度才气，有知人之明。董狐乃春秋时晋国史官，以秉笔直书，书法不隐著称。孔子也曾赞曰：“董狐，古之良史也，书法不隐。”（《左传·宣公二年》）所谓秉笔直书，书法不隐，乃指尊重史实，据实书写，客观记录。刘惔称干宝为“鬼之董狐”，显然是对其“从实”“据实”记载鬼事的肯定。盖干宝之前已明确交代《搜神记》的鬼神之事，乃“考先志于载籍，收遗逸于当时”，由此可见，刘惔所认为的从实、据实，也仅是就依据、出处而论。这与班固对司马迁实录精神的认识基本一致。

对于史著而言，实录当然是一个必须坚持的原则和要求，一种值得发

① （汉）班固：《汉书》（司马迁传），中华书局2007年版，第622页。

扬的史学优良传统，但对于文学作品来说，就未必尽然。《搜神记》的实录精神，虽然使它获得了史著的特征、品格和声誉，但这种将小说与史传捆绑在一起的定位与追求，事实上却是小说挣脱史传意识的束缚，突破写实思维，走向文学化，走上虚构幻设一途的重大障碍。因此，《搜神记》的实录精神、风格虽然颇受时人的称道，但从小说发展的角度来说，这并不是我们所乐意看到的。

（二）神道思想

远古的巫师是最早的文化人，他们掌握和使用着各种巫术和宗教，被看作人与自然神力之间的媒介，同时也是神话的最早收集者和整理者。人类早期的生活环境和社会身份，使得巫师自然而然地成为“神”的代言人，神道思想的信奉者和传播者。

由原始社会进入奴隶制社会的夏王朝，就已经开始设立专职史官，负责为国王记言、记事。“古之王者世有史官，君举必书，所以慎言行，昭法式也。左史记言，右史记事。事为《春秋》，言为《尚书》，帝王靡不同之。”① 除此之外，还负责主持祭祀、占卜、祈禳等活动，而史官就多由巫来担任。“史官通巫，巫通史官；巫即史官，史官即巫……这种巫史不分的现象，大概一直延续到西周初年。”② 巫史同源、同体的这种关系，使得史官也具有巫师的品格或特征，自觉地传述神的事迹或行为，信奉、传播神道思想。因此，神道思想也是史家意识、史学精神的一部分。

史家思想的主要载体是史传，所以史传便自然而然地成为表现神道思想的平台。史家的神道思想主要通过两个方面来反映：一是将神话历史化，二是传述一些与神有关的“史事”。前者表现的是信神，即有神论的思想；后者表现的则是尊神观念，劝诫人们要虔诚事神、敬神，顺从神的意志。

神话历史化，从《尚书》《左传》《国语》到《史记》，在这方面都做了大量的工作，例子不胜枚举，其中又以《史记》的规模为最大，神话历史化的内容最多、最全。如卷一《五帝本纪》将黄帝、颛顼、帝喾、唐

① （汉）班固：《汉书》（艺文志第十），中华书局2007年版，第328页。

② 李冬生：《中国古代神秘文化》，安徽人民出版社1993年版，第313页。

尧、虞舜等神话人物，列为华夏民族的早期君主，他们的传说故事被整饬为一段段相对独立而又若离若连的历史。《史记》中远古时期的历史，几乎都是神话、传说，这虽然有年代久远，文字史料奇缺的原因，但与先民、史家的神道观念有很大的关系。

《左传》《国语》《史记》中涉神的史事也很多。《左传》虽然载有不少怀疑、否定天道和鬼神的言论，但关于神鬼的记载仍然很多，如“僖公二十八年”：

> 卫侯闻楚师败绩，惧，出奔楚，遂适陈，使元咺奉叔武以受盟。癸亥，王子虎盟诸侯于王庭，要言曰：“皆奖王室，无相害也！有渝此盟，明神殛之！俾队其师，无克祚国，及而玄孙，无有老幼！”……
>
> 初，楚子玉自为琼弁玉缨，未之服也。先战，梦河神谓己曰：“畀余！余赐女孟诸之麋。”弗致也。大心与子西使荣黄谏，弗听。荣季曰：“死而利国，犹或为之。况琼玉乎！是粪土也，而可以济师，将何爱焉？”弗听。出，告二子曰：“非神败令尹。令尹其不勤民，实自败也。”

此两处都是晋楚城濮大战前后，有关事神、敬神的叙述。前者记战后诸侯会盟，各方盟誓：一定要信守盟约，谁违背了盟约，神明就杀了他，惩罚他，累及全家老幼乃至子孙；后者记子玉梦河神、拒绝将琼弁玉缨与河神事，认为子玉轻慢了神灵，实质是轻慢了国家、百姓，因而受到神的惩罚，招致失败。

前代史家的神道思想及其反映方式，也很自然地被以史官自许的魏晋小说家所吸收、继承和沿用，在小说作品中，信神、尊神的内容可谓应有尽有，层出不穷。在这方面，干宝与《搜神记》也都是突出的代表。

干宝是一个虔诚的有神论者，他公开宣称其“著述，亦足以发明神道之不诬也”，并专书传述数百个神怪故事，就很明确地表明了他信神的思想取向，及其对神道坚信不疑的观念。一方面公开宣扬“神道不诬”，另一方面《搜神记》的“史事”几乎全部涉神，这使得干宝的神道思想比一般史家表现得更加直接，《搜神记》文本的神道色彩也比一般史传更加浓厚。

《搜神记》中，神话“历史化”的例子有不少，如1则《神农》、227则《舜手握褒》、228则《汤祷雨》、350则《女化蚕》、351则《嫦娥》等，都是著名的神话故事，思想和意图与史书如出一辙。

当然，书中更多的是涉神的“史事”。由于这些“史事”涉及人与神之间、史实与传说之间的关系，表现作者、时人关于神鬼的观念、态度也更直接、更具历史感。如378则《阮瞻》写阮瞻与鬼客人辩论鬼之有无，“素执无鬼论，物莫能难”的阮瞻虽然在辩论中凭雄辩的口才击败对手，但最终却被理穷词亏、不得不现出原形的鬼所惊吓致病，岁余而死。这简直就是对无神论者的一种恐吓，宣扬有神论的动机十分露骨，方式也比较简单、粗暴。

又如381则《辽水浮棺》：

> 汉不其县有孤竹城，古孤竹君之国也。灵帝光和元年，辽西人见辽水中有浮棺，欲斫破之。棺中人语曰：“我是伯夷之弟孤竹君也。海水坏我棺椁，是以漂流。汝斫我何为?”人惧，不敢斫，因为立祠祀。吏民有欲发视者，皆无病而死。

伯夷之弟即叔齐。伯夷、叔齐兄弟俩是商周之际孤竹国君主的继承人，但他们鄙弃功名利禄，拒绝继位，相偕出逃。武王灭商之后，两人隐居于首阳山，天寒地冻之季，耻食周粟，最终饥寒交迫而死。作品将叔齐这个真实的历史人物，古代高尚守节的典型塑造成神灵，给他立祠祭祀者平安无事，欲破棺一窥孤竹君遗容者则无病而死，告诫人们要敬畏神灵，对待神灵绝不可以有丝毫的冒犯、轻慢，否则将会受到惩罚，付出沉重的代价。

《搜神记》中这种例子很多，尊神、事神的思想表现得极为普遍。它通过小说这种更通俗简便、直接集中的大众化的叙述方式来宣扬神道思想，其作用、效果恐怕要超过一般的史传。

（三）教化思想

我国的史学起步于夏、商、周三代，这个时期的史书以记事为主，史学水平较低。到了春秋末年，随着经济、政治、文化的逐渐发展，史学也日益进步，史书不仅体例越来越多样，而且功能也更加清晰、明确，且逐步扩展，开始重视史事的垂训和鉴戒作用，先秦的思想家们也借助历史资料来宣传各自的思想主张，等等，这些都促使史学由“记事”向“经世”发展。在这种情况下，在记事当中示劝诫、明教化，也逐渐成为史家、史传的一种意图和思想原则。

《文心雕龙·史传》篇云：

> 诸侯建邦，各有国史，彰善瘅恶，树之风声。自平王微弱，政不及《雅》，宪章散紊，彝伦攸斁。夫子闵王道之缺，伤斯文之坠，静居以叹凤，临衢而泣麟，于是就太师以正《雅》《颂》，因鲁史以修《春秋》，举得失以表黜陟，徵存亡以标劝戒。

“彰善瘅恶，树之风声”言出《尚书·毕命》。孔传：“明其为善，病其为恶，立其善风，扬其善声。”意为推行好的教化，树立好的风气。刘勰在此阐述了“国史”的教化功能，以及孔子正“雅”乐、修《春秋》以益教化的意图和努力。唐代刘知几也说：“史之为务，申以劝诫，树之风声。”[①] 由此可知，史书的劝诫、教化功能，得到了从《尚书》作者到孔子、刘勰、刘知几等历代史家、学者的高度认同，教化思想也就成了史家思想意识的重要组成部分。

司马迁在《史记·太史公自序》中说：“先人有言：‘自周公卒五百岁而有孔子，孔子卒后至于今五百岁，有能绍明世，正《易传》、继《春秋》、本《诗》《书》《礼》《乐》之际？’意在斯乎！意在斯乎！小子何敢让焉。”文中所称“先人”，乃司马迁之父司马谈。司马谈认为周公之后五百年有孔子，孔子之后至其所在年代也已经五百年，应该有人继承孔子，宣扬清明盛世的教化，依据《诗》《书》《礼》《乐》来衡量一切。《太史公自序》可以说是司马迁的撰史宣言，当中阐述了他创作《史记》

① （唐）刘知几著，（清）浦起龙释：《史通通释·直书》，上海古籍出版社1978年版，第192页。

的动机和宗旨，并当仁不让地以孔子的继承人自居，认为继承、弘扬《春秋》的史学传统和孔子的教化精神，是他义不容辞的历史使命。

史家的教化思想，也很自然地传递给了小说家。东汉的桓谭说："若其小说家，合丛残小语，近取譬论，以作短书，治身理家，有可观之辞。"[①]"治身理家"体现的就是教化的功能。唐代小说家李公佐宣称其写作目的是"儆天下逆道乱常之心"，"观天下贞夫孝妇之节"。[②]清代静恬主人《金石缘》序言开篇即直言不讳："小说者何为作也？曰：以劝善也，以惩恶也。"可以说，从汉魏到明清的古代小说家，头脑中的教化意识都一以贯之，都自觉或不自觉地把教化当作自己的本分。

身为史家兼小说家的干宝，其教化思想简直是与生俱来。干宝声称自己的著述，"亦足以发明神道之不诬也""粗取足以演八略之旨，成其微说"，都彰显了他借小说进行劝诫、教化的用心。证明神鬼不虚，神鬼之道并非欺人之谈，旨在教人信神、尊神，对鬼神之事竭尽虔诚，教化的思想和意图已表现得非常直接、明确。而"八略"之说，则源自刘歆的《七略》——刘歆继承其父刘向遗业，编辑宫廷藏书，写成《七略》一书，其中包括辑略、六艺略、诸子略、诗赋略、兵书略、术数略、方技略等，后被班固作为《汉书·艺文志》的蓝本。六朝小说创作的繁盛，使一些小说家认为"小说"在丰富庞杂的典籍中可以自成一体，成为一个独特的书籍门类。"在干宝看来，小说可以在刘歆《七略》基础上另增一'略'"[③]，而凑成"八略"。作为新增的、独特的一"略"，小说自然要和其他各种门类、各体著作一样，宣传作者的思想主张，教育和影响他人，所以"演八略之旨，成其微说"之说虽然自谦，但实怀高远的劝诫、教化之志。

宣扬神道，教人信奉神鬼，其实也是史家、小说家劝惩、教化的一个方面，《搜神记》在这方面的追求和表现前文已有所讨论，此处不再赘述。相对于虚幻遥远的神道教化，《搜神记》中现实性的封建教化因其丰富多样，与现实社会、普通人的生活距离相近，更加令人瞩目。

---

① （汉）桓谭：《新论》（离事第十一）。

② （唐）李公佐：《谢小娥传》，载《太平广记》491卷，中华书局1961年版。

③ 谭帆：《小说学的萌兴——先唐时期小说学发覆》，载《文学评论》2004年第6期。

范文澜说："史官文化的主要凝合体是儒学"。(《中国通史简编》〔第一册〕) 的确，《尚书》《春秋》《左传》等史书，都是儒家的经典，儒学思想的特质不言而喻。前引《文心雕龙·史传》篇说孔子"就太师以正《雅》《颂》，因鲁史以修《春秋》，举得失以表黜陟，徵存亡以标劝戒"；太史公司马迁立志"绍明世，正《易传》、继《春秋》、本《诗》《书》《礼》《乐》之际"，所论的教化其实就是儒学思想的教化。所以史官文化或史传对小说思想观念的影响，就表现为儒家思想占统治地位。出于儒学教化的要求，古代小说亦如同史传，儒家忠、孝、节、义的思想可谓无处不在。

干宝的思想虽然比较复杂，但作为一个传统的仕宦家庭出身的史官，儒学思想仍然是他思想的主流，因此，在《搜神记》中，也充满儒家伦理道德、价值观念的宣传和教育，表现忠、孝、节、义思想的作品层出不穷。

如 239 则《张颢》：

常山张颢，为梁相。天新雨后，有鸟如山鹊，飞翔入市，忽然坠地，人争取之，化为圆石。颢椎破之，得一金印，文曰："忠孝侯印。"颢以上闻，藏之秘府。后仪郎汝南樊衡夷上言："尧、舜时旧有此官，今天降印，宜可复置。"颢后官至太尉。

张颢，东汉太尉，《后汉书》(孝灵帝纪第八) 有载。这一篇直接宣扬忠孝思想——神秘的飞鸟坠地化为圆石，张颢破之得"忠孝侯印"。按照神话的逻辑，神物的归属即意味着天意神旨的归属，"忠孝侯"的印章落在张颢手里，显然是神灵对他忠君孝亲的褒扬和勉励。文末交代张颢后官至太尉，当是作者在暗示：这与他的忠心孝行有关。

较之于宣扬忠君思想的篇目，《搜神记》中宣扬孝道的篇目更多，仅仅在卷十一就连续有十多篇关于孝道的故事，其中 278 则《王祥》、279 则《王延》、280 则《楚僚》三篇均写卧冰取鲤奉母的孝行。而王祥卧冰取鲤、吴猛 (逸文 23) 夏日为使蚊虻不叮咬父母，始终不摇扇驱赶蚊虻的事迹，都被收入《二十四孝》当中，成为后世孝道宣传的典型例子，为封建道德家所津津乐道。但 290 则《东海孝妇》篇，既宣扬孝道，又包含有丰富、复杂的社会内容，更加令人震撼：

> 汉时，东海孝妇，养姑甚谨。姑曰："妇养我勤苦，我已老，何惜余年，久累年少！"遂自缢死。其女告官曰："妇杀我母。"官收系之，拷掠毒治。孝妇不堪苦楚，自诬服之。时于公为狱吏，曰："此妇养姑十余年，以孝闻彻，必不杀也。"太守不听。于公争不得理，抱其狱词，哭于府而去。自后郡中枯旱，三年不雨。后太守至，于公曰："孝妇不当死，前太守枉杀之，咎当在此。"太守即时身祭孝妇冢，因表其墓。天立雨，岁大熟。长老传云："孝妇名周青。青将死，车载十丈竹竿，以悬五旛，立誓于众曰：'青若有罪，愿杀，血当顺下；青若枉死，血当逆流'。既行刑已，其血青黄，缘旛竹而上标，又缘旛而下云。"

一个恭敬赡养婆母十多年的孝顺媳妇，被诬杀害婆母，最终屈打成招，含冤被戮。故事既赞扬了东海孝妇的优秀品质，又批判了封建官吏的昏庸无能，草菅人命。而三年大旱、青血逆流的神奇景象，乃以浪漫手法，借助神灵的威力来为冤魂鸣冤叫屈，反映出百姓对善良淳朴的东海孝妇的深切同情。这是《搜神记》同类作品中最出色的一篇，无论在思想上还是艺术上，它都远远超出其他篇目。元代关汉卿的杂剧名篇《感天动地窦娥冤》，明显受了本篇的启发，窦娥临刑前许愿三桩，之后桩桩实现的情节，显然借鉴了本篇的构思和素材。

382 则《温序》表现的是气节：

> 温序，字公次，太原祁人也。任护军校尉，行部至陇西，为隗嚣将所劫，欲生降之。序大怒，以节挝杀人。贼趋欲杀序，荀宇止之曰："义士欲死节。"赐剑，令自裁。序受剑，衔须著口中，叹曰："无令须污土。"遂伏剑死……

隗嚣是东汉的陇西豪强，拥兵自重，成为一股地方割据势力，与朝廷分分合合，反复无常。本篇写护军校尉温序被隗嚣的部将劫持，在叛军面前，温序大义凛然，拒绝变节投降，最后伏剑自刎，以身殉国。临死之际，温序还把胡须衔在嘴里，以免泥土玷污，不遗余力地维护自己的形象和尊严。温序在大是大非面前毫不动摇，坚守信念和节操，其视死如归、从容不迫的忠勇刚烈气节，令后人钦佩、仰慕。

再看 78 则《张璞》：

> 张璞，字公直，不知何许人也，为吴郡太守。征还，道由庐山。子女观于祠室，婢使指像人以戏曰："以此配汝。"其夜，璞妻梦庐君致聘曰："鄙男不肖，感垂采择，用致微意。"妻觉，怪之。婢言其情，于是妻惧，催璞速发。中流，舟不为行。阖船震恐，乃皆投物于水，船犹不行。或曰："投女则船为进。"皆曰："神意已可知也。以一女而灭一门，奈何？"璞曰："吾不忍见之。"乃上飞庐卧，使妻沈女于水。妻因以璞兄孤女代之，置席水中，女坐其上，船乃得去。璞见女之在也，怒曰："吾何面目于当世也！"乃复投己女。及得渡，遥见二女在下。有吏立于岸侧，曰："吾庐君主簿也。庐君谢君，知鬼神非匹，又敬君之义，故悉还二女。"后问女，言："但见好屋，吏卒，不觉在水中也。"

这是一个因戏言而引出的感人故事：张璞家的婢女与张家女儿开玩笑，将她许配给祠堂中的神像（庐山神之子）。第二日，船到河中央的时候，庐山神竟然不给放行。在全船人性命攸关的危险关头，张璞大义灭亲，决定将女儿抛下水以践"婚约"。当得知妻子以孤侄女做替身时，张璞并无丝毫的侥幸，毅然将亲生骨肉抛入河中。张璞的义举既拯救了全船人的性命，又感动了庐山神，两女子终被完好交还。故事虽然宣扬封建的伦理道德，但张璞重义有信、刚正无私的高尚品质，还是难能可贵，令人称道。

干宝借志怪小说来施行劝惩、教化，固然是以一种更通俗、更大众的形式来践行史家之志，但以谈神说鬼的方式来宣扬忠、孝、节、义，似乎又与正统的儒家思想相悖。儒家向来对鬼神持回避态度，孔子"不语怪、力、乱、神”，但汉魏以降，儒学神学化、儒家学者方士化的倾向比较明显，为了惩劝教化的功利目的，即使是正统文人出身的魏晋志怪小说家，也不惜借道佛、神怪为儒学宣传的辅助，将道佛及志怪纳入封建教化的轨道。《搜神记》以大量的神怪之说，大肆宣扬儒家思想，正是这种现象的典型例子。因此，《搜神记》的教化思想，既是其史传性的体现，也是史家儒学教化形式、手段变化的体现，由此可见孔儒后学与神怪的妥协。

第三节 《搜神记》体例的史传性

体例是指著作的体制形式，包括文本的组织结构、表述的方式、手段，等等。

《搜神记》属杂记体的志怪小说，今本《搜神记》虽然是明代胡应麟的辑录本，但其中“十之八九出于干宝原书”（余嘉锡《四库提要辨证》卷一八）；“辑此书者则多见古籍，颇明体例，故其文斐然可观”（《四库提要》卷一四二）。李剑国也认为胡氏手上当有《搜神记》残本，“在残本的基础上再从诸书辑录残本所无或不完者，最后缀合成书”[①]。胡应麟一代文坛巨子，凭他“多见古籍，颇明体例”的学识素养，以及所掌握的材料，在辑录的过程中想必不至于凭空滥造，漫无边际，而肯定会依一定之规，也略有可循之章法，在这种情况下，其体例即使不能反映原著的全貌，亦不会过于离谱。因此，对于《搜神记》体例的讨论，也还是有其意义。在这并非原汁原味的体制中，史传性的特征也是很明显的。

一 编年体的叙事特征

编年体史书是我国最早的史书之一，其基本特征是按事件的先后顺序叙述，叙事有很强的时间性，史事的时间节点非常明确，事件的发展线索也相当清晰。

《春秋》《左传》是先秦编年体史书的代表作，两者都是春秋时代鲁

① 李剑国：《唐前志怪小说史》，南开大学出版社1984年版，第288页。

国的编年史，体例一致、史事、年限大致相同，只是记载详略有别。《史记》虽是纪传体，但也有编年体的成分，“本纪、年表、世家三体均编年记事，组合义例划分时代段落，反映各个时期的历史大势，详今略古，详变略渐，时间层次极为鲜明”①。编年体的编年纪事，表现为四个层次：

第一个层次是按君王的先后次序记述。如《春秋》《左传》两书都从先到后，依次记载了鲁国隐公、桓公、庄公、闵公、僖公、文公、宣公、成公、襄公、昭公、定公、哀公等十二位君主在位期间的史事。

第二个层次是每一位君王的史事，按年限次序记述。如《左传》“隐公”部分，从隐公元年依次记到隐公十一年；“桓公”部分，从桓公元年逐年记到桓公十八年。

第三个层次是在一个年度里，按事件发生的月份依次记述。如《左传》“隐公元年”从隐公即位的正月记起：“元年春，‘王’——周——‘正月’。不书即位，摄也”，逐月记到当年的十二月：“十二月，祭伯来，非王命也”；“众父卒，公不与小敛，故不书日”。

第四个层次是一个月内的史事，按事件发生的日期依次记述。如《左传》“僖公二十八年”记晋楚城濮之战：“夏四月戊辰（初三），晋侯、宋公、齐国归父、崔夭、秦小子慭次于城濮……己巳（初四），晋师陈于莘北……晋师三日馆谷，及癸酉（初八）而还。甲午（十九）至于衡雍，作王宫于践土”；“五月丙午（十一），晋侯与郑伯盟于衡雍。丁未（十二），献楚俘于王……己酉（十四），三享醴，命晋侯宥”。这里把大战前后四五月份的几个重要事件及其时间节点都作了清晰、具体的交代，史事历历在目。

今本《搜神记》由400多篇各自独立的作品构成，所述故事比较繁杂，时空跨度大，事件之间也缺乏内在的关联性，全书无法形成一个如《春秋》《左传》那样联系紧密的有机整体，因此，在总体上没有统一、规整的编年叙事的体制，但在一些局部地方（卷目）里，编年体式的叙事还是随处可见，尤其是卷六、卷七表现得最直接、最典型。

卷六、卷七分别记汉、晋期间的一些怪异事象，这些怪异事象被认为

① 安平秋、张大可、俞樟华：《史记教程》，华文出版社2002年版，第100页。

是社会、自然变迁，或天灾人祸的征兆，小说按照事象的先后依次记录，供人警醒以作鉴戒的意图比较明显。如卷六从103则《山徙》到118则《龙见井中》的16篇作品，按时间先后，依次叙述夏（桀）、商（纣）、周（宣王等）、春秋（晋献公等）、战国（秦孝公等）、秦（始皇）、汉（惠帝）等历史时期的故事，使用的就是编年史的叙事套路，朝代传承、历史演进、时间推移循序而行，线索非常清晰。

如果说这部分叙述的时间跨度太大，线条还比较简单、粗略的话，那么，从118则《龙见井中》到卷末的60多则汉代故事，其叙述则更加细致，编年体的特征更加具体、鲜明。该部分依次记汉惠帝、汉文帝、汉景帝、汉武帝、汉昭帝、汉宣帝、汉元帝、汉成帝、汉哀帝、汉平帝、汉章帝、汉桓帝、汉灵帝、汉献帝等14位汉皇帝在位期间的故事，叙述的方式与《左传》及《史记》中的本纪、世家二体简直如出一辙。

按朝代、帝王的先后顺序记录，体现的是编年史叙事体例的第一个层次，而第二、第三个层次亦在当中有所体现。如汉景帝名下的几则故事：

汉景帝元年（公元前156年——此为笔者所加。下同）九月，胶东下密人年七十余，生角，角有毛……（121《人生角》）

汉景帝三年（公元前154年），邯郸有狗与彘交。是时赵王悖乱，遂与六国反，外结匈奴以为援……（122《狗与豕交》）

景帝三年（公元前154年）十一月，有白颈乌与黑乌，群斗楚国吕县。白颈不胜，堕泗水中，死者数千……（123《黑白乌斗》）

景帝中六年（公元前144年），梁孝王田北山，有献牛足上出背上者……（124《牛足出背》）

这里依次记录了汉景帝元年到中六年期间的四则故事，其中景帝三年有两件怪异事件：邯郸猪狗交配、楚国吕县黑白乌鸦相斗。因“赵王悖乱，遂与六国反”是在正月至三月，而黑白乌斗是在十一月，故此两怪异事件亦按月份先后记录。

汉成帝名下的几则故事亦与此相类：

汉成帝建始四年（公元前29年）九月，长安城南，有鼠衔黄蒿、柏叶上民冢柏及榆树上为巢，桐柏为多。巢中无子，皆有干鼠矢数升……（134《鼠巢》）

成帝河平元年（公元前28年），长安男子石良、刘音相与同居。有如人状在其室中，击之，为狗，走出。去后，有数人披甲持弓弩至良家。良等格击，或死或伤，皆狗也。自二月至六月乃止……（135《犬祸》）

成帝河平元年（公元前28年）二月庚子，泰山山桑谷，有鸢焚其巢。男子孙通等，闻山中群鸟鸢鹊声，往视之，见巢燃，尽堕池中，有三鸢鷇烧死。树大四围，巢去地五丈五尺……（136《鸢焚巢》）

成帝鸿嘉四年（公元前17年）秋，雨鱼于信都，长五寸以下。至永始元年春，北海出大鱼，长六丈，高一丈，四枚……（137《雨鱼》）

成帝永始元年（公元前16年）二月，河南街邮樗树生枝如人头，眉目须皆具，亡发耳……（138《木生人状》）

成帝绥和二年（公元前7年）二月，大厩马生角，在左耳前，围长各二寸。是时王莽为大司马，害上之萌，自此始矣……（139《马出角》）

成帝绥和二年（公元前7年）三月，天水平襄有燕生雀，哺食至大，俱飞去……（140《燕生雀》）

这里也是将汉成帝时期的怪异事象按年、月的先后顺序记录，但此处最值得注意的是，我们在河平元年（公元前28年）二月之内，见到了两起记事：一是长安狗怪扰人（134则），另一是泰山山桑谷鸢焚其巢（135则）。后者在二月的庚子日，前者“自二月至六月乃止”，虽然具体日子没有进一步明确交代，但“狗怪扰人”在前，“鸢焚其巢”在后，从编年体的叙述规则来看，“狗怪扰人”起始于二月的日子当在庚子日之前。因此，该月份下的两起怪异事件，也是按先后顺序记述的，这表现了编年记事第四个层次的特征。如此看来，编年史叙事的四个层次，《搜神记》的卷六都基本具备，这与编年体的记事几无二致。

卷七记载晋代的故事，亦与卷六的情形类似。

由上可知，《搜神记》的部分卷目，在叙述史事的过程中，运用了编年体的叙事体例，与《春秋》《左传》等的叙事特征十分吻合。在编年纪事的四个层次中，前三个层次的案例在《搜神记》中都比较多，编年体的特征明显而直观，唯第四个层次即月份之下依日先后次序记载的案例较少。这里的原因大致有二：

一是书中所记，皆为怪异之事，怪异之事本就偶然、罕见，通常都是多年才有一起，一年之内发生多起，就已经不多见，一个月内发生多起，这种情况的概率就更小。

二是《搜神记》所记的怪异事象都比较简单，一般都是单情节，历时较短，一个事件的始终几乎都在一天之内，甚少跨日连绵。作为附会这种怪异征兆的其他相关事件，也未必在同一个月内兑现。我们知道，《搜神记》的材料，一部分来自载籍，这些载籍不一定是史书，是史书也未必是编年体，所以对于事件的日期就没有太具体、精确的要求；另一部分来自民间传说，民间传说的时间概念通常都比较模糊，“从（以）前”“很久很久以前”“××年间”，等等，是其表述时间的惯用方式，也并不强调时间的具体和精确。由于这些原因，《搜神记》中对于某个怪异事象的记录，后期的显验事件与之前的征兆事象就算是在同一个月内发生，日期也都是模糊的，从文本上无法知道其是否为同一个月内的事情。在这种情况下，像《左传》中逐日记载相邻的事件或一个事件连绵多日的案例，就不太可能出现。

《搜神记》的叙事体例，尽管与《春秋》《左传》等编年史略有不同，但编年纪事的叙事特征还是很鲜明、很突出的。其中的一些细微差异，反映的是作为“野史”的小说与正统史书之间的差异。小说毕竟不是史书，对于内容的完整、记时的精确、形式的完备等方面，显然不能像史书那么苛求。

二 纪传体的叙事特征

纪传体是司马迁所首创，《史记》是我国第一部纪传体的史书，也是后世史书的典范，《史记》以后，纪传体成了历代官修正史的基本体例。

纪传体史书有两大特点：

一是以人物为中心述史。如《史记》由本纪、世家、列传、年表、书等五种体例构成，前三者共一百一十二篇，都是历史人物的传记，直接记载人物；十年表是简单的历史大事记，半数以上也是普列人物；八书是历史文献的汇编，是前三者的补充和联络。各体例之间相互依赖、融合，又相互制约，形成一个有机的整体。这五体的构成，鲜明地显示了以人物为中心述史的特点。

二是体大义丰，包容百科知识。体大，指本纪、世家、列传、年表、书五体结构，容纳最大量的历史内容。如《史记》五体，涵括、贯通上下三千年华夏民族的历史。义丰，是指内容全面、系统，如《史记》所记，政治、军事、经济、文化、民俗等应有尽有，也包含许多对于宇宙、人生、历史、哲学的思考。

纪传体史的这两大特点，在《搜神记》身上，也有相当程度的体现。在古代史家、小说家的心目中，神鬼都是“历史人物”，神鬼之事也是人事。按此思维及逻辑，《搜神记》专记神鬼之事，叙述神鬼的活动，在某种意义上来说，也是一部以“人物”为中心，通过“历史人物”的活动来反映历史的纪传体。其实，《搜神记》以“记”命名，模仿《史记》的意图是很明显的，因而它具有纪传体的一般叙事特征，也是情理中事。

《史记》分别记述各种的历史人物事迹，十二本纪写帝王或时势的主宰者，三十世家述辅弼股肱之臣，七十列传记不同阶层、不同类型的人物，另外还涉及其他各行各业、各色各样的人物，这样的人物构成，再加上丰富多彩的历史事件和百科知识，形成了一个“以人为经，以事为纬”的多层次、多角度、多侧面的立体式的宏大叙事架构。《搜神记》所记人物，上至帝王将相，下及文人学者、义士侠客、方术之士、仕农商贾乃至神仙鬼怪等，各层级、各类型的人物也几乎应有尽有；宗教、哲学、天文、地理；炼丹修仙、治病救人之技、预知吉凶、驱邪禳灾之术，等等，也无所不包。因此，《搜神记》因人叙事，虽不及《史记》恢宏博大，但亦有体大义丰的特点，与《史记》不同的是叙述篇幅简短，人物事迹简略，人物、事件间的相互关系没有《史记》那么密切，虚幻的人物及事迹比《史记》更多。

《搜神记》不仅在宏观的叙事结构上显示出纪传体的特征，而且具体篇目的叙事，也深得纪传体的笔法，在许多地方与纪传体如出一辙。

《史记》的人物传记通常以介绍人物开篇，对传主的姓名、籍贯、身世、经历，甚至外貌特征、秉性等，都作简单交代。如《项羽本纪》：

> 项籍者，下相人也，字羽。初起时，年二十四。其季父项梁，梁父即楚将项燕，为秦将王翦所戮者也。项氏世世为楚将，封于项，故姓项氏。
>
> 项籍少时，学书不成，去；学剑，又不成。项梁怒之。籍曰：“书足以记名姓而已。剑一人敌，不足学，学万人敌。”于是项梁乃教籍兵书，籍大喜，略知其意，又不肯竟学。

又如《陈丞相世家》：

> 陈丞相平者，阳武户牖乡人也。少时家贫，好读书，有田三十亩，独与兄伯居。伯常耕田，纵平使游学。平为人长大美色。人或谓陈平曰：“贫何食而肥若是？”其嫂嫉平之不视家生产，曰：“亦食糠覈耳。有叔如此，不如无有。”伯闻之，逐其妇而弃之。
>
> ……里中社，平为宰，分肉食甚均。父老曰：“善，陈孺子之为宰！”平曰：“嗟乎，使平得宰天下，亦如是肉矣！”

《李将军列传》：

李将军广者，陇西成纪人也。其先曰李信，秦时为将，逐得燕太子丹者也。故槐里，徙成纪。广家世世受射。孝文帝十四年，匈奴大入萧关，而广以良家子从军击胡，用善骑射，杀首虏多，为汉中郎。广从弟李蔡亦为郎，皆为武骑常侍，秩八百石。尝从行，有所冲陷折关及格猛兽，而文帝曰："惜乎！子不遇时！如令子当高帝时，万户侯岂足道哉！"

《史记》的人物传记虽然有本纪、世家、列传之分，但这只是区别历史人物在历史进程中的作用、贡献，在本质上三者没有太大分别，因而其叙事的方法、体制也大同小异，有一个相对固定的叙述套路，所以在此一起讨论。上列本纪、世家、列传的开篇各一例，所交代的内容、套路和语气，三者都大体相同。简略交代完传主的基本信息之后，才对其事迹作具体、详细的叙述。这种纪传体的开头方式，在《搜神记》中也很多。

如6则《彭祖》：

彭祖者，殷时大夫也。姓钱，名铿，帝颛顼之孙，陆终氏之中子。历夏而至商末，号七百岁。常食桂、芝。

57《淳于智》（一）：

淳于智，字叔平，济北卢人也。性深沉，有思义。少为书生，能《易》筮，善厌胜之术。

97《丁姑祠》：

淮南全椒县有丁新妇者，本丹阳丁氏女，年十六，适全椒谢家。其姑严酷，使役有程，不如限者，仍便笞捶不可堪。九月九日，乃自经死。遂有灵响，闻于民间。

这些开篇虽然较之《史记》人物传记的开篇稍显简略，但交代的内容、叙述的方式和语气，与之没有什么区别。尤其是《史记》人物传记“……者，……人也”这种典型的开篇句式，《搜神记》中也有许多类似的表述，除了上引的几篇之外，还如“管辂，字公明，平原人也”（53《管辂》一）、“蒋子文者，广陵人也”（92《蒋子文》），等等，简直就是《史记》人物传记的翻版。这些开篇的表述方式，都表明《搜神记》对于《史记》纪传体的模仿。

《史记》的人物传记叙事使用“中心法”，即每篇都有明确的主题，围绕主题组织材料。人生百年，经历繁杂，历史人物一生中的事迹都十分丰富多彩，其传记不可能、也不必要包罗万象，尽收囊中，所以收录其事迹时必须有所取舍。如《廉颇蔺相如列传》要表现的是廉颇、蔺相如二人的爱国主义精神、情操，所以只述“完璧归赵”“渑池会”“将相和”等几个相关事件，两人其余与主题无关的事迹、材料想必还有许多，但都略而不书。如此处理史料，中心突出，主旨鲜明。

《搜神记》中的某些人物形象，名下会有连续多篇、记录几件事迹的情形，如上引《淳于智》（一），之后紧接着还有三篇，全是叙述方士淳于智的事迹，这四篇其实可以合为一篇，视为淳于智个人的传记。该传记的主旨显然是表现淳于智“性深沉，有思义”，“能《易》筮，善厌胜之术”，所以分别叙述淳于智的四个事迹，都与卜筮、厌胜，为人驱邪解难有关，其他与方士身份无关，或者说与传记主旨无关的事迹，无一提及。其余如对于管辂（4篇）、郭璞（4篇）等人的事迹记录，情形亦与之类似，都是围绕着中心主题组织材料。

《搜神记》更多的是一篇一事，一叙一旨，这些单篇作品也是紧扣中心选择材料，突出主旨，一如《史记》的人物传记。如《丁姑祠》写丁姑受暴恶家婆的折磨自缢，死后显灵惩恶助善，表现劳动妇女反抗强暴，同情和体恤弱者、善者的优秀品质。作品中显灵的丁姑惩治居心不良、乘机勒索他人的恶徒，为终年辛劳的媳妇争取到九月九日作为休息日，厚惠善良助人的渔翁，这些情节也都是紧扣主题，服务于主题的。

由此可见，《搜神记》叙事也效仿了纪传体的中心法，这使得作品主旨异常突出、鲜明，宣传、教化的效果进一步加强，作品的品位也得到了提高，反映出叙述者的价值评判和审美追求。

纪传体以人物为中心来叙述历史，刻画、塑造了大批历史人物形象，文学色彩很强，《搜神记》效仿纪传体的叙事方式、方法，也使它获得了纪传体的基本品格。纪传体式的叙事，令《搜神记》集合了各色各样的人物形象，展示了丰富多彩的人物风情和人生际遇，也推出了一批颇具个性的形象，在显示它的史传性的同时，也显示了它的文学性。

三 以诗为证

引用诗歌来证实某一个事实或某一种观点，也是史传的一个传统手法和特征，在《左传》《史记》等史著中，历史人物或史家，以诗证事或以诗证史的现象都很普遍。

由于《诗经》在古代被奉为经典，有很强的话语权威，所以以诗证事、以诗证史，便以引用《诗经》为多。如《左传》“僖公九年”：

> 晋郤芮使夷吾重赂秦以求入……公谓公孙枝曰：“夷吾其定乎?”对曰：“臣闻之：唯则定国。《诗》曰：‘不识不知，顺帝之则。’文王之谓也。又曰：‘不僭不贼，鲜不为则。’无好无恶，不忌不克之谓也。今其言多忌克，难矣。”

晋大夫郤芮劝公子夷吾馈送厚礼给秦穆公，以此请求秦穆公帮助他回晋国执政。公孙枝则认为夷吾的行为不合乎一君之规，性格既猜忌又好胜，难以安定晋国。为了证明、支持自己的观点，他连引《诗经》“大雅”的《皇矣》《抑》两篇的诗句来作为论据，秦穆公也欣然接受了他的意见。

又如《史记·孔子世家》：

> 太史公曰：“《诗》有之：‘高山仰止，景行行止。’虽不能至，然心乡往之，余读孔氏书，想见其为人。适鲁，观仲尼庙堂车服礼器，诸生以时习礼其家，余低回留之不能去云。”

“高山仰止，景行行止”出自《诗经》“小雅”中《车舝》，大意为品德如高山般高尚令人敬仰，行为如大道般光明正大众人遵循。司马迁引此诗句来形容、指称孔子，表达了他对孔子的崇敬、景仰之情。司马迁之后，这两句诗就成了道德、学问、业绩出类拔萃者的颂扬和赞美之词。

受史传的影响，《搜神记》中亦有不少以诗证事的例子。

如170则《燕巢生鹰》：

魏黄初元年，未央宫中有鹰生燕巢中，口爪俱赤。至青龙中，明帝为凌霄阁，始构，有鹊巢其上。帝以问高堂隆，对曰：“《诗》云：‘惟鹊有巢，惟鸠居之。’今兴起宫室，而鹊来巢，此宫室未成，身不得居之象也。”

333则《蜾蠃》：

土蜂名曰蜾蠃，今世谓蠮螉，细腰之类。其为物，雄而无雌，不交不产。常取桑虫或阜螽子育之，则皆化成己子。亦或谓之“螟蛉”。《诗》曰：“螟蛉有子，蜾蠃负之。”是也。

前者引“召南”《鹊巢》的诗句“惟鹊有巢，惟鸠居之”，以“鸠占鹊巢”的现象影射魏占汉位、司马氏又取代曹氏的史实；后者引“小雅”《小苑》的“螟蛉有子，蜾蠃负之”，来证实民间误传的关于蜾蠃（土蜂）没有生育能力，以桑虫为己子的说法。虽然观点有误，但手法无异。

除了《诗经》，以其他种类的诗、赋、谣、谚等来证事、证史，在史传里也很常见，《搜神记》也有许多这方面的例子。这些现象在前面关于《搜神记》韵文的章节里，已有比较多的讨论，这里不再赘述。

《搜神记》体例的史传性，主要从上述几方面来体现。体例的史传性，表明《搜神记》继承了史家的传统，在形式上承袭了史传的衣钵。以史家的形式、手法叙事，这一方面是小说家头脑中的史家惯性思维使然，另一方面也可以说是小说家的一种自觉追求。如果说，思想内容的史传性是力图为小说塑造史传的灵魂，那么体例的史传性则是为小说套上史传的包装，前者是内在、深层的，后者是外在、表层的，两者相辅相成，相得益彰，使得小说作品进一步向史传靠拢，表现出浓厚的史传传统，也获得更多的史传品格。在这方面，《搜神记》的作者显然作了许多努力，使《搜神记》无论是内在的品质还是外在的形象，都比任何的志怪小说更具有史传的性质和特征，都更加接近史传，因而更具有史传的价值和意义。

主要参考书目

（晋）干宝撰，汪绍楹校：《搜神记》，中华书局 1979 年版。

（晋）张华撰，范宁校证：《博物志校证》，中华书局 1980 年版。

袁珂：《山海经校注》，上海古籍出版社 1980 年版。

（晋）王嘉撰，（梁）萧绮录，齐治平校注：《拾遗记》，中华书局 1981 年版。

（宋）刘义庆著，郑晚晴辑注：《幽明录》，文化艺术出版社 1988 年版。

杨伯峻：《春秋左传注》，中华书局 1981 年版。

高诱注：《战国策》，上海书店出版社 1987 年版。

（春秋）晏婴：《晏子春秋》，大众文艺出版社 2009 年版。

（汉）司马迁：《史记》，中华书局 1982 年版。

（汉）班固：《汉书》，中华书局 2007 年版。

（汉）赵晔：《吴越春秋》，北京燕山出版社 2010 年版。

（宋）范晔：《后汉书》，中华书局 2007 年版。

（唐）房玄龄等：《晋书》，中华书局 2003 年版。

鲁迅：《中国小说史略》，上海古籍出版社 2004 年版。

刘叶秋：《魏晋南北朝小说》，上海古籍出版社 1978 年版。

李剑国：《唐前志怪小说史》，南开大学出版社 1984 年版。

侯忠义、刘世林：《中国文言小说史稿》，北京大学出版社 1993 年版。

吴志达：《中国文言小说史》，齐鲁书社 1994 年版。

石昌渝：《中国小说源流论》，上海三联书店 1994 年版。
王枝忠：《汉魏六朝小说史》，浙江古籍出版社 1997 年版。
蒋伯潜、蒋祖怡：《小说与戏剧》，上海书店出版社 1997 年版。
袁珂：《中国神话史》，重庆出版社 2007 年版。
刘兆祥：《先秦野史》，海潮出版社 2012 年版。
李宗侗：《中国古代社会》，（台北）华冈出版社 1954 年版。
钟敬文主编：《民间文学概论》，上海文艺出版社 1980 年版。
武占坤、马国凡：《谚语》，内蒙古人民出版社 1980 年版。
孙昌武：《佛教与中国文学》，上海人民出版社 1988 年版。
陈平原：《千古文人侠客梦——武侠小说类型研究》，载《陈平原小说史论集》（中），河北人民出版社 1991 年版。
叶舒宪：《中国神话学》，中国社会科学出版社 1992 年版。
徐华龙：《中国鬼文化》，上海文艺出版社 1992 年版。
何星亮：《中国自然神与自然崇拜》，上海三联书店 1992 年版。
罗永麟：《中国仙话研究》，上海文艺出版社 1993 年版。
李冬生：《中国古代神秘文化》，安徽人民出版社 1993 年版。
杨义：《中国古典小说史论》，中国社会科学出版社 1995 年版。
罗宗强：《魏晋南北朝文学思想史》，中华书局 1996 年版。
张振军：《传统小说与中国文化》，广西师范大学出版社 1996 年版。
闻一多：《神话与诗》，华东师范大学出版社 1997 年版。
汤用彤：《汉魏两晋南北朝佛教史》，北京大学出版社 1997 年版。
杨义：《中国叙事学》，人民出版社 1997 年版。
刘勇强：《中国神话与小说》，大象出版社 1997 年版。
欧阳健：《中国神怪小说通史》，江苏教育出版社 1997 年版。
中国中外传记文学研究会编：《传记文学研究》，湖南文艺出版社 1997 年版。
何满子：《中国爱情小说中的两性关系》，上海书店出版社 1999 年版。
李零：《中国方术考》，东方出版社 2001 年版。
王平：《中国古代小说叙事研究》，河北人民出版社 2001 年版。
龙榆生著，钱鸿瑛导读：《中国韵文史》，上海古籍出版社 2002 年版。
马振方：《小说艺术论》，北京大学出版社 2004 年版。

韩云波：《中国侠文化：积淀与承传》，重庆出版社 2004 年版。

万晴川：《中国古代小说与方术文化》，中国社会科学出版社 2005 年版。

武占坤：《中华谚谣研究》，河北大学出版社 2006 年版。

卫绍生：《神秘与迷惘：中国古代方术阐释》，河南人民出版社 2006 年版。

李平君：《术士》，中国社会科学出版社 2009 年版。

王瑶：《小说与方术》，载《中古文学史论》，商务印书馆 2011 年版。

后　记

本书动笔于2011年初夏，本计划用两年的时间完成，但由于各种杂事缠身，竟然用了差不多四年才完稿。数度寒暑，甘苦自知。

书稿能够顺利面世，得到了华南师范大学文学院陈少华院长、戴伟华教授等的大力支持；戴伟华教授主持的华南师范大学“中国语言文学传承与创新”学科创新平台，为书稿的出版提供了经费资助。借此一并致谢！

由于学力有限，本书肯定会存在错误和不足，期待各位专家和读者的批评、指正！

邓裕华

2015年1月30日